Heibonsha Library

風土記

平凡社ライブラリー

Heibonsha Library

風土記

吉野 裕訳

平凡社

凡例

一　本著作は、一九六九年八月「東洋文庫」の一書として平凡社より刊行されたものである。

一　本書には、わが国最初の地誌・民俗誌として知られる奈良時代成立の風土記の現存するもの五篇と、現在知られる逸文のほとんどすべてを口語訳しておさめた。

一　口語訳はできるだけ原文に忠実であることにつとめた。ただ、漢文でありながらしかも古代国語として読み下されたと考えられる原文のもついわば二重性のため、これを現代文として通用させるために、まま語順を変更したり意訳的な振り仮名をつけた箇所もある。

一　〔　〕内は文意補足のため、（　）内は簡単な語注で、すべて原文にはないものである。ただし原文の小書きの割注は読みやすくするため《　》内におさめて一行に書き下した。

一　本文中の固有名詞および地名縁起とかかわる語句は旧仮名遣いをもちいたが、これは問題が古代の音韻とかかわるものが多いためのやむをえない措置である（また、まま片仮名の傍訓を付したが、これは地名と説話との語源的関係を明瞭にするために付したものである）。

一　注記は神名・人名を中心にその他解説を要すると思われる語句・説話などについて記した。煩雑をさけるため一つの注の標目のもとに、その条下の関連する神・人名についての注をも併載した場合が多いから注意してほしい。

一　本文中にあらわれた地名については巻末に現代地名との対照表をかかげ、いちいち注記の煩をさけた（本文のなかで同じ名の地名に数字を注記したのは、対照表の検索の便をはかったものである）。

一　「出雲国風土記」で数字に傍線を付したものは諸本に異同の多いものである（ただし全部に付けることはしなかった）。

一　注記のなかで引用した書名は『古事記』は『記』、『日本書紀』は『紀』、『続日本紀』は『続紀』、『新撰姓氏録』（抄）は『姓氏録』、『先代旧事《くじ》本紀』は『旧事紀』またはその内篇の章名をとって『天孫本紀』『国造本紀』とし、延喜式では引用することの多い『神祇九、神名《じんみょう》』は『神名帳』の通称にしたがった。

一　口語訳本文には『古風土記集』（大正十五年日本古典全集刊行会刊）の諸本を底本とし、逸文は日本古典全書（朝日新聞社刊）の『風土記』（久松潜一）によったが、全体の校訂本としては同書および日本古典文学大系の『風土記』（秋本吉郎、岩波書店刊）から多くの便益を受けた。校注についても上記の書とともに井上通泰の『新考』、加藤義成『出雲国風土記参究』その他に啓発されたところが多い。

一　参考書については秋本吉郎著『風土記の研究』（昭和三十八年ミネルヴァ書房刊）などがあるが、詳しくは『日本文学必携（古典編）』（岩波全書）の「風土記」の項目を参照されたい。

目次

常陸国風土記

常陸《ひたち》の国司《くにのつかさ》の報告。古老が代々伝えてきた昔語りの事どもについて＊1

国・郡の旧事《ふるごと》について尋ねると、古老は答えていう、「古くは相摸《さがみ》の国の足柄の坂から東のもろもろの県《あがた》＊2を総称して我姫《あづま》＊3の国といった。その当時は常陸《ひたち》とはいわず、ただ新治《にひばり》・筑波《つくば》・茨城《うばらき》・那賀《なか》・久慈《くじ》・多珂《たか》の国と称し、おのおの造《みやつこ》・別《わけ》＊4を派遣して〔戸口や貢租の調査・納入などを〕検校《おさめ》させたのである。その後、難波の長柄豊前《ながらのとよさき》の大宮に天の下をお治めになった天皇（孝徳天皇）のみ世になって、高向臣《たかむこのおみ》・中臣幡織田連《なかとみのはたおりだのむらじ》らを遣わして、足柄の坂から東の国ぐにを総《すべ》領《おさめ》させた。＊5この時、我姫《あづま》の地方を八ヵ国に分けたが、常陸の国はそのうちの一つであった。

そのように常陸《ひたち》と名づけたわけは、人びとの往き通う道路が広い川や海の渡し場で隔てられず、郡や郷の境界が山から河へ峰から谷へつぎつぎに続いているので、近く通う＊6ことができるという意味をとって名称としたのである」と。あるいはこうもいう、――倭武天皇《やまとたけるのすめらみこと》＊7が東の夷《えびす》（異族）の国を巡察されたとき、新治《にひばり》の県《あがた》を行幸して通り過ぎたとき、国造《くにのみやつこ》毗那良珠《ひならすの》命《みこと》＊8を遣わされて、あたらしく井を掘らせると、流れ出る泉は清らかに澄んで心ひかれる美しさであった。そこで乗っていたお輿《こし》をとどめ、水を賞美しながら手をお洗いになったが、お着物の袖が泉に垂れて濡れ浸ってしまった。すなわち〈袖を漬《ヒタ》す〉という意味をもって、この国の名称としたのである。風俗《くにぶり》の諺[9]に「筑波《つくは》岳《ね》に黒雲かかり、衣袖漬《ころもでひた》ちの国」といっているのはこのことである。

そもそも常陸の国は、面積はすこぶる広大で、境界もまたはるかに遠く、土壌は肥えに肥え、原野はゆたかなうえにもゆたかである。耕し墾《ひら》かれた処と海山の幸とにめぐまれて、人びとは心やすらかに満足し、家々は充ち足りて賑わっている。もし身を農耕にはげむものがあれば、立ちどころに多くの富を得ることができ、力を養蚕につくすものがあれば、ひとりでに貧窮から逃れることができる。あえて述べるまでもないが、塩や魚などの珍味が欲しかったならば、左は山で右は海である。桑を植え麻を蒔こうとならば、後は野で前は原である。いわゆる海の宝庫・陸の宝蔵、膏《あぶら》したたる物産の楽土である。昔の人が「常世《とこよ》の国」[10]といったのは、もしかするとこの地のことではないかと疑われる。ただ全体としてこの国の水田は[11]上級のものがすくなく中級のものが多い。年《ねん》のうちに長雨が続いたときは、たちまち稲苗が成熟しないという歎きがあり、歳のうちに陽照りのよいときは、ただただ穀実豊作の歓喜を見るであろう。（省略しない）[12]

新治《にひばり》の郡《こほり》

東は那賀の郡との堺の大きな山である。南は白壁《しらかべ》の郡である。西は毛野《けぬ》の河（鬼怒川）である。北は下野・常陸の二つの国の国境で、すなわち波太《はだ》の岡である。

古老はこういっている、——昔、美《み》麻《ま》貴天皇《きのすめらみこと》（崇神天皇）の御治世に、東方の夷《えびす》の荒賊（土地の人はこれをアラブルニシモノという）を討ちたいらげようとして、新治の国造《くにのみやつこ》の祖先で名を比《ひ》奈良《なら》珠命《すのみこと》というものを派遣した。この人が下向してきて早速井を掘った。（その井は今も新治の里にあり、時節に応じてお祭をする。）その水は浄らかに流れたので、すなわち井を治《ハ》り[*13]ひらいたということによって、郡の名称として着（付）けたのである。その時から現在までその名を改めない。（風俗の諺に「白遠《しらとほ》新治の国」[*14]という。）（以下は省略[*12]）

郡役所から東五十里のところに笠間《かさま》の村がある。〔郡役所から〕ここに越えて行く道を葦穂《あしほ》山と称する。古老がいうことには、「昔、油置売命《あぶらおきめのみこと》[*15]という山賊がいた」と。今も社《もり》の中に岩窟がある。土地の人の歌にいう、

言痛《こちた》けば[*16]　をはつせ山の
石城《いはき》にも　率《ゐ》てこもらなむ

な恋ひそ　吾妹《わぎも》　（この下は省略）

筑波《つくは》の郡

東は茨城の郡、南は河内《かふち》の郡、西は毛野河、北は筑波の岳《やま》である。

古老がいうことには、「筑波の県《あがた》は、久しい以前には紀《き》の国といっていた。美万貴《みまき》天皇（崇神天皇）の治世に、采女臣《うねめのおみ》の友属《ともがら》[17]（族類）の筑簟命《つくはのみこと》を紀の国の国造として遣わされた。この時筑簟命は、『私自身の名前を国名につけて後の世までいい伝えさせるようにしたいものだ』といって、ただちにもとの名称（紀の国）を改めて、こんどは筑波と称した」ということである。《風《くに》俗《ふり》の説《ことわざ》に、「握飯《にぎりいひ》 筑波《つくは》[18]の国」という。》（以下は省略）

古老がいうことには、――昔、祖《みおや》の神尊《かみのみこと》（母神）が多くの（御子）神たちのところをお巡りになって、駿河の国の福慈《ふじ》（富士）の岳《やま》にお着きになると、とうとう日が暮れてしまった。そこで一夜の宿りをとりたいと頼んだ。この時、福慈の神が答えていうには、「いま新粟《わせ》の初嘗《にひなへ》[19]をして家中のものが諱忌《ものいみ》をして（他人との接触を絶って）おります。今日のところは残念ながらお泊まりいただくわけにはまいりません」といった。ここにおいて神祖《かむみおや》の尊は恨み泣き、ののしって「わたしはお前の親なのだぞ。どうして泊めようとは思わないのだ。これから、お前が住んでいる山は、（お前が）生きているかぎり、冬も夏も雪が降り霜がおり、寒さ冷たさがつぎつぎに襲いかかり、人民《ひとびと》は登らず、酒も食べ物も捧げる者も無かろうぞ」といった。あらためて今度は、筑波の岳にお登りになり、また宿を請うた。この時、筑波の神は答えていった、「今夜は新粟嘗《にいなめ》を致しておりますが、どうしてあなた様の仰せをお受けしないことがあってよいものでしょうか」。そして飲食物をしつらえて、うやうやしく拝み、つつしんで丁重に奉仕した。そこで神祖の尊は晴ればれと歓んでお歌いになった。

愛乎我胤《いとしいわがこよ》　巍哉神宮《たかいかみのみやよ》　天地並斉《あめつちとともに》　日月共同《ひつきとともに》　人民集賀《ひとらつどいよろこび》　飲食富豊《たべものゆたかに》　代々無絶《よよたえず》　日日弥《ひましに》
栄《さかえ》　千秋万歳《とこしえに》　遊楽不窮《あそびきわまらじ》

このことがあって、福慈の岳は、いつも雪が降っていて人びとは登ることができない。この筑波岳は人びとが往きつどい、歌い舞い、飲んだり食べたり、今にいたるまで絶えないのである。（以下は省略）

そもそも筑波岳は、高く雲中にそびえ、最も高い頂の西の峰（男体山）はけわしく高く、雄《を》の神といって登るのを許さない。ただ、東の峰（女体山）は四方が磐石で昇り降りはごつごつとしてけわしいけれども、その側を泉が流れていて冬も夏も絶えることがない。〔足柄の〕坂から東の国ぐにの男女は、春の花が開く時季、秋の木の葉の色づく時節に、手を取り肩を並べて続

続と連れだち、飲み物や食べものを用意して持ち、騎馬でも登り徒歩でも登り、遊び楽しみ日を暮らす。その唱《うた》う歌にいう、

筑波ねに　逢はむと*20
　言ひし児は
誰《た》が言《こと》聞けばか
み寝あはずけむ。

筑波ねに　廬《いほ》りて*21
　妻なしに
わが寝む夜ろは
早も明けぬかも。

詠歌《うた》は非常に沢山でここには載せきれない。土地の人の諺にいう、「筑波嶺の会《かがい》*22で求婚《つまどい》の財《たから》を得ることができないと児女《むすめ》としない」と。

郡役所の西十里のところに騰波《とば》の江《え》（鳥羽の淡海）がある。《長さは二千九百歩、巾は一千五百歩

である。》〔騰波の江の四至は〕東は[23]筑波の郡、南は毛野川、西と北とはともに新治の郡、艮《うしとら》（東北）は白壁の郡である。

信太《しだ》の郡

東は信太の流海《ながれうみ》（霞ヶ浦）、南は榎《え》の浦《うら》の流海、西は毛野の河、北は河内の郡である。

古老が[24]いうことには、「難波の長柄の豊前の大宮に天の下をお治めになった天皇（孝徳天皇）の御世、癸丑《みづのとうし》（白雉四（六五三）年）の年に、小山上物部河内《せうせんじやうもののべのかふち》・大乙上物部会津《もののべのあひづ》[25]らは、惣領の高向大夫にお願いして、筑波・茨城の郡から七百戸を分けて信太の郡を置いた。この地はもとの日高見の国[26]である」。

〔信太の郡[27]と名づけたいわれは〕黒坂命[28]が陸奥《みちのおく》の蝦夷を征討し、事がおわって凱旋した。多《た》歌《か》の郡の角枯《つのかれ》の山まで来たとき、黒坂命は病を得て身まかってしまった。そこで角枯〔山の名〕をあらためて黒前《くろさき》の山と名づけた。黒坂命の霊柩車が黒前の山を出発して日高見の国に到着したとき、葬儀の飾りものの赤幡《あかはた》と青幡とが交錯してひるがえり、雲の如く飛び虹をかけた如くに、野を照らし路を輝かした。時の人はそれで赤幡の垂《シダリ》の国といった。後の世の言葉ではそれを信太《しだ》の国と称している。

郡役所の北十里のところに碓井《うすゐ》がある。古老がいうことには、「大足日子《おほたらしひこ》天皇（景行天皇）が浮島の帳《とばり》の宮*29に行幸なされたが、御飲料の水がなかった。早速卜いをする者に良いところを卜わせて穴を掘らせた」という。それは今も雄栗《をぐり》の村にある。

ここ〔碓井〕から西に高来《たかく》の里がある。古老がいうことには、「天地《あめつち》の権輿《つくりはじめ》、草木がものをよく言うことができたとき、天より降《くだ》って来た神、お名前を普都大神*30と申す神が、葦原中津之《あしはらなかつの》国《くに》を巡り歩いて、山や河の荒ぶる邪魔ものたちをやわらげ平らげた。大神がすっかり帰順させおわり、心のなかに天に帰ろうと思われた。その時、身におつけになっていた器杖（武具）⸨これを俗にイツノという⸩の甲《よろい》・戈《ほこ》・楯およびお持ちになっていた美しい玉類をすべてことごとく脱ぎ棄ててこの地に留め置いて、ただちに白雲に乗って蒼天《あおぞら》に昇ってお帰りになった」。（以下は省略）

風俗《くにぶり》の諺にいう、「葦原（湿原）の鹿はその味は焦げただれたるごとし」と。これを食ってみると山の鹿肉とことなるところがある。〔常陸と下総〕二ヵ国での大猟も絶えつくすべくもないほどである。

その里〔前文省略のため里名不明〕の西に飯名《いひな》の社*31がある。これはすなわち筑波の山なる飯名の神の別属《わかれ》（末社の同系神）である。

榎浦之津《えのうらのつ》（渡し場）、すなわちここに駅家《うまや》*32が設置されている。東海道《ひむかしのうみつみち》の公街道、常陸路《ひたちち》の起点である。伝駅使《はゆまづかい》*32たちは、初めて国に入ろうとするにさいして、まず口をすすぎ手を洗い、東

を向いて香島《かしま》の大神を拝み、そうした後で入国することができるのである。（以下は省略）

古老がいうことには、「倭　武　天　皇《やまとたけるのすめらみこと》が海辺を巡幸して乗浜《のりはま》まで行かれた。その時浜べの浦のほとりにたくさん海苔《のり》（土地の人はノリという）が乾してあった。これによって能理波麻《のりはま》の村と名づけた」。（以下は省略）

乗浜の里の東に浮島《うきしま》の村がある。（長さ二千歩、巾は四百歩である。）〔島の〕四方はみな海で山と野とが入りまじり、人家は十五戸、田は七、八町ばかりである。住民たちは塩を焼いて生計をたてている。そして九つの社があり、言葉も行いも忌みつつしんでいる。（以下は省略）

茨城《うばらき》の郡

東は香島の郡、南は佐我《さが》の流海《ながれうみ》、西は筑波山、北は那珂の郡である。

古老がいうことには、「昔、国巣《くず》*33（土地の人の言葉ではツチクモ、またヤツカハギという）山の佐伯《さへき》、野の佐伯*34があった。いたるところに土の穴倉を掘って置き、いつも穴に住んでいた。誰か来る人があるとそのまま穴倉に入って身を隠し、その人が去るとまた野原に出てあそぶ。狼の性《さが》と梟の情《こころ》をもち、鼠のごとく隙をうかがってかすめ盗む。誰からも招かれ手なずけられることがなく、ますます世間一般の風習から遠ざかっていったのである。この時大臣《おほのおみ》（多臣）の同族の黒坂命*28は、〔彼らが〕外に出て遊んでいるときをねらって、茨蕀《うばら》を穴の内がわに仕掛け、ただちに騎馬の兵を放って急に追い攻めさせた。佐伯どもはいつものように土の穴倉に走り帰り、ことごとくみんな茨蕀にひっかかり、突きささって、傷つき害されてちりぢりに死んだ。だから、茨蕀《ウバラ》の意をとって県《あがた》の名につけた」。《ここにいうところの茨城の郡は、今は那珂の郡〔に属しそ〕の西部にある。古くはそこに郡役所が置かれたが、とりもなおさずそれは茨城郡の内であった。風俗の諺に「水依《みつよ》さす*35茨城の国」という。》あるいはこうもいっている、「山の佐伯・野の佐伯がみずから賊の首領となり、徒党の衆をひきいて国中を横行し、大いに掠奪殺人をおこなった。その時、黒坂命はこの賊を策略によって滅ぼそうとして、茨をもって城《き》を造った。こういうわけで土地の名をすなわち茨城《うばらき》といった」と。《茨城の国造の初祖の多祁許呂命《たけころのみこと》*36は息長帯比売天皇《おきながたらしひめのすめらみこと》(神功皇后)の朝廷に仕え、品太《ほむだ》天皇(応神天皇)がお産まれになったときまでいた。多祁許呂命には子供が八人あった。中男《なかち》(後継者)の筑波使主《つくはのおみ》は茨城の郡の湯坐連《ゆあのむらじ》らの初祖である。》

郡役所の西南のかた、近いところに河がある。信筑《しづく》の川という。水源は筑波の山から出て西から東へ流れて、郡の中を経めぐって高浜の海に流入する。(以下は省略)

そもそもこの地〔高浜の里。前文省略による欠脱〕たるや、花かおる春のよき日には駕《のりもの》を命じて出向き、木の葉散りしく秋の涼しい候には舟に乗って遊ぶ。春はすなわち浦の花は千々に咲きみだれ、秋は是れ岸の黄葉百《もも》に色づく。〔春ともなれば〕歌をうたう鶯を野のほとりに聞き、〔秋ともなれば〕舞をまう鶴を海べのなぎさに見る。農夫の子と海人の娘は砂浜を逐いはせて群れつどい、商人と農夫は小舟に棹さして行き交《か》う。ましていわんや三夏《まなつ》の熱《あつ》き朝、九陽《ひ》の煎りたてる夕は、友達を呼び僕《しもべ》をつれて、浜の陰に並んで坐り、海上をはるかに眺めやる。波風しずかに扇げば、暑さを避けるものは晴れやらぬ心の憂さを払い、岡の日影がおもむろに動けば、涼を追うものは歓びの心も動く。詠われている歌にいう、

　高浜に[*37]　来寄する浪の
　沖つ浪　寄すとも寄らじ
　子らにし寄らば

またいう、

　高浜の[*38]　下風《したかぜ》騒《さや》ぐ
　妹《いも》を恋ひ　妻と云はばや
　しことめしつも

郡役所の東十里のところに桑原の丘がある。昔、倭武《やまとたける》天皇が丘の上におとどまりになり、お食事を奉ろうとしたとき、水部《もひとりべ》[*39]に命じてあらたに清い井を掘らせた。出た泉は浄らかで香わ

しく、飲料にすると大変うまかった。そこで勅して「能く渟《たま》れる水哉」と仰せられた。〔土地の人はヨクタマレルミヅカナという。〕そこで里の名を今は田余《たまり》という。（以下は省略）

行方《なめかた》の郡

東と南はともに流海《ながれうみ》、北は茨城の郡である。

古老がいうことには、「難波の長柄《ながら》の豊前《とよさき》の大宮に天の下をお治めになった天皇（孝徳天皇）のみ世の癸丑《みづのとうし》の年（六五三年）に、茨城の国造小乙下《せうおつのしもつしなみ》壬生連麿《ぶのむらじまろ》・那珂の国造大建《だいけん》壬生直夫《あたひを》子《のこ》*40らが、惣領高向の大夫・中臣幡織田《なかとみのはたおりだ》の大夫らに請願して、茨城の地の八つの里〔と那珂の地の七つの里と〕を割き、七百余戸を合わせて別に郡を置いた*41」。

行方《なめかた》の郡と称するわけは、倭武天皇が天の下を巡察して海北*42の地を征討平定し、ちょうどその時この国を通過なされた。そして槻野の清い泉にお立ち寄りになり、水に近寄って手を洗い、お持ちになっていた玉を井の中に落とされた。〔その井は〕いまだに行方の里の中にあり玉清《たまきよ》の井《ゐ》〔異本・玉の清水《しみづ》〕といっている。さらにお乗り物を廻して現原《あらはら》の丘においでになり、お食事をお供えした。その時天皇はあたりを眺望してお付きの侍臣たちをふりかえって、「輿《こし》を停めて逍遥し、眼をあげて見渡せば、山ひだは高く低く入りまじり重なりあい、海の入江は長ながとうねり続く。峰の頭には雲を浮かべ、谿の腹には霧を抱く。風光いと興趣あり、国の姿は心ひかれるめずらしさである。まことこの地の名を行細《なめくはし》（布置の精妙）の国というべきである」と仰せられた。後の世にもその〔仰せの〕あとを追っていまだに行方《なめかた》とよんでいる。〔風俗の諺に「立雨《たちさめ》*43降る行方の国」という。〕

その岡は高くからりと開けているので、それを現原《あらはら》と名づける。この岡からお降りになって、大益《おほや》河にお出ましになり、小舟に乗って上るとき、棹梶《さおかじ》が折れた。それによってその河の名を無梶《かちなし》河といっている。これはすなわち茨城・行方二郡の堺である。鯉・鮒《ふな》の類は、ことごとく書きあげることができない〔ほど多い〕。

無梶河から郡の辺境まで行きついたとき、鴨が飛んで渡るのが見えた。天皇が射たまうや否や、弦のひびきに応じて地に落ちた。その地を鴨野という。土はやせて草木は生えない。その野の北には櫟《いちひ》（ナラ）・柴《シバ》（クヌギ）・雞頭樹《かえるで》（カエデ）・比之木《ひのき》（檜）があちこち生い繁っていて自然に山林を形づくっている。近くに枡《ます》の池がある。これは高向の大夫の時に築いた池である。北に香取の神子《みこ》の社《やしろ》がある。社の側の山野は土壌がよく肥えて草木が密生している。

郡役所の西に渡船場があり、いわゆる行方《なめかた》の海である。海松《みる》また塩を焼く藻を生ずる。すべて海にあるさまざまな魚類については、ここに記載するわけにはいかないほど多い。ただ鯨鯢《くちら》はいまだかつて見聞したことがない。

郡役所の東に国《くに》の社《やしろ》がある。これを県《あがた》の祇《かみ》*44という。社の中に冷たい水の出る泉があり、これを大井といっている。郡役所[45]にゆかりのある男女が寄り集まって汲んだり飲んだりしている。郡家《ぐんやくしょ》の南門に一本の大きな槻《つき》の木があり、その北側の枝は自然に垂れさがって地上に触れ、もう一度反りかえって空中にそびえている。この場所は昔沼沢であった。今でも霖雨《ながあめ》が降ると役所の庭は水びたしになる。郡役所の側の人里には橘の樹が生えている。

郡役所から西北のところに提賀《てが》の里がある。昔、手鹿《てが》と呼ぶ佐伯があり、その人が住んでいたために後々になってもそれを里の名につけている。その里の北には香島の神子《みこ》の社がある。社の周囲の山野の地は肥沃で、柴《くぬぎ》・椎・栗・竹・茅の類が多く生えている。ここから北方は曾《そ》尼《ね》の村である。古い時代に、名を疏禰毗古《そねびこ》という佐伯があったので、その名を取って村に着けた。現在駅家《うまや》を設置している。これを曾尼《そね》の駅という。

古老がいうことには、「石村玉穂宮《いはれのたまほのみや》に大八洲《おほやしま》をお治めになられた天皇（継体天皇）のみ世に、〔えらい〕人があった、箭括氏《やはずのうじ》の麻多智《またち》[46]という。〔麻多智は〕郡役所から西の谷の葦原を占有し、開墾してあらたに田を作った。この時、夜刀《やと》の神は群をなし互いに仲間を引き連れてことごとくみんなやって来た。そしていろいろさまざまに妨害をし、田を作り耕させなかった。《土地の人はいう、「蛇をよんで夜刀《やと》の神[47]としている。その姿は、からだは蛇で頭には角がある。杞（川ヤナギ）を身に帯びていると難を免れるが、運わるくこれを見る人があると一家一門は破滅し、後継ぎの子孫がなくなる」。だいたいこの郡役所の側の野原には非常にたくさん住んでいる。》ここにおいて麻多智は激怒のこころをおこし、甲鎧《よろひ》で身を固め、自身で仗《ほこ》を手にとり、打ち殺し追い払った。そこで、山の登り口に行き、〔土地占有の〕標《しるし》の大きな杖を境界の堀に立てて、夜刀《やと》の神に宣告して、『ここから上は神の土地とすることをきき入れてやろう。だがここから下は断じて人の田とするのだぞ。今後は、私が神の祭祀者となって、代々永く敬い祭ろう。どうか祟ることのないよう、恨んではならぬ』といって、社を作ってはじめてお祭りした。すなわちまた耕田一十町あまりをひらき、麻多智の子孫が、互いに受け継いで祭をとり行ない、いまに至るも絶えない。その後、難波の長柄豊前の大宮に天の下をお治めになられた天皇（孝徳天皇）のみ世になって、壬生連《みぶのむらじ》麿《まろ》[*40]が、初めてその谷を占拠して、池の堤を築かせた。その時、夜刀《やと》の神が池のほとりの椎の木に昇り群がって、いつまで経っても退去しない。ここにおいて麿は、大声をあげて怒鳴って、『この池を修築させるのも、根本は人民の生活をよくするためなのだ。大君の教化にしたがおうとしないのは、いったいいかなる神《あまつかみ》か、どこの祇《かみ》（土地神）なのか』といい、ただちに使役していた農民に命じて、『目に見える一切の物は、魚でも虫でも、恐れたり愚図愚図しないでみなことごとく打ち殺せ』といった。その言葉がまさに終わるや否や、神蛇は遠ざかり隠れてしまった」。ここにいうところのその池は、今は椎井《しひゐ》の池と名づける。池の周囲に椎の木があり、清い泉が出ているので、その井（泉）の名（椎井）をとって池に名づけている。すなわちここは香島に向かう陸路による駅路である。

郡役所の南七里のところに男高《をたか》の里がある。むかし、佐伯の小高《をたか》というものがそこに住まっていたので、それによって名づけた。国宰《くにのみこともち》当麻《たぎま》の大夫《まへつぎみ》*48の時に築いた池が、今も路の東にある。その池から西の山には猪や猿がたくさん住んでいて、草木がひどく茂っている。その池から南に鯨岡《くぢらをか》がある。上古《むかし》、海鯨《くぢら》が腹這って来て寝てしまった。そこには栗家《くりや》の池がある。その栗が大きいので池の名とした。北に香取の神子の社がある。

麻生の里がある。古昔《むかし》、麻が沼の水際《みぎわ》に生えたが、その幹のまわりは大きな竹のごとく、長さは一丈以上もあった。その里をとり巻いて山がある。椎・栗・槻・櫟《いちひ》が生え、猪や猿が住んでいる。その野には勒馬《ろくば》（騎乗に適する馬か）を産する。飛鳥浄御原《あすかのきよみはら》の大宮に天の下をお治めになった天皇（天武天皇）のみ世に、同（行方）郡の大生《おほふ》の里の建部袁許呂命《たけるべのをころのみこと》*49は、この野で馬を捕獲して朝廷に献上した。世にいうところの行方の馬である。これを茨城の里の馬という人がいるが、間違いである。

郡役所の南二十里のところに香澄《かすみ》の里がある。

古くからのいい伝えによると、大足日子天皇《おほたらしひこのすめらみこと》（景行天皇）が下総の国の印波《いには》の鳥見《とみ》の丘にお登りになり、しばらくとどまって遠くを見晴らされ、東のかたをふりかえっておつきの臣下に勅して、「海には青波《なみ》がゆったり流れ、陸には丹霞《かすみ》がもうろうとたなびく。国はおのずとその中にあるとわが目には見える」と仰せられた。時の人はこれによってこれを霞の里と謂《い》っている。東の山に社がある。榎《えのき》・椿・椎・竹・箭《やたけ》・麦門冬《やますげ》がそここにたくさん生えている。この里から西の海の中に洲《す》がある。新治の洲という。そう称するわけは、洲の上に立って北の方を眺め渡すと、新治の国の小筑波《をつくば》の岳が見えることによるのである。

ここから南に十里往くと板来《いたく》の村がある。その近く海浜にのぞんだところに駅家が安置されている。これを板来の駅という。その西に榎木《えのき》が林を形作っているところがある。飛鳥《あすか》の浄見《きよみ》原《はら》の天皇（天武天皇）のみ世に、追放された麻績王《おみのおほきみ》*50が住んでいたところである。その海（霞ヶ浦）に、塩を焼く藻・海松《みる》・白貝《おふ》（ばか貝）・辛螺《にし》・蛤《うむき》がたくさん産する。

古老がいうことには、「斯貴瑞垣宮《しきのみづがきのみや》に大八洲《おほやしま》をお治めになった天皇（崇神天皇）のみ世に、東方の辺境の荒賊を平定するために建借間命《たけかしま》*51《すなわちこれは那珂の国造の初祖である》を遣わした。〔建借間命は〕軍士を引率して行く手のわる賢い賊どもを攻略しながら、安婆《あば》の島に露営した。はるかに海（霞ヶ浦）の東の浦を眺めたとき、烟が見えたので、〔軍士たちは顔を見合わせて〕お互いに行く手に人がいるのかしらと疑った。建借間命は天を仰いで神に祈誓して、『もし天《あまつ》人《ひと》（天孫系の人、海人）の烟ならば、こちらに来て私の上に覆いたなびけ。もし荒賊どもの烟ならば、むこうに去って海上にたなびけ』といった。その時烟は海をさしてさっと流れた。そこで凶賊がいることがひとりでにわかった。ただちに従う軍衆に命じて早目に充分寝食をとらせ戦闘準備を充分にととのえて海を渡った。ここに国栖《くず》（先住民）で名を夜尺斯《やさかし》・夜筑斯《やつくし》という二人のものがいて、みずから指導者となって穴を掘り、堡《とりで》を造り、いつもそこに住んでいた。官軍の動きを見て潜伏して守り、抵抗するので、建借間命は兵隊を放って追い駈けさせるが、賊どもはみな逃げ還って、堡を閉じて固くふせいだ。そこで突如として建借間命は大いに臨機応変の計略をめぐらし、決死のつわものをよりすぐり、山の曲り角の見えないところに伏せ隠し、賊を討滅すべき武器を作り備えた。そして、海の波打ちぎわを美々しくかざり、舟をつらね、筏を組んだ。蓋《きぬがさ》は雲のごとくへんぽんと飛び、旗は虹をかけたよう。天の鳥琴《とりごと》・天の鳥笛[*52]の音は、波の寄せるにしたがい、潮を追うて高鳴る。杵島ぶりの歌曲[*53]をうたって七日七夜遊楽歌舞した。その時賊党はさかんな音楽を耳にして房《いへ》全部の男も女もみなことごとく出て来、浜をゆるがさんばかりによろこびさんざめいた。建借間命は騎兵に命令して堡を閉鎖させ、背後から襲撃してことごとく全種属（族）のものたちを捕虜にし、またたくまに焚き滅ぼした。この時、『痛《イタ》く殺《キ》る』と言った所を、今は伊多久の郷と謂い、『臨《フツ》に斬る』と言った所を、今は布都奈の村と謂い、『安《ヤス》く殺《キ》る』と言った所を、今は安伐《やすきり》の里と謂い、『吉《ヨ》く殺《サ》く』と言った所を、今は吉前《えさき》の邑《むら》と謂っている」。

板来《いたく》の南の海に洲《す》がある。〔周囲は〕三、四里ぐらいある。春時には香島・行方の二郡から男女がみんなやって来て蚌《はまぐり》や白貝《ばかがい》などさまざまな味わいの貝類を拾う。

郡役所から東北十五里のところに当麻《たぎま》の郷がある。古老がいうことには、「倭武天皇が巡幸してこの郷を通り過ぎられた。その時鳥日子《とりひこ》と名のる佐伯がいたが、その〔天皇の〕お言葉に逆らったので手当たり次第殺した。やがて屋形野《やかたの》の帳《とばり》の宮（仮宮）においでになったが、車駕《みくるま》の通る道路が凸凹でたぎたぎしかった。悪し路という意義をとって当麻《たぎま》*54といっている。〔土地の言葉でタギタギシという。〕野の土は瘦せてはいるが、紫草《むらさき》が生えている。二つの〔鹿島・香取の〕神子《みこ》の社がある。その周囲の山野には櫟《いちひ》・柞《ははそ》・栗・柴がそこここに林を成していて、猪・猴《さる》・狼がたくさん住んでいる。

ここから南の方に芸都《きつ》の里がある。古い時代に寸津毗古《きつびこ》・寸津毗売《きつびめ》*55と名のる二人の国栖があった。そのうちの寸津毗古は、天皇の行幸にさいして、命令にたがい教えにそむいてひどく無礼であった。そこで御剣を引き抜いてたちどころに殺した。ここに寸津毗売はすっかり恐れかしこんで心を痛め、白幡を表に挙げて〔帰順の意を表し〕道にお迎えして拝んだ。天皇は哀れみを垂れて恩旨《おめぐみ》をくだし、その家族を罰するのを免じた。さらに天皇は乗輿《おこし》を廻して小抜野《をぬきの》の頓宮《かりみや》においでになると、寸津毗売は姉妹を引きつれて、まことをこめて心から力をつくし、雨風もいとわず朝夕にお仕え申した。天皇はその懇篤なのをおよろこびになり、恵慈《ウルハ》しみ給うた。こういうわけでこの野を宇流波斯《うるはし》の小野《をの》といっている」。

その南に田《た》の里《さと》がある。息長帯日売皇后《おきながたらしひめのおほきさき》（神功皇后）の時、この地に古都比古《こつひこ》と名のる人があった。三たび韓《から》（朝鮮）の国〔の征討に〕*56派遣されたので、その功労を重くみて田を賜わった。それによって〔里の〕名とした。また波須牟《はずむ》の野がある。倭武天皇がこの野に宿って弓《ゆ》弭《ハズ》を修理された。それによって名としたのである。この野の北の海辺に香島の神子《みこ》の社がある。土は瘦せ、櫟・柞・楡《にれ》・竹が一、二ヵ所に生えている。

ここから南に相鹿《あふか》・大生《おほふ》の里がある。古老がいうことには、「倭武天皇が相鹿の丘前《をかざき》の宮にいらせられた。この時膳炊屋舎《おほひどの》（炊事舎）を浦べにつくり立て、小舟《はしけ》を組んで橋とし、御行在所《あんざいしょ》に通った。その大炊《オホヒ》の意義をとって大生の村と名づけた」。また、「倭武天皇の后《きさき》の大橘比売命[*57]が倭《やまと》から降ってきて、この地でめぐり遇われた。だから安布賀《あふか》の邑といっている」。（行方の郡の分は省略しない）

香島《かしま》の郡

東は大海（太平洋）、南は下総と常陸の国境の安是《あぜ》の湖《みなと》、西は流れ海、北は那珂と香島との郡境の阿多可奈《あたかな》の湖《みなと》。

古老がいうことには、「難波の長柄豊前の大朝《おほみや》に天の下をお治めになった天皇（孝徳天皇）のみ世、己酉《つちのととり》の年（大化五〔六四九〕年）に、大乙上《だいおつのかみつしな》中臣○子[*58]・大乙下中臣部兎子《うのこ》らが、惣領の高向の大夫に請うて、下総の国の海上《うなかみ》の国造[*59]の管内の軽野から南の一と里《さと》と、那賀《なか》の国造の管内の寒田《さむた》以北の五里《さと》とを割いて、別に神の郡[*60]を置いた。そこにある天の大神の社と坂戸《さかと》の社・沼尾の社と三社を合わせて総称して香島の天の大神*61ととなえる。それによって郡の名につけた」。《風俗の諺に「霰《あられ》*62降る香島の国」という。》

清（天の気）と濁（地の気）とが集まることができて、天と地とがひらけはじめるより前に、諸祖天神《土地の人はカミルミ・カミルギという》*63が、八百万《やほよろづ》の神たちを高天《たかま》の原につどい集められた。その時、諸祖神が告げていうには、「いま、わが御孫命《みまのみこと》が豊葦原水穂《みずほ》之《の》国を治めにお降りになる」と仰せられた。このとき高天の原から降って来られた大神は御名を香島の天の大神と申し、天にては*64すなわち日の香島の宮と号し、地にてはすなわち豊香島の宮と名づける。《土地の人はいう、「豊葦原水穂の国を依さし奉らんと詔り給えるに、荒ぶる神たち、また石根・木立・草の片葉まで言問《ことど》い、昼はさ蠅の音ない、夜は火のかがやく国、これを事向け平定《やは》さん大御神として天降り仕えまつりき」。》

その後、初国《はつくに》知らしし（初めて国を治められた）美麻貴天皇《みまきのすめらみこと》（崇神天皇）のみ世になって幣《みてぐら》として奉った奉納品は、大刀十口《ふり》・鉾二枚・鉄弓《かなゆみ》二張・鉄箭二具・許呂《ころ》四口・枚鉄《ひらがね》（小鉄板）一連・練鉄《ねりがね》（鍛鉄）一連・馬一匹・鞍一具・八咫鏡二面・五色の絁《あしぎぬ》一連。《土地の人はいう、「美万貴天皇のみ世に、大坂山*65の頂上に純白の御着物を着ておいでの、白い桙の御杖をお持ちになった〔おん方《かた》さま〕がおさとし〔託宣〕なされるお言葉は、「わが前（私さま）を丁寧にお祭りするならば、お前の統治する領土を大国《おほくに》小国いずれにもあれ言《こと》依さし〔統治できるようにし〕給おう」とおさとしになった。その時

〔天皇は〕八十《やそ》伴緒《とものを》（多くの部族の長）を招集し、ことの事情を全部説明して〔何神のさとしかを〕問い尋ねた。ここに大中臣《おほなかつおみ》の神聞勝命《かみききかつのみこと》＊66が答えるには『大八島国は汝が統治せん国ぞと事向け給うたのはこれぞすなわち香島の国においでになる天津大神のお教えになった事である』といった。天皇はすべてを聞いて恐れ驚いて前述した奉納品を神宮に奉納したのである」。⦆

神戸《かんべ》＊67は六十五戸である。⦅もとは八戸である。難波天皇（孝徳天皇）の世に五十戸を加え奉り、飛鳥浄見原の大御世（天武天皇代）に九戸を加え奉り、合計六十七戸。庚寅《かのえとら》の年（持統四〔六九〇〕年）に編戸を二戸減じて六十五戸と定めさせた。⦆

淡海《あふみ》の大津の朝（天智朝）に初めて使いの人を派遣して神の宮を造らせた。それ以来、修理を絶やさない。

年ごとに七月、舟を造って津の宮＊68に奉納する。古老がいうことには、「倭武天皇のみ世に、天の大神が中臣 臣狭山命《なかとみのおみさやまのみこと》＊69に〔夢の中で〕お告げになり『今すぐ〔私の〕御舟に奉仕せよ』といった。臣狭山命は答えて『つつしんでご命令を承りました。どうしてお言葉にそむくことがありましょうや』といった。〔ところが〕朝まだきにまた天の大神のお告げがあり、『汝の舟を海中に置いたぞ』と。舟主〔臣狭山命〕がそこで見ると、舟は岡の上にある。またお告げがあり、『汝の舟は岡の上に置いたぞ』と。舟主はこれによって探してみると、こんどは舟は海中にある。このような事は二度や三度ではなかった。ここにおいてすっかり恐れかしこんで、新しく舟三隻を造らせた。それぞれ長さは二丈余りあり、これを初めて献上した」。

また、毎年四月十日には、お祭をして酒宴をひらく。卜部《うらべ》[*70]氏の同族の人たちは男も女もみな集会し、日々夜々酒をのんで歌舞の楽しみにふける。そのうたう歌にいう、

あらさかの[*71]　神のみ酒を
飲《た》げと　言いけばかもよ
我が酔いにけむ

神社の周囲は卜部氏が住んでいるところである。地勢は高く広闊で、東と西とは海（太平洋と北浦）にのぞみ、峰と谷、村と里とは犬牙交錯《いりまじ》り、山の木と野の草とはおのずから柴垣を立てて庭をなし、谷間の流れと岸の泉とは、朝夕の汲み水として湧く。嶺の頭に家を作り、松と竹とは垣の外をまもる。谿の腰に井を掘り、葛《つた》かずらは壁の上を隠す。春時にその村を過ぎれば、百草は花ひらき、秋時にその路を過ぎれば、千樹は葉の錦である。まことに神仙幽居の境、霊異化誕《けたん》の地というべきである。その美しさのゆたかなさまは筆舌につくしがたい。

その社の南に郡家《ぐんやくしょ》がある。また北には沼尾《ぬまを》の池がある。古老がいうことには、「神の世に天から流れて来た水沼である」と。そこに生える蓮根は味わいが大変ちがっていて、甘いことは

他所のものにはないところである。病のある者がこの沼の蓮を食うと、早く治ること疑いがない。鮒・鯉がたくさん住んでいる。前に郡役所を置いたところである。多くの橘を植え、その果実はうまい。

郡の東二、三里のところに高松の浜がある。大海（鹿島灘）の流れが送ってよこした砂と貝とは、積もり積もって高い丘となっている。自然に松林ができて、椎の木や柴が入りまじって生え、もはや山野のようである。東南のところの松の木の下に泉が出ている。その回りは八、九歩ばかりで、清らかなたまり水ではなはだうまい。慶雲元《きょううん》〔七〇四年〕に、国司の婇女朝臣《うねめのあそん》*72が、鍛冶師の佐備大麻呂《さびのおほまろ》*73らをつれてきて、若松の浜の鉄を採取して剣を造った。ここから南へ、軽野の里の若松の浜に至るまでの間三十余里はみな松山である。伏苓《ぶくりょう》（まつほど）・伏神《ぶくじん》（ねあるまつほど＝薬草）を毎年掘る。この若松の浦はすなわち常陸と下総と二つの国の堺にある安是《あぜ》の湖《みなと》のあるところである。砂鉄は剣に作ると非常に鋭利である。しかし香島の神の山であるから、手軽に入って松を伐ったり鉄を掘ったりすることはできないのである。

郡役所の南二十里のところに浜《はま》の里《さと》がある。その東の松山の中に一つの大きな沼がある。寒《さむ》田《た》という。〔周囲は〕四、五里ばかりである。鯉や鮒が住んでいて、之万《しま》と軽野の二つの里にあるところの田はこれ（沼）があるためにすこしく潤っている。軽野から東の大海（太平洋）の浜べに、漂着した大船がある。長さは一十五丈、巾は一丈余りで、朽ちくだかれて砂に埋まって今も遺っている。《淡海のみ世（天智朝）に、国土を探し求めるため派遣しようとして陸奥国の石城の船大工に命じて大船を作らせたが、ここまで来て岸に流れ着き、たちまち破壊したという。》

その〔軽野の〕南に童子女《うなゐ》の松原がある。昔、年少の僮子《うなゐ》*74がいた。《土地の人はカミノヲトコ・カミノヲトメ*75という。》男を那賀の寒田《さむた》の郎子《いらつこ》（若さま）と称し、女を海上《うなかみ》の安是《あぜ》の嬢子《いらつめ》（お嬢さま）といった。どちらも容姿容貌がととのって美しく近郷近在に光りかがやいていた。お互いにその高い評判をきいて、逢いたさ見たさの心を同じく抱き、もはや抑制しようという自重心を失ってしまった。月を経、日をかさねて、嬥歌《ようか》の会《ゑ》《土地の人はウタガキまたはカガヒという》で二人は偶然に出逢った。その時郎子《いらつこ》が歌うことには、

いやぜる*76　安是の小松に
木綿垂《ゆふし》でて　吾《わ》を振り見ゆも
安是小島はも。

嬢子は答えて歌った、

潮《うしを》*77には　立たむと言へど
汝夫《なせ》の子が　八十島隠《やそしまがく》り

吾《わ》を見さば知り。

そこで二人はこもごも語りあいたいと思い、人に知られるのを恐れて遊場《うたがき》から遠ざかり、松の下蔭で、手を取りあい、膝を並べ、燃える思いを述べ、溜まりに溜まった心のうちを吐露した。もはや長い恋慕の積もるうれいを解き、こんどは新しい歓喜につのる微笑が浮かぶ。時節はまさに玉の露が木末に置き、秋の風の音澄むころである。処はまさに皎々と月の照るところ、颯々《さつさつ》たる松風のうたうところ。西の洲には鶴が鳴き、東の山のはには雁がわたる。山は寂寞《せきばく》としており、夜は蕭条《しょうじょう》としている。岩の清水はもの古り、烟る霜はもの新しい。近い山には黄葉の散る林が見え、はるかな海には磯うつ波の音が聞こえる。今宵この宵、この楽しみより楽しいものはなく、ひたすら甘いかたらいにふけり、もはや夜が明けようとするのも忘れはてていた。突如として鶏が鳴き犬がほえ、空は明けはなれて日の光はかがやいていた。ここに童子女らはどうすることもできないで、人に見られることを恥じてとうとう松の樹となった。郎子《いらつこ》を奈美松《なみまつ》といい、嬢子を古津松《こつまつ》*78という。昔つけた名をそのままに今日に至るも改めない。

郡役所の北三十里のところに白鳥の里がある。古老がいうことには、「伊久米《いくめ》天皇（垂仁天皇）のみ世に白鳥《しろとり》があったが、天から飛んで来て僮女と化《な》り、夕方には〔天に〕上り朝方には下り、石を拾って池を造り、堤を築こうとしたが、いたずらに日月を積むだけ、築いてはこわれ、築

いてはこわれして完成することができない。僮女らは、

志《し》漏《ろ》止《と》利《り》乃《の》*79　芳《は》我《が》〔那〕都《つ》々《つ》弥《み》乎《を》
都《つ》々《つ》牟《む》止《と》母《も》
安良布麻目右疑波　古《こ》叡《え》。

と、このように口ぐちにうたって天に登り、ふたたび降って来なかった。これによってその所を白鳥郷と名づけた」。（以下は省略）

そこから南方にある平原を角折《つのをれ》の浜という。そういうのは、昔、大蛇がいて東の海に通おうとおもい、浜を掘って穴を作ったが、蛇の〔頭の〕角が折れて落ちた。それで名づけた。あるいはこうもいっている、「倭武天皇がこの浜にお宿りになったが、御食事をたてまつろうとしたら、その時まったく水がなかった。そこで鹿の角を手に持って土を掘った。そのために角が折れたのでこれを名とした」と。（以下は省略）

那賀《なか》の郡

東は大海（太平洋）、南は香島・茨城の郡、西は新治の郡と下野の国との堺にある大きな山、

北は久慈の郡である。

（前の文は略す）平津《ひらつ》の駅家の西一、二里のところに岡がある。名を大櫛《おほぐし》*80という。上古に人があったが、身体はきわめてたけたかく、からだは小高い丘に居りながら、その手は海浜の大蛤をほじくり出して食った。その食った貝が積もり積もって岡となった。その当時の人は大くじりの意味でいったが、今では大櫛《おほぐし》の岡といっている。その〔巨人の〕踏んだ跡は、長さが三十数歩、巾が二十数歩ある。小便をした穴の直径は二十数歩ほどあるだろう。（以下は省略）

茨城の里。ここから北に高い丘がある。名を晡時臥《くれふし》*81の山という。古老がいうことには、「兄と妹との二人がいたが、兄の名は努賀毗古《ぬかびこ》、妹の名は努賀毗売《ぬかびめ》といった。その当時、妹は屋内にいたら、姓名《な》（素性）も知らぬ人があって、常に来て求婚した。夜来ては昼帰る。そこでしまいに夫婦になって一夜のうちに懐妊した。月みちて産むべきときになると、ついに小さな蛇を生んだ。あかるい日のうちはまるで唖のごとく、闇《くら》くなると母と語らう。そこで母と伯《おじ》（母の兄・努賀毗古）とは驚き不思議に思い、心ひそかに神の子だろうという考えを抱き、すなわち浄めた杯《つき》（食器）に〔小蛇を〕入れて、祭壇をこしらえて安置した。すると一晩のうちに早くも杯一ぱいに満ちた。こんどはさらに瓮《ひらか》（皿）に代えて入れて置くと、また瓮のうち一ぱいに満ちた。こんなことを三べんも四へんもするうちに、入れることのできる容器がなくなった。そこで母は子供につげて『お前の器量をみると、神のみ子であることが自然にわかる。もう私たち兄妹の力では養育しきれない。父上のおいでになるところに行ってしまいなさい。ここにいてはいけません』といった。その時子供は泣き悲しんで、涙をふいて答えるには『つつしんで母上の仰せは承りました。あえて拒否しようというつもりはありません。しかし、私だけ一人で行って、一緒に行ってくれるものがありません。お願いですから私を哀れんで一人の従者《こども》をつきそわせて下さい』といった。母がいうことには、『わが家にいるのは母と伯父だけで、このことはお前もまたあきらかに知っているとおりです。お前に従って行くべき人はおりません』。これをきいて子供は恨みにおもい、一言もいわない。そして別れる時になって憤りを我慢できず、伯父を震殺（雷撃）して天に昇った。母はびっくり仰天して瓮を投げつけると、瓮は子供に触れて、子供は昇ることができない。それでこの峰にとどまった。小蛇を盛った瓮と甕は今も片岡の村にある。その子孫は社を立てて祭を致し、代々相続して絶えないでいる」。
（以下は省略）

郡役所から東北に、粟河《あはかは》を挟んで駅家を設置している（もと粟河が駅家を取りまいていたので河内の駅家といったが、今はもとのままこれを名としている。）そこから南の方に当たって泉が坂の中に出ている。流れも多く清さもこの上なく、これを曝井《さらしゐ》という。泉の近くに住む村落の婦女は、夏のころここにつどい集まって布を洗い、日にさらし乾している。（以下は省略）

久慈《くじ》の郡

東は大海（太平洋）、南と西とは那珂の郡、北は多珂の郡と陸奥の国との堺の岳である。古老がいうことには、「郡役所から南の近いところに、小さな丘がある。その形が鯨鯢《くぢら》に似ているので、倭武天皇が久慈と名づけられた」。（以下は省略）

淡海の大津の大朝《おほみや》にお治めになった天皇（天智天皇）のみ世になって藤原内大臣《うちのおほおみ》（鎌足）の封《ふ》戸《ご》*82の検査に派遣された軽直《かるのあたひ》 黒麿《くろまろ》が堤をつくって池にした。その池から北方を谷会《たにあひ》山という。そこにあるところの岸壁は、形は磐石のようになっていて、色は黄色く坑が掘ってある。猿が集まってきていつも宿り、〔ものを〕食っている。

郡役所から西北二十里のところに河内《かふち》の里がある。もとは古々《ここ》の邑《むら》と名づけた。《土地の人の説くところでは、猿の声はココというのだそうである。東の山に石の鏡がある。》昔魑魅《ばけもの》がいたが、群れ集まってきて鏡をいじくりまわして見て、たちまちひとりでにいなくなった。《土地の人は『疾《お》鬼《に》も鏡に向かえば自ら滅ぶ』という。》そこにあるところの土の色は青紺《あおはなだ》（藍）色のごとくで、画に使うと美しい。《土地の人はアヲニ（青土《あおに》）といい、あるいはカキツニ（描きつ土）ともいう。》時には朝廷の命令で採取して進納する。世にいう久慈川の濫觴《はじまり》は猿声《ここ》から出ている。（以下は省略）

郡役所の西〔十〕里のところに静織《しどり》の里がある。上古の時代には綾《しづ》*83を織る機《はた》を知る人がなかった。その時、この村で始めて織った。それによって〔里に〕名づけた。北に小川がある。丹《たん》石《せき》（瑪瑙《めのう》）が入りまじっている。色は〓碧《へんべき》（碧い文様のある石か）に似て火打石に使うともっとも好い。それで玉川とよんでいる。

郡役所の〔北二〕里のところに山田の里がある。たくさん開墾して田としている。それによって名としている。そこに流れている清い河は源を北の山に発し、郡家の近くを南に経由して久慈の河に合流する。年魚がたくさん取れる。大きさは腕ぐらいである。その河の淵を石門《いはと》といっている。繁れる樹は林を成し、浄き泉は淵をなす。上はすなわち蔽いたなびき、下はすなわちさらさら流れる。青き葉はおのずから日光をさえぎる日傘となってひるがえり、白き砂はまた波をもてあそぶための敷物となって敷く。夏月の熱き日、遠里近郷より暑を避け涼を追い、膝を並べ手を取り合って来て、筑波の雅曲[*84]をうたい、久慈の味酒《うまさけ》を飲む。これはすなわち人間界の遊びなれども、ただひたすらに塵の世の煩わしさを忘却する。その里の大伴《おほとも》の村に絶壁がある。土の色は黄で、群鳥が飛んで来てついばみ食う。

郡役所の東七里のところに太田の郷《さと》があり、長幡部《ながはたべ》の社[*85]がある。古老がいうことには、「珠《す》売《め》美《み》万命《まのみこと》（皇孫瓊瓊杵命）が天からお降りになったとき、御服《みぞ》を織るために従って降った神、み名は綺日女命《かむはたひめのみこと》[*86]は、もと筑紫の国の日《ひ》向《むか》の二所《ふたがみ》の峰より、三野（美濃）の国の引津《ひきつ》根《ね》の丘においでになった。後、美麻貴天皇（崇神天皇）のみ世になって、長幡部の遠祖[*87]多《た》弖命《てのみこと》は三野を去って久慈に移り、機殿《はたどの》を造り立てて初めてこれを織った。その織るところの布はひとりでに衣裳《きもの》となり、あらためて裁《た》ち縫う必要がなく、これを内幡《うつはた》（完全な服《はた》）といっている」。あるいはこうもいう、「絁《あしぎぬ》（太絹）を織るときにあたって、容易に人に見られてしまうので、家のとびらを閉じきって闇暗のなかで織った。それで烏《う》つ織《はた》と名づけた」と。強い兵士も鋭い刃ものも裁ち切ることができない。いまは毎年とくべつに神の貢物として〔長幡部社に〕献納する。

ここ（太田里）から北のかたに薩《さ》都《つ》の里がある。昔、土雲《つちぐも》と名のる国栖《くず》があった。ここに兎上《うのかみ》命*88は兵を発してその罪を問うて攻め滅ぼした。その時、「〔兵に〕よく殺させて福《さち》なるかも（仕合わせなことだ）」といわれた。それによって佐《さ》都《つ》と名づけた。北の山にあるところの白土《しらに》は画に塗ることができる。

東の大きい山を賀《か》毗《び》礼《れ》の高峰《たかみね》といっている。ここには天つ神で名を立速日《たちはやひ》男命《をのみこと》*89という神がおいでになる。またの名は速経《はやふ》和《わ》気命《けのみこと》である。もと天よりお降りになって、すなわち松沢《まつざは》〔というところ〕の松の木の八俣《やまた》（枝がたくさん股になった）においでになっていた。この神の祟りは非常にきびしく、もし〔その木に〕向かって大小便をする人があるときは災いを下して病気にならせたという。近くに住んでいる人はいつもひどく苦しみ悩んで、その有様をつぶさに朝廷に申しあげた。そこで〔朝廷では〕片岡大連《かたをかのおほむらじ》*90を遣わされてうやうやしく祭らせ、祈願していうには、「今、おいでになるところのこの地は百姓が近くに住んでいて朝夕きたなく臭い。当然〔神さまの〕おいでになるのはふさわしくありません。どうぞ高い山の清浄な場所に避け移り下さい」といった。ここにおいて神は祈りの言葉を聴きとどけて、ついに賀毗礼の峰に登った。その社[*91]は石をもって垣を造り、なかには一族のものが非常に沢山いる。またいろいろな宝の品物・弓・桙・釜・容器の類が、みな石となって遺っている。おおよそそこを通りすぎるもろもろの鳥は急に飛び避けて峰の上に突き当たることがない。昔もそうだったが現在でも同じである。近くに小川がある。薩都《さつ》河と名づける。源は北の山から発し、南に流れて同じく久慈川に入る。（以下は省略）

いわゆる高市《たけち》（市場）、ここから東北二里のところに密筑《みつき》の里がある。村の中に浄らかな泉がある。土地の人は大井という。夏は冷たく冬は温かく、湧き流れて川を成している。遠近の郷里の人びとは、酒肴を持参して、男も女もつどい集まり、休んで遊び、飲み楽しむ。その東と南とは海浜にのぞみ⸨石決明《あわび》・棘甲蠃《うに》・魚・貝等の類がはなはだ多い⸩、西と北とは山野をひかえている⸨椎・櫟・榧・栗が生え、鹿・猪が住んでいる⸩。すべての海山の珍味については、全部書きつくすことはできない。

ここ（密筑の里）から艮《うしとら》（北東）三十里のところに助川の駅家がある。昔は遇鹿《あふか》といった。古老がいうことには、「倭武天皇がここまでおいでになった時、皇后が来てお遇いになった。それで名づけた」と。国宰久米の大夫[*92]の時になって、河から鮭を取ったために、名を助川と改めた。⸨土地の人の言葉では鮭の親をスケといっている。⸩

多珂《たか》の郡

東と南とはともに大海（太平洋）、西と北とは陸奥と常陸の二つの国の堺の高い山である。

古老がいうことには、「斯我高穴穂《しがのたかあなほ》宮大八洲照臨《おほやしましろしめしし》天皇（成務天皇）*93のみ世に、建御《たけみ》狭《さ》日命《ひの》をもって多珂の国造に任じた。この人が初めてやって来て地形を巡歴踏査したとき、峰はけわしく山がたかいところだと思って、それで多珂の国と名づけた」。（建御狭日命*94はこれすなわち出雲臣と同属である。今多珂・石城といっているのがこれである。風俗《くにぶり》の説《ことば》に「薦枕《こもまくら》多珂の国」*95といっている。）

建御狭日命は、派遣されたその時に久慈〔郡〕との堺の助川をもって道前《みちのくち》*96とし（郡役所を西北に去ること六十里、今なお道前《みちのくち》の里と称している）、陸奥《みちのく》の国の石城《いはき》の郡の苦麻《くま》の村を道後《みちのしり》とした。

その後難波の長柄豊前の大宮に天の下をお治めになった天皇（孝徳天皇）のみ世になって、癸丑《みずのとうし》の年（六五三年）に、多珂の国造石城直《いはきのあたひ》美夜部《やべ》と石城評造部《いはきのこほりのみやつこともの》志《し》許《こ》赤《あか》*97らが、惣領高向《たかむこ》の大夫に申請し、所管の地域が遠く隔っていて往来するのに不便であるということをもって、分かって多珂・石城の二つの郡を置いた。（石城の郡は今は陸奥の国の域内にある。）

その道前《みちのくち》の里に飽田《あきた》の村がある。古老がいうことには、「倭武天皇が、東方の辺境地帯を巡察しようとしてこの野に旅宿りなされたとき、ある人が申しあげて、『この野の付近に群れている鹿はかぞえきれぬほどその数が多い。その鹿の高くふりあげた角は枯蘆の原のごとく、その吹きだす息をたとえれば朝霧のたつ丘にも似ている。また海には鰒魚《あはび》がいて大きさは八尺《やさか》ばかりである。また種々さまざまな珍味があり、魚とり遊びの収獲は多い』といった。そこで天皇は野にお出かけになり、橘皇后《たちばなのおほきさき》を海の方に遣って、お互いに獲物《えもの》のとりくらべをし、山と海との物をわかれわかれになって探した。このとき野の狩りは一日中駆けずりまわって射たが、一匹の獣もとれなかった。海の漁はほんのわずかの間に採って、たくさん美味なるものを得た。狩りと漁とがすっかり終わって御食事をおすすめ申しあげたとき〔天皇は〕お付きの家来に仰せられて、『今日の遊びは朕《われ》と家后《きさき》とがそれぞれ野と海に行って祥福（収獲）（土地の言葉でサチという）を争って、野の獲物はとれなかったが、海の食べ物はことごとくみんな食い飽《あ》きた』といった。後の代のひとはその跡を追って飽田《あきた》の村と名づけた」。

国宰《くにのみこともち》川原宿禰黒麻呂《かははらのすくねくろまろ》*98の時、大海（太平洋）の海べの石の壁に観世音菩薩の像を彫刻して造った。今も存している。それで仏《ほとけ》の浜とよんでいる。（以下は省略）

郡役所の南三十里のところに藻島《めしま》の駅家がある。その東南の浜には碁石《ごいし》がある。色は珠玉の如くである。世にいう常陸の国にあるところの美麗な碁石はただこの浜だけにある。昔、倭武天皇が舟に乗って海の上から島の磯をご覧になると、さまざまな種類の海藻《メ》がたくさん生い茂っていた。それで〔藻島と〕名づけた。現在もそうである。（以下は省略）

注

＊1――原文「常陸国司　解《まをさく》㆔申《すと》㆓古老相伝旧聞《の》事《を》㆒」。律令時代に行なわれた所管上級官庁に提出する報告文書の書式にもとづいている。これを〈解文《げぶみ》〉というがその種類は千差万別である。ここは国司から太政官（また民部省）に提出されるもの。

＊2――県　『記』成務天皇の巻に「大県・小県を定む」と見え、大化前代に行なわれた地方制度の一つで、天皇家（朝廷）と特別な従属奉仕関係を結んだ局地的な地方組織かとも考えられるが、ここは大化以前の古い地方制度として一般化しているようである（郡・県の字は中国の地方制度からの借用）。

＊3――我姫の国　阿豆麻（記）・吾嬬（紀）・吾妻・東（万葉）などとも書く。『記』では足柄の坂の上で「阿豆麻波夜」と三歎したので国の名をアヅマといったとある（『紀』では弟橘媛をしのんで碓日《うすひ》の坂の上で「吾嬬はや」といった）。ここに「我姫」の字を使っているのは橘姫伝説と関係があるかもしれない。アヅマは東方の最先端《つま》の地の意とも安曇《アヅミ》の転訛とも説かれるが不明。『万葉集』では遠江・駿河の諸国をも含めて〈東歌〉とよばれているので、古くは三河以東、または尾張以東をアヅマとよんだとする説もある。

＊4――造・別　原始的な姓《かばね》の一つとされる。ミヤツコは御屋ツ子の意で朝廷直属の部族の指導者をいい、地方では国造《くにのみやつこ》があり、軍事・職業集団には伴造《とものみやつこ》がある。『成務紀』に「諸国に令して国郡に造長を立つ」とある。別に『景行紀』に王子たちを「国々の和気とした」と見

える。ここは天皇家直属の有力な家臣の意で、古めかしく造・別と併称したもの。

*5――総領させた　〈総領〉は大化改新のさい施策の徹底のため中央から派遣された官人で、数ヵ国を管掌して事に当たった。高向臣も中臣幡織田連も不詳だが、両者とも改新の推進力となった氏族である。後文にも見える。

*6――近く通う　原文「近通」だが、〈直道（ひたみち）〉または〈直通〉の誤写か。『記』は「常道」、『紀』には「常道・常陸」を両用している。

*7――倭武天皇　『記』には倭建命、『紀』には日本武尊とある。景行天皇と吉備の伊奈毗能若郎女の間に生まれ、小碓命という。日嗣《ひつぎ》の皇子《みこ》として執政したものをもスメラミコトと称したことは宇治天皇（宇治稚郎子）、市辺天皇など「播磨国風土記」にも見える。歴代天皇の称呼制度確定以前のものである。倭建命の征東記事は『記』『紀』に詳しいが、本『風土記』倭武天皇伝説には清泉・漁撈・遊楽関係のものが多い。

*8――毗那良珠命　『国造本紀』に成務朝に天穂日《あめのほひ》命八世孫美都呂岐《みつろぎ》命の児比奈羅布《ひならふ》命をもって新治の国造を定め給うたとある。時代はちがうが同一人をさすと見られる。おそらくは、『記』に甲斐の酒折宮で「かがなべて夜には九夜日には十日を」と歌って東の国造を賜わったという御火焼《みひたき》の老人と対応する。

*9――風俗の諺　土地の人のあいだに古く言いつたえられてきた特殊な慣用句。おそらくは風俗舞として伝統した宗教的民俗舞踊の歌詞の中の土地讃めの慣用句から出ているのであろう。

他に「風俗にいう」「風俗の説にいう」となっているものもある。「筑波嶺に」の詞章の意味は「筑波山に雨雲がかかって雨が降る。頭にかざした衣の袖が濡れ浸《ひた》ってしまう」でヒタチの国につづく。

＊10――常世の国　世は代・齢に通ずる言葉で不老長寿の理想郷のこと。この前後は当時流行の対句を多用した漢文で中国直移入の神仙文学の影響も見える。

＊11――水田は……　班田制を施行する上から田品を上・中・下の三等級にわけ、さらにそれを三分化して上上・上中・上下などと九等級とした。ここはそのうちの上級ないし中級の意。

＊12――（省略しない）　本書を後世に書写した人の注記である。（以下は省略）とあるのも同じ。省略しなかったのはこの部分と行方の分だけである。

＊13――井を治り　井は掘り抜きによるもの・泉によるもの・川をせきとめて作るものなど種々あるが、飲料のためばかりでなく水田灌漑にももちいる。この井の周囲に村里が開け、井が神聖視され祭祀の対象となるのもこのためである。井を治るの「治る」は水流を張りひらくことと関係があろう。新治とは新しく開墾したの意。

＊14――白遠新治の国　『万葉集』に「志良登保布《シラトホフ》小新田山」（三四三六）とあって白遠は「新《にひ》」にかかる枕詞だが、意味不明。

＊15――油置売命　置売は置き女で、墳墓に灯明用の油を置くことを任務とした巫女か、または奥《おき》女《め》で、山の奥や洞穴の奥に置き棄てらるべき運命にあった足腰のたたぬ老女をいうか。油

は灯火のためのもの。ここはその油を置いてゆくことを要求する山姥とみられているようである。あるいは古墳の穴に横たわる白骨から連想された人名か。

*16――言痛けば……　『万葉集』に「事しあらば小泊瀬山の石城にもこもらば共にな思いわが背」（三八〇六）という類歌がある。石城は石の室《むろ》あるいは古墳などの石室をいう。『万葉集』のは、親に知られるのを恐れて結婚をためらう心があった男を、女がこの歌を作って生死を共にしようと男をはげましたという話がついていて一篇の歌物語となっている。ここでは男が女にいうことになっている。小泊瀬山は大和・信濃にもあるが、川上にある死者を葬る山となったものらしい。葦穂山もそのような山と考えられていたかとも思われるが、この歌は大和から東国に持ちこまれた民謡とみるべきであろう。

*17――采女臣の友属　采女臣は邇芸速日子《にぎはやひこ》の子宇麻志麻遅《うましまち》命の子孫（記）。地方豪族の子女で朝廷に貢上されたものを采女というが、その采女の管掌者だったらしい。筑波命は不明だが、奈良朝の末に「掌膳常陸国の筑波の采女従五位下勲五等壬生宿禰小家主を本国（筑波）の国造とする」（『続紀』神護景雲二年）とある。なお『旧事紀』には成務朝に「忍凝見命の孫、阿閉色命を筑波の国造とす」とある。紀の国は城《き》の国か。

*18――握飯筑波　握り飯が手につく、あるいは握り飯をつかむの意で「筑波」にかかる。筑波山には飯名の社があって飯盛山と見られていたことから出た詞章。

*19――新粟の初嘗　秋収穫した新穀を神に捧げ神人共食の儀を執行する祭。村をあげて厳重に潔

斎し、婦女子は屋内にこもって神（産霊）との交流を待った。『万葉集』に「にほ鳥の葛飾早稲をにへすともその愛しきを外《と》に立てめやも」（三三八六）などとある。なおこの祖神巡行譚は蘇民将来の話（「備後国風土記」逸文）に類し、後世には弘法大師などに付会されて各地に各様の民話が生まれるもととなった。いわゆる外来者歓待談の一原型。祖神は母神で、おそらく産霊の神である。

＊20――筑波ねに逢はむと……　筑波山で逢いましょう（共寝しましょう）といったあの娘《こ》は、誰の言葉（求婚の言葉。あるいは中傷の言葉の意にもとれる）を聞いたのかしらん、共寝をせずになってしまったことだ、――の意。

＊21――筑波ねに廬りて……　筑波山に小屋掛けをして、共に寝る妻もなくすごすこの夜は、早く明けてほしいものだ、――の意。

＊22――筑波嶺の会　香島郡（童女子松原条）に「嬥歌会、俗に歌垣またはカガヒという」とあるもの。春秋二季におこなわれた生産儀礼だが、この『風土記』では遊楽行事としての側面が強く描かれている。『万葉集』にも筑波嶺に登って嬥歌会した日の作歌（一七五九―六〇）があり、「鷲の住む　筑波の山の裳羽服津の　その津の上にあともひて、未通女《をとめ》　壮士《をとこ》の　往きつどひ　かがふカガヒに　人妻に　吾も交らむ　吾が妻に　ひとも言問へ　この山を　うしはく神の　昔より　禁《いさ》めぬ行事《わざ》ぞ　云々」とある。この会で妻どいの財（いわば結納品）を得なかったものを児女とせずというのは、生産儀礼に失敗したものと見て

——不作をもたらすものとして——家の敷居をまたがせなかったか、あるいは神のものなる女としてそのまま山麓に追い返して神に奉仕させたのではなかったかと思われる。いわゆる手古奈《てこな》（幼女の意をもつ）となるのである。

*23——東は　底本はこの上に「河内郡」を補入する。これを削って騰波江のこととする説に従った。

*24——古老が　以下の一条は原本では省略されている。『釈日本紀』巻十に「公望の私記に曰はく、案ずるに、常陸の国風土記に云はく、信太の郡。云々。古老の——」として引用された逸文を補ったもの。

*25——小山上・大乙上……　ともに天智三年に制定された位階で、養老制の正七位・正八位上相当。物部氏は釆女臣（*17）と同祖で饒速日命の後裔と伝え、戦死者の亡魂などを祭る軍事関係部民として各地に分布した。『続紀』養老七（七二三）年三月「信太郡の人物部国依に信太連の姓を賜う」とあり、延暦九（七九〇）年には信太郡大領物部志太連大成が善政を賞されている（続紀）。筑波・茨城にかけて勢威のあった氏族。

*26——日高見の国　『書紀』「景行二十五年紀」に「東夷の中に日高見国あり。……土地沃えて曠し、撃ちて取りつべし」とある。〈日つ上の国〉の意で日の出る方にある国をいうとされる。『大祓祝詞』に「大倭の日高見国」と見えるが、ある時期には信太郡がそれにあてられたわけである。陸奥国桃生郡にも日高見神社（神名帳）がある。

＊27——信太の郡　以下一条は原本にはない。『万葉集注釈』巻二に引用された逸文を補入したもの。以上二条はともに原本には「以下省略」の注記がない。

＊28——黒坂命　下の茨城郡冒頭記事にも見える。それによると大臣（多臣・意富臣とも書く）の同族とあり、神八井耳命の後裔とされる氏族で、仲国造（『旧事紀』では建借間命）と同祖（記）、『国造本紀』では印波国造も同系だが、黒坂命は誰とも知れぬ。

＊29——帳の宮　トバリ（囲《かこ》いのむしろ）をしただけの宮。野営の宮。

＊30——普都大神　『紀』に経津主神、『記』には建御雷《たけみかづち》之男神の亦の名とし建布都神・豊布都神、または布都御魂《ふつのみたま》などとあるのと同一ないし同系の神名とみられる。経津主神は武甕槌神とともに葦原中津国を平定して大己貴に国譲りをさせ（紀）、布都御魂は神武天皇が賊徒平定のさい建御雷槌神から賜わった剣とされる（記）。『古語拾遺』では経津主神は下総国香取神宮の祭神とされている。ここの話には信太郡に勢威のあった物部氏一族が関係しているようである。

＊31——飯名の社　飯名は飯魚《いひな》（あるいはナは指示の接尾語）で食料生産のための神。あるいはもとは石《イハ》ナの社で、貝または握り飯に似た石を神体として崇拝したのであろう。ここでカガヒがおこなわれたとする説（鵜殿正元）はおそらく妥当である。竜ヶ崎市八代稲塚をあてている。

＊32——駅家　たんに駅とも書き、幹線道路の要所に設置して中央と地方との連絡をとるために数

四の官馬を配属し、その維持のため駅戸（村民）をあてた。この駅を利用して連絡にあたる官人を伝駅使といい、官から駅鈴を交付される。『万葉集』に「鈴が音の早馬駅のつつみ井の水を給へな妹がただ手よ」（三四三九）とあり、公私の使の繁多だった律令時代には消費集落として栄えたようである。

＊33――国巣　国栖とも書き非開化的な土着民をいう。ツチグモ（土蜘蛛・土雲とも書く）・ヤツカハギ（八束脛で足の長いこと）は土着民に対する蔑称であろう。なお『記』には倭建命の東国平定のさい膳夫として従ったものに七拳脛《ななつかはぎ》があり、久米直《くめのあたひ》の祖とされる。

＊34――山の佐伯、野の佐伯　佐伯は朝廷の命令を遮り抵抗する者をいう。『景行紀』には蝦夷を播磨など五国に配したのを佐伯部の祖といっている。後文にはこれを個人名のように書いているところもある。

＊35――水依さす　「うまい水の依せるウマラキ」とかかるのかもしれない。これには、郡内を信筑川が廻流し、倭建命が「よくたまれる水かな」といったという伝説（田余の里）もあることが注意されよう。水ククルとよむ説もある。

＊36――多祁許呂命　『姓氏録』に「額田湯坐連……天津彦根命の十四世の孫、建許呂命の後」とあり、『国造本紀』には成務朝に石城国造に定められたと見える。湯坐連は天皇家直属の部民で皇子たちの産湯や入浴に奉仕したものの管掌者。この点で筑波釆女・壬生連とも職域がつながっている。だから品太天皇の生誕まで仕えたという伝承があるわけである。「中男」

は『万葉集』に「都武賀野に鈴が音きこゆ上信太《かむしだ》の殿の奈可知《なかち》し鳥狩《とがり》すらしも」（三四三八）とあるように跡とり息子の意。「使主」は朝鮮からきた敬称。あと姓化したが、ここでは名前とも敬称ともとれる。

＊37――高浜に……　高浜に来寄せる沖浪が押し寄せるように私に言い寄る女があろうとも、私はなびきはしない、あなたに私の心が寄ったならば。――あなたさえウンと言ってくれたらもうほかの女なんか見向きもしないという意。

＊38――高浜の……　高浜の浜べを吹く風のように私の心は妹を恋いしたって騒ぐ。妻といいたいものだ（しこと召しつも）。四、五句は原文「川麻止伊波阿夜〔志〕古止売志都」と諸本に異同があって定訓を知らない。

＊39――水部　天皇の食事用の飲料や氷などを管掌する部民。令制には主水司《もひとりづかさ》がある。

＊40――小乙下……　小乙も大建も天智三年（六六四）制定の下級の冠位。壬生は乳部とも書き皇子女の養育関係の雑用・雑費の調達にあてられた部民。連はその統率者に与えられた姓。茨城の国造は多祁許呂命（＊36）から出ているからその子孫の一族、那珂の国造の始祖は建借間命（板来村）だから、その子孫の一族（なお＊28参照）。

＊41――郡を置いた　大化改新で五十戸で一里を構成する制をたてたが、ここでは茨城・那珂から十五里を割いて一郡を新設したことをいっている。戸籍を作ったのは『紀』では癸丑年の前年（六五二年）とされているが、それに応じた措置であろう。なお原本では括弧内の字

がないが、彰考館本にしたがって補入すべきであろう。

＊42――海北　霞ヶ浦の北をさすと見られるが、日本の倭王武が宋の皇帝に上表した文に「海北を平らぐ」とあるのと同じ意のもので、漠然と東北地方のことをいったのかもしれない。

＊43――立雨降る　タチサメとナメと音の類似でかかる。立雨はにわか雨で、にわか雨が一斉に並《ナメ》んで降るので「行方」のナメにかかるとする説もある。

＊44――県の祇　郡制以前の県時代に祭られた神の社で、あるいは国造の祭った神か。天神に対する地祇の意で〈祇〉の字を使っている。

＊45――郡役所　郡は郡家・郡衙などと建造物を中心にした呼び方で書かれる場合が多い。大体郡の中心の交通上の要地におかれ、郡役所（庁舎）・郡司の宿舎その他付属建築物や数十棟の倉庫から成る広い地域で、付近には寺院や役所御用の手工業者の集団も居住し、人家の集中した一集落をなしていたので、郡役所関係の子女も多かったわけである。郡庁舎は土壇でかこまれることもあり、南門（大門）もあったらしい。なお昭和十八年新治郡の郡衙遺跡が発掘されたのは有名。

＊46――箭括氏の麻多智　家系不明の氏だが弓矢の武力を具象化した人名ともとれる。おそらくは物部祭祀集団の族人であろう。

＊47――夜刀の神　夜刀は谷戸。現在関東東北方言にいうヤチ・ヤツで、谷間の入口の低湿地帯をいう。ここの原文には読解しがたい箇所がある。原文「率紀免難」がそれで、これを「率

引免難時」とする説（後藤・秋本）もあるが、語格が不整合であるからここでは「紀」を「杞」の誤写と見、川柳またはクコという植物名とし、大和地方のカズラ類似のものとみる。ことに川柳は東国地方の農村では生命力の強いものとされ、田や屋敷の周囲に植えられていた（『万葉集』東歌参照）が、これも蛇難除けだったのであろう。

*48——当麻の大夫　常陸国司となった人。天智天武朝のころの人か、不明。

*49——建部袁許呂命　建部は倭建命を記念しておかれた朝廷隷属の部民（景行紀）で、武事に奉仕して宮門守衛などにあたったらしい。この人は壬申の乱に活躍した人か。東国の倭武天皇伝説の形成に関与したと見られる。

*50——麻績王　『天武紀』四年二月に「三位麻績王に罪あり、因幡に流す。一子を伊豆に、一子を血鹿島に流す」とある。『万葉集』（巻一、二三）では伊勢国伊良虞島に流されたことになっている。流された場所もまちまちだが麻績王の伝記も不明。

*51——建借間命　神武天皇皇子神八井耳命は常陸国仲国造の祖とされ（記）、『旧事紀』には成務朝に「伊予国造同祖、建借馬命を仲国造に定めた」と見える。多臣と同祖。

*52——天の鳥琴・天の鳥笛　天上界の鳥の鳴くような美しい音色を出す琴や笛の意だが、おそらくは出雲地方でおこなわれた〈鳥遊《とりなそび》〉（歌垣）の歌舞行事をいうのであろう。

*53——杵島ぶりの歌曲　肥前国の杵島の歌垣で歌われた民謡（「肥前国風土記」逸文参照）。

*54——当麻　『記』では当芸《たぎし》野（岐阜県養老郡）で、倭建命が「吾が足はもはや歩くことができな

い。タギタギしくなったと仰せられた」とある。

*55——寸津毗売　不明な人名だが、北浦の湖岸住民の首領でケ（食・貝）津のヒコ・ヒメの意か。

*56——韓の国の征討　神功皇后の三韓征伐の記事は『記・紀』に見えるが、そこでは一回だけになっている。

*57——大橘比売命　『記・紀』にいう弟橘媛。ただ弟橘比売は走海で入水して死んでいるので、ここはその姉とみる説があるが、しいて『記・紀』の伝承と一致させる必要はない。「大」は尊称。

*58——大乙上中臣○子　大乙上・大乙下は大化五（六四九）年の冠位制度の下級の冠位。欠字があって氏名不詳だが、国造級の人であろう。中臣部は中臣氏の部民だが、ここは鹿島神宮の祭官か。

*59——海上の国造　『記』に「天菩比命子建比良鳥命、上菟上・下菟上の国造の祖」とある。大化時代には海上郡の大領は小乙下他田日奉部直忍であった（正倉院文書）。

*60——神の郡　神郡は軍事上重要な地点の大社に特設された郡。養老七年には伊勢国渡会郡・竹郡、安房国安房郡、出雲国意宇郡、常陸国鹿島郡、筑前国宗像郡、下総国香取郡、紀伊国名草郡があった。

*61——香島の天の大神　もと海上鎮護の（おそらくは海の）神であったが、ここでは天降って中つ国の平定にあたった神とされる。後には祭神は武甕槌神とされ中臣（藤原）氏の氏神と

して尊崇されるようになったが、この頃はその点ははっきりしていない。

＊62――霰降る　霰の降る音が喧《かしま》しいのでカシマにつづく。『万葉集』防人歌に「霰ふりかしまの神を祈りつつすめらみくさにわれは来にしを」（四三七〇）がある。

＊63――カミルミ・カミルギ　もろもろの祖神たちの祖神とされる。ミは女性、ギは男性をいう接尾辞。

＊64――天にては　以下の部分は『延喜式祝詞』の『六月晦大祓祝詞（中臣祓）』との交渉を考えさせる。おそらくは鹿島の中臣部の伝承であろう。

＊65――大坂山　奈良県北葛城郡香芝町付近の二上山穴虫越あたりをいう。河内と通う要路。ここの話は『紀』崇神天皇の大物主の夢中示現の話と、大坂の神を祭って四道将軍を派遣した話と共通するものがある。

＊66――大中臣　大中臣氏は中臣氏同族で、宮廷関係の祭祀を管掌したところから〈大〉を冠せられるに至った。聞勝命は神の託宣をよく聞きわける意の人名化。

＊67――神戸　神社に隷属する民戸で、神田耕作等のことから祭祀にまで関係した。崇神朝に定めたと伝えられる。

＊68――津の宮　海神の御座所として海岸に設けた宮。鹿島町大舟津にあった。

＊69――中臣臣狭山命　『続紀』に「中臣の遠祖天御中主命の二十世の孫意美佐夜麻《おみさやま》」（天応元〔七八一〕年）と見える。なお巨狭山とする記録もある。

*70――卜部氏　卜部は神祇官に属して卜占を職とする者。中臣の雷臣《いかつおみ》命から出たといい、『続紀』では伊賀都臣は意美佐夜麻《おみさやま》の子という。鹿島神宮に奉仕した中臣氏に従属した。なお天平十八（七四六）年には「常陸国鹿島郡の中臣部二十烟、卜部五烟に中臣鹿島連の姓を賜う」（続紀）。

*71――あらさかの……　あたらしい酒の神のみ酒を飲めといってすすめたからか、私は酔ってしまった――の意。「あらさか」を顕栄・新栄の意とする説もあるが、新しく醸した酒を讃めた歌であろう。

*72――綵女朝臣　采女朝臣比良夫《ひらふ》か。慶雲元（七〇四）年に従六位上から従五位下に任じ和銅年間に近江守となり（続紀）、『懐風藻』に詩文を残している人である。

*73――佐備大麻呂　不明の氏だが、佐備は鉄刀の意であろう。

*74――僮子　髪を結わないで垂髪のままの童児。

*75――カミノヲトコ・カミノオトメ　ヲトコ・ヲトメは越子《をちこ》の意で、神性を帯びて若返って童児化した成年男女で神に奉仕するものをいう。この話は遠い沼の神と海の女神との神婚談と、カガヒで「妻問ひの財」を得なかった者の伝承（*22参照）とが複合してできたものとみられる。

*76――いやぜる……　「いやぜる」は「安是」にかかる枕詞とみられるが語義不明。安是の小松に白い木綿で作った幣《ぬさ》（おそらくはスカーフのごときものを意味しよう）を垂れさげて私の

方に振っているのが見える、安是の小島（女性）よ——の意。カガヒの情景を歌ったものとして解すべきであろう。「安是」は前に「安是の湖」とある地。

*77——潮には……　ウシヲ（原文「宇志乎」）はおそらくはウシロの誤写か。結句の「わを見さば知り」も訓法に無理があり、解しがたい。

*78——奈美松・古津松　並み松・児つ松の意で、これを中心にカガヒが行なわれたか。

*79——志漏止利乃……　歌意をとりがたい。ただ、この場所はストーンサークル（環状石）または貝塚で、古い祭場であるらしい。

*80——大櫛　おそらくは大奇《くし》の意で、古く生産儀礼の行なわれた祭場としての貝塚遺跡であろう。

*81——晡時臥の山　晡時は申の刻で日暮れ時の意。夕方まで寝ていて夜になると活動する神の話となっているが、三輪山型伝説（「土佐国風土記」逸文）・目一つ命の話（「播磨国風土記」多珂郡条）などと交流する。おそらくは土器製作者集団が参与した話である。

*82——封戸　皇親や功臣に給付された課戸。大化改新のさい私地私民が収公された代償としてとられた措置で、天武朝に廃止されたがまもなく復活した。課戸の租稲や調庸が提供された。

*83——綾　倭文とも書く。色を染めた糸で文様を織りなした布。『延喜式』には常陸国が貢進する調《みつぎ》に「倭文三十一端」とある。

*84——筑波の雅曲　筑波山のカガヒで歌われる歌のことをしゃれていったもの。この前後の文は修辞過多の美文調漢文である。

＊85――長幡部の社　常陸太田市幡にある長幡部の祭った社。『神名帳』「久慈郡長幡部神社」。

＊86――綺日女命　神機姫で機織の女神。火明命の男子天香山命から出た綺連がある（姓氏録）。

＊87――長幡部の遠祖　開化天皇の子日子坐王の子神大根王（八瓜入日子王）は三野国造・本巣国造・長幡部連の祖といわれ（記）、美濃を本拠とした氏族。『延喜式』に常陸国調として「長幡部絁七疋」とみえる。

＊88――兎上命　下総国海上の国造の祖か。

＊89――立速日男命　霊力の作用が速くたけだけしい男の神の意。おそらくは落雷・鉄剣の神格化。速経和気命も同じだが和気には若い男子の意がある。鹿島の御子神とみる説（栗田）もあるが不明。

＊90――片岡大連　『姓氏録』に大中臣と同祖の中臣方岡連が見える。祭祀関係の氏族である。

＊91――その社　古墳か、それとも祭場遺跡か。

＊92――国宰久米の大夫　国司だが、『天武紀』に河内国守来目臣塩籠が見え、この人を擬する説もある。

＊93――成務天皇　景行天皇の子で建内宿禰を大臣として大小の国々の国造を定め、国々の境界をきめて大県・小県の県主などをも定めた（記）。

＊94――建御狭日命　『旧事紀』に「成務朝に弥都侶支命の孫の弥左比命を多珂国造と定めた」とある。新治国造祖比奈良布命（＊8参照）の子という関係である。その祖天穂日命は出雲臣

の祖でもあるから同族とされるのであろう。

＊95――薦枕　まこもで作った枕。それが高いことでタカにかかる。「苫枕宝有る国」（「播磨国風土記」逸文）など例が多い。

＊96――道前　多珂国に入る交通路の入口の意味で、道後はその終わるところをいう。

＊97――石城評造部志許赤　評は朝鮮で使われた字で郡に相当し、大化前後に使用されたといわれる。「評造部志許赤」は不明だが、石城の評の造部《みやつこべ》とよんで多珂国造の部民とする説もあるが、はっきりしない。

＊98――川原宿禰黒麻呂　不明の姓氏だが、『姓氏録』に「為奈真人同祖で天智朝に川原公と姓を賜わった」とある帰化氏族と関係あるか。

播磨国風土記

播磨国風土記

〔賀古の郡〕*1

〔天皇は〕四方を望み見られて勅して「この土《くに》は丘と原・野と非常に広大で、この丘（日岡）を見ると鹿児《カコ》（鹿）のようだ」と仰せられた。だから*2名づけて賀古郡という。狩りをなさると、一匹の鹿がきてこの丘に走り登って鳴いた。その声が比々《ひひ》といった。だから日岡《ひをか》という。〔おいでになる神は大御津歯命《おほみつはのみこと》のみ子*3伊波都比古《いはつひこ》*3命である。〕

この岡に比礼《ひれ》墓がある。褶《ひれ》墓と名づけたわけは、昔、大帯日子命《おほたらしひこのみこと》（景行天皇）*4が印南《いなみ》の別《わきい》嬢《らつめ》*5を妻問いなされた時、御腰に帯びられた八咫《やた》の剣の上結《うわゆい》*6〔の帯〕には八咫の勾玉《まがたま》、下結《したゆい》には麻布都《まふつ》の鏡*7を懸けて、賀毛の郡の山直《やまのあたひ》らの始祖息長命《おきながのみこと》*8〔またの名は伊志治《いしち》〕を仲人として妻問いに下っておいでになったとき、摂津の国の高瀬の済《わたり》（渡し場）まできて、この河を渡ろうと思って渡し守に頼んだ。すると、紀伊の国生まれの渡し守の小玉《をだま》は、「私は天皇の贄人《めしつかい》*9などではないぞ」と申しあげた。そのとき天皇は「朕公《アギミ》（親愛なる貴君よ）そうではあろうがぜひ渡してくれ」と仰せられた。渡し守は答えて、「どうしても渡りたいと思うなら渡し賃を賜わりたい」といった。そこでただちに旅の装いのために頭につけていた弟縵《おとかづら》*10をお取りになって舟のなかに投げいれられた。すると〔その弟縵は〕さんぜんと舟一杯に光りかがやいた。渡し守は渡し賃を得たのでさっそくお渡しした。だから朕君《あぎみ》の済《わたり》という。ついに赤石《あかし》（明石）の郡の廝《かしはで》の御井《みゐ》*11においでになった。そこで御食事をおそなえ申しあげた。だから廝《かしはで》の御井という。その時、印南の別嬢は〔天皇が来ることを〕聞いて驚きおそれかしこんで、ただちに南毗都麻《なびつま》の島に逃げ渡った。ここにおいて天皇はさっそく賀古の松原に行ってこれを探し尋ねられた。このとき白い犬があって、海に向かって長く吠えた。天皇は「いったいこれは誰の犬か」と聞くと、須受《すず》武良首《むらのおびと》*12が答えて、「これは別嬢の飼っている犬であります」といった。天皇は勅して「よくぞ告《ノリ》つるかも（知らせたことよ）」と仰せられた。だから〔須受武良首を〕告首《のりのおびと》とよぶ。そこで天皇は〔別嬢が〕この小島にいることを知り、すぐ渡りたいと思った。やがて阿閇津《あへつ》においでになり、ここで御《み》食《アへ》をおすすめした。だから阿閇《あへ》の村とよぶ。また入江の魚をとって御《ミ》坏物《ツキもの》（土器に盛る食べ物）とした。だから御坏《みつき》の江とよぶ。また舟にお乗りになる場所に木の若枝で榭《タナ》*13を作った。だから榭津《たなつ》とよぶ。とうとう〔島に〕渡って互いにお逢いになった。天皇は勅して、「この島に隠《ナビ》し愛妻《はしツマ》よ」と仰せられた。だから〔この島を〕南毗都麻《なびつま》*14とよぶ。かくて天皇の御舟と別嬢の舟とを編合《もや》い渡られた。梶取りの伊志治は〔仲だちしたので〕その名を大中《おほなかの》伊志治

*8とよんだ。ふたたび印南の六継《むつぎ》の村にお還りになり、始めてここで密事《むつびごと》をなしとげられた。だからここを六継《むつぎ》の村という。天皇は勅して、「ここは浪の音や鳥の声がひどくやかましい」と仰せられ、南の高宮にお遷《うつ》りになった。だから高宮の村という。このとき酒殿《さかどの》を造った処はすなわち酒屋《さかや》の村とよび、贄殿《にへどの》（食料舎）を造ったところはすなわち贄田《にへた》の村とよび、宮を造ったところはすなわち館《やかた》の村とよぶ。また城宮《きのみや》*15にお遷りになり、そこで始めて婚姻の儀をあげられた。その後、別嬢の寝室の床掃《とこはらえ》に奉仕した出雲臣比須良売《いづものおみひすらめ》*16を息長命《おきながのみこと》*8に〔妻として〕賜わった。〔息長命の〕墓*17は賀古の駅の西にある。年を経て、別嬢はこの宮に薨じた。そこで墓を日岡《ひをか》に作った。そしてここに葬ろうとして、その遺骸を捧持して印南川を渡る時、大きな旋風《つむじかぜ》が川下から吹いてきて、その遺骸を川の中に巻きこんでしまった。探し求めても得ることができない。わずかに櫛箱と褶《ヒレ》（薄い肩掛け）を見つけた。そこでこの二つの物をもってその墓に葬った。だから褶墓《ひれはか》とよんでいる。ここにおいて天皇は恋い悲しみ、祈誓して仰せられるには「この川のものは食うまい」と。こういうわけで、その川の年魚《あゆ》は御贄《みにえ》（天皇の食料）には進上しない。その後御病気になり、勅して「薬なるぞ」*18と仰せられた。やがて宮を賀古の松原に造ってお遷りになった。ある人がここに冷たい清水を掘って出した。だから松原の御井《みゐ》という。

望理《まがり》の里　土は中の上である。

大帯日子天皇《おほたらしひこのすめらみこと》（景行天皇）が御巡幸なされた時、この村の川が曲がっているのを見て、勅して「この川の曲《マガリ》ははなはだみごとなことぞ」と仰せられた。だから望理という。

鴨波《あはは》の里　土は中の中である。

昔、大部造《おほとものみやつこ》らの始祖古理売《こりめ》[*19]が、この野を耕してたくさんの粟を蒔いた。だから粟々《あはは》の里という。

この里に舟引《ふなひき》の原がある。昔、神崎《かむさき》の村に荒ぶる神[*20]があった。いつも通行する人の舟の半分を留め〔沈め〕た。ここにおいてやむなく往き来する舟はことごとく大津《おほつ》の江にとどまり、〔そこから〕川上にのぼり、賀遠理多《かおりた》の谷から舟を引いて出て、赤石《あかし》（明石）の郡の林《はやし》の潮《みなと》（河口）まで通行させて出した。だから舟引《ふなひき》の原という。また事情は上記の解《げ》[*21]と同じである。

長田《ながた》の里　土は中の中である。

昔、大帯日子命《おほたらしひこのみこと》が別嬢《わきいらつめ》のところに行幸《みゆき》なされたとき、道のほとりに長い田があった。勅して「なんと長田《ナガタ》であることか」と仰せられた。だから長田の里という。

駅家《うまや》の里　土は中の中である。

駅家があるのによって名とした。

〔印南の郡〕

ある人がいうことには印南《いなみ》と名づけたわけは、穴門の豊浦宮《とゆらのみや》に天の下をお治めになった天皇

(仲哀天皇)[22]が皇后(神功)と一緒に筑紫の久麻曾《くまそ》(熊襲)の国を征伐しようと思って下っておいでになった時、御舟が印南の浦にお泊まりになった。この時青海原は非常によくなぎ、波風はやわらぎ静かであった。だから名づけて入浪《いりなみ》の郡という。

大国《おほくに》の里　土は中の中である。

大国とよぶわけは、百姓《おおみたから》の家が多くここにたむろしていた。だから大国という。

この里に山があり、その名を伊保《いほ》山という。帯中日子天皇《たらしなかつひこ》(仲哀天皇)[22]を〔崩御されたので〕神と仰ぎ奉り、〔陵墓造営のために〕息長帯日女命《おきながたらしひめ》(神功皇后)[22]は石作連《いしつくりのむらじ》大来《おほく》[23]を連れて讃伎の国の羽若《はわか》の地の石をお求めになられた。その地から海を渡って来られて、まだ〔お宿りする〕御廬《ミイホ》をお定めにならなかったとき、大来が〔絶好の地を〕見いだしてみんなに知らせた。だから美保山《みほやま》という。山の西に原がある。名を池之原という。原の中に池がある。だから池之原という。

原の南に石の造作物[24]がある。その形は家屋の如くで、長さは二丈、巾は一丈五尺で、高さも同様である。その名号《な》を大石という。いい伝えによると、聖徳の王《おほぎみ》の御代に弓削大連《ゆげのおほむらじ》[25](物部守屋)が作った石であるという。

六継《むつぎ》の里　土は中の中である。

六継の里とよぶわけはすでに上に見える(七一ページ参照)。この里に松原があり、甘茸《あまたけ》[26]が生える。色はナモミの花に似て形は鶯茸《うぐいすたけ》の如くである。十月の上旬に生じ、下旬にはなくなってしまう。その味は非常に甘い。

益《や》気《け》の里　土は中の上である。

宅《やけ》とよぶわけは、大帯日子命（景行天皇）が御宅《みやけ》*27（屯倉）をこの村にお造りになった。だから宅《やけ》の村という。

この里に山があり、名を斗形山《ますがたやま》という。石をもって斗《ます》（枡）と乎《を》気《け》（桶）とが作ってある。石の橋がある。いい伝えていうことには、上古の時、この橋が天にとどき八十人《やそびと》（多くの人）がみんな上り下りに往来した。だから八十橋《やそはし》*28という。

含芸《かむき》の里（もとの名は瓶落《かめおち》である。）土は中の上である。

瓶落とよぶわけは、難波の高津《たかつ》の御宮《おほみや》の天皇（仁徳天皇）の御世に私部《きさきべ》の弓取《ゆみとり》*29らの遠祖他田熊《をさだのくま》千《ち》が、瓶に入れた酒を馬の尻につけて、家を作るための土地を求めて旅をしていると、その瓶がこの村に落ちた。だから瓶落という。

また酒山《さかやま》がある。大帯日子天皇の御世に、酒の泉が湧き出た。だから酒山という。百姓《おおみたから》が飲んだらたちまち酔って、お互いに入り乱れて闘いあった。それで埋め塞がせた。その後、庚《かの》午《えうま》の年（天智九（六九〇）年）に人があってそれを掘りだした。今でもなお酒の気がある。

郡の南の海中に小島がある。名を南毗都麻《なびつま》*14という。志賀の高穴穂《たかあなほ》の宮に天の下をお治めになった天皇（成務天皇）[*30]の御世に、丸部臣《わにべのおみ》[*31]らの始祖比古汝茅《ひこなむち》を遣わして国の境界を定めさせた。その時、吉備比古《きびひこ》・吉備比売《きびひめ》[*32]の二人が出てきてお迎えした。そこで比古汝茅が吉備比売をめとって生んだ児が印南別嬢《いなみのわきいらつめ》である。この女性の容姿の端正なことはその世にすぐれていた。その時大帯日古天皇（景行天皇）は、この女性をめとりたいと思われ、ここに下っておいでになった。別嬢はこれを聞いてすなわち前記の島に逃れてここに隠《ナ》び（隠れ）ていた。だから南毗都麻という。

餝磨《しかま》の郡

餝磨とよぶわけは、大三間津彦命《おほみまつひこのみこと》[*33]がここに屋形《やかた》を造っておいでになった時、大きな鹿があって鳴いた。その時、王《おほぎみ》はみことのりして、「壮鹿《シカ》も鳴くことよ」と仰せられた。だから餝磨の郡と名づける。

漢部《あやべ》の里　土は中の上である。

右、漢部と称するのは、讃芸《さぬき》国の漢人《アヤビト》[*34]らがこの処にやって来て住んだ。だから漢部と名づける。

菅生《すがふ》の里　土は中の上である。

右、菅生と称するのは、この処に菅原があった。だから菅生とよぶ。

麻跡《まさき》の里、土は中の上である。

右、麻跡とよぶのは、品太天皇《ほむだのすめらみこと》*35（応神天皇）が御巡行なされたとき、勅して「この二つの山を見ると、よく人の眼を割《サ》き下げた*36のに似ている」と仰せられた。だから目割《まさき》と名づける。

英賀《あが》の里　土は中の上である。

右、英賀と称するのは、伊和大神*37のみ子の阿賀《あが》比古*38・阿賀比売《ひめ》の二はしらの神がこの処に鎮座しておいでになる。だからこの神の名によって里の名とする。

伊和《いわ》の里　⸨船丘《ふなをか》・波丘・琴丘・匣丘《くしげをか》・箕丘《みをか》・日女道丘《ひめぢのをか》・藤丘《ふじのをか》・稲丘・冑丘《かぶとをか》・鹿丘・犬丘・甕丘《みかをか》・筥丘《はこをか》〔・沈石丘〕。⸩土は中の上である。

右、伊和部《いわべ》とよぶのは、積幡《しさは》の郡の伊和君《いわのきみ》*39らの族人がやってきてここに住んだ。だから伊和部*39とよぶ。

手苅丘《てがりをか》とよぶわけは、近い国の神がここに来て、手で草を苅って〔食膳用の〕食薦《すごも》とした。だから手苅《てがり》*40とよぶ。あるいはこうもいう、「韓人《からひと》たちが始めて来た時、鎌を使用することを理解しないでただ素手でもって稲を苅った。だから手苅の村という」と。

右の十四の丘についてはみな下に記すところで明白である。

昔、大汝命《おほなむち》*41の子の火明命《ほあかりのみこと》*41は、強情で行状も非常にたけだけしかった。そのため父神はこれを思い悩んで、棄ててのがれようとした。すなわち因達《いだて》の神山まで来て、その子を水汲みにやって、まだ帰ってこないうちに、すぐさま船を出して逃げ去った。さて火明命は、水を汲んで帰ってきて、船が出て去ってゆくのを見て大いに怨み怒った。それで風波をまき起こしてその船に追い迫った。父神の船は前に進むことができないで、ついに打ちこわされた。そういうわけで、〔船のこわれた〕その処を船丘《ふなをか》とよび、〔波がきたところを〕波丘とよぶ。琴が落ちた処はすなわち琴神丘とよび、箱が落ちた処はすなわち箱丘とよび、梳匣《くしげ》（櫛箱）が落ちた処はすなわち匣丘《くしげをか》とよび、箕の落ちた処はすなわち箕形の丘とよび、甕《みか》の落ちた処はすなわち甕丘とよび、稲の落ちた処はすなわち稲牟礼《いなむれの》丘とよび、冑《かぶと》の落ちた処はすなわち冑丘とよび、沈石《いかり》の落ちた処はすなわち沈石丘《いかりをか》とよび、〔葛《ふじ》の〕綱の落ちた処はすなわち藤丘とよび、鹿の落ちた処はすなわち鹿丘《しかをか》とよび、犬の落ちた処はすなわち犬丘とよび、蚕子《ひめこ》*42が落ちた処はすなわち日女道《ひめぢの》丘とよぶ。その時、大汝の神が妻の弩都比売*43にいわれることには、「性の悪い子から逃れようとして却って風波に遇って太く《いか》辛苦《たしなめ》られたことだよ」といった。こういうわけで〔そこを〕瞋塩《いかしほ》*44とよび、苦斉《たしみのわたり》（渡船場）という。

賀野《かや》の里　（幣丘《みてぐらをか》。）土は中の上である。

右、加野《かや》と称するのは、品太《ほむだ》天皇が御巡行なされた時、この場所に殿を造り、そして蚊屋《カヤ》（蚊帳）を張った。だから加野とよぶ。山と川の名もまた里と同じである。

幣丘と称するわけは、品太天皇がこの処においでになり、地祇《くにつかみ》に幣《みてぐら》を奉りたもうた。だから幣丘とよぶ。

韓室《からむろ》の里　土は中の中である。

右、韓室と称するのは、韓室首《からむろのおびと》宝《たから》*45らの上祖《せんぞ》は、家が大変富みゆたかで韓室（朝鮮風住居）を造った。だから韓室とよぶ。

巨智《こち》の里　（草上《くさかみ》の村・大立の丘。）土は上の下である。

右は、巨智*46らが、始めてこの村に居住した。だからそれによって名とした。

草上というわけは、韓人《からびと》の山村*46たちの上祖・柞巨智賀那《ならのこちのかな》*46がこの地を請いうけて田を開墾したとき、一つの草叢があってひどく臭かった。だから草上《くさかみ》とよぶ。

大立《おほたち》の丘と称するわけは、品太天皇がこの丘にお立ちになって地形を御覧になった。だから大立の丘とよぶ。

安相《あさこ》の里　（長畝川《ながうね》。）土は中の中である。

右、安相の里と称するのは、品太天皇が但馬《たじま》から巡っておいでになったとき、道中のあいだずっと御《ミ》冠《カゲ》をおかぶりにならなかった。だから陰山前《かげやまのさき》とよぶ。それによって国造《くにのみやつこ》の豊忍別命《とよおしわけのみこと》*47は名を剝がれた。その時、但馬国造の阿胡尼命《あこねのみこと》*47が申訳をしたので、これによって罪をゆるした。ただちに塩代田《しほしろだ》廿《はたち》千代《しろ》（四十町歩）を奉ってようやく〔国造の〕名をたもった。塩代田の耕作者の但馬の朝来《あさご》の人がこの処にやって来て住んだ。だから安相の里とよぶ。*48又、阿胡尼命は英保《あぼ》の村の女をめとって、この村に生命を卒えた。ついに墓を造って葬ったが、そののち遺骸は〔但馬の国に〕運んで持っていったといい伝えている。《本の名は沙部《イサコベ》という。後、里の名を改めて*49二字で書くことになったので安相の里とした。》

長畝川とよぶわけは、昔この川に菰《こも》が生えていた。そのころ賀毛《かも》の郡の長畝の村の人がやって来て菰を苅った。その時ここの石作《いしつくりの》連《むらじ》らが奪おうとして互いに闘った。それでその人を殺してただちにこの川に投げ棄てた。だから長畝川とよぶ。

枚野《ひらの》の里　新羅訓《しらくに》の村・筥岡《はこをか》。

右、枚野と称するのは、昔は〔一枚《ひとひら》の〕小さな野であった。だから枚野とよぶ。

新良訓《しらくに》とよぶわけは、昔、新羅《シラギ》の国の人が来朝した時この村に宿った。だから新羅訓とよぶ。《山の名も同じである。》

筥丘《はこをか》と称するわけは、大汝少日子根命《おほなむちすくなひこねのみこと》*50が日女道丘の〔女〕神と日を定めて逢う約束をした時、日女道丘の神がこの丘に食物と筥の容器などの道具を準備した。だから筥丘とよぶ。

大野の里　《砥堀《とほり》。》土は中の中である。

右、大野と称するのはもとは荒野《あらの》（未開墾の野）であった。だから大野とよぶ。志貴嶋の宮に天の下をお治めになった天皇（欽明天皇）のみ世に、村上足嶋《むらかみのたるしま》*51らの上祖恵多《えた》が、この野を請い受けて住んだ。〔里制がしかれたので、そのまま大野を〕里の名とした。

砥堀と称するわけは、品太天皇のみ世に、神崎の郡と餝磨の郡との堺に大川（市川）の岸の道を造った。この時、砥《と》を掘りだした。だから砥堀とよぶ。現在もなお〔砥が〕ある。

少川《をがは》の里《高瀬の村・豊国の村・英馬野《あがまの》・射目前《いめさき》・檀坂《まゆみさか》・御立丘《みたちをか》・伊刀嶋《いとしま》。》土は中の中である。《もとの名は私《きさき》の里である。》

右、私の里とよぶのは志貴嶋の宮に天の下をお治めになった天皇のみ世に、私部弓束《きさきべのゆづか》*29らの祖の田又利君鼻留《たたりのきみひる》*52がこの処を請い受けて住んだ。だから私の里とよぶ。その後、庚寅《かのえとら》*53の年（六九〇年）に、上野《かみつけ》の大夫が*54宰《くにのみこともち》（国守）であった時、改めて小川の里とした。ある人がいうことには、小さい川が大野からここに流れて来る。だから小川という、と。

高瀬と称するわけは、品太天皇が夢前《いめざき》の丘に登って見わたされると、北の方に白い色の物があった。勅して、「あれは何物だろう」と仰せられて、ただちに舎人《とねり》*55上野《かみつけ》の国〔出身〕の麻奈毗古《まなひこ》を遣ってよく見させた。すると〔麻奈毗古は〕「それは高い処から流れ落ちる水にほかなりませんでした」と申しあげた。そこで高瀬の村とよぶ。

豊国《とよくに》とよぶわけは、筑紫の豊国（豊前・豊後）の神がここに鎮座しておられる。だから豊国とよぶ。英馬野とよぶわけは、品太天皇がこの野で猟をなされた時、一頭の馬が走り逃げた。勅して「誰《た》が馬ぞ」と仰せられると、側近の家臣たちは「朕《あ》が御馬《みま》*56ぞ」と答えた。それで我《あが》馬野《まの》とよぶ。この時、射目《いめ》（射手伏せ場）を立てた処はすなわち射目前とよび、弓の折れた処はすなわち檀丘《まゆみをか》とよび、御立ちになった処はすなわち御立丘とよぶ。この時大きな牝鹿*57が海を泳いで嶋に就《イタ》った。だから伊刀嶋とよぶ。

英保《あぼ》の里　土は中の上である。

右、英保と称するのは、伊予の国の英保の村の人がやってきてここに住んだ。だから英保の村とよぶ。

美濃《みの》の里　〔継《つぎ》の潮《みなと》。〕土は下の中である。

右、美濃とよぶのは、讃伎《さぬき》の国の弥濃《みの》の郡の人がやって来て住んだ。だら美濃とよぶ。

継の潮と称するわけは、昔この国に一人の死んだ女があった。その時、筑紫の国の火君《ひのきみ》*58らの祖〔名は不明である〕がやって来て、また生きかえった。それで〔この人に〕とつぎき（結婚した）。だから継の潮とよぶ。

因達《いだて》の里　土は中の中である。

右、因達と称するのは、息長帯比売命《おきながたらしひめのみこと》（神功皇后）が韓国を平定しようと思って御渡海なされた時、御船前《みふなさき》（先導神）の伊太氏《いだて》の神《かみ》*59がこの処においでになる。だから神の名によって里の名とした。

安師《あなし》の里　土は中の中である。

右、安師と称するのは、倭〔の国〕の穴无神《あなしのかみ》*60の神戸《かんべ》として奉仕した。だから穴師とよぶ。

漢部《あやべ》の里　多志野《たしの》・阿比野《あひの》・手沼川《てぬがは》。

里の名は上記した（七六ページ）ところで明らかである。

右、多志野と称するのは、品太天皇が巡行しておいでになったとき、鞭をもってこの野を指《サ》して勅して「その野は住宅を作り、また田を開墾するがよい」と仰せられた。だから佐志野《さしの》とよぶ。現在は改めて多志野とよぶ。

阿比野と称するわけは、品太天皇が山の方から行幸しておいでになった時、お付きの従臣たちは海の方からきてここで会った。だから会野《あひの》とよぶ。

手沼川と称するわけは、品太天皇がこの川で御手をお洗いになった。だから手沼川とよぶ。

（年魚《あゆ》を産し、味がよい。）

貽和《いわ》の里の船丘の北のほとりに馬墓《うまはか》の池がある。昔、大長谷　天皇《おほはつせのすめらみこと》（雄略天皇）の御世に、尾《を》張　連《はりのむらじ》＊61らの上祖長日子《ながひこ》は善い婢《はしため》（侍女）と馬とをもっていて、どちらもお気に入りであった。長日子はまさに死のうとするとき、その子に語っていった、「私が死んでから後には、みな私のと同じように葬ってくれ」と。そこでこれらのために墓を作り、第一を長日子の墓とし、第二を婢の墓とし、第三を馬の墓とし、合わせて三つの墓がある。後、王《おほきみ》の生石の大夫《まへつぎみ》＊62が国司となっていた時に、墓のほとりに池を築いた。だから〔馬墓という〕名によって馬墓の池とした。

餝磨《しかま》の御宅《みやけ》と称するわけは、大雀天皇《おほさざきのすめらみこと》（仁徳天皇）の御世に使人を派遣して意伎《おき》（隠岐）・出雲《いづも》・伯耆《ははき》・因幡《いなば》・但馬《たじま》の五人の国造たちを召喚した。この時、この五人の国造はその召喚にきた使人を水手《かこ》（船の漕ぎ手）として京に向かった。このことによって罪せられて、ただちに〔国造たちは〕播磨の国にしりぞけられ、田を作らせられることになった。この時作った所の田を、すなわち意伎田・出雲田・伯耆田・因幡田・但馬田とよぶ。そこでその田の稲を収納する御宅《みやけ》（屯倉）をすなわち餝磨《しかま》の御宅とよび、また賀和良久《かわらく》の三宅《みやけ》*63ともいう。

揖保《いひぼ》の郡

事《こと》（郡名の由来）は下の記事（揖保の里）にあきらかである。

伊刀嶋《いとしま》　もろもろの島を総称した名である。

右、品太天皇は射目人《いめびと》（射手伏せ場）*64を餝磨の射目前《いめざき》に立てて御狩りをなされた。このとき我《あが》馬野《まの》から出てきた牝鹿がこの丘を通って海に入り伊刀嶋に泳ぎ渡った。その時翼人《いめびと》たちはずっと見ていて語りあって、「鹿はとうとうあの島に到《イタ》り就《ツ》いてしまった」といった。だから伊刀嶋と名づける。

香山《かぐやま》の里　《もとの名は鹿来墓《かぐはか》。》土は下の上である。

鹿来墓とよぶわけは、伊和大神が国を占《し》*65めなされた時、鹿《カ》が来《キ》て山の峰に立った。山の峰はこれまた墓〔の形〕に似ていた。だから鹿来墓とよぶ。のちに道守臣《ちもりのおみ》[*66]が宰《みこともち》（国司）となったときになって、すなわち名を改めて香山とした。

家内谷《やうちだに》　すなわちこれは香山の谷である。その形は垣をめぐらしたような形である。だから家内谷とよぶ。

佐々《ささ》の村　品太天皇が御巡幸なされた時、竹葉《ささのは》を嚙んだ猨《さる》に出逢った。だから佐々の村という。

阿豆《あつ》の村　伊和大神が巡幸なされた時、「あぁ〔私の〕胸の中が熱《アツ》い」といって、衣の紐をひきちぎった。だから阿豆とよぶ。あるいはこうもいう、「昔、天に二つの星があったが、地に落ちて石と化した。そこでたくさんの人が集《アツ》まって[*67]来て談論《あげつら》った。だから阿豆と名づける」。

飯盛山《いひもりやま》　讃伎の国の宇達《うたり》の郡の飯神《いひのかみ》[*68]の妾は名を飯盛大刀自《いひもりのおほとじ》という、この神が海を渡って来てこの山を占めて住んでいた。だから飯盛山と名づける。

大鳥山　鵝《おほとり》がこの山に栖《す》んでいる。だから大鳥山と名づける。

栗栖《くるす》の里　土は中の中である。

栗栖と名づけるわけは、難波の高津の宮の天皇（仁徳天皇）が勅して、削った栗の実を若倭《わかやまと》部連《べのむらじ》池子《いけこ》[*69]に賜わった。そこでそれを持って〔御殿を〕退出して来て、この村に植えて育てた。だから栗栖とよぶ。その栗の実はもともと削ってあるので、その後も渋はない。
廻川《めぐりがは》・金箭川《かなやがは》　品太天皇が御巡幸なされた時、御《み》苅《かり》(御狩り)の金箭《カナヤ》(鉄の矢)がこの川に落ちた。だから金箭とよぶ。
阿為山《あゐやま》　品太天皇のみ世に、紅草《くれのあゐ》(紅藍)がこの山に生えた。だから阿為の山とよぶ。名の知れない鳥が住んでいる。正月から四月になるまで見えるが、五月以後には見えない。形は鳩に似て、色は紺《こん》(濃藍色)みたいである。
越部《こしべ》の里　⦅旧名は皇子代《みこしろ》の里である。⦆土は中の中である。
皇子代とよぶわけは、勾《まがり》の宮の天皇(安閑天皇)*70のみ世に、お気に入りの但馬君小《たじまのきみを》津《つ》*71が寵愛を受けて姓《かばね》を賜わり、皇子代君《みこしろのきみ》となされて、三宅《みやけ》(屯倉)をこの村に造ってこれに奉仕させた。だから皇子代の村という。後に、上野《かみつけの》大夫が三十戸で〔一里《ひとさと》を〕作った時になって、改めて越部の里*72とよんだ。⦅あるいはこうもいう、「但馬の三宅《みやけ》から〔部民が〕越して来た。だから越部の村とよぶ」と。⦆
鷁住山《さぎずみやま》　鷁住とよぶわけは、昔は鷁(鷺類)が多くこの山に住んだ。だからそれによって名とした。
欄坐山《たなくらやま》　山の石が欄《たな》(棚)に似ている。だから欄坐山とよぶ。
御橋山《みはしやま》　大汝命《おほなむち》が俵を積んで橋(梯子)をお立てになった。山の石が橋に似ている。だから御橋山とよぶ。

狭野《さの》の村　別君《わけのきみ》玉手[*73]らの遠祖はもと川内《かふち》の国泉の郡に住んでいた。土地が不便なところだったので、遷ってこの土地にやってきて、そこでいうことには、「この野は狭《サ》くはあるけれども、それでも〔便利なところだから〕住むことにしよう」と。だから狭野とよぶ。

上岡《かみをか》の里〘もとは林田の里である。〙土は中の下である。

出雲の国の阿菩《あぼ》の大神[*74]は、大倭《やまと》の国の畝火《うねび》・香山《かぐやま》・耳梨の三山がたがいに闘っているとお聞きになり、これを諫め止めようと上京して来られたとき、ここに着いたらちょうどもはや闘いが止んだとお聞きになり、その乗っておられた船をくつがえして〔その上に〕鎮座なされた。だから神阜《かみをか》とよぶ。丘の形は〔船を〕覆《ふ》せたのに似ている。

〔菅生山《すがふやま》〕菅が山の付近に生えている。だから菅生《すがふ》という。あるいはこうもいう、「品太天皇が巡幸なされた時、井をこの岡に掘りひらかれると、水は非常に清く冷たかった。そこで勅して、『水が清く冷たきゆえ吾が心は宗我《すが》宗我《すが》しい』と仰せられた。だから宗我《すが》富《ふ》という」と。

殿岡《とのをか》　殿をこの岡に造った。だから殿岡という。岡には柏が生えている。

早部《くさかべ》の里〘人の姓によって[*75]〔里の〕名とした。〙土は中の中である。

立野《たちの》　立野とよぶわけは、昔、土師弩《はにしのの》美《みの》宿禰[*76]が〔大和と出雲とを往き来して〕出雲の国に通うとき日下部《くさかべ》の野に宿って、そこで病気にかかって死んだ。その時出雲の国の人がやって来て、大勢の人を立ちならばせて〔手から手に〕運び伝え、〔揖保〕川の礫《こいし》を上げて墓の山を作った。だから立野とよぶ。すなわちその墓屋《はかや》を名づけて出雲《いづも》の墓屋《はかや》*77といっている。

林田の里　《もとの名は談奈志《いはなし》。》土は中の下である。

談奈志《いはなし》と称するわけは、伊和大神が国をお占めなされたとき、御志《みしるし》*78（目じるしの棒）をここに突き立てられると、それからついに楡《いはなし》の樹が生えた。だから〔里の〕名を談奈志と称する。

松尾《まつを》阜《をか》　品太天皇が巡幸なされた時、ここで日が暮れた。そこでこの阜《をか》の松を取ってかがり火とした。だから松尾*79と名づける。

塩阜《しほをか》　この丘の南に塩水の出るところがある。四方が三丈ばかりで、海から離れていることは三十里ばかり。小石をしいて底とし、草をもって縁としている。海の水に通じていて、満潮時には深さは三寸ばかりになる。牛・馬・鹿などがよろこんで飲む。だから塩阜とよぶ。

〔伊勢野《いせの》〕　伊勢野と名づけるわけは、この野に人家ができるようになると、そのたびに安らかに暮らすことができなくなる。そこで衣縫猪手《きぬぬひのゐて》・漢人刀良《あやひとのとら》*80らの祖は、ここに住むことにしたとき、社を山麓に立ててうやまい祭った。山の峰においでになる神は伊和大神のみ子の伊《い》勢都比古命《せつひこのみこと》*81・伊勢都比売命である。これから以後は家々は静かに安らぎ、ついに里ができるようになった。そこで伊勢とよぶ。

伊勢川　〔前記の〕神にちなんで〔川の〕名とした。

稲種山《いなだね》　大汝命《おほなむち》と少日子根命《すくなひこね》*82と二柱の神が神前《かむさき》の郡の埴岡《はにをか》の里の生野《いくの》の峰にいて、この山を望み見て、「あの山には稲種を置くことにしよう」と仰せられ、ただちに稲種をやってこの山に積んだ。山の形もまた稲積に似ている。だから名づけて稲種山という。

邑智《おほち》の駅家　土は中の下である。

品太天皇がここに来てみことのりして、「私は狭い土地だとおもったが、これはまことは大内で〔内側は広大で〕ある」と仰せられた。だから大内《おほち》とよぶ。

冰山《ひやま》　この山の東に流井《ながれゐ》（流れ出ている泉）がある。品太天皇がその井の水をお汲みになると氷《ひ》となった。だから冰山とよぶ。

槻折山《つきをれやま》　品太天皇がこの山で狩りをされた。槻弓《つきゆみ》をもって走る猪をお射ちになるとたちまち弓が折れた。だから槻折山という。この山の南に石の穴があり、穴の中に蒲《かま》が生えている。だから蒲阜《かまをか》とよぶ。今もなくなっていない。

広山《ひろやま》の里　《もとの名は握《つか》の村。》土は中の上である。

都可《つか》と名づけるわけは、石比売命《いはひめのみこと》*83が泉の里の波多為《はたゐ》の社《もり》にお立ちになって〔矢を〕射られると、この場所まで来るとその箭《や》はことごとく地の中に突き入り、ただ握《ツカ》（一握り分）ばかり出ていた。だから都可の村とよぶ。石川王*84が総領となられた時、改名して広山の里とした。

麻打山《あさうち》　昔、但馬の国の人伊頭志君《いづしのきみ》麻良比[85]がこの山に家をつくって住んでいた。その二人の娘が夜になって麻を打つと、そのまま麻を自分の胸に置いて死んだ。今でもこの近くに住んでいる人は夜になると麻を打たないという。土地の人がいうことには、讃伎の国[86]

意此《おし》川[87]　品太天皇のみ世に出雲の御蔭《みかげ》の大神[88]が枚方《ひらかた》の里の神尾《かみを》山におられて、いつもここを通る人をさえぎり、〔通行人の〕半数を殺し、半数は生かした。その時伯耆の国の人小保弖《をほて》と因幡の国の布久漏《ふくろ》と出雲の国の都伎也《つきや》と、この三人が互いに心を痛めて、〔ことの有様を〕朝廷に申しあげた。ここにおいて〔朝廷は〕額田《ぬかた》部連久等《べのむらじくど》らを派遣して祈願させた。その時、〔神の御坐所の〕屋形《やかた》を屋形田《やかただ》に作り、〔神酒をかもすための〕酒屋を佐々山《ささやま》[89]に作ってこれを祭った。〔その祭の〕宴遊は非常に楽しく、やがて山《やま》の柏を採り、帯に掛け腰に挿んでこの川に下りてみな互いに圧《お》し（まじない鎮圧し）た。だから壓川《おしかは》とよぶ。

枚方《ひらかた》の里　土は中の上である。枚方と名づけるわけは、河内《かふち》の国の茨田《まむだ》の郡の枚方の里の漢人《あやびと》[90]がやって来て始めてこの村に住んだ。だから枚方の里という。

佐比《さひ》の岡《をか》　佐比と名づけるわけ[91]は、出雲の大神が神尾山におられた。この神は、出雲の国の人でここを通りすぎるものがあると十人のうち五人をとどめ〔とり殺し〕、五人のうち三人を留め〔殺し〕た。そこで出雲の国の人たちは佐比（鉏）を作ってこの岡に祭った。だがどうしてもこれをこころよく受納されなかった。そうなったわけは、比古神（男神《ひこがみ》）が先に来たが、比売神（女神）が後になって来たので、この男神はここによく鎮《しづ》まることができずに立ち去ってしまった。そんなわけで女神はこれを怨み怒っているのである。そういうことがあって後、河内の国の茨田の郡の枚方の里の漢人がやってきてこの山の付近に住んで、これをうやまい祭った。そこでどうやらわずかに御心をやわらげ静めることができた。この神がおられるので名づけて神尾山という。また佐比を作って祭った処をすなわち佐比の岡とよぶ。

佐岡《さをか》　佐岡と名づけるわけは、難波の高津の宮の天皇（仁徳天皇）のみ世に、筑紫の田部《たべ》*92をよび寄せてこの地を開墾させた時、いつも五月《サつき》になってこの岡にみな集いあつまって酒を飲み宴遊した。だから佐岡という。

大見《おほみ》山《やま》　大見と名づけるわけは、品太天皇がこの山の嶺に登り、四方を見わたしたもうた。だから大見という。お立ちになられた処に大きな平たい石《いは》がある。高さは三尺ほど、長さは三丈ほど、巾は二丈ほどある。その石の表面にところどころ窪んだ跡がある。これを名づけて、御沓《みくつ》および御杖の跡という。

三《み》前山《さきやま》　この山の崎は三つある。だから三前山という。

御《み》立阜《たちをか》　品太天皇がこの丘に登って国見をなされた。だから御立岡という。

大家《おほやけ》の里　【旧名は大宮の里である。】土は中の上である。

品太天皇が巡行なされた時、宮をこの村に造りたもうた。だから大宮という。後で田中の大夫[93]が宰《くにのみこともち》となったときになって大宅《おほやけ》の里と改めた。

大法山《おほのり》（今の名は勝部岡《すぐりべをか》である。）品太天皇がこの山において大きな法令《ノリ》を宣告《の》りたもうた。だから大法山という。今、勝部《すぐりべ》とよぶわけは、小治田《をはりだ》の河原《かはら》の天皇（推古天皇か）のみ世に、大倭《やまと》の千代《ちよ》の勝部[94]らを遣わして田を開墾させると、やがて〔彼らは〕この山のほとりに住んだ。だから勝部岡とよぶ。

上《かみ》の筥岡《はこをか》・下《しも》の筥岡《はこをか》・魚戸津《なべつ》・朸田《あふこだ》　宇治天皇《うちのすめらみこと》（菟道稚郎子《うちのわきいらつこ》[95]）のみ世に、宇治連《うちのむらじ》[96]らの遠祖、兄太加奈志《えたかなし》・弟太加奈志《おとたかなし》の二人が、大田の村の与富等《よふと》の土地を請い受け、田を開墾して種子を蒔こうとしてやって来るとき、召使いが朸《あふこ》（天びん棒）で食べ物の道具類を担った。ところが朸が折れて荷が落ちた。それで奈閇《なべ》が落ちたところをすなわち魚戸津《なべつ》とよび、前荷の筥が落ちたところをすなわち上《かみ》の筥岡《はこをか》と名づけ、後荷の筥の落ちたところをすなわち下《しも》の筥岡といい、担っていた朸が落ちたところをすなわち朸田《あふこだ》という。

大田の里　土は中の上である。

大田と称するわけは、昔、呉《くれ》の勝《すぐり》[97]が韓《から》の国から渡って来て、始め紀伊《き》の国の名草《なぐさ》の郡の大田の村に着いた。その後、分かれて来て摂津の国の三島の賀美《かみ》の郡の大田の村に移って来て、それがまた揖保の郡の大田の村に移住してきた。これはもといた紀伊の国の大田をとって里の名としたのである。

言挙《ことあげ》の阜《をか》　右、言挙の丘と称するわけは、大帯日売命《おほたらしひめのみこと》*98（神功皇后）が韓の国から御帰還して京にお上りになった時、軍の行動を開始する日に、軍中に訓令*99して「このたびの出兵は決して言挙《ことあげ》*99してはならぬ」と仰せられた。だから名づけて言挙《ことあげ》の前《さき》という。

鼓山《つづみやま》　昔、額田部連《ぬかたべのむらじ》伊勢《いせ》と神人腹太文《みわびとばらのたも》*100とがたがいに闘ったとき、鼓を打ち鳴らしてたたかった。だから名づけて鼓山という。（山の谷には檀《まゆみ》が生えている。）

石海《いはみ》の里　土はすなわち上の中である。

右、石海と称するわけは、難波の長柄《ながら》の豊前《とよさき》の天皇（孝徳天皇）のみ世に、この里の中に百便《ももたり》の野があって百枝《ももえ》の稲が生えた。そこで阿曇連《あづみのむらじ》百足《ももたり》*101はさっそくその稲をとって献上した。その時天皇は勅して、「それならばこの野を開墾して田を作るとよい」と仰せられた。そして阿曇連太牟《たむ》*101を遣わされて、石海《いはみ》（石見）の人夫たちを召しよせてこれを開墾させた。だから野の名を百便《ももたり》といい、村を石海とよぶのである。

酒井野　右、酒井と称するわけは、品太天皇のみ世に、宮を大宅《おほやけ》の里《さと》に造り、この野に井を掘りひらいて酒殿を造り立てた。だから酒井野とよぶ。

宇須伎津《うすきつ》　右、宇須伎と名づけるわけは、大帯日売命が韓《から》の国を帰順させようとして海を渡っておいでになったとき、御船が宇頭川《うづかは》の泊《とまり》（船着場）に宿られた。この泊から伊都《いつ》に渡航なされたとき、たちまち逆風に遭い、進むことができなくなり、船越《ふなごし》から〔陸路を運んで〕御船を越えさせたが、それでもなお進ませることができなかった。そこで百姓を追加徴発して御船を引っ張らせた。ここに一人の女人があった。自分の背負っていた子*102を資《たすけ》としてたてまつろうとして入江に堕ちた〔のであわてふためいてイススイた〕。だから宇須伎*103とよぶ。《〔ウスキは〕いまの言葉ではイススクである。》

宇《う》頭《づ》川《かは》　宇頭川というわけは、宇須伎津の西の方に絞水《うづ》（渦）の淵がある。だから宇頭川とよぶ。すなわちこれは大帯日売命*98の御船が宿った泊《とまり》（船着場）である。

伊都《いつ》の村　伊都と称するわけは、御船の水夫《かこ》たちが「いつの時にか現在いるこの所に帰り着くことだろうか」といった。だから伊都《いつ》という。

雀嶋《すずめしま》　雀嶋とよぶわけは、雀がたくさんこの島にあつまる。だから雀嶋とよぶ。《草木は生えない。》

浦上の里　土は上の中である。

右、浦上とよぶわけは、昔、阿曇連百足《あづみのむらじももたり》らが、先に難波の浦上に住み、のちにこの浦上に移住した。だから本居《うぶすな》（出生地）によって名とした。

御津《みつ》　息長帯日女《おきながたらしひめ》命（神功皇后）が御船を停泊させた泊《とまり》である。だから御津とよぶ。

室原《むろふ》の泊《とまり》　室《むろ》とよぶわけは、この泊は、風をふせぐことはまるで室（穴倉）のごとくである。

だからそれによって名とする。
白貝《おふ》の浦　昔白貝《おふ》（ばか貝）があった。だからそれによって名とする。
家嶋《いへしま》　人びとが家を作って住んでいる。だから家嶋とよぶ。（竹・黒葛などが生えている。）
神嶋　伊刀《いと》嶋の東である。神嶋と称するわけは、この島の西のところに石神《いしがみ》がおいでになる。形は仏像に似ている。だからそれによって名とする。この神の顔に五色の玉がある。また胸には流れる涙があり、これもまた五色である。〔この石神が〕泣くわけは、品太天皇のみ世に、新羅《しらぎ》の客人《まれびと》が来朝[*104]したとき、この神が非常に立派なのを見て、世の常ならぬ珍しい宝玉とおもい、その顔面を切りさいてその一つの眼玉をえぐりとった。それによってこの神は泣いている。さて〔神は〕大いに怒り、すぐさま暴風をおこしてその客船を破壊した。〔船は〕高嶋の南の浜に漂流して沈没し、全員ことごとく死亡した。そこで〔遺骸を〕その浜に埋めた。だから〔その浜を〕名づけて韓浜《からはま》という。今でもそこを通行する者（舟人）は深く用心し戒を固くまもって「韓人《からひと》」という言葉をいわず、盲目のことには触れないようにする。
韓荷《からに》の嶋　韓人の破船の漂流物がこの島に漂着した。だから韓荷の嶋とよぶ。
高嶋　その高さがこの付近のどの島よりもすぐれている。だから高嶋とよぶ。
萩原《はぎはら》の里　土は中の中である。
右、萩原と名づけるわけは、息長帯日売命（神功皇后）が韓の国から帰還してお上りになった時、御船がこの村にお宿りになった。一晩のうちに萩が一株生えた。高さは一丈ばかりある。それによって〔ここを〕萩原《はぎはら》と名づける。やがてそこに御井《みゐ》を開発した。だから針間井*105という。この〔井のある〕場所は田を開墾しない。また墫《もたひ》（瓶）に入れた水が溢れて井となった。だから韓《から》の清水《しみづ》*106とよぶ。その水は朝汲むと朝は出ない。ここに酒殿を作った。だから酒田という。舟《ふね》（酒槽《さかぶね》）が傾いて〔酒が流れ出して〕乾いた。だから傾田《かたぶきた》という。米をつく女たちの陰《ほと》を〔神功皇后のお付きの〕従者たちが交接して断ちきった。だから陰絶田《ほとたちだ》*107という。すなわち萩が多く栄えた。だから萩原といっている。ここに祭る神は少足命《すくなたらしのみこと》*108が鎮座する。

鈴喫《すずくひ》の岡　鈴喫とよぶわけは、品太天皇のみ世にこの岡に鷹狩りをした。鷹の鈴が落ち、探しても見つけることができなかった。だから鈴喫の岡とよぶ。

少宅《をやけ》の里（もとの名は漢部の里である。）土は下の中である。

漢部《あやべ》とよぶわけは、漢人《あやびと》がこの村に住んでいた。だからそれで名とする。後にこれを改めて少宅というわけは、川原若狭《かはらのわかさ》*109の祖父が少宅の秦公《はたのきみ》*110の女《むすめ》と結婚して、やがてその家を少宅とよんだ。後になって若狭の孫の智麻呂《ちまろ》が任じられて里長《さとをさ》となった。これによって庚寅《かのえとら》の年（六九〇年）に少宅の里とした。

細螺川《しただみがは》　細螺川と称するわけは、農民が田を作ろうとして溝を掘りひらくと細螺（巻貝）がたくさんこの溝にいた。のちついに川となった。だから細螺川という。

揖保《いひぼ》の里　土は中の中である。

粒《いひぼ》と称するわけは、この里は粒山《いひぼやま》に寄り添っている。だから山によって〔里の〕名とする。

粒丘《いひぼをか》　粒丘とよぶわけは、天日槍命《あめのひぼこのみこと》*111が韓国から渡って来て宇頭川下流の川口に着いて、宿所を葦原志挙乎命《あしはらのしこをのみこと》*112にお乞いになって申されるには、「汝《あなた》はこの国の主《ぬし》（首長）たる方である。私の泊まるところを与えてほしい」と。そこで志挙《しこ》*113は海上にいることを許した。その時客神《まれびとがみ》は剣をもって*114海水を掻きまわしてこれに宿った。すなわち主《ぬし》の神は客の神のこの〔たけだけしく〕盛んな行為に恐れかしこんで〔客神よりも〕先に国を占めようと思い、巡り上って粒丘まで来て〔急いで〕食事をした。すると口から粒（めし粒）が落ちた。だから粒の丘とよぶ。その丘の小石は皆よく粒に似ている。また杖をもって地面に刺した。するとその杖の処から冷たい泉が湧き出てついに南と北とに流れ通った。北のは冷たく、南のは温かい。《白朮《おけら》が生える。》

神山《かみやま》　この山に石神《いしがみ》がおいでになる。だから神山とよぶ。《椎が生え、実は八月に熟する。》

出水《いづみ》の里　土は中の中である。

この村に冷たい泉が出る。だからその泉によって名とした。

美奈志《みなし》川　美奈志川とよぶわけは、伊和大神のみ子石龍比古命《いはたつひこのみこと》*115と妻の妹《いも》石龍比売命と二人の神が、川の水を互いに争って、妹《せ》（夫）の神（石龍比古命）は北の方の越部《こしべ》の村に流したいと思い、妹の神（石龍比売命）は南の方の泉（出水）の村に流したいと思われた。その時夫の神は山の頂上を踏んづけて〔越部の村の方に〕流し下したもうた。妹の神はこれを見て無茶なことだと思い、ただちに挿櫛《さしぐし》*116をもってその流れる水をせきとめて、頂上のあたりから溝をきり開いて泉の村に流してお互いに争った。そこで夫の神は泉の〔村の〕川下に来て、川の流れを奪い、西の方の桑原の村に流そうとした。ここにおいて妹の神はついに許さず、密樋《したび》（地下水路）を作って泉の村の田の頭《ほとり》に流し出した。これによって川の水は絶えて、流れない。だから无水《みなし》川とよぶ。

桑原《くはばら》の里　〘旧名は倉見の里である。〙土は中の上である。品太天皇が槻折山にお立ちになって遠くを御覧になった時、高い倉が見えた。だから倉見の村とよぶ。今、名を改めて桑原の里とした。あるいはこういっている、「桑原村主《くはばらのすぐり》*117らが讃容の郡の桉見《くらみ》〔の村〕の桉《くら》（鞍）を盗んで持ってきたのをその持主が追いかけて探して来て、この村で見つけた。だから桉見という」。

琴坂　琴坂とよぶわけは、大帯比古天皇《おほたらしひこ》（景行天皇）のみ世に、出雲の国の人がこの坂で一と休みした。そのときひとりの老人がいてその女子《むすめ》と一緒に坂本《さかした》の田を作っていた。そこで出雲の人は、この女を感動させて心をひこうと思って、琴をひいて聞かせた。だから琴坂とよぶ。ここに銅牙石《どうげじゃく》（自然銅の薬物）を産する。形は雙六《すごろく》の采《さい》に似ている。

讃容《さよ》の郡

讃容というわけは、大神妹背《いもせ》＊118（夫婦）二柱の神がおのおの先をあらそって国を占められた時、妹玉津日女命《いもたまつひめのみこと》が鹿を生け捕って寝ころがし、その腹を割いてその血に〔ひたして〕＊119稲をまかれた。すると一夜のあいだに苗が生えたので、ただちにこれを取って植えさせた。ここに大神は勅して「あなたは五月夜《サヨ》に植えなさったのか」と仰せられ、すぐさま他の処に去ってしまわれた。だから五月夜《さよ》の郡とよぶ。神を賛用都比売命《さよつひめのみこと》＊120と名づける。現在も讃容《さよ》の町田《まちだ》＊121がある。すなわち鹿を斬りさいた山を鹿庭山《かにはやま》＊122とよぶ。山の四面《まわり》に十二の谷がある。みな鉄を産する。難波の豊前の朝廷（孝徳朝）に始めて献上した。その鉄を発見した人は別部犬《わけべのいぬ》＊123で、その孫らがこれを献上し始めたのである。

讃容の里　事情は郡名と同じである。土は上の中である。

吉川《えがは》（もとの名は玉落川である。）大神の玉がこの川に落ちた。だから玉落という。いま吉川《えがは》というのは、稲狭部大吉川《いなさべのおほえがは》＊124がこの村に住んでいた。だから吉川という。（その山に黄蓮《わうれん》（薬草）が生える。）

桉見《くらみ》　佐用都比売《さよつひめ》命がこの山に金《かね》の桉《くら》＊125を得た。だから山の名を金肆《かなくら》、川の名を桉見《くらみ》という。

伊師《いし》　すなわちこれは桉見の河上である。川の底は床《いし》（椅子）の如くである。だから伊師と

いう。《その山に精鹿《せいろく》・升麻《しょうま》（トリノアシグサ）が生える。》
速湍《はやせ》の里　土は上の中である。川の瀬の速いのによる〔名である〕。速湍《はやせ》の社においでになる神は広比売命《ひろひめのみこと》、散用都比売《さよつひめ》命の弟《いろと》（妹）である。
凍野《こほりの》　広比売命がこの土《ところ》を占めなされた時、氷が凍《こほ》った。だから凍野・凍谷《こほりだに》という。
邑宝《おほ》の里　土は中の上である。弥麻都比古命《みまつひこのみこと》*33が井を治《は》りひらいて粮《かれひ》（乾飯）を食べ、さて仰せられた、「私は多《オホ》くの国を占めた」と。だから大《おほ》の村といい、井を治《は》ったところを御井の村とよぶ。
鍫江川《くはえがは》　神日子命《かむひこのみこと》*126が鍬《クハ》の柄《エ》を、この山に採らせた。だからその山の川を鍬江川とよぶ。
室原《むろふ》山　風をさえぎりふせぐことは室《ムロ》の如くである。だから室原山という。《人参《かのにけぐさ》・独活《うど》・藍漆《やまあさ》・升麻《とりのあし》・白朮《おけら》・石灰《いしはい》を産する。》
久都野《くつの》　弥麻都比古《みまつひこ》命が〔人々に〕告げて仰せられた、「この山を踏んづけたら崩《クヅ》れてしまうだろう」と。だから久都野という。後で改めて宇努《うの》という。その周辺は山をなし、中央が野となっている。
柏原《かしはばら》の里　柏が多く生えていることによって名づけて柏原とした。
筌戸《うへと》　大神*127が出雲の国から来られた時、嶋《しま》の村の岡をもって呉床《あぐら》（腰掛）としてすわって、筌《うへ》（やな）をこの川に仕掛けた。だから筌戸とよぶのである。〔その筌に〕魚は入らないで鹿が入った。これを取って鱠《なます》を作って食べると、口には入らないで地上に落ちた。だからここを去って他にお遷りになった。

中川《なかつがは》の里　土は上の下である。

仲川《なかつがは》と名づけたわけは、苫編首《とまあみのおびと》[128]らの遠祖大仲子《おほなかつこ》は、息長帯日売命が韓の国〔を平定するため〕に御渡海なされたとき、船が淡路の石屋《いはや》に泊まった。その時風雨が大いに起こり、〔課役に駆りだされた〕百姓《ひとびと》はすべてズブ濡れになった。その時大中子《おほなかつこ》は〔草を編んだ〕苫《とま》で苫屋を作った。天皇は勅して「これは国の富《とみ》（トマ）である」と仰せられ、ただちに姓《かばね》を賜うて苫編首《とまあみのおびと》とし給うたが、それがここに住んでいる。だから仲川《なかつがは》の里とよぶ。

[129]昔、近江の天皇（天智天皇）のみ世に丸部具《わにべのそなへ》[130]なるものがあった。これは仲川の里の人である。この人は河内国兎寸《とのき》の村の人の所有している剣を買い取った。ところが、この剣を入手してから後には、一家は全部死滅した。そんなことがあって後、苫編部《とまあみべ》犬猪《いぬゐ》がその廃墟となった土地を耕すと、土の中からこの剣を得た。地面とへだたること廻《めぐ》り一尺ばかりである。その柄は朽ちてなくなっているが、しかもその刃は錆びずにピカピカ光って明るい鏡のごとくであった。犬猪は心中不思議におもい、剣を持って家に帰り、さっそく鍛冶師をよんでその刃を焼かせた。その時この剣は蛇のように伸びたり縮んだりしたので、鍛冶師は大いに驚いて

仕事を止めてしまった。そこで犬猪は霊妙きわまりない剣として朝廷に献上した。その後、浄御原の朝廷（天武朝）の甲申《きのえさる》の年（六八四年）七月に曾《そ》禰連《ねのむらじ》　磨《まろ》[*131]を遣わされてもとの処に送り返した。今もこの里の御宅《みやけ》（官倉）に安置してある。

船引山《ふなひきやま》　近江の天皇のみ世に道守臣《ちもりのおみ》[*66]がこの国の宰《みこともち》となり、官船をこの山で造って引きおろさせた。だから船引《ふなひき》という。この山に鵲《かささぎ》が住んでいる。あるいは韓《から》国の鳥といっている。枯木の穴に栖み、春時には見かけるが夏はみえない。この山の近辺に李《すもも》が五株あり、仲冬《しもつき》になってもその実は落ちないでいる。

弥加都岐《みかづき》の原《はら》　難波の高津宮の天皇（仁徳天皇）のみ世に、伯耆《ははき》〔の国〕の加具漏と因幡《いなば》の邑《おほ》由胡《ゆこ》[*132]の二人は大いに驕って節度がなく、清酒をもって手や足を洗った。ここにおいて朝廷では、身の程を過ごしたこととお思いになり、狭《さ》井連《ゐのむらじ》　佐夜《さよ》[*133]を派遣してこの二人のものを召喚した。その時佐夜《さよ》は、すなわち二人の一族のものまでことごとくを捕縛し、連れて行く時しばしば水《ミ》の中に潜《カツ》がしてむごく苦しめた。その中に二人の女があり、手足に玉飾りをつけていた。そこで佐夜は怪しんで尋ねると、「私は服部弥《はとりのみ》蘇連《そのむらじ》[*134]が因幡の国造《くにのみやつこ》阿良佐加比売と結婚して生んだ子、宇奈比売・久波《くは》比売である」と答えていった。その時佐夜は驚いて「これは、これは、執政大臣[*135]の御娘である」といってただちに送り還した。〔見《ミ》つけて〕送《オク》った場所をすなわち見置山《みおきやま》とよび、〔水に潜《かづ》けて〕溺れさせたところをすなわち美加都岐《みかづき》原[*136]とよぶ。

雲濃《うぬ》の里　土は上の中である。

大神のみ子玉足日子《たまたらしひこ》*137・玉足比売のお生みになった子、大石命《おほいはのみこと》*137。この子は父（玉足日子）の心に称《ウナ》ひき*138（かなった）。だから有怒《うぬ》という。

塩沼の村　この村に海水が出る。だから塩沼の村という。

宍禾《しさは》の郡

宍禾《しさは》と名づけるわけは、伊和大神が国を作り堅め了えられてから後、この〔山〕川・谷・峰を境界として定めるため、御巡幸なされたとき、大きな鹿《シシ》が自分の舌を出してくるのに矢田の村で遇《アハ》れた。そこでみことのりして仰せられた、「矢はその舌にある」*139と。だから宍禾《しさは》（シシアハ）の郡とよび、村の名を矢田《やた》の村とよぶ。

比治《ひぢ》の里　土は中の上である。

比治と名づけるわけは、難波の長柄《ながら》の豊前《とよさき》の天皇（孝徳天皇）のみ世に揖保の郡を分割して宍禾の郡を作った時、山部比治《やまべのひぢ》*140が任命されて里長となった。この人の名により、だから比治の里という。

宇波良《うはら》の村　葦原志許《あしはらのしこ》乎命《をのみこと》*112が国を占められた時、みことのりして「この地は小さく狭くまるで室戸《むろと》（穴倉の入口）のようだ」と仰せられた。だから表戸《うはと》*141という。

比良美《ひらみ》の村　大神[*118]の褶《ひらび》（平帯）がこの村に落ちた。だから褶《ひらび》の村という。今の人は比良美の村といっている。

川音《かはと》の村　天日槍命《あめのひぼこのみこと》がこの村にお宿りになり、勅して「川音《かはと》はひどく高い」と仰せられた。だから川音の村という。

庭音《にはと》の村《もとの名は庭酒《にはき》[*142]である。》大神の〔食料の〕御乾飯《かれいひ》が濡れてかびが生えた。すなわち酒を醸《かも》させ、それを庭酒として献《たてまつ》って酒宴をした。だから庭酒の村という。今の人は庭音の村といっている。

奪谷《うばひだに》　葦原志許乎命と天日槍命《あめのひぼこ》と二人の神がこの谷を奪い合った。だから奪谷という。それを奪い合ったことによって、その形は曲がった藤蔓《ふじづる》のようになっている。

稲舂《いなつき》の岑《みね》　大神がこの岑で〔稲を〕舂《つ》かせた。だから稲舂前《いなつきさき》（崎）という。《味のよい粟を産する。》その粳《ぬか》が飛んで来たところをすなわち粳前《ぬかさき》（崎）とよぶ。

高家《たかや》の里　土は下の中である。

里の名を高家というわけは、天日槍命が「この村は、高いことでは他の村にまさっている」と仰せられた。だから高家という。

都太川《つたがは》　人びとはその名の由来をいうことができない。

塩《しほ》の村　ところどころに塩水が出る。牛馬などがよろこんで飲む。

柏野《かしはの》の里　土は中の上である。
柏野と名づけるわけは、柏がこの野に生える。だから柏野という。
伊奈加《いなか》川　葦原志許乎命が天日槍命と〔競争で〕国を占められたとき、嘶《イナナ》く馬があって、この川で出逢った。だから伊奈加川という。
土間《ひぢま》の村　神の衣が土《ヒヂ》（泥）の上に付いた。だから土間という。
敷草《しきくさ》の村　草を敷いて神の御座所とした。だから敷草という。この村に山がある。その南方十里ばかりのところに沢（沼沢）がある。〔広さは〕二町ばかりある。この沢に菅《すげ》が生え、笠を作るのに最適である。《椬《ひのき》・枌《すぎ》・栗・黄蓮《わうれん》・黒葛《つづら》などが生える。鉄を産する。狼・羆《くま》が住む。》
飯戸《いひべ》の阜《をか》　国を占めなされた神がここで御飯を炊いた。だから飯戸[*143]の丘という。丘の形もまた橧《こしき》・箕《み》・竈《かまど》などに似ている。
安師《あなし》の里　《もとの名は酒加《すか》の里。》土は中の上である。
大神がここで飡《スカ》（飲食）[*144]しなされた。だから須加《すか》といった。後には山守《やまもり》の里とよんだ。そういうわけは、山部三馬《やまべのみま》[*140]が里長に任命された。だから山守〔の里〕といった。今それを改めて安師としているのは、安師川があることによって名としたもの。そしてその川は安師比売神《あなしひめのかみ》[*60]によって名としている。伊和の大神は〔この女神を〕めとろうとして妻問いされた。その時、この神は固く辞退して許さない。そこで大神は大いに怒って、石をもって川の源を塞きとめ、三形（御方の里）の方に流し下した。だからこの川の水は少ない。この村の山には栭《ひのき》・枌《すぎ》・黒葛《つづら》が生え、狼・羆《くま》がすんでいる。

石作《いしつくり》の里（もとの名は伊和。）土は下の中である。

石作と名づけるわけは、石作首《いしつくりのおびと》ら[*145]が〔この〕村に住んでいる。だから庚午《かのえうま》の年（六七〇年）に〔名を改めて〕石作の里とした。

阿和賀《あわか》山　伊和大神の妹の阿和加比売命《あわかひめのみこと》[*146]がこの山においでになる。だから阿和加山という。

伊加麻川　大神が国を占められたとき、烏賊《いか》がこの川にあった。だから烏賊間《いかま》川という。

雲箇《うるか》の里　土は下の下である。

大神の妻の許乃波奈佐久夜比売《このはなさくやひめ》命[*147]は、その容姿《かたち》が美麗《ウルハ》しかった。だから宇留加という。

波加《はか》の村　国を占めなされた時、天日槍命が先に〔この〕処に来、伊和大神はその後でここに来られた。そこで大神は大変これを不思議がって仰せられた、「度《ハカ》らざるに（思いがけなくも）先に来ていたものだ」と。だから波加の村という。ここに来るものは手足を洗わないとかならず雨が降る。[*148]（その山に栭・枌・檀・黒葛・山薑《はじかみ》などが生えている。狼・熊が住む。）

御方《みかた》の里　土は下の上である。

御形《みかた》とよぶわけは、葦原志許乎命は天日槍命と黒土《くろつち》の志爾嵩《しにたけ》[*149]にお行きになり、お互いにそれぞれ黒葛《つづら》（蔓草）を三条《みかた》[*150]足に着けて投げ〔合い〕なされた。その時葦原志許乎命の黒葛は、一条《ひとかた》は但馬《たじま》の気多《けた》の郡に落ち、一条は夜夫《やぶ》の郡に落ち、一条はこの村に落ちた。だから三条《みかた》という。天日槍命の黒葛はみな但馬の国に落ちた。だから但馬の伊都志《いづし》（出石）の地を占めておいでになる。あるいはこうもいっている、「大神が形見《カタミ》（形しろ）として御杖をこの村に立てられた。だから御形という。

大内川《おほうち》・小内川《をうち》・金内川《かなうち》　大きい方の〔川〕を大内といい、小さいのを小内と称し、鉄を産するのを金内と称する。その山には桧《ひのき》・杉・黒葛《つづら》などが生える。狼・熊が住む。

伊和《いわ》の村　《もとの名は神酒《みわ》である。》大神《カミ》が酒《サケ》をこの村で醸《かも》したもうた。だから神酒*151の村という。また於和《おわ》の村という。大神は国作りを終えてから後、「於和*152」と仰せられた。於和《おわ》は美《み》岐《き》*153（神酒）と同じ〔意味〕である。

神前《かむさき》の郡

右、神前とよぶわけは、伊和大神のみ子の建石敷命《たけいはしきのみこと》*154は山使《やまづかい》の村*155の神前の山においでになる。そこでこの神がおいでになるのによって名とし、だから神前の郡という。

堲岡《はにをか》の里　《生野・大川内・湯川・粟鹿川内・波自加の村。》土は下の下である。

堲岡とよぶわけは、昔、大汝命《おほなむちのみこと》と小比古尼命《すくなひこねのみこと》とが互いにいい争って、「堲（粘土）をかついで遠くまで行くのと、屎《くそ》をしないで遠くまで行くのと、この二つのうちどちらがやり通せるだろうか」といった。そこで大汝命は「私は糞をしないで行こう」といい、小比古尼命は、「私は聖の荷を持っていこう」といった。そしてこんなふうにお互いに争って行ったが、数日すぎて、大汝命は、「私はもう我慢することができない」といって、その場にしゃがんで糞をした。そのとき小比古尼命が笑っていうには、「ご同様、私も苦しい」。そしてこれまたその聖をこの岡にほうり投げた。だから聖岡とよぶ。また、糞を垂れたとき、小竹《ささ》がその糞を弾《はじ》きあげて衣服にくっついた。だから波自賀《はじか》の村[*156]とよぶ。その聖と糞は石となって現在でもなくなっていない。あるいはこういっている、「品太《ほむだ》天皇（応神天皇）が巡幸されたとき、宮をこの岡に造り、勅して『ここの土は〔瓦や土器を作る〕聖とするだけだ』と仰せられた。だから聖岡という」。

生野《いくの》とよぶわけは、昔この処に荒ぶる神がいて、通行する人を半分とり殺した。これによって死野《しにの》とよんだ。その後、品太天皇が勅して、「これは悪い名である。改めて生野とせよ」と仰せられた。

粟鹿《あはか》川内《かふち》とよぶわけは、その川は但馬の阿相《あさご》の郡の粟鹿山から流れて来る。だから粟鹿川内という。（楡が生える。）

大川内　大川によって名とした。（檜・杉が生える。また異俗の人[*157]が三十口《にん》ばかりいる。）

湯《ゆ》川《かは》　昔、湯がこの川に出た。だから湯川という。

川辺《かはべ》の里　（勢賀川・砥川山。）土は中の下である。

この村は川の辺にある。だから川辺の里とよぶ。

勢賀《せか》というわけは、品太天皇がこの川内に狩りをして、猪や鹿を多くこの処に約《せ》き（追い）出して殺した。だから勢賀という。星が出るまでも狩り殺したので、山を星肆《ほしくら》（星谷）と名づける。

　砥川山《とがはやま》というわけは、その山から砥《ト》石を産する。だから砥川山という。

高岡の里　神前山・奈具佐《なぐさ》山。

右、高岡というのは、この里に高い岡がある。だから高岡とよぶ。

神前山　上（郡名の条）と同じである。

奈具佐山　檜が生える。その名の由来は不明である。

多駝《ただ》の里　（邑曰野・八千軍野・粳岡。）土は中の下である。

多駝とよぶわけは、品太天皇が巡幸なされた時、大御伴人《おほみともびと》（御従者）の佐伯部《さへきべ》らの始祖阿我乃《あがの》古《こ》*158は、この土地を請い受けたいとおもうと申しあげた。そのとき天皇は勅して「直《タダ》に（面と向かって）請うたことだよ」と仰せられた。だから多駝という。

邑曰野《おほわちの》というわけは、阿遅須伎高日子尼命《あぢすきたかひこねのみこと》*159の神が新次《にひすき》の社《もり》においでになって神の宮をここにお造りになった時、意保和知《おほわち》*160（大輪茅）を苅りめぐらして院《かき》とした。だから邑曰野と名づける。

粳岡《ぬかをか》は、伊和大神と天日桙命の二人の神がおのおの軍兵を発して互いに戦った。その時、大神の軍兵は集まって稲を舂《つ》いた。その粳《ぬか》が群《ム》れ集まって丘となった。またその簸置《ヒオ》いた（篩った）粳を墓《はか》といい、また城牟礼山《きむれ》*161という。あるいはいう、「城《き》を掘った場所は、品太天皇の御俗《みよ》に渡来した百済人《くだらびと》らが、〔自分たちの〕習俗にしたがって城《き》を造って*162住んだ。その孫たちは川辺《かはべ》の里の三家《みやけ》（御宅）の人夜代《やしろ》らである」。

八千軍《やちぐさ》というわけは、天日桙命の軍兵が八千あった。だから八千軍という。

蔭山の里　《蔭岡・冑岡。》土は中の下である。

蔭山というのは、品太天皇の御蔭（髪飾り）がこの山に落ちた。だから蔭山といい、また蔭岡とよぶ。すなわち道〔の草木〕を切り払う〔刀の〕刃《やいば》がなまった。そこで勅して「磨布理許《とふりこ》*163（磨いで来い）」と仰せられた。だから磨布理《とふり》の村という。

冑岡《かぶとをか》というのは、伊与都比古《いよつひこ》の神《かみ》*164が宇知賀久牟《うちかくむ》豊富命《とよほのみこと》*165と互いに闘った時、冑《かぶと》がこの岡に落ちた。だから冑岡という。

的部《いくはべ》の里　《石坐の神山・高野の社。》土は中の中である。

右、的部《いくはべ》*166らがこの村に住んだ。だから的部という。

石坐山《いはくら》というのは、この山は石を〔頂に〕戴せている。また豊穂命《とよほのみこと》が鎮座しておいでになる。だから石坐*167の神山という。

高野《たかの》の社《もり》というのは、この野がよその野よりは高い。また玉依比売命《たまよりひめのみこと》*[168]がおいでになる。だから高野の社という。

託賀《たか》の郡

右、託賀と名づけるわけは、昔、大人《おおひと》があり、いつもかがんで歩いていた。南の海から北の海に行き、東から巡行なされたとき、この土地にやって来ていった、「他の土地《くに》は卑《ひく》いのでいつもかがまり伏して歩いて行ったが、この地は高いので背伸びして歩ける。ああ高いことだ」と。だから託賀の郡という。その踏んだ足跡の処は数々の沼となっている。

賀眉《かみ》の里　《大海山・荒田の村。》土は下の上である。

右、〔加古川の〕川上《かはかみ》に居住していることによって名とする。

大海《おほみ》とよぶわけは、昔、明石《あかし》の郡の大海の里の人がやってきてこの山の麓に住んでいた。だから大海の山という。《松が生える。》

荒田とよぶわけは、この処においでになる神は名を道主日女命《ちぬしひめのみこと》*[109]という。父親がなくて児を生んだ。盟酒《うけひざけ》*[170]を醸《かも》そうとして田七町を耕作した。七日七夜のあいだにその稲は成熟しおわったので、酒を醸してもろもろの神たちを集めて〔酒宴をし〕、その子を遣って酒を捧げさせ、そしてこれを〔神たちに〕奉らせた。するとその子は、天目一命《あめのまひとつのみこと》*[171]に向かってこれを奉った。

そこで〔天目一命が〕その〔子の〕父であることがわかった。後になってその田は荒れてしまった。だから荒田の村とよぶ。

黒田《くろだ》の里 （袁布山・支閇岡・大羅野。）土は下の上である。

右、土が黒いことでもって〔里の〕名とする。

袁布《をふ》山というのは、昔、宗形《むなかた》の大神奥津島比売命《おきつしまひめのみこと》*172が伊和大神のみ子をお孕みになり、この山まで来て仰せられた、「我が子を産むべき時訖う《ヲ》（終わった）」と。だから袁布山という。

支閇《きへ》丘というのは、宗形の大神が仰せられた、「我が産むべき月が尽ぬ《キヘ》（やって来た）」と。だから支閇丘という。

大羅野《おほあみの》というのは、昔、老夫《おきな》と老女《おうな》とが羅《あみ》（網）を袁布《をふ》の山中に張って禽鳥《とり》を捕っている*173と、いろんな鳥がたくさん来て、羅を背負って飛び去りこの野に落とした。だから大羅野という。

都麻《つま》の里 （都多支《つたき》・比也山・比也野・鈴堀山・伊夜丘・阿富山・高瀬・目前・和爾布《わにふ》・多岐《たぎ》*174・阿多加野。）土は下の上である。

都麻《つま》とよぶわけは、播磨刀売《はりまとめ》*175と丹波刀売《たにはとめ》とが国の境界をきめたとき、播磨刀売はこの村に来て井の水を汲んでこれを飲んで、「この水《みヅ》は味《ウマ》い」といった。だから都麻という。

都太岐《つたき》というのは、昔、讃伎日子神《さぬきひこのかみ》*176が氷上《ひがみ》刀売*177に結婚を申し込んだ。その時氷上刀売は答えて「いやです」といったが、それでも日子神《ひこがみ》はなおも強引にいどんだ。そこで氷上刀売は怒って、「どういうわけで私にそんなに強要するのか」といって、さっそく建石命《たけいはのみこと》*178を雇って武器をもって闘いあった。ここにおいて讃伎日子は負けて逃げ還っていった、「ああ私はひどく怯《ツタな》い（臆病だ）」と。だから都太岐という。

比也山《ひややま》というのは、品太天皇《ほむだのすめらみこと》がこの山に狩りをなされたとき、匹の鹿が前に立ち、その鳴く声は比々《ヒヒ》といった。天皇はこれをお聞きになり、ただちに翼人《いめひと》（射手）を止めた。だから山は比也山とよび、野は比也野《ひやの》とよぶ。

鈴堀山《すずほりやま》は、品太天皇が巡行なされた時鈴がこの山に落ちた。探し求めたが見つからないので土を掘ってこれを探し求めた。だから鈴堀山という。

伊夜丘《いやをか》は、品太天皇の猟犬《名は麻奈志漏《まなしろ》（愛白）》が、猪を追ってこの岡に走り上った。天皇はこれを見て「射《イ》むや」（射よ）と仰せられた。だから伊夜岡《いやをか》という。この犬は猪と闘って死んだ。すなわち墓を作って葬った。だからこの岡の西に犬墓がある。

阿富山《あふやま》は、朸《アフゴ》をもって猪鹿《しし》を担った。だから阿富とよぶ。

高瀬の村というのは、川の〔渡り〕瀬が高いことによって名とした。

目前田《まさきだ》　天皇の猟犬が猪のために目《メ》を打ち割《サ》かれた。だから目割《まさき》という。

阿多加野《あたかの》は、品太天皇がこの野に狩りをなさったとき、一頭の猪が矢を負い阿多岐《アタキ》した（うなった）。だから阿多賀野という。

法太《はふだ》の里　《甕坂・花波山。》土は下の上である。

法太とよぶわけは、讃伎日子と建石命《たけいはのみこと》と互いに闘った時、讃伎日子は負けて逃げるさいに手でもって匍《ハフ》て行った。だから匐田《はふだ》という。

甕坂《みかさか》は、讃伎日子が逃げ去る時、建石命はこの坂に追い払って「今から以後はこの境に入ることはゆるさないぞ」といって、御冠《ミカがふり》をこの坂に置いた。ある人はいう、「昔、丹波と播磨との境界をきめた時、大甕《おほミカ》をこの上に掘り埋ずめて、国の境*179とした。だから甕坂という」。

花波山《はななみやま》は、近江の花波の神*180がこの山に鎮座しておいでになる。だからそれによって名とした。

賀毛《かも》の郡

賀毛とよぶわけは、品太天皇のみ世に一つがいの鴨が栖を作り卵を生んだ。だから賀毛の郡という。

上鴨の里　《土は中の上である。》下鴨の里　《土は中の中である。》

右の二つの里を鴨の里とよぶわけは、すでに上記であきらかである。ただ後で分けて二つの里とした。だから上鴨・下鴨という。

品太天皇が御巡幸なされた時、この鴨が飛び立って修布《すふ》〔の里〕の井の樹に止まっていた。この時天皇はお尋ねになって「これは何という鳥か」と仰せられた。侍従の当麻品遅《たぎまのほむち》部君前《べのきみさき》玉《たま》*[181]は答えて、「これは川に住む鴨です」と申しあげた。天皇が勅してこれを射させると、一本の矢を放って二つの鳥に命中させた。すなわち〔その鴨が〕矢を負うたまま山の岑から飛び越えた処は鴨坂とよび、落ちて死んだところをすなわち鴨谷《かもたに》とよび、羹《あつもの》（お吸物）を煮た場所は煮坂《にざか》とよぶ。

下鴨の里に碓居谷《うすゐだに》・箕谷《みたに》・酒屋谷《さかやだに》がある。大汝命《おほなむち》*[182]が碓を造って稲を舂《つ》いた処は碓居谷とよび、箕を置いた処は箕谷とよび、酒屋を造った処は酒屋谷とよぶ。

修布《すふ》の里　土は中の中である。

修布とよぶわけは、この村に井がある。ある女が水を汲んだが、やがて吸《す》いこまれて沈んだ。だから人よんで修布という。

鹿咋山《かくひやま》　右、鹿咋とよぶわけは、品太天皇が狩りにおいでになった時、白い鹿が自分の舌を咋《く》い（囓み）ながら来るのにこの山で出合った。だから鹿咋山という。

品遅部《ほむちべ》の村　右をそうよぶわけは、品太天皇のみ世に、品遅部らの遠祖前玉《さきたま》*[181]が、この土地を賜わった。だから品遅部の村とよぶ。

三重《みへ》の里　土は中の中である。

三重というわけは、昔ひとりの女があった、竹の子を抜いて布をもってつつんで食い、三重*[183]にいて〔しゃがんだまま〕起つことができなかった。だから三重という。

楢原《ならはら》の里　土は中の中である。

楢原とよぶわけは、柞《なら》〔の木〕がこの村に生える。だから柞原《ならはら》という。

伎須美野《きすみの》　右、伎須美野とよぶわけは、品太天皇のみ世に、大伴連《おほとものむらじ》＊184らがこの処を請い受けたとき、国造《くにのみやつこ》の黒田別《くろだわけ》＊185をよんでその土地の状態を問われた。その時、〔黒田別は〕答えて「縫った衣を櫃《ひつ》の底に蔵る《キスメ》（しまいこんだ）ごとくです」といった。だから伎須美野という。

飯盛嵩《いひもりたけ》　右をそうよぶのは、大汝命の御《み》飯《イヒ》をこの嵩《たけ》（山）で盛った。だから飯盛嵩という。

粳岡《ぬかをか》　右、粳岡とよぶのは、大汝命が稲を下鴨の村で舂《つ》かせると、粳《ぬか》が散ってこの岡に飛んで来た。だから粳岡という。

玉野《たまの》の村がある。そのわけは、意奚《おけ》・袁奚《をけ》＊186の二人の息子たちが、美嚢《みなぎ》の郡の志深《しじみ》の里の高野の宮におられて、山部小楯《やまべのをたて》＊164を遣わして国造《くにのみやつこ》許麻《こま》＊187の女、根日《ねひ》女命《めのみこと》を妻問うた。そこで根日女はすっかり仰せにしたがってお受けしおわった。そのとき二人の皇子は互いに譲りあって結婚をしないで日かずを重ねた。根日女は年老いてみまかってしまった。時に皇子たちは大いに悲しんで、すぐに小《を》立《たて》を遣わしてみことのりして、「朝日夕日の隠れない（蔭にならない）地に墓を造り、その遺骸を納め、玉をもって墓を飾ろう」と仰せられた。だからこの墓があるのによって玉丘《たまをか》とよび、その村を玉野とよぶ。

起勢《こせ》の里　土は下の中である。臭江・黒川。

右、起勢とよぶのは、巨勢部《こせべ》*188らがこの村に住んでいた。そこで里の名とした。

臭江《くさえ》　右、臭江とよぶのは、品太天皇のみ世に、播磨の国の田の村君《むらぎみ》*189は百八十《ももやそ》（たくさん）の村君があって自分の村でそれぞれに闘いあっていた。その時天皇は勅してこの村に追い集めてことごとく皆斬殺した。だから臭江という。その血は黒く流れた。だから黒川とよぶ。

山田の里　（土は中の下である。）猪養野。

右、山田とよぶのは、人びとが山ぎわに住んでいる。ついにそれによって里の名とした。

猪養野《ゐかひの》　右、猪飼とよぶのは、難波の高津の宮に天の下を治められた天皇（仁徳天皇）のみ世に、日向の肥人《くまびと》*190朝戸君《あさへのきみ》が天照大神のおられる舟の上に猪《ゐ》を持参してきて献上し、どこで飼ったらいいか、〔その場所を賜わるよう〕求め、申しあげて〔お言葉を〕待った。そこでこの場所を賜わり、猪を放し飼いにした。だから猪飼野という。

端鹿《はしか》の里　土は下の上である。

右、端鹿とよぶのは、昔、神が*191、もろもろの村に菓子《このみ》（木の種子）を頒けて〔歩いた〕が、この村まで来ると足りなくなった。そこですなわち「間《ハシタ》なるかも（半端になった）」と仰せられた。だから端鹿《はしか》とよぶ。（今もその神が鎮座している。）この村は、現在になっても山の木に果実がない。（真木・桅・杉が生える。）

穂積《ほづみ》の里　（もとの名は塩野《しほの》である。小目野。）土は下の上である。

塩野とよぶわけは、しょっぱい水がこの村に出る。だから塩野という。いま穂積とよぶのは、穂積臣《ほづみのおみ》*192の一族がこの村に住んでいる。だから穂積とよぶ。

小目野《をめの》　右、小目野とよぶのは、品太天皇が御巡幸なされたときこの野に宿られた。そこで四方を見はるかして、勅して「あそこに見えるのは海か、河か」と仰せられた。お付きの家来はこれに対して「これは霧です」と申しあげた。そのとき仰せられるには、「大きな地形は見えるけれども小目《ヲメ》なきかも（小さい点は見えない）」といった。だから小目野とよんでいる。また、*193この野にちなんで歌をお詠みになった。

愛《うつく》しき*194　小目の小竹葉《ささば》に
霰《あられ》降り　霜降るとも
な枯れそね　小目の小竹葉。

ここにおいてお付きの家臣は井を開いた。だから佐々《ささ》の御井という。

雲潤《うるみ》の里　土は中の中である。

右、雲潤とよぶのは、丹津日子《につひこ》の神《かみ》*195が「法太《はふだ》川の下流の流れを雲潤〔の里〕の方に〔里の境の山を〕越えさせたいと思う」と、そういったときに、その村〔雲潤〕におられる太水《おほみづ》の神*196

が辞退していうには、「私は獣《しし》の血をもって田を耕作している。だから河の水は欲しくない」と。そのとき丹津日子は、「この神は河を掘る仕事に倦[ウ]みて（あきて）そんなことをいってるだけだ」といった。だから雲弥《うみ》とよぶ。今の人は雲潤とよんでいる。

河内《かふち》の里　土は中の下である。

右、川により〔里の〕名とする。この里の田は草を敷かずに苗の子《たね》を蒔く。そうするわけは、住吉《すみのえ》の大神[*197]がのぼっておいでになった時、この村で食事をなされた。そしてお供の神たちは人が苅っておいた草を解き散らかしてお坐りになる敷物とした。そのとき草の持主〔の村人〕は大変心配して大神に訴えた。〔大神はそれを〕聞きわけて仰せられるには、「お前の田の苗は、草を敷かないでも草を敷いたようにかならず生えるだろう」といった。だからその村の田は今でも草を敷かずに苗代《なわしろ》を作る。

川合《かはひ》の里　（土は中の上である。）腹辟《はらさき》の沼。

右、川合とよぶのは、端鹿〔川〕の下流と鴨川とがこの村で会う[ア]。だから川合の里とよぶ。

腹辟《はらさき》の沼　右、腹辟とよぶわけは花波《はななみ》の神の妻[*198]の淡海《あふみ》の神が、自分の夫のあとを追おうとしてこの処まで来て、ついに怨み怒ってみずから刀をもって腹を辟き、この沼に〔身を投げて〕沈んだ。だから腹辟の沼とよぶ。その沼の鮒どもは今も五臓《はらわた》がない。

美嚢《みなぎ》の郡

美嚢とよぶわけは、昔、大兄《おほえ》の伊射報和気命《いざほわけのみこと》（履中天皇）*199が国の堺をきめられたとき、志深《しじみ》の里の許曾《こそ》の社まで来て、勅して「この土地の水流《ミナガレ》は非常に見事なことだ」と仰せられた。だから美嚢の郡とよぶ。

志深《しじみ》の里　土は中の中である。

志深とよぶわけは、伊射報和気命がこの〔里の〕井で食事をなされた時、信深《しじみ》の貝（蜆貝）が御飯を入れた筥のふちにふらふら上ってきた。その時勅して仰せられるには、「この貝は阿波の国の和那佐《わなさ》に〔行ったときに〕私が食べた貝ではないか」と。だから志深の里とよぶ。

於奚《おけ》・袁奚《をけ》の天皇《すめらみこと》たち（仁賢天皇・顕宗天皇）がこの国におられたわけは、この子たちの父市《いち》辺天皇《べのすめらみこと》*200が近江の国の摧綿野《くだわたの》で〔雄略天皇に〕殺されなさった時、日下部連《くさかべのむらじ》意美《おみ》*201をひきつれて逃れて来て、この村の石室《いはむろ》に隠れておいでになった。そしてその後、意美《おみ》は自分がおかした罪の重いことをみずからさとり、乗馬どもはその勒《たづな》を断ち切り、持っていた物（武器）や馬の桉《くら》などはみなすっかり焼きすてて、ただちに首をくって自殺した。そこで二人のみ子たちはあちらこちらに隠れ、東・西に迷い歩き、とうとう志深の村の首長の伊等尾《いとみ》*202の家に召し使われる身となった。〔ある時〕伊等尾が新室宴《にひむろうたげ》（新築祝い）をすることになって、二人のみ子たちにかがり火をともさせ、そして詠辞《ながめごと》*203（祝い歌）を挙げさせた。ここに兄弟たちはおの

おのお互いに譲りあったあげく、弟（袁奚皇子）が立って〔歌を〕詠《なが》めた。その辞《ことば》にいう、

たらちし　吉備の鉄《まがね》の　狭《さ》鍫《ぐは》持ち
田打つ如《な》す　手拍て子ら
吾《あれ》は儛ひせむ

また、詠《なが》めたもうた。その辞にいう、

淡海《あふみ》は　水渟《たま》る国
倭《やまと》は　青垣
青垣の　山投《やまと》に坐しし
市辺《いちべ》の天皇《すめらみこと》の　御《み》足末《あなすゑ》　奴僕《やつこ》良《ら》麻《ま》

と。〔それを聞いて〕そこにいた人びとは恐れかしこんで、ただちに〔庭火をたいていた皇子たちのもとに〕室内から出て走り寄った。さて、針間の国の山門《やまと》の領《つかさ》（御料林管理官）として派遣された山部連小楯《をだて》は〔二人の皇子たちと〕互いに会ったり話したり、そして語っていうことには、「このみ子のために、おん身の母の手《た》白髪命《しらがのみこと》*204は、昼は御飯もお食べにならず、

夜は寝もやらず、生死のほどもおぼえずに、泣き恋いこがれているみ子たちぞ」と。そこで〔小楯は〕朝廷に参上して上記の次第を申しあげた。すなわち〔手白髪命は〕歓び泣き、哀しみ泣いて、〔小楯を播磨に〕還し遣わし、〔皇子たちを〕お召しになった。そこで〔母とみ子たちは〕顔を見合い、語らい合い、恋しがりたもうた。この後になって〔皇子は〕ふたたび還り下って宮をこの土地に造っておいでになった。だから高野の宮・少野《をの》の宮・川村の宮・池野の宮がある。また屯倉《みやけ》を造ったところをすなわち御《み》宅《やけ》の村とよび、倉を造ったところを御《み》倉尾《くらを》とよぶ。

高野の里　祝田《はふりだ》の社に鎮座する神は、玉帯志《たまたらし》比《ひ》古《こ》大稲男《おほいなを》・玉帯志《たまたらし》比《ひ》売《め》豊稲女《とよいなめ》*205である。

志深の里　三《み》坂《さか》に鎮座する神は八《や》戸《と》挂須《かかす》御《み》諸《もろ》命の大物主*206である。葦原志許が国を堅めなされて以後、天より三坂の岑《みね》にお下りなされた。

吉《え》川《がは》の里　吉川とよぶわけは、吉川の大刀《おほと》自《じ》の神がここにおられる。だから吉川の里という。

枚野《ひらの》の里　地形によって〔里の〕名とする。

高野の里　地形によって名とする。

注

*1――賀古の郡　原本の巻首が欠損し、明石郡全部と賀古郡の冒頭数行分がない。いま仮に郡標目を補ったが、文中の四方を見渡した天皇が誰かは不明である。この『風土記』では国内を巡行する天皇としては品太天皇（応神）が最も多きをしめ、大帯日子命（景行）・息長帯比売命（神功）も数例をかぞえるが、ここはそのどちらとも決しがたい。

*2――だから　『風土記』地名説明記事では、地名成立の理由を説明するために「だから……という」（原文「故《かれ》……云」）という形式のものと、「によって……という」（原文「因……云」）という形式のものと二つの型がある。播磨と出雲の風土記の地名説話は大体この「だから型」に属し、常陸と九州の風土記は「よって型」に属している。

*3――大御津歯命のみ子　大御津歯は類似人名に瑞歯《みつは》別《わけ》（反正天皇）があるが不明。み子伊波都比古は石ツ彦ないし石戸彦で古墳の石室をいい、その内部に埋葬された貴人の男子をも意味する。おそらくは古墳説話（*33参照）で、この点『新考』に「日岡の東に古墳群あり。その中の王塚という前方後円墳即日岡神社の祭の墓なりと云伝へたり」とあるのは注目すべき伝承である。なお『神名帳』には「日岡ニ坐ス天ノ伊佐佐比古神社」とあってここの伝承とちがう。

*4――景行天皇　『記・紀』には大足《おほたらし》淤斯呂和気命・大足彦尊などと書き、纏向の日代の宮にいて天の下を治め、東国の蝦夷・九州の熊襲の征伐はこの朝のこととされる。

＊5――印南の別嬢　印南の若いお嬢さんの意だが、『記』景行には「吉備臣らの祖若建吉備津日子の女で針間之伊奈毘能大郎女」とあり、大碓命・小碓命（倭建命）らを生んでおり、また別伝ではこの大郎女の妹の伊那毘若郎女とも婚したとされている（『紀』もほぼ同様）。下文にはその家系のことが見える。

＊6――上結　長剣を吊るのに二本のベルトをもちい、そのベルトに絵柄や曲玉などの呪的装飾品を下げたことは埴輪武人像に例がある。それに鏡などをかけているのは、死霊の鎮圧者としてのモノノフのシャーマン的指導者の盛装した姿を思わせるものがある。

＊7――麻布都の鏡　フツはフト（太）などと通じ、悉皆などの意味があるらしい。霊験あらたかな鏡のこと。『紀』には「八咫鏡あるいは真経津鏡という」とあるが、鏡でも勾玉でも大きいほど霊験あらたかなものとされていたのかもしれない。なお咫は古代の長さの単位であるが、ここはそうした現実的な寸法以上の意味がある。

＊8――賀茂の郡の山直……　直はカバネの一種で、多く国造に与えられた。天平六（七三四）年に播磨の既多寺で写経に奉仕した結《ゆひ》グループの中に山直上麻呂その他の名が見え、賀茂郡の国造（郡司）級の豪族で、この風土記の作成に関与したと見られるが、ここの話はこの山直の始祖伝説の要素が強い。なお、伊志治は後文では大中伊志治として再出するが、「大中」とは跡とり息子をよぶ敬称で、これを天皇の結婚を中立ちしたことから賜わった名とするのは、始祖伝説にありがちな美化である。『姓氏録』では、「山直。天穂日命十七世

孫ヒコソノコロ命の後」（和泉国神別）とあり、播磨の諸伝説の形成に参与している土師連ないし出雲臣の同系族である。また息長命は〈長生きのミコト〉の意味をもつ名でかならずしも特別な固有名詞とは見がたいが、『記』には針間国阿宗君（阿宗は揖保郡）の祖となった息長日子王がある。ここの息長命もこうした伝承と交錯するところがあるかとも思われる。

*9——贄人　おもに山や海の生鮮食料を天皇や神に貢納する部民で、ここは海人《あま》である。この話の背景には、紀伊の国の海部郡付近の海人は、天皇に奉仕する贄人のような従属性をもったものではないことが一般的な通念としてあったらしいことをうかがわせる。あるいは紀伊の海人はいわば海賊的（水軍的）・商人的性格が濃厚だったのかもしれない。

*10——弟縵　弟は若々しく美しい意の美称。カヅラは頭にまきつける蔓草で一種の鉢巻。その蔓草の生命力の強さから邪気を払う呪物とされた。ここの話は荒ぶる川の神に縵を投げつけて逃げるという型のいわゆる遁走説話にその類型をもっているわけだが、その縵は投げたとたんに金冠に変ずるのである。

*11——廝の御井　カシハデは膳夫・膳部とも書き、天皇などの食膳に奉仕した民。膳臣《かしはでのおみ》が統率した。

*12——須受武良首　スズ村は海岸に突き出た渚洲村であろうか。オビトは首長の意だが、下級のカバネとなった。告首はツゲのオビトとよむ説もあるが、ここではノリのオビトと訓んで

海苔採集者集団のオビトと見ておく。

＊13――榭　棚または台のこと。ここはみずみずしい若木で作っているが、これは神聖な祭器（たとえば榊や神酒など）を置く机の役割をもつ。しかしここでは桟橋のごときものと見た方がよいようである。なお「だから榭とよぶ」の句は原本にはなく、松岡静雄説によって補った。おそらくは桟橋を設備した津である。

＊14――南毗都麻　隠れることを古語にはナバル・ナマルといい、拒否することもイナビという。ツマはおそらく片隅・端の地などの意をもち、女性の妻とは関係がない。ここは潮の干満や波の加減で隠顕するツマの地（海水浸蝕地）であることから説話化されたもの。その基礎には花嫁の呪的遁走という古い婚姻習俗がよこたわっている。

＊15――城宮　原文は「城宮田村」とあるが、秋本吉郎説により「田村」を削った。

＊16――出雲臣比須良売　出雲臣は出雲国造の一族。おそらくここは出雲国造から貢上された采女とみるべきだろうが、山直と出雲臣とは同祖関係にある（＊8参照）。

＊17――墓　加古川市野口に聖陵山古墳とよぶ前方後円墳があるが、それをいうか。

＊18――「薬なるぞ」　原文は「者薬也」で解しがたい。「年魚は薬だから食べたい」という意味なのか、それとも別な地名縁起となるべきものの脱落したものなのか。

＊19――大部造らの始祖　大伴造とも書く。『姓氏録』に「任那王龍主王の孫、佐利王の後」とある。任那の滅亡とともに大伴氏に従ってきた帰化人か。古理売は名。朝鮮語か、女性名か不明。

＊20——荒ぶる神　人の祭を受けつけない正体不明な神。邪霊で、山や海の難所にいて人を殺傷すると考えられた。反体制的な部族をいうこともある。この種の話は世界的に見られる。なお多く船引原伝説には、実際に舟を陸揚げして一つの川から他の川・海などへ移動したり、山で建造した舟や船材を水面まで引きずりおとした話とともに、石棺・木棺（古くはフネといった）を埋葬所まで引いた習俗に根ざしたものもある。

＊21——解　解説および「常陸国風土記」＊1参照。本書の欠失した冒頭に明石郡の記事があったのである。すでにそこに書いたことと同じだ、という。

＊22——仲哀天皇　穴門（山口県長府町）の豊浦宮また筑紫の香椎宮にいた天皇。息長帯比売命（神功皇后）を妻とし品陀和気命（応神天皇）を生んだ。熊襲の国を征伐しようとしたが、皇后の神託には新羅を遠征せよとあり、天皇はその神託を信じないので神罰をうけて死んだという（記・紀）。その埋葬は戦役で延期され、のち海路京に運んで河内国長野陵に葬ったというが、その時忍熊王の反乱があり、忍熊王も播磨の明石に偽りの山陵を作ったという（紀）。なお神功皇后の話は本風土記、「肥前国風土記」に散見する。その祖統には天日槍命や葛城・但馬・近江などの豪族が入り組んでおり、しばしば『魏志倭人伝』の卑弥呼に比定される巫女的女帝。今日では伝説的に作りあげた女帝としてその実在性は否定されている。

＊23——石作連大来　石作連は天火明命の六世孫建真利根命の後裔で、垂仁天皇の世に皇后日葉酢《ひばす》

媛《ひめ》のために石棺を作って献上したので石作大連公のカバネを賜わった（姓氏録）。その一族で石棺・石室の築造を職としたもの。古墳築造期には石材の豊富な播磨では勢威のあった一族である。なお天平六年加茂郡既多寺の写経奉仕者グループに石作連石勝の名が見える。

＊24――石の造作物　伊保山の北麓にあり、いまは石の宝殿とよばれ、生石《おほして》神社の神体としている。家型石棺の未完成におわったものとする説（関野貞）がある。

＊25――弓削大連　物部弓削守屋大連の子。物部尾輿の子で敏達朝に仕え、蘇我馬子と仏法のことで争い、用明天皇の没後、崇仏派の馬子と聖徳太子によって滅ぼされた（崇峻紀）。

＊26――甘茸　以下三つの植物は不明。

＊27――御宅　皇室の直轄地に置かれた倉庫で、耕作農民と管理者が従属し、一つの集落をなした。ただ、御宅を単にヤケといった例はない。

＊28――八十橋　橋は梯子の意味をもつ。古墳の石室を造るための石材採掘址とみられる。

＊29――私部の弓取　私部とは敏達朝に皇妃たちの財政をささえるため各地におかれた部民（紀）。下文（餝磨郡少川里）には私部弓束の名が見える。他田氏は開化天皇皇子大彦命の後といわれる（紀）。

＊30――成務天皇　『記』に、この朝に「建内宿禰を大臣として大国小国を定め、また国々の堺を定めた」とある。

＊31――丸部臣　和邇部臣とも書く。「和邇部朝臣同祖、彦姥津命の五世の孫米餅舂大使主《たがねつきおほおみ》命の後」

といわれる（姓氏録）。和邇臣は古い大和王朝に皇妃を出した豪族で、ハニワなど祭祀関係土器製作者集団の統率者として、山陵の管理と、古墳埋葬者（天皇・皇族）の事蹟を語り伝える役目も有して朝廷に重きをなしたらしい。『記・紀』には和邇氏の伝承が多く採録されているのもそのためである。

＊32――吉備比古・吉備比売　『記』には、孝霊天皇がオホヤマトクニアレ比売を娶って生んだ子にヒコイサセリ毘古命（亦の名大吉備津日子命）があり、クニアレ比売の妹蝿伊呂杼《いろど》を娶って生んだ子に若日子建吉備日子命があり、この二人が揃って針間の氷川の崎（加古川の崎の日岡をさすと見られる）に忌瓮を据えて針間を道の口として吉備の国を言向け和し、それぞれ吉備国の上道・下道の吉備臣の始祖となったとある。また景行天皇は吉備臣の祖若建吉備津日子命の娘印南若郎女を皇后とした（＊5参照）。そこで比古汝茅を若建吉備津日子命と同一人とする説（栗田寛）もある。（反対説もある。）しかし彦汝は彦アナムチで古墳主から出た名称とすべきであろう。

＊33――大三間津彦命　御真津日子訶恵志泥命（孝昭天皇）とみる説がある。この天皇は和邇臣の祖統に立つ天皇（記・紀）であり、「播磨国風土記」には和邇氏の伝承に属するものが多いから、そう見てもいい。ただ〈大三間津彦〉は――大御孫ツ比古かともみられるが、むしろ――大きな間をもつ古墳にいる日子の意をもち、これは巨大な古墳（おそらくは前方後円墳）に由来する名称とみてよく、文中の〈屋形〉も古墳の石室の意味をもつであろう。

この名は下文（讃容郡邑宝里・久都野）にも見える。（なお朝鮮語のmim（王者）の転訛ミマと考えられないこともない。）

＊34――漢人　本来は秦氏など中国系帰化人をいうが、韓人をもいった。欽明元年八月に「秦人・漢人ら諸蕃の投化したものを召集して国・郡に安置して戸籍を作った」と見える（紀）。讃岐の阿夜《あや》郡は漢人たちのいた郡で、そこから播磨国に移住させられたものと見られる。

＊35――品太天皇　誉田天皇とも書き、品陀和気命・大鞆別ともいう。仲哀天皇と神功皇后の間に生まれ、その妃のなかには丸邇の比布礼意富美《ひふれおほみ》の女や吉備臣の祖御友別の妹などがあって、「播磨国風土記」ではもっとも多く語られる天皇（約四十例）。天日槍《あめのひぼこ》もこの朝に来朝したと伝えられ（記・紀）、中国史籍に出てくる〈倭の五王〉のひとりで、古ヤマト国家の確立者とみる説もある。

＊36――眼を割き下げた　眼尻を割いて入墨をしたように、山裾がなだらかな山（二つある）をいう。

＊37――伊和大神　伊和君（後出）の奉斎した神。伊和は忌輪で、大きな水甕から形象埴輪までを含む祭祀関係の大型円形土器で、古墳において死者の霊魂の地上に鎮まりとどまるところとした。その忌輪を神格化した呼称。『神名帳』には「伊和ニ坐ス大穴持御魂神社（名神大）」とあり、伊和の里（後出）にある。この神社名から、伊和大神を出雲の大穴持神や大国主命と同一視する人が多いが、〈大穴持〉は大穴ムチともいって古墳洞穴に眠る地方君主

の死後に与えられた一般的尊称と見るべきであろう。忌輪をその死者の霊魂の鎮まるところとみたことから〈忌輪〉を〈大穴ムチの御魂〉といったものとすべきである。和は埴輪のワと同義で粘土を輪形として土器を成形する輪積法に由来すると考えられる。この大神が播磨では土《くに》を占める神としてあらわれるのも、古墳の地の占定と、古墳埋葬者たる大穴ムチが在地豪族であった記憶の結合によるものである。これは播磨に古墳が多いことと照応している。本書の注では〈古墳関係説話〉をとくに注記した。

＊38——阿賀比古　神格不明だが古墳関係の神か。『三代実録』元慶五年条に「播磨国正六位上英賀彦神・英賀姫神とともに従五位下を授く」と見える。

＊39——伊和君　忌輪（＊37）の製作に当たった職業集団の首長だがその来歴は不明。播磨では広汎な活動範囲をもち、宍粟郡の伊和村（石作里）を根拠としたが、播磨の主要な古墳所在地に居住した痕跡があるにもかかわらず、『風土記』以外の文献には名が見えず、おそらくは古墳時代の終末とともに消滅したと考えられる。あるいは本風土記に散見する丸部臣がその後身かもしれない。

＊40——手苅　稲を根もとから苅るようになったのは鉄製の鎌が普及してからで（古墳時代後期）、それ以前は石包丁で穂首だけを手で苅ったが、ここはその石包丁も使わなかったというのであろう。

＊41——大汝命……　ここの大汝命の名は大穴ムチ命に通じ、古墳洞穴の主たる大穴ムチ（＊37参

照）を総括抽出した神名で、伊和大神から脱化してやや記紀神話にいう大汝命に近くなっている。ただこの神の子が火明命とされているものは他には例がなく（『紀』ではニニギノ命の子）、ここは石作連の祖神（姓氏録）として把握すべきであり、古墳の石棺・石室の製造者の祖神と見てよい。これまた古墳説話の一変種で伊和部または石作部系の伝承であろう。付近には古墳とともに岩石の露頭した山が多い。なお子神が父神を溺れさせる説話は出雲にもある（二三八ページ参照）。

＊42――蚕子　蚕（カイコ）のこと。これをヒメコとよぶことは近代まで方言として各地に残存した。

＊43――弩都比売　おそらくは土《ニ》ツ比売の転訛で野ツ比売となったもの。土《ニ》は土器製作に必要なハニ（埴）であろう。

＊44――瞋塩　大きい潮・速い潮流をいうらしい。『仁徳紀』に播磨の国造の祖速待《はやまち》の歌として「みかしほ　播磨速待　岩くだす云々」の歌がある（イ・ミは通音）。なおこのイカシホを小塩川の古名とみる説もある。（本来、ミカシホは甕塩で甕による塩の焼成法から出たのかもしれない。）

＊45――韓室首宝　韓国からの帰化人。『類聚符宣抄』には少外記（書記官）韓室諸成という人名が見える。韓室はあるいは寺院建築をいうのかもしれない。この話は『姓氏録』の糟垣臣（春日臣）の話と類似する長者談。

＊46——柞巨智賀那　柞は地名で奈良のこと、巨智は朝鮮（新羅・百済・高麗）の地名、賀那は名。『姓氏録』では巨智氏は秦の太子故亥の後裔とされているが、「欽明元年紀」に山村巨智部が百済から投化したと見え、韓国からの帰化人。山村も柞も奈良近傍の地で、その地名を姓としたものらしい。あるいは平城遷都にともなって移住させられたものか。

＊47——豊忍別命……　この部分は文意を捕捉しがたいが、いま秋本説にしたがう。国造豊忍別命はどこの国造か不明だが、但馬国朝来郡粟鹿神社所蔵「田道間国造日下部足尼系図」には豊忍別君の名が見えるという（田中卓氏）。但馬国造阿胡尼命は美含郡（城崎郡）の阿胡谷神社（阿胡峯）の人か。なお「仁徳四十年紀」には播磨の佐伯直阿俄能古が自分の私地を献じて死罪を許された話がある。類話か。塩代田は罪穢れを祓うための塩を納める代わりに納めた水田。

＊48——又　原文は「本又」。原本では次の長畝川の記事に続いて置かれているが、編集者が英保の里（後出）の記事に挿入すべきものと考えて一応削除したのを、決しかねて誤存したものとみて、いま原位置とみられるところに復し、「本」の字を衍字として省いた。なお、この「本又」を「本文」の誤写としてこの風土記撰進の資料となった文書の意とする説（井上通泰・秋本吉郎）がある。

＊49——里の名を改めて「沙部」も「朝来」も二字だからこの文章は意味をなさないが、おそらくもとは「沙」の一字でイサコベとよんでいたのであろう（「部」を省略するのは他例があ

る）。それをいま「安相」の二字に改めて名も改めたというのであろう。

＊50――大汝少日子根命　大汝を姓とし、少日子根を名として二神を一神化したもの。ここには大汝を大穴ムチすなわち洞穴の貴主の一般的称呼とし、その貴主の名を少日子根とする見解があったことが示されているものとみてよかろう。おそらく大汝の若い息子の意（古墳説話）。

＊51――村上足嶋ら　欽明朝に帰化した韓人の後裔か。宝亀二（七七一）年に「莫牟師正六位上村上造大宝に外従五位下を授く」と見え（続紀）、高麗楽の楽師である。

＊52――田又利君鼻留　「田又」は畳字法による記法。田田利君。『姓氏録』に「多多良公は任那国王尓利久牟《にりくむ》王の後で、欽明朝に帰化し、金の多多利《たたり》、金の平居《をけ》などを献上したので多多良公という姓を賜わった」とある。多多利は台の上に棒を立てて麻などの糸を巻きつけるもので、糸繰り台。欽明朝に任那日本府が滅亡して亡命した韓人の一族で機織関係の部民として私部とされたのであろう。

＊53――庚寅の年　持統天皇四（六九〇）年で、戸籍を作り直した年。それにともなって五十戸一里制による里の改編・里名の改廃も行なわれた。『風土記』に見える郷・里名改廃の記事は概して戸籍作成年時のものとみてよい。

＊54――上野の大夫　大夫は五位以上の官人に対する称呼。この人は後にも出るが経歴不明。

＊55――舎人　天皇や皇族に近侍して護衛・雑使にあたる男子で、地方の名望家の子弟から召しだ

された。麻奈毗子は親愛な男子という意で伝承上の名であろう。

*56——「朕が御馬ぞ」「天皇の御馬です」の意。「誰が馬ぞ」に対して「朕が御馬ぞ」ととっさにいった言葉の対応の面白さを説話化したもの。

*57——大きな牝鹿　『応神記』には日向の諸県君牛《うし》が角のついた鹿皮の着物をきて海を泳いで鹿《か》子《この》水門《みなと》に入った話を伝えている。

*58——火君ら　肥の君で、神武天皇皇子神八井耳命を始祖とし（記）、肥前・肥後を支配した。なお、「生きかえった」（原文「復生」）をイノチツギキとよんでツギにかかるとすべきか。

*59——伊太氏の神　因達の神とも書く。海人族の祭った神とする説（松岡静雄）、射立ての意で山の狩猟者の行為と関係のある神名とする説（松村武雄）など数説あるが、簡単に斎楯の神として水軍の祭った神とみた方がよい。『神名帳』にみえる同名数社は——丹波桑田郡を別とすれば——紀伊・播磨・伊豆・陸奥などの水軍の要地にある。それを御船前の神とした具象的な絵は福岡県珍敷塚古墳の壁画に見ることができるかとおもう。その最初の奉祭者は筑紫の伊都県主五十《い》迹《と》手《で》とされる（神功紀）。

*60——倭の穴无神　大和国城上郡に穴師に坐ス兵主ノ神社（神名帳）がある。大国主命あるいは素盞嗚命・大物主神などを祭ったとされるが、アナシは西北風をいう言葉で方言に残っており、航海者の嫌う突風となる。霊格は風の神（柳田国男説）で、水軍の守護神となる。あるいは鉄山関係の神とも考えられる面もある。その神社の雑用を弁ずるのが神戸である。

＊61——尾張連　火明命の子天賀吾山命の後で、石作連とも同祖である。またその祖の奥津余曾の妹は孝昭天皇（＊33）に嫁して天押帯日子命を生み、春日臣・小野臣などの祖となり和邇臣とも同祖関係をもつ。これも〈古墳説話〉である。

＊62——王の生石の大夫　生石は大石とも書く。『懐風藻』に従四位下播磨守大石王とある人か。『続紀』の補任記事に播磨守になったことは見えないが官位昇叙などから見ると慶雲年間から和銅ごろのあいだに播磨国司（ここだけ宰の字を使わず国司としている）だったとみられる。なお原文に「上生石大夫」とあるが、ここは上を王の誤写と見た。

＊63——賀和良久の三宅　身代わりの意のカハルの音訛カワルとする説（新考）もあるが、カワラは「出雲国風土記」の社名に「加和羅の社」（意宇郡）とあるのと同語で、朝鮮のコホリ（郡・谷などの意）から出た名称。クは場処の意。

＊64——この丘　射目前の丘あるいは御立丘か。前出の少川の里英馬野と同一伝承。

＊65——国を占め　広い国土を占拠して支配権を確保するものから、わずかな社地居住地の占拠までを含む広狭さまざまなものを「国占め」と表現しているが、『風土記』の国占めは狭い生活空間の占拠におわることが多い。ここも墓地占有の意をもつ。これも〈古墳説話〉。

＊66——道守臣　豊葉頬別命あるいは武内宿禰の後裔とされる（姓氏録）。『天智前紀』に播磨国司岸田臣麻呂とある人物で、天智七年には道守臣麻呂として新羅に派遣されている。

＊67——集まって　阿豆の地名が「集まる」に由来したとみるか「談論《あげつらう》」から出たとするのかはた

しかでない。

＊68――飯神　『神名帳』に讃岐国鵜足郡飯神社があり、『記』には「讃岐を飯依比古という」とある。飯盛山は各地にあるが、これを讃岐から来たとするのは播磨と讃岐の間に海上通交が盛んで移住者があったことを意味しよう。

＊69――若倭部連池子　若倭部は『姓氏録』に「神魂命七世の孫天筒草命の後」とあり、出雲系の一族の出である。景行天皇と稲日別郎女の子に若倭根皇子があるがその御名代部か。

＊70――安閑天皇　継体天皇の長子で勾の金橋の宮（橿原市曲川）に遷都したが、子供がないので天皇の名を後世に伝えるため屯倉と田部を設置し、播磨国に越部屯倉・牛鹿屯倉を置いた。この屯倉所属の農民が御子代部である。

＊71――但馬君小津　あるいは天日槍の子孫か。

＊72――越部の里　大化改新で五十戸で一里としたが、五十戸を超過したときは超化分が十戸以上なら一里を立てることができた。ここは三十戸で一里を立てたことをいう。のちの余戸の里にあたる。

＊73――別君玉手　別君には孝昭天皇皇子「彦坐王の後」（山城国皇別）と「日本武尊の後」（右京皇別）の二系統が『姓氏録』に見える。下文に彦坐王を祖とする日下部の里があるから前者と見るべきか。

＊74――阿菩の大神　神統不明の神。『万葉集』巻一の「中大兄三山歌」の反歌には、「香具山と耳

梨山とあひし時立ちて見に来し印南国原」とあって印南の国つ神とされているごとくであるから、あるいは英保の里（八一ページ）の大神で伊和大神をさすか。ここの話も〈古墳説話〉らしい。

＊75――人の姓によって　日下部姓のものが住んでいたわけだが、日下部は「開化天皇皇子彦坐命の子狭穂彦命の後」（姓氏録）とされ、美嚢郡には近江国から播磨に逃げてきた日下部連意美が見える。

＊76――土師弩美宿禰　野見宿禰とも書く（紀）。天穂日命の十二世孫可美乾飯《うましかれひ》命の子の後（姓氏録）。出雲国造同祖で、垂仁朝に出雲から出て来て当麻蹶速と相撲をとってこれを仆して勇名をはせ、天皇に仕え、埴輪を発案して人間を殉葬するかわりに人や馬その他の物を造って墓域に立てることにしたので、天皇はこれを賞して土師臣のカバネを賜わった。これ以後土師連は天皇の喪葬のことをつかさどることになったという（紀）。

＊77――出雲の墓屋　出雲式の陵墓の意。おそらくは墳頂に葺石を敷いた墓で方墳をいうか。この付近には窯址も多数発見されている（古墳説話）。

＊78――御志　志は誌と同じで土地占有の標示のしるしの木。ここはおそらくは陵域に植える木。それが楡になったというが、楡にはイワナシの訓はない。たぶん梔（クチナシ）の誤記で、口無しだから談ナシの地名説話が生まれたと見てよかろう。楡は喬木、イワナシ（磐梨）はシャクナゲ科の常緑灌木、クチナシも灌木で、ここの杖は喬木でありたいところだが、

ここのイワナシは植物とは本来無関係で、おそらくは磐成しの意で墳墓の石室を成すことと関係する言葉であろう。同名の県は吉備国にもあり（岡山県磐梨郡）、神功皇后が和気臣に賜わったところという（姓氏録）。両者には交渉するところがあると考えられる（古墳説話）。

＊79――松尾　尾は山の峰になったところ（尾根）の意がある。

＊80――衣縫・漢人　どちらも百済からの帰化人で、『雄略紀』には吉備弟彦が百済から帰って漢《あや》の手《て》人《ひと》部・衣縫部を献上したとある。これは伊勢衣縫の祖とされるものの一族らしい。

＊81――伊勢都比古命　「伊勢国風土記」逸文（三三九ページ参照）にも伊勢都比古命は出雲の神の子とされ、石で城《き》を造ったという。ここもおそらくは石都《いそ》比古で、石槨か巨石の神格化で伊勢衣縫部との関係から伊勢都比古となったのかもしれない。〈古墳説話〉か。なおこの条原本に標目はない。あるいは「伊勢の村」とあるべきものか。

＊82――少日子根命　『記』では少名毘古那神とあり、神産巣日神の子で葦原色許男命と兄弟となってこの国を作り堅めた神とされる。本風土記では少日子根としてあらわれるが、大汝命の小さな・若い息子（若旦那）の意に考えられているようである。

＊83――石比売命　後出の石龍比売（出水の里）と同人とされるが、このままで古墳の石室関係の神とみてよかろう。矢を射るのは神地占拠の呪的方法（悪霊退散の）で、その矢のとどいた範囲内を聖地として占拠する。ここは墳墓占定のためのものかもしれない。握（都可）

は本来は塚で、古墳の多い里であろう（龍野市誉田町には内山古墳群がある）。そこで広山という縁起のいい里名にあらためたとみられる。

＊84――石川王　『紀』に天武天皇八年（六八〇）三月吉備大宰として吉備で病死して贈位された人。総領は数ヵ国を管した国司。

＊85――伊頭志君麻良比　但馬の出石の君で天日槍（後出）の後裔族。麻良比の麻良は『記』に「鍛人天津麻良」とあるのと同語で鉄師（鍛工）をいう。この話はおそらくは満月の夜に斎みごもりして労働を休む風習に反したので月読神の怒りを受けて若死にしたという伝承で、鉄師たちのタブーを語ったものであろう。

＊86――讃伎の国　ここの原文は「俗人云讃伎国」で、何を意味する文章か不明。

＊87――意此川　原本「意比川」、オビ（帯）川か。下文の壓川も『新考』は「押し合い祭」などを意味するとしたが、すっきりしない。

＊88――御蔭の大神　神統不明の神。『記』には「近つ淡海の御上《みかみ》の祝《はふり》がもちいつく天の御影神の女息長水依比売」（開化天皇）とあって水神に属することは明らかであり、おそらく御影は甕《ミカ》笥《ゲ》で水瓶（『出雲国造神賀詞』には「瓶和」とあるもので甕棺や埴輪にも通ずる）の神格化であろう。額田部は皇子の生誕儀礼に聖なる沐浴の水を奉仕する部民で、その先祖は明立《あけたつ》天御影命とされる（姓氏録）から、ここは水神の鎮魂儀礼の実修の祭式の様子を語ったものとみていい。林田川の水荒れを古墳の神の祟りと見たところに生まれた説話のようであ

る。屋形田の屋形も古墳の石室を意味するらしい。

＊89――佐々山　笹山だが、酒をササともいった。祭祀と関係ある山か、砂鉄を採る山か。

＊90――漢人　帰化人をさしていった。河内の枚方（淀川流域）には帰化人がいた。『記』（仁徳）に「秦人を役して茨田の堤を作った」とあるのは有名。

＊91――佐比と名づけるわけ　前条の意此川の話を額田部の伝承とすれば、これは同一事件を治水技術者としての帰化人の立場で語ったもの。出雲人のサヒに対する河内の帰化人の池溝築造による治水の勝利が語られているのであろう。築造に使った鋤を古墳に副葬することがあるが、それと関係あるか。古墳の主を（甕《ミワ》とのつながりで）水の支配者とみたらしいこともうかがわれる。おそらくはこれも〈古墳説話〉。

＊92――筑紫の田部　田部は天皇の直轄する田の耕作をする部民。筑紫とあるのは帰化人をさすか。

＊93――田中の大夫　持統天皇（六八九年）に伊予の総領だった田中朝臣法麻呂か。

＊94――大倭の千代の勝部　スグリ（勝・村主）は帰化人に与えられた姓、部は部民の意。おそらくは大和の千代（所在不明）にいたもの。天平六（七三四）年に千代連を賜わった唐人がいるが無関係ではなかろう。

＊95――宇治天皇　応神天皇の皇太子、母は和邇臣の祖日触使主の女。仁徳天皇はその異母兄弟だが、皇位を仁徳に譲って山城の宇治に宮を作って住んで自死したという（紀）。これを天皇とよぶのは『書紀』成立以前の称呼で、その子が皇位についたので追尊していった。

＊96――宇治連　饒速日命の六世孫伊香我色雄命の後（姓氏録）。物部氏と同祖で大物主神祭祀集団に属するらしいが、土器関係の説話からみて土師の一類か。

＊97――呉の勝　呉氏は百済からの帰化人（姓氏録）。

＊98――大帯日売命　大帯日古命（景行天皇）と似た名だが、息長帯日売（神功皇后）をこう呼んでいる。豊前国宇佐郡にも大帯姫廟神社がある（神名帳）。

＊99――訓令　『紀』では神功皇后は西海（九州）で「三軍に令し」、武内宿禰は忍熊王征伐の時、皇后の命を受けて宇治川のほとりで「三軍に令し」ている。ここは後者に類似しているが、本来は祭祀のさいに言挙げする習俗があったことから出た名か。この丘もおそらくは古墳。

＊100――神人腹太文　神人は三輪人で「大国主命五世孫大田田根子の後」（姓氏録）だが、腹は帰化人が同族関係者をよぶ称呼とみられるから、ここの神人は「高麗国人、許利都の後」（姓氏録未定雑姓）の系統とみるべきか。帰化人系の古墳祭祀者で額田部と闘争したもの。意此川（＊87）の話に類している。おそらくは〈古墳説話〉。なおミワ人は伊和人でもありうる。

＊101――阿曇連百足　綿津見神の子穂高見命の後裔とされる（姓氏録）。舟航に長じた沿海氏族。斉明・天智朝にかけて新羅国とのあいだを往復した人に阿曇連頬垂《つらたり》が見え（紀）、頬垂は連足で百足に類似し、同一人物であろう。「肥前国風土記」に景行朝の人として同一人名が見える（三〇七ページ）。阿曇連太牟も同族者。

＊102――背負っていた子　原文は「真子」ともよめるが、説話的に見ればこれは人身御供の話で、

偶然通りかかった母子を海神に奉るのである（舟航者にとって女と嬰児はタブーで、これを海中に沈めた類例は多い）。なおここでは神功皇后の新羅遠征の途中の出来事となっているが、『紀』では難波に帰るとき皇后の船が渦潮に巻かれて進むことができなくなり、武庫（兵庫）の水門に還って神々の託宣をきいて海を渡ることができたことになっている。次条には宇頭川（渦川）があるのもこの話と関係する。

＊103――宇須伎　イスク・ウスク（記・祝詞）と同語でウロタエル意の古語。

＊104――客人が来朝　新羅の朝貢使をいう。『応神紀』には武庫（兵庫）の水門に停泊した新羅船から発火して日本の官船五百艘が延焼したので新羅国王を責めたことが見え、『天智紀』には、沙門道行が草薙剣を盗んで逃げたが、途中で雨風にあって荒迷して戻ったという同想の話がある。

＊105――針間井　ハリには開墾の意のハリと萩のことをいうハリがあり、国号説明の場合は前者が採用されるが、ここは後者（間《ま》には場所・空間の意がある）。井は開墾用の水路だが飲料用ともされる。この井を神聖なものとしてその周囲を開墾しないのである。

＊106――韓の清水　井桁に陶器のモタヒを使用した朝鮮式の井から説話化されたものであろう。

＊107――陰絶田　もとはおそらくは火跡《ほと》立《た》ち田で、夜を徹して男女乱婚の歌垣類似の火祭・生産儀礼がおこなわれた場所であろう。それが陰絶田として面白く説話化されて伝承されたもの。

＊108――少足命　あるいはヲダリとよんで小甕（モタヒ）の神格化か（新考）。

＊109――川原若狭　川原は河原とも書き、陳の思王植の子孫とされる帰化人（姓氏録）。

＊110――少宅の秦公　秦公は秦の始皇帝の孫孝徳王の後裔とされる漢の帰化氏族（姓氏録）。地名を姓の一部とするのは帰化人系に多く見られるが、秦公は早期の帰化人として重用され、各地に散在する帰化人を掌握して大きい勢力をもった。

＊111――天日槍命　『記』では天日矛と書くが、応神朝のこととし、『紀』では垂仁朝のこととしている。天日矛は新羅国王の子で、赤玉が化して女となったのでそれを妻にしたが、その妻は祖の国に帰るといってきかず、日本の難波に戻った。天日矛はそれを追って難波にきたが渡りの神が妨害して入れないので、但馬の国に留まってその国の俣尾の女をめとり、息長帯比売（神功皇后）の祖となる人を生んだという。天日矛が持ってきた神宝は八種である（紀）。『紀』の一書では、天日槍は初め小舟に乗って播磨の国に泊まって帰化することを願ったので、天皇は播磨の宍粟の邑と淡路の出浅邑にいることを許可したが、天日槍は自分の気に入ったところに住みたいと願い、ついに宇治川をさかのぼって近江国に入って暫く住み、さらに近江から若狭国を経て但馬に居を定め、そこの出島《いづしま》（出石）の地の女を娶って田道間守の祖となるべき子供を生んだという。これは「播磨国風土記」の話と多少の接点をもつが、『風土記』では天皇の朝は書かずに葦原志挙乎が〈国主〉として応対し、後出の記事では大汝命または伊和大神と〈国占め〉のことで争っている。しかもこの〈国占め〉はほとんど墓地の争奪を意味しているらしい点からみると、埋葬形態や宗教形式を

異にする対抗者としてあらわれているようである。あるいは韓鍛冶《からかぬじ》（祭器としての青銅の桙を作る）の首長的存在と見るべきかもしれない。

＊112――葦原志挙乎命　葦原の戦士・強者を意味するが、黄泉醜女《しこめ》が地下界の女軍の意味をもつように、ここは古墳洞穴の貴主としての大穴ムチ（＊37・＊41参照）の戦士としての死後の別称とみられよう。その活躍は古墳時代盛期だから、天日矛の来朝を応神朝とする『記』の記載はほぼ合っている。なおこの名称は主として天日槍の対抗者としてのみ語られている。

＊113――志挙　志挙乎命の略称だが、こうした呼び方は珍しい。戦士はシコと呼ばれるのが普通だったのかもしれない。

＊114――剣をもって　これは『記』に、建雷神が大国主命と国譲りの交渉をしたとき「十拳剣を抜いて逆しまに浪の穂に刺し立て、その剣の尖にあぐみて」交渉をした話と同類の剣による威力を示す呪的方法とみられるが、刀剣を鍛える場合に海水をかきまわすことで熱した剣を湯ざめさせるといった方法があったことから説話化されたものと見た方がよいようである。

＊115――石龍比古命　石立つ彦または岩戸つ彦の夫婦神。夫は山の神、妻は水の神として扱っている。おそらくはこれも〈古墳説話〉の変種、古墳の周囲を水で囲むことから出た話であろう（＊83参照）。

＊116――挿櫛　クシは串に通じ土地占拠の標示として呪力をもつ木の意味もある。

＊117――桑原村主　漢の高祖の子孫という（姓氏録）が朝鮮からの帰化人で産鉄関係族（＊125参照）。

＊118――大神妹背　この郡の記事でたんに〈大神〉といわれているのは伊和大神と見られる。この土地に定着しないで去ってしまうのはこの大神が墳墓造営のため各地を転々とする土器製作者の神であることを示している。妹玉津比売の妹は妻の意。伊和大神は玉と関係が深い（＊37参照）が、ここはそれとはちがうようである。

＊119――その血にひたして　鹿の血を利用する種苗法は下文（賀毛郡雲潤の里）にも見え、夜仕事をタブーとするのは前文（＊85）に見える。こうした方法を土地の風習とは異質なものとした説話。

＊120――賛用都比売命　玉津日売の別名とされるが、『神名帳』には佐用郡佐用比売神社とある。サは砂鉄など鉄分のものをいう言葉らしい。サ湯の比売で産鉄の神であろう。

＊121――讃容の町田　マチは鹿の骨を焼いてできる縦横の亀裂をいうが、ここはマチ形に山腹に列ぶ田か、卜占のための神田とする説もある。あるいはサヨ待田で製鉄原料選別の田と見るべきであろう。

＊122――鹿庭山　現在は神場山。おそらくは樺《かには》山または金庭山であろう。樺は焼いたときの亀裂で卜占用にも使われるが、土器や鉄の焼成の焚き料となる火力の強い木でもある。

＊123――別部犬　別部は隣郡和気郡の和気氏の部民か。あるいは輪・筥などを作る土師の一類で、鉄の精製にも参与したものか（『垂仁紀』には土師野見宿禰に「亦鍛地《かなしところ》を賜う」とある）。犬は人名。

＊124――稲狭部大吉川　出雲国意宇郡の伊奈佐（因佐）神社と関係ある部民で製鉄関係部民か。

＊125――金の桜　桜は馬の鞍のことだが、ここは産鉄の山谷をクラとよぶことから説話化されたもの。金肆は鉄をだす谷。桜見は谷水《クラミ》であろう。ここでは佐用都比売は採鉄の神とされるごとくである。

＊126――神日子命　彦神で男性の神のこと。伊和大神が散用都比売の子神かも不明だが、おそらくはたんなる男神の意で付近にある古墳の神をさしたものと見るべきであろう。

＊127――大神　おそらくは伊和大神のこと（＊118）。「出雲の国から来た」とするのは出雲国造が忌輪の管理者としての土師出身であることと関係があろう。なおここも川の中の島に作られた円墳ないし前方後円墳（筌の形はそのようなものである）から説話化されていると見られる（古墳説話）。

＊128――苫編首　屋根葺きなどに奉仕した部民の首長。大中子は跡とり息子の意。

＊129――昔　『天智天皇前紀』に「この歳、播磨国司岸田臣麻呂らが宝剣を献り、狭夜郡の人が粟田の穴の中で得た」とあるのと合致する。地名縁起とは無関係だが「旧聞の異事」である。

＊130――丸部具　丸部は「和邇部朝臣（＊31）同祖、彦姥津命の児伊富都久命の後」（姓氏録）で、

古墳の管理に関係した部民。この古剣の話もそのことと関係があろう。剣はおそらくは青銅製。

＊131——曾禰連麿　石上朝臣（物部氏）と同祖で、大和石上神宮の神庫（刀庫）の管理氏族の人であろう。

＊132——加具漏・邑由胡　倭建命の三世孫に加具漏比売などがいるが、伊勢神宮の忌み言葉に僧のことを髪《か》黒《ぐろ》というのと同様のものであろう。邑由胡は大斎児で斎女の意があるが、寺院と関係がありそうな説話化された名である。

＊133——狭井連佐夜　狭井連は饒速日命八世の孫物部牟伎利足尼の後裔（姓氏録）。『旧事紀』物部胆咋宿禰の弟で佐夜直の祖とされる物部印岐美連と関係があろう。讃容郡は鉄製武器を生産するところとして物部氏が管理したと考えられる。

＊134——服部弥蘇連　熯《ひ》速日《はやひ》命の十二世孫麻羅宿禰の子孫で、允恭天皇の世に織部を総領する官に任じられて服部連のカバネを賜わったという（姓氏録）が、麻羅は鉄師と関係ある語らしい（＊85参照）から狭井連佐夜とも無関係ではない。なお弥蘇は名で御衣の意があり、久波比売は桑姫でともに機織に関係がある名。阿良佐加比売は新酒姫で清酒・神酒などと関係がある名。この説話構成に重要な役割をもっている。

＊135——執政大臣　大和朝廷で大臣・大連として政治をとったもの。ここはおそらくは物部氏であろう。

＊136――美加都岐原　いま三日月町。水潜き原で、千種川の溢水で水びたしになりがちな原なのであろう。この話はおそらくは機織女たちに伝承された話か。

＊137――玉足日子　魂の充足した日子・比売神の意。大石命は古墳石室の巨石の神格化。いずれも伊和大神の子孫とされる。

＊138――称ひき　原文「称於父心」。『新考』によりウナヒキとよんで領解したの意にとっておく。有努はあるいはウムといってうなずく意の言葉をさすのかもしれない（古墳説話）。

＊139――矢はその舌にある　伊和大神が神地卜定のため矢を射た（＊83参照）が、その矢は地面に落ちずに鹿の舌に突きささったのである（古墳説話）。

＊140――山部比治　山部は山間部住民で山の産物（動・植・鉱物）をもって朝廷に奉仕する部民。応神朝に置いたと伝える（記）。これを管理するのが山部連（後出）。

＊141――表戸　ウハトがウハラに転訛したとするらしいがその過程はあきらかでない。あるいは家の表戸の外の空地を表原《うははら》と称していたのかもしれない。

＊142――庭酒　庭は神祭をする場所でもあるから神祭のための酒を庭酒といったのかもしれないが、おそらくここは急造酒の意の俄酒《ニハキ》であろう。

＊143――飯戸　戸《べ》は飯を炊く竈《へ》または食器の瓮《へ》である。

＊144――飡し　携行糧食として乾飯を食うには水で柔らかにして呑みこんだ。これをスク（敬語スカス）といった。

＊145――石作首　石作連（＊23）の管理する部民の地方的首長。

＊146――阿和加比売命　おそらくは大和加比売で大和加は忌輪と同様のものであろう。古墳の神（古墳説話）。

＊147――許乃波奈佐久夜比売命　『記』に「大山津見の女、亦の名は木花佐久夜毘売」とあり、邇邇芸能命の妻となる。ここでは「大神の妻」とあり、この大神は伊和大神だろうから、おそらくは播磨の山部と伊和部との結合から生じた伝承とすべきであろう。

＊148――雨が降る　波加の村は墓の村で古墳の村。だから手足を洗って清めないといけないわけである。おそらくは古くから古墳を守ってきた山守部たちの伝承（古墳説話）。

＊149――黒土の志爾嵩　志爾は、『応神紀』歌謡に「志波邇は、に黒きゆゑ」とあるのと同様土質・土品をいうらしい。のちの生野銀山のことである。黒土は枕詞的称辞か（後出）。

＊150――三条　黒葛は籠《かご》（カタマ）を作る蔓《つる》草で、その蔓をカタといい、数えるにも一カタ、二カタというようになったと見られる。それを足につけて投げるのはおそらくは足占の一種で、山人たちの呪的風習か。

＊151――神酒　ミワは本来水和で、水を入れる丸い瓶のこと。その瓶で神酒《ミキ》をかもしたので神酒そのものも尊んで御和《ミワ》と容器の名でよぶようになった。なお、この一条は前々条石作の里に所属させるべき記事追録であろう。

＊152――於和　オーワという掛け声。おそらくは、古墳築造（ハニワの据えつけ）の終結を意味す

る呪的発声であろう（「出雲国風土記」の意宇の地名縁起にもみられるから、出雲の土師の伝来した習慣かもしれない）。なお、これは大和《わ》で、大きな・みごとな埴輪をたたえた言葉から出ている。

＊153――於和は美岐と　ここの原文は「等於我美岐」とあるので古くはトオガミキ・ミキトマモラムなどとよまれている。しかし於我は於和の誤写とみてよく、「オワはミキに等し」とよみ、於和（大ワ）はミワと同語で、神酒《ミワ》は神酒《ミキ》と同一だとする伝承であることを書いたものであろう（古墳説話）。（前注を見よ）

＊154――建石敷命　文字どおり頑丈な石を敷いた石室の神格化で古墳の神。生前は勇武な豪族だったのであろう（古墳説話）。

＊155――山使の村　山陵の清掃祭祀に奉仕していた人たちの村で、馳《は》せ使《つかい》（杖部）が土師《はし》使いから出て古墳の勇者（大穴ムチ）の叙事詩を伝えたように、この山使もおそらくは山守部で山直の管理下にあって古墳説話を語るものであったと思われる。これを「山崎」の誤写とする説（井上・秋本）があるが、しいて改めるには及ばない。

＊156――波自賀の村　土師処《はじか》で、土器製作者が住んでいた村。ここの話は彼らの間から生まれた話で、大男の大汝命が大便をこらえ、小男の小比古尼（これは大汝命の弟か子供とみられているらしい）が重い粘土を担ってよちよち歩く対照の面白さを想像すべきもの。これを土地占拠の呪的方法と解する説（秋本氏）は非。『記』には伊邪那美命が火に焼かれて死ぬと

き屎から波邇安毘古命が成ったというが、糞とハニとの連想は自然なものであった。巨人伝説でもある。

＊157——異俗の人　『姓氏録』に、針間別の子の阿良都命が応神天皇のお供をして神崎郡の瓦村の岡の上に行ったとき、付近の川に青菜が流れてきたので尋ねて行くと、日本武尊の時俘虜にされた蝦夷がいたという話がある（佐伯直条）。それと関係があるかもしれない。

＊158——阿我乃古　前注の阿良都命と対応する人物。この人は針間別佐伯直のカバネを賜わって蝦夷の子孫たちを佐伯としてその統率者となったという（姓氏録）。ただ『仁徳紀』には同名の佐伯直阿俄能古があり、皇后の命令で雌鳥女王を殺したが、玉を盗んだので死罪に処せられんとし、自己の私有地を献上してその罪を許されたとある（これは私部の伝承と播磨の佐伯直の伝承のちがいがあることを示すのであろう）。

＊159——阿遅須伎高日子尼命の神　『記』では大国主神が胸形の奥津宮の多紀理毘売を娶って生んだ子とされているが、ここは新次という地名との関係で比定された神名であろう。鉄の神。

＊160——意保和知　大輪茅で太く丸い茎の茅草の意だが、本来は大輪の霊《ち》で忌輪すなわち大穴持の魂（＊37参照）と同格のものであろう。埴輪円筒をめぐらした古墳の趣きである。なお「院」には垣の意と内庭の意がある（古墳説話）。

＊161——城牟礼山　城は石槨のこと。牟礼は韓語の山のことだが、あるいは古墳群であろう。

＊162——城を造って　城は朝鮮語でサシといい城邑（村落）のこと。ここは朝鮮風な古墳との混同

があるらしい。姫路市大市中には古墳が密集している。

*163——磨布理許　これをトホリコとよんで砥堀の村とみる説もあるが、砥振り来で、振りは『記』(応神)の「太刀本《もと》つるぎ末ふゆ」のフユと同系語でピカピカに磨ぐことをいう。なおこの文中の蔭岡・冑岡は墳丘と考えられる。

*164——伊与都比古の神　後出の山部連小楯は、『紀』には「山部連の先祖伊与来目部小楯」とあり、この伊与来目部小楯のことか、あるいはその祭った神。久米部は古い戦士団の部族だからこの闘争の話もあるわけである。

*165——宇知賀久牟豊富命　打チ囲ム豊穂で、厳重に護衛する鋭利な槍の穂先の神の意とすべきであろう。この神は次々条にも出て石坐山に坐すとあるが、おそらくは的部（後出）の祭った神で、石鏃や石槍・石包丁の守護神。

*166——的部　的臣の管理下にある軍事関係の部民。的臣は武内宿禰の子葛城襲津彦の子孫の出(記・姓氏録)。

*167——石坐　磐坐とも書く。神が宿る石で露出した巨岩怪石が神体である。

*168——玉依比売命　神霊が依るという意の女神で巫女によって奉仕される神。

*169——道主日女命　普通はミチヌシヒメとよまれるが、ここはチヌシヒメとよんで乳主・血主・霊主の系統の神名とみた方がよい。乳・血に宿る霊力を守る神で次々条の支閇丘と関係がある神。

＊170——盟酒　神酒を飲むことである集団への参加が実現されるとする誓約の酒。ここは血固め（血交い）の酒で、神との血統関係を証明するもの。

＊171——天目一命　『紀』には「天目一箇神を作金者《かなたくみ》とした」と見え、製鉄業者（鉄師・鍛冶師）の奉じた神。『神名帳』には「播磨国多可郡、天目一神社（小）」とある。類話は「山城」逸文（三二〇ページ）、「常陸国風土記」の晡時臥山（四三ページ）にもある。

＊172——奥津島比売命　博多湾海上の沖ノ島の神で多紀理毘売といい、大国主命と婚して阿遅鉏高日子根神（＊159）を生んだという。だが、ここは次条の支閇丘（血戸《きへ》丘で月経で斎みごもりする女性たちの小屋のある丘）に奉仕した斎月比売《いつきひめ》を奥津島比売に転じ、宗形大神に同化させたもので、本来は大国主とも宗形大神とも無関係であろう。

＊173——禽鳥を捕って　類話は「摂津国風土記」逸文（三三一ページ）にも見える。鳥は生命のシンボルで、人が死ぬと魂は鳥となって飛び去る。この話が老夫婦の話とし場所も袁布山としているのもそのことと関係がある（類話も死の話）。あるいは姥棄山伝説（棄老説話）の一類かもしれない。袁布山もおそらくは古墳。

＊174——和爾布・多岐　この二つの地名説明記事は本文にはない。和爾布はハニワの土を採る原《ふ》の意で粘土のとれるところ。多岐も野の名か。

＊175——播磨刀売　刀売はその土地の女性首長（女酋）をよぶ名で処女《とめ》の意か。都麻《つま》は辺境の地の意だが、ここはミヅウマの転訛としているらしい。

＊176――讃伎日子神　讃岐の男性神の意。讃岐は墓石の産地として播磨には知られ（印南郡大国の里条参照）、サヌカイト（讃岐石）は石簇として各地に輸出されたらしい。以下の話はこのことを念頭において読まれるべきだろう。

＊177――氷上刀売　隣国丹波の氷上郡の女性首長。『崇神紀』には「丹波の氷上の人、名は氷香戸辺」というのがあって出雲の神宝についての神託を伝えた話がある。

＊178――建石命　建石敷命（＊154）と同神かとされるが、ここはこのまま石製武器の神とみてよい。三角関係恋愛譚の変形。

＊179――国の境　国境に甕（忌瓮）を埋めることは＊32参照。国の大神の御魂を祭って守護霊とする。

＊180――花波の神　神統不明の神（後出一一九ページ、腹辟沼参照）。

＊181――当麻品遅部君前玉　品遅部は垂仁天皇皇子品遅別王のために置かれた部民だが、当麻は野見宿禰が賜わった邑地（垂仁紀）だから、ここも出雲の土師と関係がある品遅部である。なおカモはカム（神）と通音で、以下の鴨坂・鴨谷は神坂・神谷と解され、それぞれ古墳の意と見てよかろう。

＊182――大汝命　この郡では伊和大神はなくすべて大汝命（三例）。しかしこれも大穴ムチ（古墳洞穴の貴主）と解してよい。ただこの郡の古墳には伊和君は関係せず、むしろ野見宿禰系の土師が関係したらしい。

＊183――三重　水辺《ミヘ》ないし水家《ミイヘ》と同義で川屋（厠）のこと。厠にいてしゃがんだまま立つことができなかったのである。厠で子（竹の子）を生んだとする伝承の変形で丹塗矢伝説の一類。三重は脚を三重に折りまげた形。大便をする格好でもあるが、椅座分娩の姿でもある。「食い」は三島溝咋（記）の咋と同じで、交合の意がある。布は産衣（真床追衾）。

＊184――大伴連　『姓氏録』に「道臣命十世佐弖彦の後」とあり、新羅征討などに参加した武人の氏族。奈良時代にはこの近所に大部氏の荘園があった。

＊185――国造の黒田別　『国造本紀』には針間の国造と播磨の鴨の国造が見える。ここは後者か。成務朝に上毛野君同祖、御諸別の児市入別命を鴨国造に定めたと見える。『姓氏録』では御諸別は景行天皇稲背入彦命の子で、成務朝に針間の国を半分分けて賜わったという。阿良都別（＊157）はその子で大伴氏に従属した佐伯直の祖。

＊186――意奚・袁奚　億計天皇（仁賢天皇）と弘計天皇（顕宗天皇）のこと。詳細は下文にある。

＊187――国造許麻　賀茂の国造であろう。根日売の根は愛称か。この話は『雄略紀』の赤猪子の話と似ている。

＊188――巨勢部　巨勢臣は武内宿禰の子小柄宿禰から出た大和の大族（記）。その私部民が巨勢部。

＊189――田の村君　村君は集団や聚落の首領。「田の村君」と漁・猟関係の村君と区別したもの。

＊190――日向の肥人　肥後の玖磨地方にいた住民をいうが、肥後国益城郡には麻部郷があり（和名抄）、そこの人か。ここは伊勢神宮に猪の膏や毛皮を貢納する猪飼部の話。

*191――昔、神が　何神か不明だが、『紀』には素盞嗚命とその子五十猛命の兄妹たちが木種を頒布したことが見えている。東条町天神にある一宮神社は祭神を須佐之男命としているのでこれをあてる説もある。

*192――穂積臣　邇芸速日命の子宇摩志麻遅命の子孫で、物部連と同祖（記）。

*193――また　以下の歌は文意から見て原文とちがって排列した。

*194――愛しき……　可愛らしい小目のささ葉に霰が降り霜が降っても、枯れるなよ小目のささ葉よ――の意。

*195――丹津日子の神　丹は土《に》で、土の神。

*196――太水の神　洪水の神。川道を掘り深めようとしないのでいつも溢水させる神。偉大な水の神と見てはいけない。なお、おそらくこの『風土記』撰進後、雲潤の里を酒見の里と改名したらしく、『和名抄』に「酒見郷」とあるのがそれかと考えられる。

*197――住吉の大神　『記』には墨江大神とあり、伊弉諾神が九州の阿波岐原でみそぎをしたときに現われた神で阿曇連の奉斎する航海神。神功皇后のとき摂津国住吉に鎮座した（「摂津国風土記」逸文三二七ページ参照）。播磨国賀茂郡端鹿山に神領があった（住吉社神代記）。

*198――花波の神の妻　ミツハノメ（水の神）とされるが、花波の神が不明なので決しがたい。

*199――履中天皇　仁徳天皇の子で伊波礼の若桜宮にいた。市辺忍歯王（次注）の父。

*200――市辺天皇　市辺忍歯王のことで皇位継承者なので天皇とよばれる。雄略天皇のため近江の

来田綿の蚊屋野で射殺され、その子の皇位継承者である意奚・袁奚は転々として逃れる。以下の話は紀・記・風土記ともに——地名・人名に異同はあるが——大体同じ。

＊201——日下部連意美　『紀』には日下部使主とある。丹後の国与謝郡日置の里の人でその祖は筒川嶼子とされる（「丹後国」逸文三七〇ページ参照）。日下部は＊75参照。

＊202——伊等尾　『紀』では赤石郡の縮見屯倉の首、忍海部造細目とある。

＊203——詠辞　声を長く引いて吟詠する言葉のことで、ここでは歌になっている。『紀』では室寿《むろほがひ》の詞章と詠歌をのせている。

＊204——手白髪命　『記・紀』では手白髪命は意溪王の子とされて伝承上の混乱が見られる。この部分は、『紀』は白髪天皇（清寧天皇）とし、『記』は清寧没後の事件で姨飯豊王（履中妹）としている。

＊205——玉帯志比古大稲男・豊稲女　玉を垂らした大稲男と擬人化されているが、祝（神主）の奉仕する田に降臨する稲霊《いなだま》の依りましとなる男女をいったものであろう。

＊206——八戸挂須御諸命の大物主　たくさんの戸を構えた御室のミコトの大物主で、前半は大物主の称辞となっている。本来は八戸カカス御諸ノ命で一神名で、広大な古墳石室の主をいう尊称。大物主は偉大なモノ（亡魂）の主で、これも死者の尊称で同一物をそれぞれに言いわけたもの。葦原志許もほぼ同様な存在なのだが、播磨ではこれは軍人貴族と見られて別物とされている（＊112参照）。なおここを、八戸カカス御諸命と大物主葦原志許の二神名と

する説もある。この場合は大物主は偉大な武器の所有者として葦原志許の武人的性格をいったとすべきかもしれない。『記・紀』にいう大物主神とはちがう存在とみるべきであろう。

出雲国風土記

出雲国風土記

国全体の形は、震《ひがし》の方を首《はじめ》とし、坤《にしみなみ》*1の方を尾《おわり》とする。東と南は山で、西と北は海に接している。東西は*2一百三十七里一十九歩、南北は一百八十三里一百九十三歩である。

一百歩

七十三里三十二歩

得而難可誤*3

老《わたくし》は、枝葉の末のことにまでこまやかに思案し、伝承の根本にわたって判断をくわえた。また、山や野・浜や浦の所在、鳥や獣類の棲みか、魚・貝・海藻の類などはいささか繁雑多様であるから、そのすべてにわたって述べることはしない。そうはいうものの、どうしても止むをえないところは、その概略を列挙して、記録としての体裁を形づくった。

出雲《いづも》とよぶわけは、八束水臣津野命《やつかみづおみつののみこと》*4がみことのりして「八雲立つ」*5と仰せられた。だから八雲立つ出雲という。

合計　神社は三百九十九所。

一百八十四所　神祇官に在る。[6]

二百一十五所　神祇官に無い。

九郡。郷《さと》[7]は六十二（里《こざと》[7]は一百七十九）。余戸《あまりべ》[7]は四。駅家《うまや》[7]は六。神戸《かむべ》[7]は七（里は一十一）。

意宇《おう》の郡　郷は一十一（里は三十三）。余戸は一。駅家は三。神戸は三（里は六）。

島根《しまね》の郡　郷は八（里は二十四）。余戸は一。駅家は一。

秋鹿《あいか》の郡　郷は四（里は一十二）。神戸は一（里は一）。

楯縫《たてぬひ》の郡　郷は四（里は一十二）。余戸は一。神戸は一（里は一）。

出雲の郡　郷は八（里は二十三）。神戸は一（里は二）。

神門《かむど》の郡　郷は八（里は二十二）。余戸は一。駅家は二。神戸は一（里は一）。

飯石《いひし》の郡　郷は七（里は一十九）。

仁多《にた》の郡　郷は四（里は一十二）。

大原の郡　郷は八（里は二十四）。

右の箇条の「郷」の字は、霊亀元年（七一五）の式[8]により、里を改めて郷としたのである。その郷の名称の字は、神亀三年（七二六）の民部省の口宣《くせん》[9]（訓令）をお受けして改めたものである。

意宇《おう》の郡

合計　郷《さと》は一十一《里は三十三》。余戸は一。駅家は三。神戸は三《里は六》。

母《も》理《り》の郷　もとの字は文理。

屋《や》代《しろ》の郷　いまも前のまま使用。[*10]

楯縫《たてぬひ》の郷　いまも前のまま使用。

安来《やすき》の郷　いまも前のまま使用。

山国《やまくに》の郷　いまも前のまま使用。

飯梨《いひなし》の郷　もとの字は云成。

舎《と》人《ね》の郷　いまも前のまま使用。

大草《おほくさ》の郷　いまも前のまま使用。

山代《やましろ》の郷　いまも前のまま使用。

拝志《はやし》の郷　もとの字は林。

宍道《ししぢ》の郷　いまも前のまま使用。

　以上一十一郷は郷ごとに里は三である。

余戸《あまりべ》の里

野城《のぎ》の駅家《うまや》
黒田《くろだ》の駅家
宍道《ししぢ》の駅家
出雲《いづも》の神戸《かむべ》
賀茂《かも》の神戸
忌部《いむべ》の神戸

意宇《おう》とよぶわけは、国引きなされた八束水臣津野命《やつかみづおみつののみこと》が詔《みことのり》して、「八雲《やくも》立つ出雲*11の国は、〔織りあげられてない〕巾のせまい布のような幼い稚国《わかくに》であることよ。最初の国を小さく作ったのだな。さてそれでは縫いつくろうことにしよう」と仰せられて、栲衾《たくぶすま》〔栲を白げて作った夜着のように白い〕新羅《しらぎ》の三崎《みさき》を、土地《くに》の余りがありはしないかと見ると、「国の余りはある」と仰せられて、童女《をとめ》の胸のような〔ゆたかで巾広な〕大鋤《むなすき》を手に取り持たれて、大魚の鰓《きだ》突きわけるごとくに刻《きだ》み突きわけて、旗薄《はたすすき》の穂振《ほふ》りわけるごとくばらばらに穂振り分けて、三つ身の太綱打ち掛けて、霜枯れの黒葛草《つるくさ》をたぐるように、繰るや来るやと〔たぐり寄せ〕、河船を運びあげるようにもそろもそろと〔静かに運び寄せ〕、「国よ来い、国よ来い」と引いて来て着縫うた国は、去豆《こづ》（小津）の折絶《をりたえ》（断崖）から八穂爾杵築《やほにきづき》*12の御埼までである。こうして〔引いてきた国をつなぐために〕固く打ちこんだ舟繋ぎの杭は、石見の国と出雲の国の堺にある、名を佐比売山《さひめ》（三瓶山）というのがすなわちこれである。また手に持って引いた綱は、薗《その》の長浜がすなわちこれである。また、北門《きたど》（北の出入口）の佐伎《さき》の国を、国の余りがあるかと見ると、「国の余りはある」と仰せられて、童女の胸のような大鋤《むなすき》を手に取りもたれて、大魚の鰓突きわけるごとく刻み突きわけて、旗薄の穂振りわけるごとくばらばらに穂振りわけて、三つ身の太綱打ち掛けて、霜枯れの黒葛草の繰るや来るやと、河船のもそろもそろとすすむごとく「国よ来い、国よ来い」と引いて来て着縫うた国は、多久《たく》の折絶《をりたえ》から狭田《さだ》（佐陀）の国、すなわちこれである。また、北門の農波《のなみ》の国を、国の余りがあるかと見ると、「国の余りはある」と仰せられて、童女の胸のような大鋤《むなすき》を手に取りもたれて、大魚の鰓突きわけるごとく刻み突きわけて、旗薄の穂振りわけるごとくばらばらに穂振りわけて、三つ身の太綱打ち掛けて、霜枯れの黒葛草の繰るや来るやと、河船のもそろもそろと〔すすむごと〕、「国よ来い、国よ来い」と引いて来て着縫うた国は、宇波《うは》の折絶*13から闇見《くらみ》の国まで、すなわちこれである。また、高志《こし》の都都《つつ》の御崎を、国の余りがあるかと見ると、「国の余りはある」と仰せられて、童女の胸のような大鋤を手に取り持たれて、大魚の鰓突きわけるごとく刻み突きわけて、旗薄の穂振りわけるごとくばらばらに穂振りわけて、三つ身の太綱うち掛けて、霜枯れの黒葛草の繰るや来るやと、河船のもそろもそろと、「国よ来い、国よ来い」と引いて来て着縫うた国は、三穂（美保）の崎である。

手持って引いた綱は夜見《よみ》の島（弓ヶ浜）である。堅く結んで立てた舟杭は、伯耆《ははき》の国にある火神《ひのかみの》岳（大山）すなわちこれである。「さてこれで国は引き終わった」と仰せられて、意宇の社《もり》（杜）に御杖を突き立てられて「おゑ*14」と仰せられた。だから意宇という。〔いわゆる意宇の社は、郡役所の東北にあたり、田の中にある小高いところがこれである。周囲は八歩ほど、その上に茂った一本の木がある。〕

母理《もり》の郷《さと》　郡役所の東南*15三十九里一百九十歩である。

天の下をお造りなされた大神大穴持命《おほなもちのみこと》*16は、越《こし》の八《や》口《くち》*17を平定し賜（給）うて、お還りになった時、長江《ながえ》山においでになって詔して、「私がお造りして領有して治める国は、皇御孫《すめみまの》命（天照大神の子孫）が無事に世々お治めになる所として〔統治権を〕お譲りしよう。ただ、八雲立つ出雲の国は、私が鎮座する国として、青い山を垣として廻らし賜うて玉珍《たま》（霊魂）を置き*18賜うてお守《モ》りしよう。だから文理《もり》という。〔神亀三年（七二六）字を母理と改めた。〕

屋代《やしろ》の郷　郡役所の真東三十九里一百二十歩である。

天乃《あめの》夫《ふ》比命《ひのみこと》*19の御《み》伴《とも》として天降って来た社《やしろ》（屋代）の印支《いにき》*20らの祖先神の天津《あまつ》日《ひ》子命《このみこと》*21が「私がお浄めしてとどまりたいと心に思っていた社《ヤシロ》ぞ」と仰せられた。だから社《やしろ》という。〔神亀三年に字を屋代と改めた。〕

楯縫《たてぬひ》の郷　郡役所の東方三十二里一百八十歩である。

布都怒志命《ふつぬし》＊22の〔持っていた〕天石楯《あめのいはたて》＊23を縫い直してここに置き給うた。だから楯縫という。

安来《やすき》の郷　郡役所の東北二十七里一百八十歩である。

神須《かむす》佐《さ》乃《の》烏命《をのみこと》＊24は天の壁を立て廻しなされた。その時、このところに来《キ》てみことのりして、「私の御心は安平《ヤスケ》く成った（落ちついた）」と仰せられた。だから安来というのである。

すなわち〔この郷の〕北の海に毘売崎《ひめざき》がある。飛鳥浄御原宮《あすかのきよみはらのみや》に天の下をお治めになった天皇（天武天皇）のみ世の甲戌《きのえいぬ》の年（六七四年）七月十三日、語臣《かたりのおみ》猪《ゐ》麻呂《まろ》＊25の娘がこの崎にきて〔風物を賞しながら〕散歩していると、たまたま和邇《わに》（ワニザメ）に出遇い、襲われ殺されて〔家に〕帰らなかった。その時、父の猪麻呂は、殺された娘を浜のほとりに埋葬し、痛憤やるかたなく、天を仰いでは叫び、地に向かっては踊り上がり〔地だんだを踏み〕、立っては呻き、座っては歎き、昼は悩み夜は苦しみ、なきがらを埋めたところを立ち去ることがなかった。こうしているあいだに多くの日が過ぎた。しかし、その後慷慨之志《いきどおりのこころ》をふるい起こし、箭《や》を磨《と》ぎすまし鋒尖《ほこさき》を鋭くし、時機をえらび場所を占めて、さて神をおろがみ訴えていった、「千《ち》五《い》百万《およろづ》の天つ神よ、千五百万の地祇《くにつかみ》よ、またこの国に鎮座します三百九十九の神社よ、そして海若《わたつみ》（海神）たちよ。大神たちの〔平和な〕和魂《にぎみたま》はお動きならず、〔たけだけしい〕荒魂《あらみたま》＊26は皆ことごとくこの猪麻呂のお願いするところにお依りくだされよ。まことに神《くす》しきみ霊でありなさるならば、私に〔ワニを〕殺させ給え。かくしてこそ神霊の神《ふしぎ》なことを知ることができましょう」と。その時、やや暫くあって、百余のワニが静かに一つのワニをとり囲んで、おもむろに連れだって寄ってきて、〔猪麻呂の〕居場所につき従って進みも退きもせず、ただぐるぐるとり巻いているだけである。その時〔猪麻呂は〕鉾をあげて真ん中の一匹のワニをぐさと刺してすっかり捕り殺してしまった。そうした後になって、百余のワニは囲みを解いてちりぢりに解散した。〔ワニを〕斬り裂くと娘の脛《すね》が一つ二つころがり出た。そこでワニは斬り裂いて串ざしにして*27路傍に立てたという。〘〔猪麻呂は〕安来の郷の人、語臣《かたりのおみ》与《あたふ》の父である。その時から以後、今日に至るまで六十年が経っている。〙

山国《やまくに》の郷　郡役所の東南三十二里二百三十歩である。布都怒《ふつぬ》志命《しのみこと》*22が国をお巡りになられたとき、ここに来て仰せられるには、「この土地《クニ》は止《ヤ》まず（いつまでも）眺めていたいとおもう」と。だから山国というのである。ここには正倉《しょうそう》*28（官庫）がある。

飯梨《いひなし》の郷　郡役所の東南三十二里である。大国魂《おほくにたま》命*29が天降りなされた時、ちょうどここで御《み》膳《イヒ》を食べなされた。だから飯成《いひなし》という。〘神亀三年に字を飯梨と改めた。〙

舎人《とね》の郷　郡役所の真東二十六里のところにある。志貴島の宮に天の下をお治めになった天皇（欽明天皇）のみ世に、倉舎人《くらのとね》君らの祖*30日置臣《へきのおみ》志毗《しび》が大舎人《おほとね》としてお仕え申しあげた。すなわちここは志毗が住んでいた所である。だから舎人という。ここに正倉がある。

大草の郷　郡役所の南西二里一百二十歩である。

須佐乎命《すさのをのみこと》の御子青幡佐久佐丁壮命《あをはたさくさをとこのみこと》*31が鎮座しておいでになる。だから大草という。

山代《やましろ》の郷　郡役所の西北三里一百二十歩である。

天の下をお造りなされた大神大穴持命の御子の山代日子命《やましろひこのみこと》*32が鎮座しておいでになる。だから山代という。ここに正倉がある。

拝志《はやし》の郷　郡役所の真西二十一里二百一十歩である。

天の下をお造りなされた大神命《おほかみのみこと》が、越《こし》の八口《やくち》を平定しようとしてお出かけになられたとき、ここの樹林《はやし》は盛んに茂っていた。そのとき詔して「私の御心の波也志《ハヤシ》*33」と仰せられた。だから林《はやし》という。〔神亀三年に字を拝志と改めた。〕ここに正倉がある。

宍道《ししぢ》の郷　郡役所の真西三十七里である。

天の下をお造りになられた大神命が〔御狩りをして〕追い給うた猪《いのしし》の像《かた》〔の石〕が南の山*34に二つある。〔一つは長さが二丈七尺、高さは一丈、周囲は五丈七尺。もう一つは長さが二丈五尺、高さは八尺、周囲は四丈一尺。〕猪を追う犬の像〔長さは一丈、高さは四尺、周囲は一丈九尺〕、その形は石となって、猪も犬も異なるところがない。今でもなおまだある。だから宍道という。

余戸《あまりべ》の里　郡役所の真東六里二百六十歩である。〔神亀四年（七二七）の戸籍編成*35のさい一と里を立てた。だから余戸という。他郡の〔余戸の〕例もこれと同じである。〕

野城《のぎ》の駅《うまや》　郡役所の真東二十里八十歩である。

野城の大神*36がおられるによって、だから野城という。

黒田の駅　郡役所と同処である。

郡役所の西北二里のところに黒田の村がある。土の様子が黒い。だから黒田という。旧くはここにこの駅があった。そこで名づけて黒田の駅といった。いまは郡役所の東に続いているが、今なおもとのまま黒田とよんでいるだけである。

宍道の駅　郡役所の真西三十八里である。〔その名の説明は郷と同様である。〕

出雲の神戸　郡役所の南西二里二十歩である。

伊弉奈枳《いざなき》の麻奈子《まなご》（愛児）であらせられる熊野加牟呂《かむろ》乃命《のみこと》*37と、五百津鉏*38鉏猶取り取らして天の下をお造りなされた大穴持命と、この二所の大神たちにお寄せ奉った〔戸である〕。だから神戸という。〔他の郡などの神戸もこれと同様である。〕

賀茂《かも》の神戸　郡役所の東南三十四里である。

天の下をお造りなされた大神命の御子阿遅須枳《あぢすき》高日子《たかひこ》命*39は葛城《かつらぎ》の加茂の社に鎮座されている。この神の神戸である。だから鴨という。〔神亀三年に字を賀茂と改めた。〕

忌部《いむべ》の神戸*40　郡役所の真西二十一里二百六十歩である。

国造《くにのみやつこ》が神吉詞《かむよごと》の望《ほがい》*41に、朝廷に参向するときの、御沐《みそぎ》の忌里《いみざと》*42である。だから忌部という。この川（玉造川）のほとりに温泉が出ている。出湯《いでゆ》のある場所は、海と陸と〔の風光〕を兼備したところである。それで男も女も老いも若きも、あるいは陸の街道や小路をぞろぞろ歩いて引きもきらず、あるいは海中の洲に沿って日ごとに集まって、まるで市がたったようにみんな入り乱れて酒宴をし遊んでいる。一度温泉に洗えばたちまち姿も貌もきりりと立派になり、再び浸ればたちまち万病ことごとく消え去り、昔から今にいたるまで効験がないということはない。だから世間では神の湯といっているのである。

教昊寺《けうかうじ》　山国の郷の中*43にある。郡役所の真東二十五里一百二十歩である。五重の塔を建立している。（僧がいる。）僧教昊《けうかう》が造ったものである。（散位大初位上腹首押猪《うへはらのおびとおしゐ》*44の祖父である。）

新造の院①*45、一所　山代の郷の中にある。郡役所の西北四里二百歩である。厳堂《ごんどう》*46（金堂）を建立している。（僧はない。*47）日置君目烈《へきのきみめづら》の造ったものである。（出雲の神戸の日置君猪麻呂の祖《おや》（父）である。）

新造の院②、一所　山代の郷の中にある。郡役所の西北二里である。厳堂を建立している。（住僧一人がいる。）飯石の郡の少領の出雲臣弟山《おとやま》が造ったものである。

新造の院③、一所　山国の郷の中にある。郡役所の東南三十一里一百二十歩である。三重の塔を建立している。山国の郷の人、日置部根緒《へきべのねを》が造ったものである。

〔神社〕（参考・延喜式神名帳）

熊野の大社《おほやしろ》（熊野坐神社〔名神大〕）
売豆貴《めつき》の社（売豆紀神社）
由貴《ゆき》の社（由貴神社）
都俾《つへ》志呂の社（都弁志呂神社）
野城《のぎ》の社（野城神社）
支麻知《きまち》の社（来待神社）
野城の社（同〔野城社〕社坐大穴持神社）
佐久多《さくた》の社（佐久多神社）
須多《すた》の社（須田神社）
布弁《ふべ》の社（布弁神社）
意陀支《おたき》の社（意多伎神社）
久米《くめ》の社（久米神社）
宍道《ししぢ》の社（宍道神社）
売布《めふ》の社（売布神社）
夜麻佐《やまさ》の社（山狭神社）
加豆比《かつひ》の社（勝日神社）
加豆比《かつひ》の高《たか》の社（勝日高守神社）
玉造《たまつくり》 湯の社（玉造湯神社）
伊布夜《いふや》の社（揖夜神社）
夜麻佐《やまさ》の社（同〔夜麻佐〕社坐久志美気濃神社）
久多美《くたみ》の社（久多弥神社）
多乃毛《たのも》の社（田面神社）
真名井《まなゐ》の社（真名井神社）
斯保弥《しほみ》の社（志保美神社）
市原《いちはら》の社（市原神社）
布吾弥《ふごみ》の社（布吾弥神社）
野代《のしろ》の社（野白神社）
狭井《さゐ》の社（佐為神社）

同《おなじ》 狭井《さゐ》の高守《たかもり》の社　（佐為高守神社）
宇流布《うるふ》の社　（宇留布神社）
伊布夜《いふや》の社　（同〔揖夜〕社坐韓国伊太氏神社）
由宇《ゆう》の社　（同〔玉造湯〕社坐韓国伊太氏神社）
布自奈《ふじな》の社　（布自奈神社）
同《おなじ》 布自奈の社　（布自奈大穴持神社）
野代《のしろ》の社　（同社坐大穴持御子社）
佐久多《さくた》の社　（同〔佐久多〕社坐韓国伊太氏神社）
意陀支《おたき》の社　（同〔意多伎〕社坐御訳神社）
前《さき》の社　（前神社）
田中《たなか》の社　（田中神社）
詔門《のりと》の社　（能利刀神社）
楯井《たてゐ》の社　（楯井神社）
速玉《はやたま》の社　（速玉神社）
石坂《いはさか》の社　（磐坂神社）
佐久佐《さくさ》の社　（佐久佐神社）
多加比《たかひ》の社　（鷹日神社）
山代《やましろ》の社　（山代神社）
調屋《つきや》の社　（筑陽神社）
同《おな》じ社　（同〔筑陽〕社坐波夜都武自和気神社）

以上四十八所はともに神祇官にある。

宇由比《うゆひ》の社　支布佐《きふさ》の社　毛弥《もね》の社　那富乃夜《なほのや》の社　支布佐《きふさ》の社　国原《くにはら》の社
田村《たむら》の社　市穂《いちほ》の社　同《おなじ》 市穂の社　伊布夜《いふや》の社　阿太加夜《あたかや》の社　須多《すた》の下《しも》の社
河原《かはら》の社　布宇《ふう》の社　末那為《まなゐ》の社　加和羅《かわら》の社　笠柄《かさがら》の社　志多備《したび》の社　食師《みけし》の社

以上一十九所はともに神祇官にはない。

長江《ながえ》山《やま》　郡役所の東南五十里である。（水精（水晶）がある。）
暑垣《あつがき》山　郡役所の真東二十里八十歩である。（烽《とぶひ》*48がある。）
高野《たかの》山　郡役所の真東一十九里である。
熊野《くまの》山　郡役所の真南一十八里である。（檜《ひ》・檀《まゆみ》がある。いわゆる熊野の大神の社が鎮座する。）
久多美《くたみ》山　郡役所の西南二十三里である。（社（久多美社）がある。）
玉作《たまつくり》山　郡役所の西南二十二里である。（社（玉造湯社）がある。）
神名樋《かむなび》山　郡役所の西北三里一百二十九歩である。高さ八十丈、周囲六里三十二歩である。（東に松があり、三方ともに茅《ち》がある。）

すべてもろもろの山野にあるところの草木は、麦門冬《やますげ》*49・独活《つちたら》・石斛《いわぐすり》・前胡《のぜり》・高梁薑《こうらはじかみ》・連翹《いたちぐさ》・黄精《おうえみ》・百部根《ほとづら》・貫衆《おにわらび》・白朮《おけら》・薯蕷《やまついも》・苦参《くらら》・細辛《みらのねぐさ》・商陸《いおずき》・藁本《さわそらし》・玄参《おしくさ》・五味子《さねかずら》・黄芩《ひいらぎ》・葛《くず》根《のね》・牡丹《ふかみぐさ》・藍漆《やまあい》・薇《わらび》・藤《ふじ》・李《すもも》・檜《ひのき》（字はあるいは梧に作る）・杉（字はあるいは椙に作る）・赤桐・白桐《あおぎり》・楠《くすのき》・椎・海榴（字はあるいは椿に作る）・楊梅《やまもも》・松・栢《かえ》（字はあるいは榧に作る）・蘗《きはだ》・槻《つき》。禽獣には、すなわち鵰《わし》・晨風《はやぶさ》（字はあるいは隼に作る）・山雞《やまどり》・鳩・鶉《うずら》・鶬《ひばり》（字はあるいは離黄に作る）・鵄鴞《づく》（横致に作る。悪い鳥である）・熊・狼・猪・鹿・兎・狐・飛鼯《むささび》（字はあるいは獼に作り、蝠に作る）・獼猴《さる》の類がある。いたって多く全部しるすことはできない。

伯太《はた》川　源は仁多《にた》と意宇《おう》との二つの郡の堺の葛野《かづの》山から出て、流れて母理《もり》・楯縫《たてぬひ》・安来《やすき》の三つ

の郷を経て入海に入る。〔年魚《あゆ》・伊久比《いぐい》がいる。〕
山国《やまくに》川　源は郡役所の東南三十八里の枯見《うらみ》山から出て、北に流れて伯太《はた》川に入る。
飯梨《いいなし》河　源は三つある。〔一つの源は仁多・大原・意宇の三郡の堺の田原より出、一つの源は枯見《うらみ》より出、一つの源は仁多の郡の玉嶺《たまみね》山より出ている。〕三つの流れは合わさって北に流れて入海に入る。〔年魚・伊具比《いぐい》がいる。〕
筑陽《つくや》川　源は郡役所の真東一十里一百歩にある荻山《おぎやま》から出て、北に流れて入海に入る。〔年魚がいる。〕
意宇《おう》河　源は郡役所の真南一十八里にある熊野山から出て、北に流れて入海に入る。〔年魚・伊具比がいる。〕
野代《のしろ》川　源は郡役所の西南一十八里にある須我《すが》山から出て、北に流れて入海に入る。
玉作《たまつくり》川　源は郡役所の真西にある阿志山から出て、北に流れて入海に入る。〔年魚がいる。〕
来待川　源は郡役所の真西二十八里にある和奈佐《わなさ》山から出て、西に流れて山田の村に至り、さらに折れて北に流れて入海に入る。〔年魚がいる。〕
宍道《しじち》川　源は郡役所の真西三十八里にある幡屋《はたや》山から出て、北に流れて入海に入る。〔魚はいない。〕
津間《つま》抜《ぬき》の池　周囲は二里四十歩である。〔鳧《たかべ》・鴨《かも》・芹菜がある。〕

真名猪《まなゐ》の池　周囲は一里である。

北は入海である。

門江《かどえ》の浜　伯耆《ははき》と出雲との二国の堺である。東から西に行く。

粟島《あはしま》　椎・松・多年木《あわぎ》・宇竹《おうたけ》・真前《まさき》などの葛がある。

砥神島《とかみしま》　周囲は三里一百八十歩、高さは六十丈である。〔椎・松・芉《みらのねぐさ》・薺頭蒿《おはぎ》・都波《つは》・師太《しだ》などの草がある。〕

賀茂島《かもしま》　全部磯である。

子《こ》島　全部磯である。

羽《は》島　椿・比佐木《ひさぎ》・多年木《あわぎ》・蕨・薺頭蒿がある。

塩楯《しほたて》島　蓼《たで》・螺子《にし》・永蓼《ながたで》がある。

野代《のしろ》の海の中に蚊《か》島がある。周囲は六十歩である。中央は黒土で四方はみな磯である。〔中央にひと握りほどの木が一本あるだけである。その磯に蚊がいる。螺子・海松《みる》もある。〕

ここから以西の浜はけわしかったり、平坦だったりで、みな道路が通じている。

〔通路《かよいじ》〕

国の東の堺にある手間《てま》の剗《せき》に行くには三十一里一百八十歩である。

大原の郡の堺にある林垣《はやしがき》の峯に行くには三十二里二百歩である。

出雲の郡の堺にある佐《さ》雑《さふ》の埼に行くには三十二里三十歩である。
島根の郡の堺にある朝酌《あさくみ》の渡し場に行くには四里二百六十歩である。
前述の一郡（意宇郡）は入海の南にある。ここには国庁がある。

郡司[*50]主帳　無位海《あまの》臣《おみ》
　無位出雲臣《いづものおみ》
少領従七位上勲十二等出雲臣
主政《しゆしやう》　外小初位勲十二等林《はやし》　臣
　擬主政無位出雲臣

島根の郡

合計　郷八（里は二十四）。余戸は一。駅家は一。
山口《やまぐち》の郷　いまも前のまま使用。
朝酌《あさくみ》の郷　いまも前のまま使用。
手《た》染《しみ》の郷　いまも前のまま使用。
美《み》保《ほ》の郷　いまも前のまま使用。

方結《かたえ》の郷　いまも前のまま使用。
加賀《かが》の郷　もとの字は加加《かが》。
生馬《いくま》の郷　いまも前のまま使用。
法吉《ほほき》の郷　いまも前のまま使用。
余戸《あまりべ》の里
千酌《ちくみ》の駅《うまや》

島根とよぶわけは、国を引きなされた八束水臣津野命《やつかみづおみつののみこと》がみことのりして、名を負わせ給うた。だから島根という[*51]。

朝酌《あさくみ》の郷《さと》　郡役所の真南一十里六十四歩である。熊野大神命《くまののおほかみのみこと》[*37]は詔して、朝の御《み》食《け》事の神顆《かむかひ》（神饌）に、夕べの御食事の神顆に、五つの贄《にへ》の緒《クミ》[*52]（食糧奉仕者組織）の居処をお定めになった。だから朝酌という。

山口《やまぐち》の郷　郡役所の真南四里二百九十八歩である。須佐能袁命《すさのをのみこと》の御子、都留支日子命《つるぎひこのみこと》[*53]が　詔《みことのり》して、「私が治めている山《ヤマ》の入り口《クチ》の処であるぞ」と仰せられて、そこで山口という名を〔郷に〕負わせ給うた。

手染《たしみ》の郷　郡役所の真東一十里二百六十四歩である。

天の下をお造りなされた大神命《おほかみのみこと》が詔して、「この国は丁寧《タシ》に造った国であるぞ」と仰せられて、そこで丁寧《たし》という名を〔郷に〕負わせ給うた。それなのに、今の人はただ誤って手染の郷といっているにすぎない。ここに正倉がある。

美保の郷　郡役所の真東二十七里一百六十四歩である。

天の下をお造りになられた大神命が、高志の国に〔鎮座して〕おいでになる神意支都久辰為《おきつくしゐの》命《みこと》[54]のみ子の俾都久辰為命《へつくしゐのみこと》のみ子の奴奈宜波比売命《ぬながはひめのみこと》[55]をめとって、お産みになった神御穂須須美《みほすすみの》命《みこと》[56]、この神がここに鎮座しておられる。だから美保という。

方結《かたえ》の郷　郡役所の真東二十里八十歩である。

須佐能烏《すさのを》命の御子の国忍別命《くにおしわけのみこと》[57]が詔して、「私が領有している地《くに》は、国形《くにカタエ》宜し（地形がよい）」と仰せられた。だから方結という。

加賀《かが》の郷　郡役所の北西二十四里一百六十歩である。

佐太大神《さだのおほかみ》[58]のお生まれになった所である。御祖《みおや》の神魂命《かむむすびのみこと》[59]の御子支佐加比比売命《きさかひひめのみこと》[60]が「なんと闇《くら》い岩屋であることよ」と仰せられて、金の弓をもって射給うた。その時光が加加《カガ》とあかるくなった。だから加加《かが》という。（神亀三年に字を加賀と改めた。）

生馬《いくま》の郷　郡役所の西北一十六里二百九歩である。

神魂命の御子の八尋鉾長依日子命《やひろほこながよりひこ》[61]が詔して、「私の御子は平明《やす》らかで憤《イク》まず（憤らない）」と仰せられた。だから生馬という。

法吉《ほほき》の郷　郡役所の真西一十四里二百三十歩である。

神魂命の御子の宇武賀比比売命《うむがひひめのみこと》*62が　法吉鳥《ほほきどり》（鶯）となって飛んで来てここに鎮座なされた。だから法吉という。

余戸《あまりべ》の里　《里の名の説明は意宇郡の余戸の里と同じである。》
千酌《ちくみ》の駅　郡役所の東北一十九里一百八十歩である。

伊佐那枳命《いさなぎのみこと》の御子*63の都久豆美《つくつみ》命がここに鎮座しておられる。そうだとすればすなわち都久豆美《つくつみ》というべきものを、今の人はただ千酌とよんでいるだけである。

〔神社〕*64

布自伎弥《ふじきみ》の社　（布自伎美神社）
多気《たけ》の社　（多気神社）
久良弥《くらみ》の社　（久良弥神社）
同《おなじ》所に波夜都武志《はやつむし》の社　（同〔久良弥〕社坐波夜都武自神社）
川上《かはかみ》の社　（河上神社）
長見《ながみ》の社　（長見神社）
門江《かどえ》の社　（門江神社）
横田《よこた》の社　（横田神社）
加賀《かが》の社　（加賀神社）
爾佐《にさ》の社　（爾佐神社）
爾佐《にさ》の加志能為《かしのゐ》の社　（爾佐能加志能為神社）
法吉《ほほき》の社　（法吉神社）

生馬《いくま》の社　（生馬神社）　　美保《みほ》の社　（美保神社）

以上一十四所はともに神祇官にある。

大井《おほゐ》の社　阿羅波比《あらはひ》の社　三保《みほ》の社　多久《たく》の社　蜛蝫《たこ》の社　同《おなじ》所に蜛蝫《たこ》の社　質留比《しちるひ》の社　方結《かたえ》の社　玉結《たまえ》の社　川原《かはら》の社　虫野《むしの》の社　持田《もちだ》の社　加佐奈子《かさなし》の社　比加夜《ひかや》の社　須義《すぎ》の社　伊奈頭美《いなづみ》の社　伊奈阿気《いなあけ》の社　御津《みつ》の社　比津《ひつ》の社　玖夜《くや》の社　同所に玖夜《くや》の社　田原《たはら》の社　生馬《いくま》の社　布奈保《ふなほ》の社　加茂志《かもし》の社　一夜《ひとよ》の社　小井《をゐ》の社　加都麻《かつま》の社　須衛都久《すゑつく》の社　大椅《おほはし》の社　大椅《おほはし》の川《かは》辺《べ》の社　朝酌《あさくみ》の社　朝酌《あさくみ》の下《しも》の社　奴那弥《ぬなみ》の社　椋見《くらみ》の社

以上四十五所はともに神祇官にはない。

布自枳美《ふじきみ》の高山　郡役所の真南七里二百一十歩である。高さ二百七十丈、周囲一十里である。（烽《とぶひ》がある。）

女岳山《めだけやま》　郡役所の真南二百三十歩である。

蝨野《むしの》　郡役所の西南三里一百歩である。（樹木がない。）

毛志《もし》山　郡役所の北一里である。

大倉《おほくら》山　郡役所の東北九里一百八十歩である。

糸江《いとえ》山　郡役所の東北二十六里三十歩である。

小倉《をぐら》山　郡役所の北西二十四里一百六十歩である。

すべてもろもろの山にある草木類は、白朮《おけら》・麦門冬《やますげ》・藍漆《やまあさ》・五味子《さねかずら》・独活《つちたら》・葛根《くずのね》・薯蕷《やまついも》・卑《と》解《ころ》・狼毒《やまくさ》・杜仲《はいまゆみ》・芍薬《えびすぐすり》・柴胡《のぜり》・苦参《くらら》・百部根《ほとづら》・石斛《いわぐすり》・藁本《さわそらし》・藤・李・赤桐・白桐《あおぎり》・海柘《つば》榴《き》・楠・楊・松・栢《かえ》。禽獣類はすなわち鷲〔字はあるいは鵰に作る〕・隼・山雞・鳩・雉・猪・鹿・猿・飛鼯《むささび》がある。

水草《みくさ》河　源は二つある。〔一つの源は郡役所の東北三里一百八十歩にある毛志山より出て、一つの源は郡役所の西北六里一百六十歩にある同じ毛志山より出ている。〕二つの川が合って南に流れて入海（宍道湖）に入る。〔鮒がいる。〕

長見《ながみ》川　源は郡役所の東北九里一百八十歩にある大倉山から出て、東に流れる。

大鳥川　源は郡役所の東北一十二里一百一十歩にある墓野山から出て、南に流れる。〔以上二つの川は合して東に流れ、入海（中海）に入る。

野浪《のなみ》川　源は郡役所の東北二十六里三十歩にある糸江山から出て、西に流れて大海に入る。

加賀川　源は郡役所の西北二十四里一百六十歩にある小倉山から出て、北に流れて大海に入る。

多久《たく》川　源は郡役所の西北二十四里にある小倉山から出て、西に流れて秋鹿《あいか》の郡佐太の水海に入る。〔以上六つの川は、ともに魚はいない。小さな川である。〕

法吉《ほほき》の坡《つつみ》（池）　周囲五里、深さ七尺ばかりである。鴛鴦《をし》・鳧《たかべ》・鴨・鯉・鮒《ふな》・須我毛《すがも》がいる。

〔夏季になると非常にうまい菜がある。〕
前原《さきはら》の坡《つつみ》　周囲は二百八十歩である。鴛鴦・鳧・鴨などの類がいる。
張田《はりた》の池　周囲は一里三十歩である。
匏《ひさご》池　周囲は一里一百一十歩である。〔蒋《まこも》が生える。〕
美能夜《みのや》の池　周囲は一里である。
口《くち》の池　周囲は一里一百八十歩である。〔蒋・鴛鴦がいる。〕
敷田の池　周囲は一里である。〔鴛鴦がいる。〕
南は入海〔中海〕である。〔西から東に行く〔順に記す〕。〕
朝酌《あさくみ》の促戸《せと》の渡り〔渡船場〕　東には道路があり、西には原がある。中央が渡し場である。ここは筌《うへ》*65を東西《あちこち》に設け、春秋《ときどき》揚げたり入れたりする。大小さまざまの魚が季節に応じて群がり、筌の近くに跳びはね、風を切り水を蹴る。あるものは筌を破って〔逃げ〕、あるものは日鹿《ひしか》〔乾細魚《ひしこ》*66〕となって鳥に捕られる。大小さまざまな魚や浜の藻は家いっぱいに満ち、商人は四方八方から集まってひとりでに市場を形づくる。〔ここから東に入って大井の浜までの南北二つの浜の間はみな白魚が捕れる。水が深いのである。〕
朝酌の渡り〔渡しの〕距離は八十歩ほどある。国庁から海辺〔千酌駅〕への通路である。
大井の浜　ここは海鼠《なまこ》・海松《みる》を産する。また陶器を造る。

邑美《おほみ》の冷水《しみづ》　東と西と北とは山である。ともにけわしく、南は海がひろびろとし、中央のところは小石を敷いた潟で、泉はさらさら流れている。男も女も、老いも若きも、四季折々に集まって、いつも酒もりをする地である。

前原《さきはら》の埼　東と北はともにけわしく、麓にはすぐ池がある。周囲は二百八十歩、深さは一丈五尺ばかりある。三方の周辺には草木が自然と岸に生えている。鴛鴦・鳧・鴨が季ごとにやって来て住んでいる。池の南は海である。すなわち池と海との間の浜は東西の長さは一百歩、南北の巾は六歩、松並木はうっそうと茂り浜潟は深く澄んでいる。男女は時どきにむらがりつどって、あるいは充分愉《たの》しんで家路につき、あるいは遊びふけって帰ることを忘れる。いつもうたげをしてたのしんでいる場所である。

蜛蝫島《たこじま》　周囲は一十八里一百歩、高さは三丈ある。古老のいい伝えるところでは、「出雲の郡の支豆支《きづき》の御崎に蜛蝫《たこ》がいた。それを天《あめ》の羽々鷲《はばわし》*67がひっ捕えて、空高く飛んできて、この島にとどまっていた。だから蜛蝫《たこ》島という」と。今の人はただ誤って栲《たく》島とよんでいるにすぎない。土地はゆたかに肥えている。島の西のほとりには二本松がある。このほか茅《ち》・莎《はますげ》・薺《お》頭蒿《はぎ》・蕗《ふき》などの類が生い茂っている。《ここに牧(放馬場)がある。》陸地からの距離は三里である。

蜈蚣《むかで》島　周囲は五里一百三十歩。高さは二丈である。古老のいい伝えるところでは、「蜛蝫《たこ》島にいた蛸が蜈蚣をくわえてきてこの島にとどまった。だから蜈蚣島という」と。東のほとりに神の社がある。そのほかはみなことごとく民家である。土はゆたかに肥え、草木は繁茂し、桑や麻が豊富である。これはすなわちいわゆる島の里というのがこれである。〘津からの距離は二里一百歩である。〙すなわちこの島から伯耆の国のうちの夜見《よみ》の島に行きつくまでのあいだは、岩盤つづきで二里ばかり、巾は六十歩ばかりある。乗馬したまま往来ができる。満潮時の深さは二尺五寸ばかり、干潮時はほとんど陸地と同じである。

和多《わただ》太島　周囲は三里二百二十歩である。〘椎《しい》・海石榴《つばき》・白桐《あおぎり》・芋菜《いえついも》・薺頭蒿・蕗・都波《つは》・猪・鹿がある。〙陸からの距離は海渡りで一十歩だが深浅不明である。

美佐《みさ》島　周囲は二百六十歩、高さは四丈である。〘椎・櫃《かし》・茅・葦・都波・薺頭蒿がある。〙

戸江《とえ》の剗《せき》*68　郡役所の真東二十里一百八十歩である。〘島ではない。陸地の浜にすぎない。伯耆の郡内の夜見の島と向きあうほどの間である。〙

栗江の埼　〘夜見の島と向かいあっている。〔その間の狭い海峡の〕促戸の渡りは二百一十六歩である。〙埼の西は〔日本海と〕この入海《いりうみ》（中海）との堺である。

おおよそ南の入海（中海）にあるさまざまな物産は、入鹿《いるか》・和爾《わに》・鯔《なよし》・須受枳《すずき》・近志呂《このしろ》・鎮仁《ちに》・白魚《しらうお》・海鼠《こ》・鰝鰕《えび》・海松《みる》などの類は非常に多く、その名を全部はあげきれない。

北は大海（日本海）である。埼の東は大海との堺である。〘なお西より東に行く〔順で記述する〕〙。

鯉石島《こひいし》　〘海藻が生えている。〙

大島①（磯である。）
宇由比《うゆひ》の浜　巾は八十歩である。（志毗《しび》魚が捕れる。）
盗道《ぬすみち》の浜　巾は八十歩である。（志毗魚が捕れる。）
澹由比《たゆひ》の浜　巾五十歩である。（志毗魚が捕れる。）
加努夜《かぬや》の浜　巾は六十歩である。（志毗魚が捕れる。）
美保《みほ》の浜　巾一百六十歩である。（西に神の社があり、北に民家がある。志毗魚が捕れる。）
美保《みほ》の埼　（周囲は絶壁で、けわしい海ぎわの山である。）
等等《とと》島　（禺禺《とと》（アシカ）がつねに住んでいる。）
土《つち》島　（磯である。）
久毛等《くもと》の浦　巾は一百歩である。（東から西へ行く〔順で記述する〕。十隻の船がとまることができる。）
黒《くろ》島①　（海藻《め》が生える。）
這田《はふだ》の浜　長さは二百歩である。
比佐《ひさ》島　（紫菜《のり》・海藻が生える。）
長《なが》島　（紫菜・海藻が生える。）
比売島　（磯である。）
結《ゆひ》の島門《しまと》　周囲は二里三十歩、高さは一十丈である。（松・薺頭蒿・都波がある。）

御《み》前《さき》の小島　⸨磯である。⸩
質留《しちる》比《ひ》の浦　巾は二百二十歩である。⸨南に神の社がある。北に民家がある。三十隻の船が停泊できる。⸩
久《く》宇《う》島①　周囲は一里三十歩、高さは七尺である。⸨椿・椎・白朮《おけら》・小竹・薺頭蒿・都波・芋がある。⸩
加《か》多《た》比《ひ》島　⸨磯である。⸩
船《ふね》島　⸨磯である。⸩
屋《や》島　周囲は二百歩、高さは二十丈である。⸨椿・松・薺頭蒿がある。⸩
赤島①　⸨海藻が生える。⸩
宇《う》気《け》島　⸨前に同じ。⸩
黒《くろ》島②　⸨前に同じ。⸩
粟島　周囲は二百八十歩、高さは一十丈である。⸨松・芋・茅・都波がある。⸩
玉《たま》結《え》の浜　巾は一百八十歩である。⸨碁石がある。東のほとりには唐砥《からと》*69がある。また民家がある。⸩
小《こ》島　周囲は二百三十歩、高さは一十丈である。⸨松・茅・薺頭蒿・都波がある。⸩
方《かた》結《え》の浜　巾は一里八十歩である。⸨東と西とに家がある。⸩
勝《かつ》間《ま》の埼　二つの岩屋がある。⸨一つは高さ一丈五尺、内部の周りは一十八歩。一つは高さ一丈五尺、内部の周りは二十歩である。⸩
鳩《はと》島　周囲一百二十歩、高さは一十丈である。⸨都波・苡《づし》がある。⸩

鳥《とり》島　周囲は八十二歩、高さは一十五尺である。（鳥の栖がある。）
黒《くろ》島③（紫菜《のり》・海藻《め》が生える。）
須義《すぎ》の浜　巾は二百八十歩である。
衣《ころも》島　周囲は一百二十歩、高さは五丈である。中を穿って、南北に船で往来することができる。
稲上《いなあげ》の浜　巾は一百六十歩である。（民家がある。）
稲積《いなづみ》島　周囲は三十八歩、高さは六丈である。（松の木に鳥の栖がある。）中を穿って南北に船のまま往来することができる。
大島《おほしま》②（磯である。）
千酌《ちくみ》の浜　巾は一里六十歩である。（東に松林があり、南方に駅家、北方に民家がある。郡役所の東北一十九里一百八十歩である。これはすなわち隠伎の国に渡る津である。）
加志《かし》島　周囲は五十六歩、高さは三丈である。（松がある。）
赤島②　周囲は一百歩、高さは一丈六尺である。（松がある。）
葦浦《あしうら》の浜　巾は一百二十歩である。（民家がある。）
黒《くろ》島④（紫菜・海藻が生える。）
亀《かめ》島（前に同じ。）
附《つき》島　周囲は二里一十八歩、高さは一丈である。（椿・松・薺頭蒿《おはぎ》・茅・葦・都波がある。その薺頭蒿は正月の元日に生え、長さは六寸である。）
蘇《よみ》島　（紫菜・海藻が生える。）中を穿って南北に船が往来することができる。
真屋《まや》島　周囲は八十六歩、高さは五丈である。（松がある。）
松《まつ》島　周囲は八十歩、高さは八丈である。（松林がある。）
立石《たてし》島　（磯である。）
瀬《せ》崎　（磯である。いわゆる瀬崎の戍《まもり》[*70]はこれである。）
野浪《のなみ》の浜　巾は二百八歩である。（東のほとりに神の社がある。また民家がある。）
鶴《つる》島　周囲は二百一十歩、高さは九丈である。（松がある。）
間《ま》島　（海藻が生える。）
毛都《もつ》島　（紫菜・海藻が生える。）
川来門《かはくど》の大浜　巾は一里一百歩である。（民家がある。）
黒《くろ》⑤島　（海藻が生える。）
小黒《をぐろ》島　（海藻が生える。）
加賀《かが》の神埼《かむざき》　ここに窟《いわや》がある。高さは一十丈ばかり、周囲は五百二歩ほどある。東と西と北とは通じている。いわゆる[*71]佐太の大神のお産まれになった場所である。お産まれになろうとしたちょうどそのときになると、弓箭が亡（失）くなった。その時御祖神魂《みおやかかむすび》命の御子の枳佐加比売命が祈願して、「私の御子が麻須良《ますら》神《がみ》*72の御子でおありなさるならば、亡くなった弓箭よ出て来い」と祈願された。その時、角の弓箭が水のまにまに流れて出た。その時*73〔お産まれになった御子は〕詔して、「これは私の弓〔箭〕ではない」と仰せられて投げ棄ててしまわれた。また金の弓箭が流れて出てきた。すなわちこれを待ち取って、「なんと暗い窟であろうか」と仰せられて〔岩壁を突き破って〕射通しなされた。すなわち御祖《みおや》〔母〕支佐加比売命の社がここに鎮座していられる。今の人はこの岩窟の近くを通るときは必ず声を〔岩窟に反響させて〕とどろかして行く。もしこっそり行ったりする者があると、神が現われて突風を巻きおこし、行く舟は必ず転覆してしまうのである。

御《み》島《しま》　周囲は二百八十歩、高さは一十丈である。中央は東と西とに通じている。〔椿・松・栢がある。〕

葛《かづら》島　周囲は一里一百一十歩、高さは五丈である。〔椿・松・小竹・茅・葦がある。〕

櫛《くし》島　周囲は二百四十歩、高さは一十丈である。〔松林がある。〕

許《こ》意《お》島　周囲は八十歩、高さは一十丈である。〔松林・茅・沢がある。〕

真《ま》島《しま》　周囲は一百八十歩、高さは一十丈である。〔松がある。〕

比《ひ》羅《ら》島　〔紫菜、海藻が生える。〕

黒《くろ》島⑥　〔前に同じ。〕

名島《なしま》　周囲は一百八十歩、高さは九丈である。〘松がある。〙
赤島③〘紫菜・海藻が生える。〙
大椅《おほはし》の浜　巾は一里一百八十歩である。〘西北に民家がある。〙
須須比《すすひ》の埼　〘白朮《おけら》がある。〙
御津《みつ》の浜　巾は二百八歩である。〘民家がある。〙
三島《みつ》　〘海藻が生える。〙
虫津《むしつ》の浜　巾は一百二十歩である。
手結《たゆひ》の埼　浜辺に岩屋がある。〘高さは一丈、内部の周りは三十歩である。二本の檜がある。〙
手結《たゆひ》の浦　巾は四十二歩である。〘船が二つばかり泊まることができよう。〙
久宇《くう》島②　周囲は一百三十歩、高さは七丈である。〘松がある。〙

　おおよそ北の海に捕れるさまざまな産物は、志毗《しび》・朝鮐《ふぐ》・沙魚《さめ》・烏賊《いか》・蜛蝫《たこ》・鮑魚《あわび》・螺《さざえ》・蛤《うむ》貝《がい》〘字をあるいは蚌菜に作る〙・蕀甲蠃《うに》〘字をあるいは石経子に作る〙・甲蠃《かせ》・蓼螺子《にがにし》〘字をあるいは螺子に作る〙・螺蠣子《かき》・石華《せ》〘字をあるいは蠣・犬脚に作る。あるいは土曠、犬脚は勢《せ》である〙・白負《おふ》・海藻・海松・紫菜・凝海菜《こるもは》などの類いたって多く、全部名をあげることはできない。

〔通路《かよいじ》〕

　意宇の郡の堺にある朝酌《あさくみ》の渡し場に行くのは一十里二百二十歩、このうち海は八十歩である。

秋鹿《あいか》の郡の堺にある佐太《さだ》の橋に行くのは一十五里八十歩である。
隠岐への渡し場、千酌の駅家の湊に行くのは一十九里一百八十歩である。

郡司主帳　無位出雲臣
大領外正六位下社部臣《こそべのおみ》*74
少領外従六位上社部石臣《こそべのいしのおみ》
主政従六位下勲十□等蝮朝臣《たちひのあそみ》

秋鹿《あいか》の郡

合計　郷は四《里は一十二》。神戸は一。
恵曇《ゑとも》の郷　もとの字は恵伴。
多太《ただ》の郷　いまも前のまま使用。
大野《おほの》の郷　いまも前のまま使用。
伊農《いぬ》の郷　もとの字は伊努。
　以上の四郷は郷ごとに里は三である。
神戸《かむべ》の里

秋鹿《あいか》とよぶわけは、郡役所の真北のところに秋鹿日女《あいかひめ》命*75が鎮座しておいでになる。だから秋鹿という。

恵曇《ゑとも》の郷　郡役所の東北九里四十歩である。須作能乎命《すさのをのみこと》の御子、磐坂日子命《いはさかひこのみこと》*76が国を巡って歩かれたとき、ここまできて詔《みことのり》され、「この処は国は〔できたてで〕若々しく結構な好いところである。地形はまるで画鞆《エトモ》*77のごとくであることよ。私の宮はここに造ることにしよう」と仰せられた。だから恵伴《ゑとも》という。〘神亀三年に字を恵曇と改めた。〙

多太《ただ》の郷　郡役所の西北五里一百二十歩である。須佐能乎《すさのを》命の御子、衝杵等乎而留比古《つきとをしるひこ》命*78が国を巡ってお歩きになったとき、ここまできて詔されて「私の御《み》心は〔曇りなく〕明るく〔清く〕正《タダ》しい心になった。私はここに鎮座しよう」と仰せられて鎮座なされた。だから多太《ただ》という。

大野《おほの》の郷　郡役所の真西一十里二十歩である。和加布都努志能《わかふつぬしの》命*79が御狩りをなされたとき、この郷の西の山に狩人《かりうど》〔勢子〕をお立てになって、猪犀《いのしし》を追いたてて北の方にお上りになった。ところが阿内《くまうち》の谷*80〘奥になった谷〙まできて、その猪《しし》の跡が失せてしまった。その時みことのりして「自然哉《ウツなきかも》〔とうとう疑いもなく〕猪の跡が失せてしまった」と仰せられた。だから内野《うちの》という。それを今の人はただ誤って大野といっているにすぎない。

伊農《いぬ》の郷　郡役所の真西一十四里二百歩である。

出雲の郡の伊農の郷に鎮座しておいでになる赤衾伊農意保須美比古佐和気能《あかふすまいぬおほすみひこさわけの》命*81の后、天瓺津《あめのみかつ》日女《ひめ》命*82が国を巡ってお歩きになられた時、ここまで来てみことのりして「伊農波也《イヌはや》（伊農の命《みこと》よ！）」と仰せられた。だから伊努《いぬ》という。（神亀三年に字を伊農と改めた。）

神戸《かむべ》の里　（出雲（社）の神戸である。神戸という名の説明は意宇の郡のところと同じである。）

〔神社〕

佐太の御子《みこ》の社　（佐陀神社）　比多《ひた》の社　（日田神社）

御井《みゐ》の社　（御井神社）　垂水《たるみ》の社　（垂水神社）

恵杼毛《ゑとも》の社　（恵曇神社）　許曾志《こそし》の社　（許曾志神社）

大野《おほの》の津《つ》の社　（大野津神社）　宇多貴《うたき》の社　（宇多紀神社）

大井《おほゐ》の社　（大井神社）　宇智《うち》の社　（内神社）

以上の一十所はともに神祇官にある。

恵曇《ゑとも》の海辺《うみべ》の社　同じ海辺の社　奴多之《ぬたし》の社　那牟《なむ》の社　多太《ただ》の社　同じ多太《ただ》の社　出島《いでしま》の社　阿之牟《あしむ》の社　田仲《たなか》の社　弥多仁《みたに》の社　細見《ほそみ》の社　同じ下《しも》の社

伊努《いぬ》の社　毛之《もし》の社　草野《かやの》の社　秋鹿《あいか》の社

以上の一十六所はともに神祇官にはない。

神名火《かむなび》山　郡役所の東北九里四十歩である。高さは二百三十丈、周囲一十四里である。いわゆる佐太の大神の社（佐太の御子の社）は、すなわちこの山の麓にある。

足日《たるひ》山　郡役所の真北七里である。高さは一百七十丈、周囲は一十里二百歩である。

足高野《あしたかの》山＊83　郡役所の真西一十里二十歩である。高さは一百八十丈、周囲は六里である。地味はよく肥え、人民の膏したたるような楽園の地である。樹林はない。ただ上の方に林があるが、これはすなわち神の社《もり》である。

都勢野《つせの》山　郡役所の真西一十里二十歩である。高さ一百一十丈、周囲は五里である。樹林はない。嶺の中に沢がある。周囲は五十歩である。四方の岸には藤・荻・葦・茅などの植物が群生し、あるいは立ち群がり、あるいは水に伏しかぶさっている。鴛鴦が住んでいる。

今《いま》山　郡役所の真西一十里二十歩である。周囲は七里である。

およそもろもろの山野にあるところの草木は、白朮《おけら》・独活《つちたら》・女青《かねねぐさ》・苦参《くらら》・貝母《ははくり》・牡丹《ふかみぐさ》・連《いた》翹《ちぐさ》・伏令《まつほど》・藍漆《やまあい》・女委《えみくさ》・細辛《みらのねぐさ》・蜀椒《なるはじかみ》・薯蕷《やまついも》・白斂《やまかがみ》・芍薬《えびすぐすり》・百部根《ほとづら》・薇蕨《わらび》・薺頭蒿《おはぎ》・藤・李《すもも》・赤桐・白桐《あおぎり》・椎《しい》・椿・楠・松・栢《かえ》・槻《つき》。禽獣には、すなわち鵰《わし》・晨風《はやぶさ》・山雞《やまどり》・鳩・雉《きぎし》・猪・鹿・兎・飛𤢖《むささび》・狐・獼猴《さる》がある。

佐太《さだ》川　源は二つある。（東の水源は島根の郡のいわゆる多久《たく》川である。西の水源は秋鹿の郡の渡《わたり》の村から出ている。》二つの川は合して南に流れて佐太の水海に入る。その水海の周囲は七里である。《鮒がある。》水海は入海（宍道湖）に通じている。潮《みなと》（水路）の長さは一百五十歩、巾は一十歩である。

山田川　源は郡役所の西北七里にある湯太山《ゆた》から出て、南に流れて入海に入る。

多太川《ただ》　源は郡役所の真西一十里にある足高野から出て、南に流れて入海に入る。

大野川《おほの》　源は郡役所の真西一十三里にある磐門山《いはと》から出て、南に流れて入海に入る。

草野川《かやの》　源は郡役所の真西一十四里にある大継山《おほつぎ》から出て、南に流れて入海に入る。

伊農川《いぬ》　源は郡役所の真西一十六里にある伊農山から出て、南に流れて入海に入る。

長江川《ながえ》　源は郡役所の東北九里四十歩にある神名火山《かむなび》から出て、南に流れて入海に入る。《以上の七つの川はともに魚はいない。》

恵《ゑ》曇《とも》の池　周囲は六里である。鴛鴦・鳧《たかべ》・鴨・鮒がいる。四辺には葦・蔣・菅が生えている。養老元年（七一七）より以前には蓮がひとりでに群生して大変たくさんあったが、養老二年以来ひとりでになくなり、全然一本もない。土地の人がいうには、この池の底には陶器《すゑ》や瓺や甎《しきがはら》などの類がたくさんあり、昔から時どき人が溺れ死んだという。その深さは不明である。

深田《ふかだ》の池　周囲は二百三十歩である。《鴛鴦・鳧・鴨がいる。》

杜原《もりはら》の池　周囲は一里二百歩である。

峰崎《みねをか》の池　周囲は一里である。

佐久羅《さくら》の池　周囲は一里一百歩である。（鴛鴦がいる。）

南は入海（宍道湖）。春になると鯔魚《なよし》・須受枳《すずき》・鎮仁《ちに》・鰝鰕《えび》など大小さまざまの魚がいる。秋になると白鵠《くぐい》・鴻鴈《かり》・鳧《たかべ》・鴨などの鳥がいる。

北は大海（日本海）。

恵曇《ゑとも》の浜　広さは二里一百八十歩である。東と南にはともに家がある。西は野、北は大海である。すなわち浦から人家のあるところまでの間には四方に石も木もともになく、ただ白沙が積もっているだけである。大風が吹くときはその砂が風のまにまに雪のように降り、あるいはそのまま流れ動いて蟻のように散り、桑や麻を覆ってしまう。ここに岩壁を彫り抜いたところが二ヵ所ある。（一ヵ所は厚さ三丈、巾は一丈、高さ八尺である。もう一ヵ所は厚さ二丈二尺、巾は一丈、高さ一丈である。）その中を通じている川は、北に流れて大海に入る。（川の東は島根の郡である。西は秋鹿の郡の内である。）川の口から南方、田のほとりまでの間は、長さ一百八十歩、巾は一丈五尺である。その源は田の水である。上に記した文章（一九六ページ参照）にいう佐太川の西の源は、ここと同じ場所である。ただ渡《わたり》の村の田の水が、南と北とに別れているだけである。古老の言い伝えによると、島根の郡の大領社部訓麻呂《こそべのくにまろ》の祖波蘇《はそ》たちが、水びたしの稲田の水がはけるように掘り穿ったものである。

〔恵曇の〕浦の西の礒《いそ》からはじまって楯縫の郡の堺にある自毛埼《しもさき》で終わるまでの間は、浜は岩壁がそびえてけわしく、風が静かだったとしても往来の船は停泊するすべもないところである。

白《しろ》島　〔紫苔菜《のり》が生える。〕

御《み》島　高さ六丈、周囲は八十歩である。〔松が三本ある。〕

都於《つお》島　〔磯である。〕

著穂《つきほ》島　〔海藻が生える。〕

おおよそ北の海に在るところのさまざまの物は、鮐《ふぐ》・沙魚《さめ》・佐波《さば》・烏賊《いか》・鮑魚《あわび》・螺《さざえ》・貽貝《いがい》・蚌《うむぎ》・甲蠃《かせ》・螺子《にし》・石華《せ》・蠣子《かき》・海藻・海松《みる》・紫菜《のり》・凝海菜《こるもは》である。

〔通路〕

島根の郡の堺にある佐太の橋に通うのは八里二百歩である。

楯縫の郡の堺にある伊農《いぬ》の橋に通うのは一十五里一百歩である。

郡司《ぐんじ》主帳外《しゅちゃうげ》従八位下勲十二等日下部《くさかべ》臣

大領外正八位下勲十二等刑部《おさかべ》臣

権任《ごんにん》*84少領八位下蝮部《たちひべ》臣

楯縫《たてぬひ》の郡

合計　郷は四（里一十二）。余戸は一。神戸は一。

佐香《さか》の郷　いまも前のまま使用。

楯縫《たてぬひ》の郷　いまも前のまま使用。

玖潭《くたみ》の郷　もとの字は忽美。

沼田の郷　もとの字は努多。

　以上の四郷は郷ごとに里三。

余戸《あまりべ》の里

神戸《かむべ》の里

楯縫とよぶわけは、神魂神《かむむすびのかみ》が詔して、「充分に足りそなわった天の日《ひ》栖《すみ》の宮*85の縦横の規模は、千《ち》尋《ひろ》もある長い真白い栲縄《たくなわ》を使って、〔梁という梁、桁という桁を〕百たびも八十たびも結びに結んで固く結び下げて、この天の御量《みはかり》（尺度）をもって天の下をお造りになった大神の住む宏大な宮を造って差しあげよ」と仰せられて、御子の天御鳥命《あめのみとりのみこと》*86を楯部《たてべ》として天下《あまくだ》し給うた。その時〔天御鳥命が〕退出して天下って大神の宮の御立派に装厳するための楯を造り始められたところがここなのである。それで、今にいたるまで楯・桙を造って尊い皇神《すめがみ》さまたちに奉る。

だから楯縫という。

佐香《さか》の郷　郡役所の真東四里一百六十歩である。

佐香の河内に百八十神《ももやそ》たちが参集されて御厨《みくりや》（炊事舎）をお立てになり酒を醸《かも》させ給うた。そして百八十日《ももやそか》のあいだ喜燕《サカみづき》（酒宴をひらき）なされて解散した。だから佐香という。

楯縫の郷　ここは郡役所に接続している。（その郷名の由来は郡のところで説明したことと同じである。）

この郷の北の海の浜べの業利磯《なりいそ》*87に岩窟がある。内側は一丈半四方で、高さと巾とはそれぞれ七尺ある。内部の南の壁には穴がある。口の周囲は六尺、直径は二尺。人は入ることができない。その奥行は不明である。

玖潭《くたみ》の郷　郡役所の真西五里二百歩である。

天の下をお造りなされた大神の命が、天《あめ》の御飯田（神饌田）の御倉をお造りなさろうとしてその場所を求めて御巡行なされた。その時、「波夜佐雨《はやさめ》、久多美《くたみ》の山*88」と仰せられた。だから忽美《くたみ》という。（神亀三年（七二六）に字を玖潭と改めた。）

沼田《ぬた》の郷　郡役所の真西八里六十歩である。

宇乃治比古命《うのちひこのみこと》*89が、「爾多《にた》（湿地）の水をもって乾飯《かれいひ》を爾多《ニタ》*90に〔ふやかして〕食べるとしよう」と仰せられて爾多という名を〔郷に〕負わせられた。だからすなわち爾多というべきものを、今の人はただ努多といっているだけである。（神亀三年に字を沼田と改めた。）

余戸《あまりべ》の里　（里の名の説明は意宇郡の余戸の里と同じである。）

神戸《かむべ》の里　（出雲社の神戸である。里の名の説明は意宇郡の神戸と同じである。）

新造の院④、一所　沼田《ぬた》の郷の中にある。厳堂を建てている。郡役所の真西六里一百六十歩である。大領の出雲臣大田が造ったものである。

〔神社〕

久多美《くたみ》の社　（玖潭神社）　多久《たく》の社　（多久神社）

佐加《さか》の社　（佐香神社）　乃利斯《のりし》の社　（能呂志神社）

御津《みつ》の社　（御津神社）　水の社　（水神社）

宇美の社　（宇美神社）　許豆《こづ》の社　（許豆神社）

同じ社　（許豆神社）

以上九所はともに神祇官にある。

許豆《こづ》の社　また許豆《こづ》の社　また許豆の社　久多美《くたみ》の社　同じ久多美の社　高守《たかもり》の社　また高守の社　紫菜島《のりしま》の社　鞆前《ともさき》の社　宿努《すくぬ》の社　埼田の社　山口《やまぐち》の社　葦原《あしはら》の社　また葦原の社　また葦原の社　峴《みね》の社　阿年知《あねち》の社　葦原の社　田《た》の田《だ》の社

以上十九所はともに神祇官にはない。

神名樋山《かむなび》　郡役所の東北六里一百六十歩である。高さは一百二十丈五尺、周囲は二十一里一百八十歩。

峰の西に石神がある。高さは一丈、周囲は一丈である。そこに行く傍には小さな石神が百余りもある。古老が伝えていうには、「阿遅須枳高日子《あぢすきたかひこ》命の后《きさき》の天御梶日女命[91]が、多久の村までおいでになり、多伎都比古《たきつひこ》命[92]を産み給うた。その時お教《さと》しして申されるには『お前さまの御祖《みおや》の位《くら》（御在所）に向きあって[93]生もうと思うが、この場所がちょうどよい』と仰せられた。いわゆる石神は、すなわち多伎都比古命の御魂《みたま》[94]である。日照りつづきのときに雨乞いをすると必ず雨を降らせて下さるのである」。

阿豆麻夜山《あづまや》　郡役所の真北五里四十歩である。

見椋山《みくら》　郡役所の西北七里である。

すべてもろもろの山にあるところの草木は、蜀椒《なるはじかみ》・漆・麦門冬・伏苓《まつほど》・細辛《みらのねぐさ》・白歛《やまかがみ》・杜仲《はいまゆみ》・人参・升麻《とりのあしぐさ》・薯蕷《やまついも》・白朮《おけら》・藤・李・榧《かえ》・楡・椎・赤桐・白桐《あおぎり》・海榴《つばき》・楠・松・槻《つき》。

禽獣は、すなわち鷲《わし》、晨風《はやぶさ》・鳩・山雞《やまどり》・猪・鹿・兎・狐・獼猴《さる》・飛鼯《むささび》がいる。

佐香川《さか》　源は郡役所の東北の、いわゆる神名樋山《かむなび》から出て、西南に流れて入海（宍道湖）に入る。

多久川《たく》　源は同じ神名樋山から出て、西南に流れて入海に入る。

都宇川《つう》　源は二つある。（東の水源は阿豆麻夜山《あづまや》から出、西の水源は見椋山《みくら》から出る。）二つの川が合して、南に流れて入海に入る。
宇加《うか》川　源は同じ見椋《みくら》山から出て、南に流れて入海に入る。
麻奈加比《まなかひ》の池　周囲は一里一十歩である。
大東《おほひむがし》の池　周囲は一里である。
赤市《あけち》の池　周囲は一里二百歩である。
沼田《ぬた》の池　周囲は一里五十歩である。
長田《ながた》の池　周囲は一里一百歩である。
南は入海。
　さまざまな物産は、秋鹿の郡で説いたとおりである。
北は大海。
自毛埼《しもさき》⸨秋鹿と楯縫との二つの郡の堺である。けわしく、松柏が繁っている。時には晨風《はやぶさ》の栖もある。⸩
佐香《さか》の浜　巾は五十歩である。
己自都《こしつ》の浜　巾は九十二歩である。
御津《みつ》の島⸨紫菜《のり》が生える。⸩
御津《みつ》の浜　巾は三十八歩である。
能呂志《のろし》の島⸨紫菜が生える。⸩

能呂志の浜　巾は八歩である。
鎌間《かまま》の浜　巾は一百歩である。
於豆振《おつふり》の崎*95　長さは二里二百歩、巾は一里である。《周囲はけわしい。上に松・菜・芋がある。》
許豆《こづ》の島　《紫菜が生える。》
許豆の浜　巾は一百歩である。《出雲と楯縫の二つの郡の堺である。》
　すべて北の海にあるところのさまざまな物産は、秋鹿の郡で説いたごとくである。ただ、紫《の》菜《り》は楯縫の郡がもっとも優秀である。

〔通路〕
　秋鹿の郡の堺にある伊農《いぬ》川に行くには八里二百六十四歩である。
　出雲の郡の堺にある宇加川に行くには七里一百六十歩である。

郡司主帳無位物部臣《もののべのおみ》
大領外従七位下勲十二等出雲臣《いづものおみ》
少領外正六位下勲十二等高善史《たかよしのふひと》*96

出雲の郡

合計　郷は八（里は二十三）。神戸は一（里は二）。
健部《たけるべ》の郷　いまも前のまま使用。
漆沼《しつぬ》の郷　もとの字は志司沼。
河内《かふち》の郷　いまも前のまま使用。
出雲《いづも》の郷　いまも前のまま使用。
杵築《きづき》の郷　もとの字は寸付。
伊努《いぬ》の郷　もとの字は伊農。
美談《みたみ》の郷　もとの字は三太三。
　以上の七郷は郷ごとに里は三である。
宇賀《うか》の郷　いまも前のまま使用。（里は二。）
神戸の郷　（里は二。）

出雲《いづも》とよぶわけは、その名の説明は国の名の説明と同様である。
健部《たけるべ》の郷　郡役所の真東一十二里二百二十四歩である。

さきに宇夜《うや》の里とよんだわけは、宇夜都弁《うやつべ》命*97が、〔いまその神のいる〕その山の峰に天降りなされた。すなわちその神の社は今にいたるまでなおこの場所に鎮座しておられる。だから宇夜の里という。それなのに後で改めて健部《たけるべ》とよんだわけは、纏向《まきむく》の檜代《ひしろ》の宮にいて天の下をお治めになった天皇〔景行天皇〕が勅して、「朕《わ》が御子倭健命《やまとたけるのみこと》のお名前を忘れまい」と仰せられて健部《たけるべ》*98〔という御名代《みなしろ》の部民を設置すること〕をお定めになられた。そのとき神門臣《かむどのおみ》古彌*99を健部として定め給うた。その健部臣《おみ》たちが古くから現在にいたるまでいまだにここに住んでいる。だから健部という。

漆沼《しつぬ》の郷　郡役所の真東五里二百七十歩である。

神魂《かむむすび》命の御子天津枳値可美高日子《あまつきちかみたかひこ》命*100のお名前を、また〔別に〕薦枕志都沼値《こもまくらシツヌち》*101といったが、この神が郷の中に鎮座しておられる。だから志司沼《ししぬ》*102という。〔神亀三年に字を漆沼と改めた。〕ここに正倉がある。

河内《かふち》の郷　郡役所の真南一十三里一百歩である。

斐《ひ》伊の大河がこの郷の中を西に流れている。だから河内という。ここに堤防がある。長さは一百七十丈五尺である。〔そのうち七十一丈は巾が七丈あり、九十五丈が巾四丈五尺である。〕

出雲の郷　ここは郡役所に接続している。〔郷の名の説明は国名のところと同様である。〕

杵築《きづき》の郷　郡役所の西北二十八里六十歩である。

八《や》束《つか》水《みづ》臣《おみ》津《つ》野《の》命《のみこと》が国引きをし給うた後*103に天の下をお造りなされた大神（大穴持）の宮をお造り申しあげようとして、もろもろの〔国の〕皇神《すめがみ》たち*104が宮を造る場所に参集して杵《キ》築《ヅ》*105きなされた。だから寸《き》付《づき》という。《神亀三年に字を杵築と改めた。》

伊《い》努《ぬ》の郷　郡役所の真北八里七十二歩である。

国引きなされた意美豆努命の御子、赤《あか》衾《ふすま》伊《い》努《ぬ》意《お》保《ほ》須《す》美《み》比《ひ》古《こ》佐《さ》倭《わ》気《け》能《の》命*81の社がこの郷の中に鎮座しておられる（伊努社）。だから伊《い》農《ぬ》という。《神亀三年に字を伊努と改めた。》

美《み》談《たみ》の郷　郡役所の真北九里二百四十歩である。

天の下をお造りなされた大神の御子和《わ》加《か》布《ふ》都《つ》努《ぬ》志《し》命*79が、天と地が初めて分離してから後に、天《あめ》の御《み》領田《た》（天にある大神の所領田）の長《おさ》*106としてお仕え申しあげた。すなわちその神がこの郷の中においでになる。だから三《み》太《た》三《み》という。《神亀三年に字を美談と改めた。》ここに正倉がある。

宇《う》賀《か》の郷　郡役所の真北一十七里二十五歩である。

天の下をお造りなされた大神の命《みこと》は、神魂命の御子の綾門《あやと》日女《ひめ》命*107に求婚なされたが、そのとき綾門日女命は承諾せずに逃げて隠れなされた。この時大神が〔探しまわって〕伺《ウカガ》い求められたところがすなわちこの郷なのである。だから宇賀という。

この郷の北の海の浜に磯がある。脳《なつき》の磯*108と名づけている。高さは一丈ばかりで、上には松があり、茂って磯までつづいている。里びとたちが朝夕行き来している〔が、その松並木もそれに〕似ている。また木の枝は人がしっかりつかんで引き寄せているかのごとく〔下に伸び出ている〕である。磯から西の方に窟戸《いわやど》がある。高さと広さとはそれぞれ六尺ばかりある。岩窟の内部に穴があるが、人は入ることができない。どれだけ深いかわからないのである。夢の中でこの磯の岩屋近くまで行ったものは、かならず死ぬ。だから世人は昔から今にいたるまで、これを黄泉《よみ》の坂・黄泉の穴*109と呼びならわしている。

神戸《かむべ》の郷　郡役所の西北二里一百二十歩である。〘出雲の〔社の神戸〕である。その郷の名の説明は意宇郡のところで説明したのと同じである。〙

新造の院⑤、一所　河内《かふち》の郷の中にある。厳堂を建立している。郡役所の真南一十三里一百歩にある。旧《もと》の大領の〔日《ひ》〕置部臣布禰《おきべのおみふね》の造るところである。〘今の大領佐底《さで》麻呂の祖父である。〙

〔神社〕

杵築《きづき》の大社《おほやしろ》　（杵築大社）

御向《みむかひ》の社　（同〔杵築大社〕坐大神大后神社）

御魂の社　（同〔出雲社〕韓国伊太氏神社か）

意保美《おほみ》の社　（意保美神社）

久牟《くむ》の社　（久武神社）

御魂《みむすび》の社　（大穴持神社か）

出雲の社　（出雲神社）

伊努《いぬ》の社　（伊努神社）

曾伎乃夜《そきのや》の社　（曾枳能夜神社）

審伎乃夜の社　（同〔曾枳能夜〕社坐韓国伊太氏神社）

阿受伎《あずき》の社　（阿須伎神社）
伊奈佐《いなさ》の社　（因佐神社）
阿我多《あがた》の社　（県神社）
阿具《あぐ》の社　（阿吾神社）
久佐加《くさか》の社　（久佐加神社）
阿受枳《あずき》の社　（同〔阿須伎〕社神韓国伊太氏神社）
同じ阿受枳の社　（同〔阿受枳〕社天若日子神社）
神代《かみしろ》の社　（神代神社）
来坂の社　（同〔久佐加〕社大穴持海代日古神社）
同じ社　（同〔伊努〕社神魂伊豆乃売神社）
鳥屋《とや》の社　（鳥屋神社）
企豆伎《きづき》の社　（同〔杵築大〕社坐伊能知比売神社）
同じ社　（同〔杵築大〕社神魂伊能知奴志神社）
同じ社　（同〔杵築大〕社伊那西波伎神社）
阿受枳《あずき》の社　（同〔阿須伎〕社須佐袁神社）
同じ社　（同〔阿須伎〕社神阿須伎神社）
美佐伎《みさき》の社　（御碕神社）
弥太弥《みたみ》の社　（美談神社）
伊波《いは》の社　（印波神社）
都牟自《つむじ》の社　（都武自神社）
弥努婆《みぬば》の社　（美努麻神社）
宇加《うか》の社　（宇加神社）
布世《ふせ》の社　（布勢神社）
加毛利《かもり》の社　（加毛利神社）
伊農の社　（伊努神社）
同じ社　（同〔伊努〕社神魂神社）
御井《みゐ》の社　（御井神社）
同じ社　（同〔杵築大〕社神魂御子神社）
同じ社　（同〔杵築大〕社大穴持御子神社）
同じ社　（同〔杵築大〕社大穴持御子玉江神社）
同じ社　（同〔阿須伎〕社神魂意保刀自神社）
同じ社　（同〔阿須伎〕社神伊佐那伎神社）

同じ社（同〔阿須伎〕社神阿麻能比奈等理神社）　同じ社（同〔阿須伎〕社神伊佐我神社）
同じ社（同〔阿須伎〕社天若日子神社）　同じ社（同〔阿須伎〕社阿遅須伎神社）
来坂《くさか》の社（同〔久佐加〕社大穴持海代日女神社）　伊努の社（意保伎神社）
同じ社（都我利神社）　同じ社（伊佐波神社）
弥陀弥《みたみ》の社（同〔美談〕社比売遅神社）　県《あがた》の社（同〔県〕社和加布都努志神社）
斐提《ひで》の社（斐代神社）　韓銍《からかま》の社（韓竈神社）
加佐伽《かさか》の社（伊佐賀神社）　伊自美《いじみ》の社（伊甚神社）
波禰の社（波知神社）　立虫の社（立虫神社）

　以上五十八所は、ともに神祇官にある。

御前《みさき》の社　同じ御埼《みさき》の社　支豆支《きづき》の社　阿受支《あずき》の社　同じ阿受支の社　同じ社　同じ阿受支の社　同じ阿受支の社　同じ社　伊努《いぬ》の社　同じ伊努の社　同じ社　県《あがた》の社　弥陀弥《みたみ》の社　同じ弥陀弥の社　同じ社　同じ社　同じ社　同じ社　同じ社　同じ社　同じ社　同じ社　伊爾波《いには》の社　都牟自《つむじ》の社　同じ社　弥努波《みぬは》の社　山辺《やまべ》の社　同じ社

同じ社　間野《まの》の社　布西《ふせ》の社　波如《はね》の社　佐支多《さきた》の社　支比佐《きひさ》の社　神代《かみしろ》の社
同じ社　百枝槐《ももえゑにす》の社

以上の六十四所はともに神祇官にはない。

神名火《かむなび》山　郡役所の東南三里一百五十歩にある。高さは一百七十五丈、周囲は一十五里六十歩である。曾伎能夜《そきのや》の社に鎮座する伎比佐加美《きひさかみ》高日子命[*100]の社がすなわちこの山の峰にある。だから神奈火《かむなび》山という。

出雲の御埼《みさき》山　郡役所の西北二十七里三百六十歩である。高さは三百六十丈、周囲は九十六里一百六十五歩。西の麓にはいわゆる天の下をお造りになられた大神の社が鎮座している。

おおよそもろもろの山野にあるところの草木は、卑解《ところ》・百部根《ほとずら》・女委《えみくさ》・夜　干《からすおうぎ》・商陸《いおすぎ》・独活《つちたら》・葛根・薇《わらび》・藤・李・蜀椒《なるはじかみ》・楡・赤桐・白桐《あおぎり》・椎・椿・松・栢《かえ》である。禽獣にはすなわち晨風《はやぶさ》・鳩・山雞《やまどり》・鵠《くぐい》・鶫《つぐみ》・猪・鹿・狼・兎・狐・獼猴《さる》・飛鼯《むささび》がある。

出雲の大川　源は伯耆と出雲との二つの国の堺にある鳥上《とりかみ》の山から出ている。流れて仁多の郡の横田の村に出て、そして横田・三処《みところ》・三沢・布勢《ふせ》などの四つの郷を過ぎ、大原の郡の堺の引沼《ひきぬ》の村に出る。やがて来次《きすぎ》・斐《ひ》伊・屋代・神原などの四つの郷を経、出雲の郡の堺の多義《たぎ》の村に出て、河内・出雲の二つの郷を通り、北に流れてさらに西に折れ、そこで伊努・杵築の二つの郷を通って神門《かむど》の水海に入る。ここがすなわち世にいうところの斐《ひ》伊の河の川下である。河の左右両側の地は、片方は地味はゆたかに肥え、五穀の作物や桑・麻が枝がたわむばかりにみのり、膏したたるような人民の楽園である。しかもその一方は、これまた土質ゆたかに肥え、草木は群がって生えている。川には年魚《あゆ》・鮭・麻須《ます》・伊具比《いぐい》・魴《なよし》・鱧《はも》などの類がいて、深い淵・浅い瀬どちらをも泳ぎまわっている。河口から河上の横田の村までの五つの郡の人びとは河の流域に沿って住んでいる。《〔五つの郡とは〕出雲・神門・飯石・仁多・大原の郡である。》孟春一月から季春三月までのあいだ、材木を組みちがえて編んだ船（筏）が、河の中を下ったりさかのぼったりしている。

意保美《おほみ》の小河　源は出雲の御碕山から出て、北に流れて大海（日本海）に入る。《年魚がすこしいる。》

土負《つちおひ》の池　周囲は二百四十歩である。

須須比《すすひ》の池　周囲は二百五十歩である。

西門《にしかど》の江　周囲は三里一百五十八歩である。

大方《おほかた》の江　周囲は二百四十四歩である。東に流れて入海（宍道湖）に入る。《鮒がいる。》〔以上〕

二つの江の水源はともに田の水が集まるところである。

東は入海（宍道湖）〔南・西・北の〕三方は、ともに平原がはるか遠くまでつづいている。山雞・鳩・鳧《たかべ》・鴨・鴛鴦などの類がたくさんいる。

東の入海に産するさまざまな物産は秋鹿の郡のところで説明したのと同様である。

北は大海（日本海）。

宮松の埼　（楯縫郡と出雲郡の堺にある。）

意保美《おほみ》の浜　広さは二里一百二十歩である。

気多《けた》の島　（紫菜《のり》・海松《みる》が生えている。鮑・螺・蕀甲蠃《うに》がある。）

井呑《ゐのみ》の浜　巾は三十二歩である。

宇太保《うたほ》の浜　巾は三十五歩である。

大前《おほさき》の島　高さは一丈、周囲は二百五十歩である。（海藻が生える。）

脳《なづき》島　（紫菜・海藻が生える。松・柏がある。）

鷺《さぎ》浜　巾は二百歩である。

黒島⑦（海藻が生えている。）

米結《めゆひ》の浜　巾は二十歩である。

爾《に》比《ひ》埼《さき》　長さは一里四十歩、巾は二十歩である。埼になっている南のつけ根のところは、東と西とに水門（潜戸《くけど》）を通って船にのったまま行き来する。埼の上には松が群がり生えている。

宇礼保《うれほ》の浦　巾は七十八歩である。（船は二十隻ぐらい停泊することができよう。）

山埼《やまさき》島　高さは三十九丈、周囲は一里二百五十歩である。（椎・楠・椿・松がある。）

子負《こおひ》の島　（磯である。）

大椅《おほはし》の浜　巾は一百五十歩である。
御前《みさき》の浜　巾は一百二十歩である。（民家がある。）
御厳《みいつく》島（海藻が生える。）
御厨家《みくりや》の島　高さは四丈、周囲は二十歩である。（松がある。）
等《と》等《と》島（貽貝《いがい》・石花《せ》がある。）
怪聞《しも》埼《さき》　長さは三十歩、巾は三十二歩である。（松がある。）
意《お》能《の》保《ほ》の浜　巾は一十八歩である。
栗《くり》島（海藻が生える。）
黒《くろ》島⑧（海藻が生える。）
這田《はふだ》の浜　巾は一百歩である。
二俣《ふたまた》の浜　巾は九十八歩である。
門石《かどいし》島　高さは五丈、周囲は四十二歩。（鷲の栖がある。）
薗《その》（砂丘）　長さは三里一百歩、巾は一里二百歩である。松が多く繁っている。すなわち神門《かむど》の水海から大海（日本海）に通じる水路は、長さ三里、巾は一百二十歩である。ここはすなわち出雲の郡と神門の郡との二つの郡の堺である。

おおよそ北の海（日本海）にあるところのさまざまな産物は楯縫の郡で説明したとおりである。

ただ、鮑《あわび》は出雲の郡のがもっとも優秀である。これを捕える者は、世にいうところの御埼の海《あ》子《ま》がすなわちそれである。

〔通路〕

意宇《おう》の郡の堺にある佐雑《ささふ》の村に行くには一十三里六十四歩である。

神門の郡の堺にある出雲の大河のほとりに行くには二百六十歩である。

大原の郡の堺にある多義《たぎ》の村に行くには一十五里三十八歩である。

楯縫《たてぬひ》の郡の堺にある宇加《うか》川に行くには一十四里二百二十歩である。

郡司主帳無位若倭部臣《わかやまとべのおみ》

大領外正八位下〔日《ひ》〕置部臣《おきべのおみ》

少領外従八位下大臣《おほのおみ》

主政外大初位下部臣《とものおみ》＊110

神門《かむど》の郡

合計　郷は八《里二十二》。余戸は一。駅は二。神戸は一。

朝山《あさやま》の郷　いまも前のまま使用。《里は二。》

〔日《ひ》〕置《おき》の郷　いまも前のまま使用。〔里は三。〕
塩冶《やむや》の郷　もとの字は止屋。〔里は三。〕
八野《やの》の郷　いまも前のまま使用。〔里は三。〕
高岸《たかきし》の郷　もとの字は高崖。〔里は三。〕
古志《こし》の郷　いまも前のまま使用。〔里は三。〕
滑狭《なめさ》の郷　いまも前のまま使用。〔里は二。〕
多伎《たき》の郷　もとの字は多吉。〔里は三。〕
余戸の里
狭結《さゆふ》の駅《うまや》　もとの字は最邑。
多伎の駅　もとの字は多吉。
神戸の里

神門とよぶわけは、神門臣《かむどのおみ》伊香曾然《いかそね》[*111]の時に、神門《かむど》を貢物として奉った。だから〔人名を〕神門という。すなわち神門臣たちは昔から現在にいたるまで常にここに住んでいる。だから〔地名を〕神門という。

朝山《あさやま》の郷　郡役所の東南五里五十六歩である。

神魂命《かむむすびのみこと》の御子、真《ま》玉着玉之《たまつくたまの》邑日《むらひ》女命《めのみこと》が*112〔鎮座して〕おいでになった。そのとき、天の下をお造りなされた大穴持命が結婚し給うて朝ごとにお通いになった。だから朝山という。

〔日《ひ》〕置《おき》の郷　郡役所の真東四里である。志紀島《しきしま》の宮にいて天の下をお治めになられた天皇（欽明天皇）のみ世に、〔日《ひ》〕置《おき》の伴部《ともべ》*113らが遣わされてきて、ここに滞留して政《まつりごと》（政務・祭事）をしたところである。だから〔日〕置という。

塩冶《やむや》の郷　郡役所の東北六里である。阿遅須枳《あちすき》高日《たかひ》子命《このみこと》の御子の塩冶《やむや》毗《ひ》古《こ》能命《のみこと》*114がおいでになった。だから止屋《やむや》という。〔神亀三年に字を塩冶と改めた。〕

八野《やの》の郷　郡役所の真北三里二百一十五歩である。須佐能袁命の御子の八野《やの》若日《わかひ》女《め》命*115が〔鎮座して〕おられた。その時、天の下をお造りなされた大神大穴持命が結婚しようとし給うて、屋《ヤ》（家屋）をお造らせになった。だから八野という。

高岸《たかきし》の郷　郡役所の東北二里である。天の下をお造りなされた大神の御子、阿遅須枳高日子命は夜となく昼となくひどくお泣きになった。それでそこの高い崖《タカキシ》*116に〔御子の〕御座所となるべきところを造った。そして高い梯子をたてて登り降りして養育し奉った。だから高崖《たかきし》という。〔神亀三年に字を高岸と改めた。〕

古志《こし》の郷　ただちに郡役所に接続している。

伊弉奈弥命《いざなみ》*117の時、日淵川《ひぶち》を利用して池を築いた。その時古志（越）の国の人たちがやって来て堤を作ったが、ここはそのとき宿っていたところである。だから古志という。

滑狭《なめさ》の郷　郡役所の南西八里である。

須佐能袁命の御子の和加須世理比売命《わかすせりひめ》*118が〔鎮座して〕おられた。その時、天の下をお造りなされた大神の命が求婚してお通いなされたが、その社の前に磐石《いわ》があり、その表面が大変滑らかであった。そこでみことのりして、「滑磐《なめしいわ》であることよ」と仰せられた。だから南佐《なめさ》という。〔神亀三年に字を滑狭と改めた。〕

多伎《たき》の郷　郡役所の南西二十里である。

天の下をお造りなされた大神の御子、阿陀加夜努志多伎吉比売命《あだかやぬしタキキひめ》*119が鎮座しておられる。だから多吉《たき》という。〔神亀三年に字を多伎と改めた。〕

余戸の里　郡役所の南西三十六里である。〔里の名の説明は意宇の郡のところと同様である。〕

狭結《さゆふ》の駅《うまや》　郡役所と同じ場所である。

古志の国の人で佐与布《さよふ》*120という人が来て住んでいた。だから最邑《さいふ》という。〔神亀三年に字を狭結と改めた。この人が来て住んだわけは古志の郷のところで説明したのと同様である。〕

多伎《たき》の駅　郡役所の西南一十九里である。〔その名の説明は多伎の郷のところと同様である。〕

神戸の里　郡役所の東南一十里である。

新造の院⑥、一所　朝山の郷の中にある。郡役所の真東二里六十歩である。厳堂を建立している。神門臣《かむどのおみ》*121らが造ったものである。

新造の院⑦、一所　古志の郷の中にある。郡役所の東南一里である。刑部臣《おさかべのおみ》*121らが造ったものである。

〔神社〕

美久我《みくが》の社　（弥久賀神社）
比布知の社　（比布智神社）
多吉《たき》の社　（多伎神社）
矢野《やの》の社　（八野神社）
奈売佐《なめさ》の社　（奈売佐神社）
浅山《あさやま》の社　（朝山神社）
佐志牟《さしむ》の社　（佐志武神社）
阿利《あり》の社　（阿利神社）
国村の社　（国村神社）

阿須理《あすり》の社　（阿須利神社）
また比布知の社　（同〔比布智〕社坐神魂子角魂神社）
夜牟夜《やむや》の社　（塩冶神社）
波加佐《はかさ》の社　（佐伯神社）
知《ち》の社　（智伊神社）
久奈為《くなゐ》の社　（久奈為神社）
多支枳《たきき》の社　（多支芸神社）
阿如《あね》の社　（阿禰神社）
那売佐の社　（同〔那売佐〕社坐和加須西利比売神社）

阿利の社　（阿利神社）　　大山《おほやま》の社　（大山神社）
保乃加《ほのか》の社　（富能加神社）　多吉《たき》の社　（同〔多伎〕社坐大穴持神社）
夜牟夜《やむや》の社　（塩屋比古神社）　同じ夜牟夜《やむや》の社　〈塩屋比古麻由弥能神社〉
比奈《ひな》の社　（比那神社）

以上の二十五所はともに神祇官にある。

塩夜《やむや》の社　火守《ほもり》の社　同じ塩冶《やむや》の社　久奈子の社　同じ久奈子の社　加夜《かや》の社
小田《をだ》の社　波加佐《はかさ》の社　同じ波加佐の社　多支《たき》の社　多支支《たきき》の社　波須波《はすは》の社

以上の一十二所は、ともに神祇官にはない。

田俣《たまた》山　郡役所の真南一十九里にある。《栬《ひのき》・枌《すぎ》がある。》
長柄《ながら》山　郡役所の東南一十九里にある。《栬・枌がある。》
吉栗《よしくり》山　郡役所の西南二十八里にある。《栬・枌がある。いわゆる天の下をお造りなされた大神の宮の造営のための材木をとる山である。》
宇比多伎《うひたき》山　郡役所の東南五里五十六歩にある。《大神の御屋*122（家）である。》
稲積《いなづみ》山　郡役所の東南五里七十六歩にある。《大神の稲積である。》
陰《かげ》山　郡役所の東南五里八十六歩にある。《大神の御陰（蔓草の髪飾り）である。》
稲《いな》山　郡役所の真東五里一百一十六歩にある。《東に樹林がある。三方はともに磯である。大神の御

稲である。〕
桙《ほこ》山　郡役所の東南五里二百五十六歩にある。〔南・西はともに樹林がある。東と北はともに磯である。大神の御桙である。〕
冠《かがふり》山　郡役所の東南五里二百五十六歩にある。〔大神の御冠である。〕
おおよそもろもろの山野にあるところの草木は、白歛《やまかがみ》・桔梗《ありのひふき》・藍漆《やまあさ》・龍胆《えやみぐさ》・商陸《いおすぎ》・続断《やまあざみ》・独活《つちたら》・白芷《よろいぐさ》・秦椒《かわはじかみ》・百部根《ほとづら》・百合・巻柏《いわくみ》・石斛《いわぐすり》・升麻《とりのあしぐさ》・当帰《やまぜり》・石葦《いわかしわ》・麦門冬《やますげ》・杜仲《はいまゆみ》・細辛《みらのねぐさ》・伏苓《まつほど》・葛根《くずのね》・薇蕨《わらび》・藤・李・蜀椒《なるはじかみ》・檜・杉・榧《かえ》・赤桐・白桐《あおぎり》・椿・槻・柘《つみ》・楡・蘗《きはだ》・楮。禽獣には鷲《わし》・鷹・晨風《はやぶさ》・鳩・山雞・鶉・熊・狼・猪・鹿・兎・狐・獼猴《さる》・飛鼯《むささび》がある。
神門川　源は飯石の郡の琴引山から出て北に流れ、すなわち来島《きじま》・波多《はた》・須佐《すさ》の三つの郷を経て、神門の郡の余戸の里の門立《とだち》の村に出、それから神戸・朝山・古志などの郷をすぎて西に流れて〔神門の〕水海に入る。ここには年魚・鮭・麻須《ます》・伊具比がある。
多岐《たき》の小川　源は郡役所の西南三十三里にある多伎伎《たきき》山から出て北西に流れて大海に入る。〔年魚がある。〕
宇加《うか》の池　周囲は三里六十歩である。
来食《くぐひ》の池　周囲は一里二百四十歩である。〔菜がある。〕
笠柄《かさから》の池　周囲は一里六十歩である。〔菜がある。〕

刺屋の池　周囲は一里である。

神門の水海　郡役所の真西四里五十歩にある。周囲は三十五里七十四歩である。湖内には鯔魚《なよし》・鎮仁《ちに》・須受枳《すずき》・鮒・玄蠣《かき》がある。

この水海と大海との間に山がある。長さは二十二里二百三十四歩、巾は三里である。これは意味豆努《おみづぬ》命が国引きなされた時の綱である。いま土地の人は名づけて薗《その》の松山という。土地の形態は土も石もともになく、白砂だけが上に積もって松の木が繁茂している。四方から風が吹く時は砂は飛び流れて松の林を蔽い埋めてしまう。いまも毎年毎年埋もれて半分だけ残っている。いずれおしまいには埋もれはててしまうかもしれない。松山の南端にある美久我《みくが》の林からはじまって、石見の国と出雲の国との二つの国の堺にある中島《なかじま》の埼で終わるまでの間は、あるいは平らな浜だったり、けわしい荒磯だったりである。

おおよそ北の海にあるところのさまざまな産物は楯縫の郡のところで説明したごとくである。ただ、紫菜《のり》はない。

〔通路〕

出雲の郡の堺にある出雲の大川のほとりに行くには七里二十五歩である。

飯石の郡の堺にある堀坂山《ほりさか》に行くには一十九里である。

同じ郡の堺にある与曾紀《よそき》の村に行くには二十五里一百七十四歩である。

石見の国の安濃《あぬ》の郡の堺にある多伎伎山に行くには三十三里である。《路にはいつも関所がある。》

同じ安濃の郡の川相《かはあひ》の郷に行くには三十六里である。路には関は常置されてはいない。ただ政《まつりごと》（政治的事件）がある時にかぎって臨時に置くだけである。

前にあげた五つの郡はともに大海（日本海）の南である。

郡司主帳無位刑部臣《おさかべのおみ》

大領外従七位上勲十二等神門臣《かむどのおみ》

擬少領《ぎせうりやう》外大初位下勲十二等刑部臣

主政外従八位下勲十二等吉備《きび》部臣《べのおみ》

飯石《いひし》の郡

合計　郷は七《里は一十九》。

熊谷《くまたに》の郷　いまも前のまま使用。

三屋《みとや》の郷　もとの字は三刀矢。

飯石《いひし》の郷　もとの字は伊鼻志。

多禰《たね》の郷　もとの字は種。
須佐《すさ》の郷　いまも前のまま使用。
　以上の五郷は郷ごとに里は三である。
波多《はた》の郷　いまも前のまま使用。
木島《きじま》の郷　もとの字は支自真。
　以上の二郷は郷ごとに里は二である。

　飯石とよぶわけは、飯石の郷の中に伊《い》毗《ひ》志《し》都《つ》弊命《べのみこと》[*123]が鎮座しておられる。だから飯石という。

熊谷《くまたに》の郷　郡役所の東北二十六里である。
古老のいい伝えるところでは、久《く》志《し》伊《い》奈《な》太《だ》美《み》等《と》与《よ》麻《ま》奴《ぬ》良《ら》比《ひ》売《め》命[*124]が、妊娠してお産をしようとするときになって、産所をお求めになった。その時ここまでやって来てみことのりして、「ここは大層久《ク》麻《マ》久《く》麻《ま》しい谷（隠れこもった谷）であるぞ」と〔よろこんで〕仰せられた。だから熊谷という。

三屋《みとや》の郷　郡役所の東北二十四里である。
天の下をお造りなさった大神の御門《ミト》がすなわちここにある。だから三刀矢《みとや》という。《神亀三年に字を三屋と改めた。》ここに正倉がある。

飯石《いひし》の郷　郡役所の真東一十二里である。伊毗志都弊《いひしつべ》命の天降りなされた場所である。だから伊鼻志《いひし》という。〔神亀三年に字を飯石と改めた。〕

多禰《たね》の郷　ここは郡役所に続いている。天の下をお造りなされた大神大穴持命が須久奈比古《すくなひこ》命[125]と天の下を巡って歩かれたとき、稲《いね》の種《タネ》をここでこぼされた。だから種《たね》という。〔神亀三年に字を多禰と改めた。〕

須佐《すさ》の郷　郡役所の真西一十九里である。神須佐能袁《かむすさのを》命はみことのりして、「この国は小さい国だが、国〔として住むにはいい〕処だ。だから私のお名前を木や石には[126]著けるべきではない」と仰せられて、すなわち御自分の御魂《みたま》〔霊〕をここに鎮めてお置きになった。そうしてただちに大須佐《スサ》田[127]・小須佐田を定め給うた。だから須佐という。ここには正倉がある。

波多《はた》の郷　郡役所の西南一十九里である。波多都美《はたつみ》命[128]の天降りなされた処である。だから波多という。

来島《きじま》の郷　郡役所の真南三十一里である。支自麻都美《きじまつみ》命[129]が鎮座しておられる。だから支自真《きじま》という。〔神亀三年に字を来島と改めた。〕ここに正倉がある。

〔神社〕

須佐《すさ》の社《やしろ》（須佐神社）　河辺《かはべ》の社（川辺神社）

御門屋《みとや》の社（三屋神社）　多倍《たべ》の社（多倍神社）

飯石《いひし》の社（飯石神社）

以上の五所は、ともに神祇官にある。

狭長《さなが》の社　飯石《いひし》の社　田中《たなか》の社　多加《たか》の社　毛利《もり》の社　兎比《とひ》の社　日倉《ひくら》の社

井草《ゐかや》の社　深野《ふかの》の社　託和《たくわ》の社　上《うへ》の社　葦鹿《あしか》の社　粟谷《あはたに》の社　穴見《あなみ》の社

神代《かみしろ》の社　志志《しし》乃《の》村《むら》の社

以上の十六所はともに神祇官にはない。

焼村《たきむら》山　郡役所の真東一里にある。

穴厚《あなつ》山　郡役所の真南一里にある。

笑村《やむら》山　郡役所の真西一里にある。

広瀬《ひろせ》山　郡役所の真北一里にある。

琴引《ことひき》山　郡役所の真南三十五里二百歩にある。高さは三百丈、周囲は一十里である。

古老のいい伝えによると、この山の峰に岩屋がある。中に天の下をお造りになった大神の御琴がある。長さは七尺、巾は三尺、厚さは一尺五寸ばかりである。また石神がある。高さは

二丈、周囲は四丈である。〘塩《え》味葛《びかづら》がある。〙

石穴《いはあな》山　郡役所の真南五十八里にある。高さは五十丈である。

幡咋《はたくひ》山　郡役所の真南五十二里にある。〘紫草《むらさき》がある。〙

野《の》見《み》・木《き》見《み》・石次《いはすき》の三つの野は、ともに郡役所の南西四十里である。〘紫草がある。〙

佐《さ》比《ひ》売《め》山　郡役所の真西五十一里一百四十歩にある。〘石見の国と出雲の国との二つの国の堺である。〙

堀坂《ほりさか》山　郡役所の真西二十一里にある。〘杉・松がある。〙

城垣《きがき》山　郡役所の真西一十二里にある。〘紫草がある。〙

伊《い》我《が》山　郡役所の真北一十九里二百歩にある。

奈倍《なべ》山　郡役所の東北二十里二百歩にある。

　おおよそもろもろの山野にあるところの草木は、卑解《ところ》・升麻《とりのあしぐさ》・当帰《やまぜり》・独活《つちたら》・大薊《おおあざみ》・黄精《おうえみ》・前胡《のぜり》・薯蕷《やまついも》・白朮《おけら》・女委《えみくさ》・細辛《みらのねぐさ》・白頭公《おきなぐさ》・白芨《かがみ》・赤箭《かみのや》・桔梗《ありのひふき》・葛根・秦皮《とねりこのき》・杜仲《はいまゆみ》・石斛《いわぐすり》・藤・李《すもも》・椙《すぎ》・赤桐・椎・楠・楊梅《やまもも》・槻《つき》・柘《つみ》・楡《にれ》・松・榧・蘗・楮。禽獣にはすなわち鷹・隼・山雞・鳩・雉・熊・狼・猪・鹿・兎・獮猴《さる》・飛鼯《むささび》がある。

三屋《みとや》川　源は郡役所の真東一十五里にある多《た》加《か》山から出て、北に流れて斐伊《ひ》の河に入る。〘年魚《あゆ》がある。〙

須佐《すさ》川　源は郡役所の真南六十八里にある琴引山から出て、北に流れて来島《きじま》・波多《はた》・須佐《すさ》などの三つの郷を経て、神門の郡の門立《とだち》の村に入る。これはいわゆる神門河の上流である。〔年魚がある。〕

磐鉏《いはすき》川　源は郡役所の西南七十里にある箭《や》山から出て、北に流れて須佐川に入る。〔年魚がある。〕

波多《はた》の小川　源は郡役所の西南二十四里のところにある志許斐《しこひ》山から出て、北に流れて須佐川に入る。〔鉄がある。〕

飯石《いひし》の小川　源は郡役所の真東一十二里のところにある佐久礼《さくれ》山から出て、北に流れて三屋《みとや》川に入る。〔鉄がある。〕

〔通路〕

大原の郡の堺にある斐伊《ひ》の川のほとりに行くには二十九里一百八十歩である。

仁多の郡の堺にある温泉《ゆ》の川のほとりに行くには二十二里である。

神門の郡の堺にある与曾紀《よそき》の村に行くには二十八里六十歩である。

同じ郡の堀坂山に行くには二十一里である。

備後《きびのみちのしり》の国の恵宗《ゑそ》の郡の堺にある荒鹿《あらか》の坂に行くには三十九里二百歩である。〔道には関が常置されている。〕

三次の郡の堺にある三坂《みさか》に行くには八十一里である。〔道には関が常置されている。〕

波多《はた》の径《こみち》・須佐《すさ》の径《こみち》・志都美《しつみ》の径《こみち》は関は常置しない。ただ政《まつりごと》（政治的事件）のある時にあたって一時置くだけである。ともに備後の国に通じる。

郡司主帳　無位〔日《ひ》〕置首《おきのおびと》
大領外正八位下勲十二等大私造《おおきさきのみやつこ》*130
少領外従八位上出雲臣

仁多《にた》の郡

合計　郷は四（里は一十二）。
三処《みところ》の郷　いまも前のまま使用。
布勢《ふせ》の郷　いまも前のまま使用。
三沢《みさは》の郷　いまも前のまま使用。
横田《よこた》の郷　いまも前のまま使用。
以上四郷は郷ごとに里は三である。

仁多とよぶわけは、天の下をお造りなされた大神、大穴持命がみことのりして、「この国は大きくもあらず、小さくもあらず、〔斐の河の〕川上は木の穂が挿しちがえ、川下は葦の根っこが這いわたる、これは爾多志枳《ニタしき》（低湿地でニチャニチャした・似つかわしい）小《を》国《ぐに》である」と仰せられた。だから仁多という。

三処《みところ》の郷　ただちに郡役所に接続している（郡役所の所在地）。

大穴持命が詔して、「この地の田は結構な田だ。だから私の御地《ミトコロ》として占有しよう」と仰せられた。だから三処という。

布勢《ふせ》の郷　郡役所の真西一十里である。

古老のいい伝えでは、ここは大神命がお宿《フセ》りになられたところである。だから布世《ふせ》という。

⸨神亀三年に字を布勢と改めた。⸩

三沢《みさは》の郷　郡役所の西南二十五里である。

大神大穴持命の御子の阿遅須伎高日子命は、あごの髯が八握《やつか》（握り拳八つ分）になってもまだ夜昼となく〔赤ん坊のように〕哭《な》いておいでになり、お言葉もしゃべれなかった。その時御《み》祖《おや》の命《みこと》*131は御子を船に乗せて八十島《やそしま》（たくさんの島々）を連れてめぐってお心を慰めてあげようとされたが、それでもまだ哭きやまなかった。そこで大神は、夢知らせをお願いして、御子が哭くわけをお知らせ下さるよう夢見を祈ると、ただちにその夜の夢に御子が口をきくようになったと見なされた。そこで夢から覚めて〔御子がしゃべれるかどうか〕お尋ねすると、その時〔御子は〕「御沢《みさは》」と申された。その時〔大神は〕「いったい何処をそういうのか」とお問いなされると、〔御子は〕すぐさま御祖の前から立ち去って出て行かれて石川を渡り、坂の上まで行ってとどまり、「ここをそう申します」といった。その時そこの津の水が治《みは》り[*132]〔湧き〕出たので、御身に浴びてみそぎをなさった。だから国造《くにのみやつこ》が神吉事《かむよごと》を奏上するため朝廷に参向するとき、その水を治り〔掘り〕出して〔みそぎの水として〕使い初《そ》めをするのである。これによって今も産婦はこの村の稲を食わない。もし食う者があると、生まれてくる子はまったく物をいわないのである。だから三沢という。《神亀三年に字を三沢と改めた。》ここに正倉がある。

横田の郷　郡役所の東南二十一里である。

古老のいい伝えるところでは、郷の中に田がある。四段ばかりで、形はすこし横長である。そこでいつのまにかその田があるので横田というようになった。ここに正倉がある。《以上のもろもろの郷は鉄を産出するところである。堅くてさまざまな器具を造るのにもっとも適している。》

〔神社〕

三沢の社　〔三沢神社〕　伊我多気《いがたけ》の社　〔伊我多気神社〕

以上の二所はともに神祇官にある。

玉造の社　須賀非《すがひ》の社　湯野《ゆの》の社　比太《ひだ》の社　漆仁《しつに》の社　大原《おほはら》の社　仰支斯里

の社　石壺《いしつぼ》の社

以上の八所はともに神祇官にはない。

鳥上《とりかみ》山　郡役所の東南三十五里である。〔伯耆の国と出雲の国との堺である。塩味葛《えびかづら》がある。〕

室原《むろはら》山　郡役所の東南三十六里にある。〔備後と出雲の二つの国の堺である。塩味葛がある。〕

灰火《はひひ》山　郡役所の東南三十里である。

遊《ゆ》記《き》山　郡役所の真南三十七里にある。〔塩味葛がある。〕

御坂《みさか》山　郡役所の西南五十三里にある。すなわちこの山に神の御門《みと》がある。だから、御坂《みさか》という。〔備後の国と出雲の国との堺である。塩味葛がある。〕

志努《しぬ》坂野《さかの》　郡役所の西南三十一里にある。〔紫草《むらさき》が少少ある。〕

玉峰《たまみね》山　郡役所の東南一十里にある。

古老のいい伝えによると、山頂に玉上《たまのへ》の神[*133]がおいでになる。だから玉峰という。

城《き》紲《つな》野　郡役所の真南一十里にある。〔紫草が少少ある。〕

大内《おほうち》野　郡役所の真南二十二里にある。〔紫草が少少ある。〕

菅火《すがひ》野《の》　郡役所の真西四里にある。高さは一百二十五丈、周囲は一十里ある。〔峰には神社（須我非の社）がある。〕

恋《したひ》山　郡役所の真南二十三里にある。

古老のいい伝えによると、和爾《わに》（鮫）が阿伊《あい》の村においでになる神、玉日女命《たまひめのみこと》*134を恋いしたって上ってやってきた。その時、玉日女命は石をもって川を塞いでしまわれたので、会うことができないで恋《シタ》ったところである。だから、恋山《したひ》という。

おおよそもろもろの山野にあるところの草木は、白頭公《おきなぐさ》・藍漆・藁本《さわそらし》・玄参《おしくさ》・百合・王不《かさ》留行《くさ》・薺苨《さきくさな》・百部根《ほとづら》・瞿麦《なでしこ》・升麻《とりのあしくさ》・抜葜《さるかき》・黄精・地楡《えびすね》・附子《おう》・狼牙《こまつなぎ》・離畄《りる》・石斛《いわぐすり》・貫衆《おにわらび》・続断《やまあざみ》・女委《えみくさ》・藤・李・檜・椙・樫・松・栢・栗・柘・槻・蘗《きはだ》・楮。禽獣にはすなわち鷹・晨《はや》風《ぶさ》・鳩・山雞・雉・熊・狼・猪・鹿・狐・兎・獼猴《さる》・飛𤢖《むささび》がある。

横田川　源は郡役所の東南三十五里にある鳥上山から出て北に流れる。いわゆる斐伊《ひ》の大河の川上である。（年魚《あゆ》が少少ある。）

室原川《むろはら》　源は郡役所の東南三十六里にある室原山から出て北に流れる。これもすなわちいわゆる斐伊の大河の川上である。（年魚・麻須《ます》・魴鱧《うなぎ》などの類がある。）

灰火《はひひ》の小川《をがは》　源は灰火山から出て斐伊の河の川上に流れ入る。（年魚がある。）

阿伊川《あい》　源は郡役所の真南三十七里の遊記山《ゆき》から出て、北に流れて斐伊の河の川上に入る。（年魚・麻須がいる。）

阿位川《あゐ》　源は郡役所の西南五十三里の御坂山《みさか》から出て、斐伊の河の川上に入る。（年魚・麻須がいる。）

比太川　源は郡役所の東南一十里の玉峰《たまみね》山から出て北に流れる。意宇の郡の野城の河の川上がこれである。〔年魚がいる。〕

湯野の小川　源は玉峰山から出て、西に流れて斐伊の河の川上に入る。

〔通路〕

飯石《いひし》の郡の堺にある漆仁《しつに》の川のほとりに行くには二十八里である。この川の付近に薬湯がある。一度入浴すればたちまち身体はやわらぎおだやかになり、二度入浴すればたちまち万病が消えさってしまう。男も女も、老いたるものも若いものも夜昼やすまずぞくぞく往来して効験を得ないということはない。それゆえに土地の人は名づけて薬《くすり》湯という。ここに正倉がある。

大原の郡にある辛谷《からたに》の村に行くには一十六里二百三十六歩である。

伯耆の国の日野の郡の堺にある阿志毗縁《あしびえ》山に行くには三十五里一百五十歩である。〔関が常置されている。〕

備後の国の恵宗《えそ》の郡の堺にある遊記《ゆき》山に行くには三十七里である。〔関が常置されている。〕

同じ恵宗の郡の堺にある比市《ひいち》山に行くには五十三里である。〔常には関はない。ただ政治的事件がある時にあたって臨時におくだけである。〕

郡司　主帳外大初位下品治部《ほむちべ》
大領外従八位下蝮部臣《たちひべのおみ》
少領外従八位下出雲臣《いづものおみ》

大原の郡

合計　郷は八⦅里は二十四⦆。
神原《かむはら》の郷　いまも前のまま使用。
屋代《やしろ》の郷　もとの字は矢代《やしろ》。
屋裏《やうち》の郷　もとの字は矢内。
佐世《させ》の郷　いまも前のまま使用。
阿用《あよ》の郷　もとの字は阿欲。
海潮《うしほ》の郷　もとの字は得塩。
来次《きすぎ》の郷　いまも前のまま使用。
斐伊《ひ》の郷　もとの字は樋。
以上の八郷は郷ごとに里は三である。

大原とよぶわけは、郡役所の東北一十里一百一十六歩のところに田が十町ばかりあり、ひろい原である。だから名づけて大原という。ずっと以前ここに〔大原〕郡役所があった。だから今でもなおもとのままに大原と〔郡名を〕名づけている。《今は郡役所のある処は名づけて斐伊の村という〔が、斐伊の郡と呼ばないのは上記の理由による〕。》

神原《かむはら》の郷　郡役所の真北九里である。

古老のいい伝えるところでは、天の下をお造りなされた大神の神御財《かむみたから》（神宝）を積んで置き給うた場所である。だから当然神財《かむたから》の郷というべきだが、今の人はただ誤って神原の郷といっているだけである。

屋代《やしろ》の郷　郡役所の真北一十里一百一十六歩である。

天の下をお造りなされた大神が垜《あづち》（的置き場）をお立てになって矢を射たところである。だから矢代《やしろ》という。《神亀三年に字を屋代と改めた。》ここには正倉がある。

屋裏《やうち》の郷　郡役所の東北一十里一百一十六歩である。

古老のいい伝えるところでは、天の下をお造りなされた大神が矢を〔射て〕突き刺して立てられたところである。だから矢内《やうち》*135という。《神亀三年に字を屋裏と改めた。》

佐世《させ》の郷　郡役所の真東九里二百歩である。

古老のいい伝えるところでは、須佐能袁《すさのを》命が佐世《させ》の木*136の葉を髪に刺して踊りを躍《おど》られた時、刺していた佐世《サセ》の木の葉が地面に落ちた。だから佐世という。

阿用《あよ》の郷　郡役所の東南一十三里八十歩である。

古老のいい伝えるところでは、昔、ある人がここで山田を耕作して守っていた。その時、目《ま》一鬼《ひとつおに》*137が来て、耕作していた人の男《むすこ》を食った。その時その男の子の父母は竹藪の中に隠《こも》っていた。時に竹の葉がかすかに揺れ動いた。〔それを見て〕その時〔鬼に〕食われている男の子は動動《アヨアヨ》*138といった。だから阿欲《あよ》という。（神亀三年に字を阿用と改めた。）

海潮《うしほ》の郷　郡役所の真東一十六里三十三歩である。

古老のいい伝えるところでは、宇能治比古《うのちひこ》命*89は御祖須我禰《みおやすがね》命*139をお恨みになって、北の方の出雲の海潮《うしお》を押し上げ、御祖の神を漂《ただよ》わせた。その海潮はここまできた。だから得塩《うしほ》という。

（神亀三年に字を海潮と改めた。）

ここの東北の須我の小川の湯淵《ゆぶち》の村は、川の中に温泉が出る。（〔温泉の〕名はない。）同じ川の上流の毛間《けま》の村の川の中にも温泉が出る。（名はない。）

来次《きすぎ》の郷　郡役所の真南八里である。

天の下をお造りなされた大神の命《みこと》がみことのりして、「八十神は青垣山《あをがきやま》*140のうちは置かないぞ」と仰せられて追い払われたとき、ここまで追って来過《キスギ》なされた。だから来次《きすぎ》という。

斐伊《ひ》の郷　郡役所に接続している（郡役所の所在地）。

樋速日子《ひはやひこ》命*141がここに鎮座しておられる。だから樋《ひ》という。（神亀三年に字を斐伊と改めた。）

新造の院、⑧一所 斐伊の郷の中にある。郡役所の真南一里である。厳堂《ごんどう》を建立している。（僧は五人いる。）大領の勝部臣《すぐりべのおみ》虫麻呂が造ったものである。

新造の院、⑨一所 屋裏《やうち》の郷の中にある。郡役所の東北一十一里一百二十歩である。三重の塔を建立している。前の少領額田部臣押島《ぬかたべのおみおししま》が造ったものである。（今の少領伊去美《いこみ》らの従父兄《いとこ》である。）

新造の院、⑩一所 斐《ひ》伊の郷の中にある。郡役所の東北一里である。厳堂を建立している。（尼が二人いる。）斐伊の郷の人樋伊支知麻呂《ひのいきちまろ》の造ったものである。

〔神社〕

矢口《やぐち》の社 （八口神社）
支須支《きすき》の社 （来次神社）
御代《みしろ》の社 （御代神社）
神原《かむはら》の社 （神原神社）
樋の社 （同〔斐伊〕社坐斐伊波夜比古神社）
世裡陀《せりだ》の社 （西利太神社）
加多《かた》の社 （加多神社）
宇乃遅《うのち》の社 （宇能遅神社）
布須《ふす》の社 （布須神社）
汙乃遅《うのち》の社 （同〔宇能遅〕社坐須美禰神社）
樋《ひ》の社 （斐伊神社）
佐世《させ》の社
得塩《うしほ》の社 （海潮神社）

以上の一十三所はともに神祇官にある。

赤秦《あかはた》の社　等等呂吉《とどろき》の社　矢代《やしろ》の社　比和《ひわ》の社　日原《ひはら》の社　幡屋《はたや》の社　春殖《はるゑ》の社　船林《ふなばやし》の社　宮津日《みやつひ》の社　阿用《あよ》の社　置谷《おきたに》の社　伊佐山《いさやま》の社　須我《すが》の社　川原《かはら》の社　除川《よけかは》の社　屋代《やしろ》の社

以上一十六所はともに神祇官にはない。

菟原野《うはらの》　郡役所の真東である。ここは郡役所に接続している（郡役所の所在地）。

城名樋《きなひ》山　郡役所の真北一里一百歩にある。天の下をお造りなされた大神大穴持命が八十神を伐とうとして城《き》をお造りになった。それゆえに城名樋という。

高麻《たかさ》山　郡役所の真北一十里二百歩にある。高さは一百丈、周囲は五里である。北の方に樫・椿などの類がある。東、南、西の三方はともに野である。古老のいい伝えによると、神須佐能袁命の御子の青幡佐草壮子命《あをはたさくさをとこ》*31がこの山の上に麻をお蒔きになった。だから高麻山という。すなわちこの山の峰に鎮座しているのはその御魂である。

須我《すが》山　郡役所の東北一十九里一百八十歩にある。⸨檜・枌《すぎ》がある。⸩

船岡《ふなをか》山　郡役所の東北一里一百歩にある。阿波枳閇委奈佐比古《あはきへわなさひこ》*142命が曳いて来て据えた船が、すなわちこの山である。だから、船岡という。

御室《みむろ》山　郡役所の東北一十九里一百八十歩にある。神須佐乃乎《かむすさのを》命が御室《みむろ》を造らせ給うてお宿りになった所である。だから御室という。

おおよそもろもろの山野にあるところの草木は、苦参《くらら》・桔梗《ありのひおうぎ》・菩茄《むこぎ》・白芷《よろいぐさ》・前胡《のぜり》・独活《つちたら》・卑解《ところ》・葛根・細辛《みらのねぐさ》・茵芋《にっつじ》・白前《のかがみ》・説月・白斂・女委・薯蕷・麦門冬・藤・李・檜・杉・栢・樫・櫟・椿・栲・楊梅・梅・槻・蘗。禽獣にはすなわち鷹・晨風・鳩・山雞・雉・熊・狼・猪・鹿・兎・獼猴・飛𤢖がある。

斐伊《ひ》の川　郡役所の真西五十七歩にある。西に流れて出雲の郡の多義《たぎ》の村に入る。《年魚・麻須がある。》

海潮《うしほ》の川　源は意宇郡と大原《おほはら》郡との二つの郡の堺にある芥末《けま》の村の山から出て北に流れる。《年魚が少少ある。》

須我《すが》の小川　源は須賀山から出て西に流れる。《年魚が少少ある。》

佐世《させ》の小川　阿用山から出て西に流れる。《魚は無い。》

幡屋《はたや》の小川　源は郡役所の東北にある幡箭《はたや》山から出て南に流れる。《魚は無い。》

以上の四つの川は合流して西に流れ、出雲の大川（斐伊の川）に入る。

屋代の小川　郡役所の真北にある除田《よけた》野から出て、西に流れて斐伊の大河に入る。《魚は無い。》

〔通路〕

意宇の郡の堺にある林垣《はやしがき》の坂に行くには二十三里八十五歩である。

仁多の郡の堺にある辛谷《からたに》の村に行くには二十三里一百八十二歩である。
飯石の郡の堺にある斐伊の河のほとりに行くには五十七歩である。
出雲の郡の多義《たぎ》の村に行くには一十一里二百二十歩である。
前記の〔飯石・仁多・大原の三つの〕郷は、ともに山野の中である。

郡司主帳　無位勝部臣《すぐりべのおみ》
大領正六位上勲十二等勝部臣
少領外従八位上額田《ぬかた》部臣《べのおみ》
主政無位〔日《ひ》〕置臣《おきのおみ》

〔道のり〕

国の東の境〔意宇郡手間の関〕から西の方に行くこと二十里一百八十歩で野城《のき》の橋に行きつく。〔橋の〕長さは三十丈七尺、巾は二丈六尺である。⸨〔橋がかかっている川は〕飯梨河である。⸩さらにまた西へ二十一里で〔出雲の国の〕国庁と意宇の郡役所の北の十字路に至り、そこから分かれて二つの道となる。⸨一つは真西の道、一つは北に曲がっている道である。⸩
北に曲がった道は、北に行くこと四里二百八十歩で意宇郡の北の堺にある朝酌《あさくみ》の渡し場に着く。〔渡す距離は八十歩。渡し船が一つある。〕また北へ一十里一百四十歩で島根の郡役所に至る。郡役所から北の方に一十七里一百八十歩で隠岐への渡し場のある千酌の駅家の浜に着く。〔渡し船がある。〕またこの郡役所から西の方に一十五里八十歩で郡の西の堺にある佐太《さだ》の橋に行き着く。〔この橋の〕長さは三丈、巾は一丈である。〔佐太川にかかっている。〕またさらに西へ八里三百歩で秋鹿の郡役所に至る。また郡役所から西に一十五里一百歩で郡の西の〔楯縫郡との〕堺に行き着く。またさらに西に八里二百六十四歩で楯縫の郡役所に至る。また〔楯縫〕郡役所から西へ七里一百六十歩で郡の西の堺に至る。また西へ一十里二百二十歩で出雲の郡役所の東のほとり、すなわち真西の道に入る。〔国庁から〕北に曲がった道の総道程は九十九里一百一十歩のうち、隠岐の道〔千酌の駅に〕は一十七里一百八十歩である。

〔国庁から〕真西の道は、十字路から西へ一十二里で野代《のしろ》の橋に至る。橋の長さは六丈、巾は一丈五尺である。またさらに西へ七里行くと玉造《たまつくり》の街に至り、ここで道は分かれて二つになる。〔一つは真西の道、一つは真南の道である。〕

真南の道は一十四里二百十一歩で郡の南西の堺に至る。また南に二十三里八十五歩で大原の郡役所に至って、そこで道は二つに分かれる。〔一つは南西の道、一つは東南の道である。〕

南西の道は、〔大原郡役所から〕五十七歩で斐伊の川に至る。〔渡す川巾は二十五歩、渡し船が一つある。〕また南西へ二十九里一百八十歩で飯石の郡役所に至る。また郡役所から南へ八十里で国の南西の堺に至る。（備後の国の三次の郡に通じる。）国〔庁〕からの総道程は一百六十六里二百五十七歩である。

東南への道は、〔大原〕郡役所から去る二十三里一百八十二歩で、大原郡の東南の堺に至る。また東南へ一十六里二百三十六歩で仁多の郡の比比理《ひひり》村に至り、道は二つに分かれる。一つの道は東へ八里一百二十一歩で仁多の郡家に至り、一つの道は南へ三十八里一百二十一歩で備後の国の堺にある遊記《ゆき》山に至る。

真西の道は玉造の街から西へ九里で来待《きまち》の橋に至る。この橋の長さは八丈、巾は一丈三尺である。さらにまた西へ二十三里三十四歩で出雲の郡役所に至る。また郡役所から西へ二里六十歩で郡の西の堺にある出雲河に至る。（渡り〔渡船場〕は五十歩、渡し船が一つある。）また西へ七里二十五歩で神門の郡役所に至る。〔神門〕河がある。（渡り二十五歩、渡し船が一つある。）郡役所から西へ三十三里で国の西の堺に至る。（石見《いはみ》の国の安濃の郡に通じる。）国庁からの道のりは合計して一百六里三十四歩である。

東の堺から西に去ること二十里一百八十歩で野城《のき》の駅に至る。またさらに西へ二十一里で黒田の駅に至り、道はここで分かれて二つとなる。（一つは真西の道、一つは隠岐の国に渡る道である。）隠岐の道は北に去ること三十四里一百三十歩で、隠岐への渡し場である千酌の駅に至る。また真西の道は三十八里で宍道の駅に至る。また西へ二十六里二百二十九歩で狭結の駅に至る。また西へ一十九里で多伎の駅に至る。また西へ一十四里で国の西の堺に至る。
意宇の軍団*143　これは意宇の郡役所に属している。
熊谷《くまたに》の軍団　飯石の郡役所の東北二十九里一百八十歩にある。
神門《かむど》の軍団　郡役所の真東七里である。
馬見《まみ》の烽《とぶひ》　出雲の郡役所の西北三十二里二百四十歩にある。
土椋《とくら》の烽　神門の郡役所の東南四里にある。
多夫志《たぶし》の烽　出雲の郡役所の真北一十三里四十歩にある。
布自枳美《ふじきみ》の烽　島根の郡役所の真南七里二百一十歩にある。
暑垣《あつがき》の烽　意宇の郡役所の真東二十里八十歩にある。
宅伎《たき》の戍《まもり》　神門の郡役所の西南三十一里にある。
瀬崎《せざき》の戍　島根の郡役所の東北一十九里一百八十歩にある。

天平五年二月三十日　勘造《かんがえつくる》。

秋鹿の郡の人　神宅臣金太理《みやけのおみかなたり》*144

国造にして意宇の郡の大領外正六位上勲十二等　出雲臣広島*145

注

*1——震・坤　易《えき》の卦による方位表示。本書では大体奈良の都を起点として東から西へ行くような記述方法をとっている。

*2——東西は　各郡末および巻末記載の通路の長さを東西南北に通計して国の広さを示したと見られるが、かなり厳格な計算がなされている一面に、数字には誤算ないし誤写があるらしく若干の過不足があり、古くから問題とされている。なお天平時代には、

一歩は六尺（一・七八一八メートル）　一里は三百歩（五三四・五メートル）

当時の一尺は曲尺で九寸八分。ここでは異説のありうる里数計算ゆえ、あえてメートルに換算することを避け原文のままとした（ただし誤算の明確なものは諸家の説により訂正）。

*3——得而難可誤　この一行は解しがたく、前二行の里数も何を意味するか不明。伝写される間に傍注などの混入したものか。

*4——八束水臣津野命　八束水は八握《つか》水で水の深いことをいう美称、臣津野は意美豆努とも書かれ（神門水海条）、大水野の意と解される。おそらくは宍道湖や中海あるいは日本海などの神格化として出発したものであろう。出雲の国土の修理者となる巨人的存在だが、大穴持神の神統のなかに吸収・埋没されたような形跡もある。『記』には深淵水《みづ》夜《や》礼《れ》花《はな》神が天之《あめの》都《つ》度《ど》閇《へ》知《ち》神と婚して生んだ子に淤美豆奴神があり、大国主神の祖父とされている。

*5——八雲立つ　多くの雲が湧き立つという意味で「出雲」にかかる枕詞とされているが、イヅ

モに雲が出るという意があるかどうかは定かでない。『記』には速須佐之男命が出雲の須賀に初めて宮作りをしたときその地から雲が立ちのぼったのでよんだ歌として「八雲立つ出雲八重垣、妻籠みに八重垣つくる、その八重垣を」をのせている（この場合のイヅモはイツメ〔忌ツ女〕に通ずるらしい）。

＊6――神祇官に在る　神祇官は神社の祭祀をつかさどる官で、令制では太政官と並ぶ官として重んじられた。「神祇官に在り」とはその官に登録されて年ごとの祈年祭に官の奉幣にあずかる神社として特別待遇されたもの。『古語拾遺』には天平年中に至って神帳を勘造したことが見えるが、ここに列記された神社が『延喜式神名帳』記載社名とほぼ合致することはそのことと関係していると見られる。天平九(七三七)年八月には詔して「諸国に在って能く風雨を起こし、国家のために験ある神でまた幣帛に与らないものはことごとく供幣の例に入れしめられた」(続紀)と見えるが、出雲のそれはそれよりも早くにできていたわけである。

＊7――郷・里・余戸・駅家・神戸　いずれも地方行政組織の単位で大化改新のとき郡の下部組織に里《さと》を置き、里は五十戸から成ると規定されたが、下文にも見えるように霊亀元年（七一五）に従来の里を廃して郷とし、郷の下級組織として里をおくことにした（この場合の「里」はコザトと読んで里《さと》や郷《さと》から区別する）。これを郷里制とよんでいるが、これは二十数年後の天平十二年（七四〇）ごろ廃されて郷のみとなり中世までつづいた（「出雲国風土記」はこの郷里制度下の産物であり、「播磨国風土記」「常陸国風土記」はそれ以前のもの

である）。これらは政治上の必要から組織された制度だが、この背後には自然村落と考えられる村（邑）があった。

余戸とは、五十戸で一里を構成するという人為的制度のためそれを超過する場合があると、その超過した分が十戸以上のときはこれで一里を立てることができた。これを余戸の里（たんに余戸とも）といった。

駅家は海陸の公道の要地に置かれた官人の往来のための官馬（船）を準備した役所（「常陸国風土記」＊32参照）。神戸は重要な官社の祭祀に奉仕するために置かれた民戸（「常陸国風土記」＊67参照）。

＊8——霊亀元年の式　式は律・令・格・式とよばれる古代法典の一つ。律令の施行に欠くべからざる細則の定め。この式はこの風土記だけに見えるもので、地方制度の変遷を知る上では重要な記事である（＊7参照）。

＊9——民部省の口宣　口宣とは口頭で伝達される天皇の命令。ここでは地方政治の総元締にあたる民部省から伝達されたもの。その内容は明記されていないが、従来一字または三字で表記されていたものを二字に統一し、宛字をやめて正規の用字をもちいることにあったようである。

＊10——前のまま使用　神亀三年（七二六）の口宣によって表記法を改めないで前例にならって表記しているという意。

＊11――八雲立つ出雲〈国引きの詞章〉として有名なもの。その最初の一節を歴史的な千家俊信の『訂正出雲風土記』（文化三年板）の訓読文でかかげておく〔括弧内はその後の改訂訓〕。「八雲立つ出雲の国は、狭布《さぬ》の稚国《わかくに》なるかも。初国《はつくに》小さく作らせり。故《かれ》作り縫はむと詔《の》り給ひて、栲衾《たくぶすま》志羅紀の三崎を、国の余り有りやと見れば、国の余りありと詔り給ひて、童女の胸鉏取らして、大魚《おうを》のきだ衝き別けて、はたすすき穂振り別けて、三つよりの綱打ちかけて、霜黒葛《しもつづら》閉耶閉耶《へなへな》に〔闇耶闇耶《くるやくるや》に〕河船のもそろもそろに、国来《く》国来と〔国来《くにこ》国来と〕引来縫へる国は、去豆《こづ》の打絶《うちたえ》〔折絶〕よりして、八穂丹杵築の御埼なり。かくて堅め立てし加志は石見の国と出雲の国との堺なる、名は佐比売山これなり。また持ち引ける綱は、薗の長浜これなり。また北門《きたど》佐伎の国を、国の余りありやと見れば（下略）」

＊12――八穂爾杵築　後出説話（杵築郷）によれば八百土（沢山の土）を杵で築き固めた意である。これを「沢山の稲穂を杵築」とみる説もある。

＊13――宇波の折絶　宇波はウナミとよむべきか。手染の誤写とする説もあるが、不明。

＊14――おゑ　原文「意恵」。飢ゑの転訛で仮死状態を意味するとする説や、神がかり状態からさめたときの溜息と見る説等がある。私は「八穂爾杵築」を古墳築造の土固めを反映した言葉とし、古墳築造の集団労働が終わったとき発する呪的効果をもつ掛け声と見たい（『播磨国風土記』＊152参照）。ここの意宇の杜はおそらくは古墳であり、その標示の杖が樹木となって茂ったという伝承。

＊15――郡役所の東南　郡役所の門からの距離をいうのだろうが、そのさきは郷のどの部分をさすかはっきりしない。本書の通道の計算が境界を終点としている点からここも郷の境界をさすかとも見られるが、郷庁があったものと見てそこまでと見る説もある。

＊16――大穴持命　最初は天然の洞穴信仰から生まれた神名で、のち地方君主たちの古墳埋葬の開始とともにその石室に眠る君主たちをいう神名となり、やがて統一的な人格神として「天の下をお造りになった大神」とされるように一般化されたと考えられる。『紀』（一書）には「国作らしし大己貴神」とも見え、多くの神名をもつとされるが、主として大己貴命・大汝命と書かれる。これは「偉大なる汝のミコト」という意味でヤマト朝廷の側からの呼称だが、本書ではすべて大穴持（モチはムチと通音）と書かれ、「天の下造りましし大神」として尊ばれている（これを大土《おほな》ムチで大地主神とする説もあるが、支持しがたい）。本書ではその神統に関する記述がないが、国引きなされた八束水臣津野神の後裔とするがごとく見える箇所もある。

＊17――越の八口　越は高志とも書き、いまの北陸地方をいう。八口は多くの入口の意だが、八つ口（越後国岩船郡関川村）という地名もある。しかし、ここのコシは古志連（姓氏録）などとあるコシと同じで、海彼の国（朝鮮の八道）と見て、ある時期の新羅遠征を反映したものと見ることもできる。なおこの部分の文章――および以下の諸条に――は大穴持が自己の行為に対して敬語を使っているが、これは伝誦者の立場を投影した物言いで、古代の

口承文芸にしばしば見られる話法である。

＊18――玉珍を置き　霊魂を置くことだが、『出雲国造神賀詞』には、出雲国の神々の霊が甕和《みかわ》に静まるという思想が見える。この〈甕和〉（大型の甕あるいは埴輪円筒）を墳陵に置くことをいっているものと見られる（「播磨国風土記」＊37参照）。神賀詞と同系伝承であろう。

＊19――天乃夫比命　夫比命は火比命の誤写か。あるいはこのままでホヒと読むのかも知れない。『記』の天菩比《ほひ》神・天之菩卑神、『紀』の天穂日命と対応する神名で、火霊《ほひ》あるいは火瓮《ほへ》の神格化、ホへは土器・砂鉄製造のための窯と見られる。天の安の河原で天照大神と須佐之男命の誓約から生まれた神で、葦原中ツ国の言向けのため派遣されたが、大国主神に媚びついて三年間復奏しなかった。大国主神が身を隠して後にはその祭祀者に定められ、出雲国造（出雲臣）・土師連らの祖である（記・紀）。しかし『出雲国造神賀詞』では天穂比命とあり、大八島国の忠実な平定者で皇孫の守護者となっている。

＊20――印支ら　原文は「伊支」。いま伊を「印」字の誤写とみて改めた。『天平十一年出雲国大税賑給歴名帳』に「印支部龍・印支部馬女」などが見える。稲置部とも書くらしい。

＊21――天津日子命　出雲臣の祖神と主従関係にある神だが、特定な神名ではなく、天の男性神の意の一般名を神名化したもの。

＊22――布都怒志命　『紀』の経津主命、『記』の布都の御魂と対応する神名で剣の神格化。伊弉諾命が軻具突智を斬ったとき成った神の子で、武甕槌神とともに葦原中ツ国に派遣されて大

国主命に国譲りをさせた神。『記』ではこれが布都御魂となって建雷神が中ツ国平定に使った霊剣とされる。

＊23――天石楯　天上のものなる堅固な楯を意味するが、実際に祭具とされた石製の楯もある。普通の楯は革や板や鉄板を縫い合わせて造られている。ここは楯状の巨石をいうのであろう。

＊24――神須佐乃烏命　神性をもつ須佐乃烏という意味で、「神」と冠してよばれるのは出雲系伝承のもの。「天の壁」は山々木々を家の壁に見立てたもの。ここでは『記・紀』の伝承とは反対に、暴風を防ぐための壁を作ったもので安心している（＊127参照）。

＊25――語臣猪麻呂　出雲の語部の首長の家に属する人。語部は土地の神や豪族の由来を語り伝えることを職とした農・漁民で一種の祭祀集団。出雲では語臣・語部を姓名とする者が古い文献に多く見えるが、平安初期の文献には朝廷の大嘗祭には出雲の語部が出仕する慣行があったことを伝えている。この文章では主格（猪麻呂）が省かれがちだが、語り手が自分が主人公（猪麻呂）になったつもりで語っていることを示すもので、語部の職業的な語りかたの一端をうかがわせる。文中の神おろしの祭文とともに注意すべきである。

＊26――和魂・荒魂　神霊には静的で平和なものをもたらす面と、その反対の面との二つがあると考えられていたらしい。荒魂を依りつかせてその破壊作用を祈念したことは神功皇后の新羅遠征の話にも見える（記・紀）。

＊27――串ざしにして　ここはアイヌの熊狩り祭のように、トーテム神としての動物を屠った場合

の儀礼的措置をうかがわせるものがある。たんに見せしめのための行為ではなく霊魂の再生に関する呪的行為と見るべきであろう。

＊28――正倉　オオクラまたはミヤケともよび、正税などの穀類や官物を入れる倉庫。国司が管理し、国府や郡役所・郷などに数十棟が密集して建てられ、それをつかさどる役人と農民が配属された。

＊29――大国魂命　国の偉大な守護霊の意で特定な神を意味しない。有力な祭祀団体が奉仕する大国魂や祖神であったり、巨大な古墳の主としてその大地に君臨する霊魂をいうこともある。『記』には大年神が伊努比売を娶って生んだ子を大国魂神というとあり、『紀』（一書）では大国主神の一名として大国玉神というと見える。土地の守護霊だがここでは「天降った」とされているのは注意される。

＊30――倉舎人君らの祖　『姓氏録』に高麗国の人伊利須使主《おみ》の後裔とつたえる日置造・日置倉人がある。倉はおそらくは製鉄現場の谷の意。大舎人は天皇に近侍して身辺の警護・雑用の任にあたったが、ここの舎人は製鉄場の親方の意であろう。日置は氷置の意らしく鉄器の仕上げに関係があるらしい。欽明朝に鉄工として奉仕したことをいったものであろう。帰化人の工人である。

＊31――青幡佐久佐丁壮命　佐久佐はサの草で、製鉄工人が火をよけるために青い草の蓑をきたことと関係がある。青幡は青々とした草の元気のいい状態を枕詞的に修飾して称辞としてい

る。この草は俗に大草ともよばれていたのでサクサ郷で大草郷としたのかもしれない。丁壮は神になり代わった男子のこと。

＊32――山代日子命　山代（山背）にいる男の神の意で、ここは古墳の神であろう。松江市の茶臼山の中腹にその社があった。山代社の祭神。

＊33――御心の波也志　波也志は栄えあらしめるものの意で、心をひきたててくれるもの、お気に入りといった意味の言葉らしい。「拝志」と改字したのもこうした心的状態に即したのであろう。

＊34――南の山　いま宍道町大字白石《はくいし》の石の宮大明神。犬石を神体とし猪石も現存する。

＊35――戸籍　天智九年（六七〇）に全国の戸籍を作り（庚午年籍）、以後六年ごとに作り直すことと定められた（その実施は遅れたが）。戸籍作成の年には戸の増減を見て郷里の改編もおこなわれたが、ここは神亀四年（七二七）にそれがおこなわれて、余戸として五十戸未満だが一里をたてたというのである。なお当時の戸は郷戸といわれ、現在の家族を十数戸以上合わせたものをいっている。

＊36――野城の大神　「出雲国風土記」では大神という称呼は大穴持命・佐太の神などに使われているのが通例である。『神名帳』では野城大社に大穴持神とその御子神が祭られているが、だいたい野城という地名は野のキ（石廓・古墳）の意から出たもので、野城の大神とはその古墳洞穴の貴主の意の大穴ムチと見てよい。それが誰かは不明だが、この地方の首長だった神である。

＊37――熊野加牟呂乃命　熊野大社の祭神たるべき神で、熊野大神ともいわれる。カムロは神に複数語尾のろ（ら）のついた形だが、「伊弉奈枳の愛子」と冠せられているので、「伊邪那伎大神が諸神を生んだ後に得た三貴子」（記）のうち建速須佐之男命をこれにあてる説（宣長）がある。ただ『出雲国造神賀詞』には「イザナギの日真名子加夫呂伎熊野大神櫛御気野命」とあり、ここでは御食《みけ》つ神すなわち食物の神とされている。また「常陸国風土記」では「諸祖天神」がカミロギといわれている。ここもおそらくは祖神的な多くの神を総括して一神格とした神名とみた方がよさそうである。想定されるところではこれは出雲で祖神とされる神魂神の信仰に母胎をもち、神魂神を食物の支配者とみて、他の多くの神信仰と習合されたものであろう。

＊38――五百津鉏　「多くの鋤を取った上になお多くの鋤を取って天の下を造った大穴持命」ということで、「童女の胸鋤」をとって国引きをした八束水臣津野神と同様、農耕者的表現に属している。しかし古墳築造のためにも沢山の鋤が使用されたから、ただちにこれを農耕者的とするのも危険である。むしろスキは武具をも含めた鉄製品をいう外来語とみた方がよい。

＊39――阿遅須枳高日子命　『記』には阿遅鉏高日子根命・阿遅志貴高日子根神と見え、大国主神が胸形（九州宗像郡沖の島）の奥津宮に坐す神多紀理毘売と婚して生んだ子とされる。阿遅須枳は金属製の鋤をいうとされるが、朝鮮語系の言葉で鉄の精と見るべきもののようである。帰化人の祭った鉄山の神だが、タケミカツチの神、スサノオの神などと交錯する出雲

系の神。鉄製の武器の神格化とみられる。『延喜式』には大和葛上郡に「高鴨《たかかも》阿《あ》治《ち》須《す》枳《き》託彦《たかひこ》根《ね》命神社四座」があり賀茂氏が奉斎した神。

*40——忌部の神戸　忌部は斎部とも書き、朝廷の祭祀に必要な品の貢納をつかさどる部民で、出雲の玉造温泉付近の地にもその玉造部がいて玉を採取して、忌部首の管下に入ってこれを朝廷に納めた。『新抄格勅符抄』には「忌部神戸出雲に十戸」とある。また『古語拾遺』には「櫛明玉命の裔いまに出雲国にあり」と見えるが、ここに国造の御沐の忌里だから忌部というというのは、おそらくは出雲側の伝承であろう。

*41——国造が神吉詞の望　望は中国で遠くから山川を祭ったときに使う言葉。出雲国造は国造職を代々継承して朝廷から親任されるが、その代がわりの新任にさいして、出雲国から管下の神職を引率し、神宝や貢納品を持参して朝廷で、祖神たちが神代以来朝廷に服従奉仕して朝廷を安固ならしめた状態をのべた神吉詞（神賀詞とも書く）を奏し、天皇の御代長かれと祝福した。国造一代の盛儀で、その概略は『貞観儀式』『延喜式』等に記されており、『続紀』には霊亀二（七一六）年二月（出雲臣果安）から延暦九年（七九〇）にいたる七代の国造の奏上記事が見えている。なおこの神吉詞（訓読文）は『延喜式』にのせられたものを篇末に付載した。

*42——御沐の忌里　国造新任のとき玉造温泉でミソギをして清浄潔斎したので、その里全体が物忌みの状態に入ったのであろう。

＊43――山国の郷の中　一本には「舎人の郷」とある。地理、寺院址などの研究によりそれに従うべきであろう。

＊44――散位大初位上腹首　散位は位だけあってそれに相当する官職のないもので、トネともよみ、里長や郷長など在郷の要職をつとめた。大初位は下級の位。上腹は上原とも書く（正倉院文書）。

＊45――新造の院　新しく造った寺で、まだ法規にかなう寺院としての寺号をもっていないもののこと。

＊46――厳堂　壮厳された堂で、金堂や講堂などをいう。

＊47――僧はない　僧は官の規定するところにより度牒（得度の免許状）を持たねばならなかったが、ここはその資格をもった僧がいないことをいう。

＊48――烽　発火・発煙の信号によって危急を知らせる監視所。「軍防令」に「四十里ごとに烽を置き、長二夫・烽子四人を配して寇賊に備えよ」と規定されている。

＊49――麦門冬　以下郡内に産する植物と禽獣類を列挙。草類は薬草を主とし、『延喜式』の典薬寮に納められたものと共通するものが多い。名称は字音のまま読まれたかと思われるが、和名との比定は難事業なので、ここは秋本氏説によって付訓するにとどめる。

＊50――郡司　郡治をつかさどる職員で国司が任命して官の承認をうけた。郡の大中小・上下（管下郷数の多少による区別）によって人員に増減があるが、大郡の場合は大領一人・少領一人・主政三人・主帳三人があり、これらはすべて郡司とよばれた。大領・少領は郡領とよ

ばれ郡長・副郡長にあたり、郡の事務全般を見、主政は郡内の司法・警察事務をつかさどり、公文書の作成審査にあたる。主帳は記録事務を担当する書記官。この風土記は巻末に郡司の名を列記して責任をあきらかにしているが、意宇郡の大領には国造が任じられる習慣だったらしく、郡末に記さないかわりに全体の責任者として巻末に署名している。なおこの国の諸郡の郡司はほとんど同族関係者でしめられているが、こうしたことは普通の郡では許されないことであった。

*51――島根という　八束水臣津野命が命名したとだけいって、その事情の説明がない。この郡はもとは大部分が狭田の国の範囲（あるいは法吉《ほほき》の国・美保の国といったものもあったかもしれない）で、〈国引きの詞章〉成立のころは島根という地名はまだできていなかったと考えられる。狭田の国は〈国引きの詞章〉に出ているが、それが抹殺されて島根に振りかえられたので、こうしたあいまいな地名説明になったのだろう。

*52――贄の緒　贄は神の新鮮な食料としてささげる食品、緒は紐帯のことだが、ここは漁撈集団のことで、おそらくは船を組み合わせる協同作業が必要とされ、それがクミとよばれていたのであろう。神穎のカヒは稲穂をいうが、古くは貝をさしてもいった。ここはそうした漁撈組織の成立と地名の成立を熊野大神と関係づけていったものである。

*53――都留支日子命　剣彦命であろう。布自伎弥社の祭神だが、おそらくは刀剣を副葬した古墳の神（古墳は山の入口に造られがちである）。なお、この近所に鉄師がいたという説（内山

真龍）があり、採鉄集団の首長の神であろう。

*54──意支都久辰為命　久辰為は奇井《くしゐ》で、海中に泉があって海水を湧出させるものと考えられていたらしい。これを沖つ奇霊《くしび》の転訛とする説もあるが、海神の宮には井があること（『記』の海幸彦山幸彦条など）から見て、これを奇井とみた方がよい。だからその子に奴奈宜波比売（次注）があることになる。なお、高志の国は越の国で越前・越後の国のことだが、ここは海の彼方の遠い国（朝鮮・中国）の意に見てもいい。

*55──奴奈宜波比売命　『記』の沼河比売と対応する神名で、玉のように美しい川（古代では川は井でもある）の姫の意。この沼河比売と大国主命の妻問いの話は歌物語として『古事記』でも有名な話となっているが、この風土記のヌナガハヒメは海神の娘であり、むしろ説話の型としては『記』の火遠理命（日子穂穂手見命・山幸彦）が海神の娘豊玉毘売（これは沼河比売と同格）と結婚する話と対応し、ここの話を『記』の説話の原型的なものか血縁関係をもつものとみることを可能としている。なお、ヌナガハは新潟県西頸城郡姫川上流の川で、硬玉の産地として縄文時代以来有名であり、『魏志倭人伝』に「女王国の境界の尽くる所」とされる〈奴国〉に比定されよう。沼河神社がある。

*56──御穂須須美命　洲崎の突端部にいる神霊という意味をもつ神名かとみられるが、これも『紀』（一書）に火瓊瓊杵尊が吾田鹿葦津姫（木花開耶姫）を海辺で見て無戸室で生んだ子とされる火進命と対応する神名である。出雲の神話と天孫神話との交錯を思わせるもので

ある。美保社の祭神。
＊57――国忍別命　国土開発者という意の神名。『記』に大国主命と日名照額田毘道男伊許知邇《ひなてりぬかだひちをいこちに》神の間に生まれた国忍富《くにおしほ》神がいるが、これと対応するかどうかは不明。方結社の祭神。
＊58――佐太大神　〈国引き〉の詞章に出てくる「狭田の国」の大神で、佐太国の首長ともくされる大神。おそらくは佐太の大形古墳の神でもある。佐陀ノ君が奉斎した。この大神の出生譚は後出加賀ノ神埼条に詳しい。
＊59――御祖の神魂命　御祖は母の意で、出雲系神話ではつねに神魂命は〈御祖〉と冠して呼ばれるが、出雲の国の至高神。ものを生《む》す霊力をもった神で、『紀』では神皇産霊、『記』では神産巣日と書かれ、天地の初めの時に生まれ、独神《ひとりがみ》となって身を隠し、別天《ことあまつ》神とされる。だが「出雲風土記」ではその御子神が見られ、祖神ともされるが（『出雲国神賀詞』では「高天の神王」とされる）、これは佐太君がこの神の祭祀に関与していたことと関係がある（後出＊72参照）。
＊60――支佐加比比売命　『記』に𧏛（蚶）貝比売とあって、蛤貝比売とともに大国主神の火傷を治した女神と同じであろう。支佐加比は赤貝で女陰と生殖のシンボル。
＊61――八尋鉾長依日子命　八尋鉾は非常に長い鉾の意で、〈長〉にかかる称辞ともとれるが、ここは鉾の霊性を支配する男神と見るべきであろう。鉾はおそらくは男根のシンボルとしての聖なる石棒ないし巨石である。だから「御子はイクまない」という産育説話がある。

＊62——宇武賀比比売命　『記』に蛤貝比売命（＊60）とあるのと同神。宇武貝はハマグリだが、ここはウバ貝（北寄貝）をさしているかもしれない。貝が鳥になり、鳥が貝になる話は他にも例がある。

＊63——伊佐那枳命の御子　『記』には伊邪那伎命が右の目を洗った時に月読命が成ったとある。都久豆美命は月祇・月ツ霊《み》の命で『記』の月読命と対応するが、月読が月の満ち欠けの計算（それは海水の干満と関係して月経とも関係する）による神名とすれば、ツクツミは月そのものに霊力を見た神名で、山ツミ・ワタツミと同型のもの。この方が神名としては古形で神ムスビと同様ビ・ミ信仰時代の神名を残したものと見られよう。あるいは月つ水で、月にある越水のこと。千酌社にあった泉（井）を神体としたものか。

＊64——〔神社〕　この郡の社名は諸本多く脱落し、『出雲風土記抄』『万葉緯』の系統に属する本だけが整備した形で残っている。これは『延喜式』その他によって後補したものと見られる。

＊65——筌　竹を細く割いたもので筍型の籠に作った漁獲具。

＊66——日鹿　ヒカ・ヒヲ（日魚）などとよまれて不明の語とされるが、ヒシカとよんで東北方言に残存しているヒシコ（ゴマメの類）と同語とすべきであろう。

＊67——天の羽々鷲　羽々は羽張りの意で羽の大きく広いのをいうか（宣長）とされているが、神話的存在としての巨鳥であろう。

＊68——剗　剗《セン》は苅り取る・滅ぼすなどの義の漢字だが、セキとよみ関と同じ。軍団から兵士が出

されて守った関所。常駐でないところが多かった。

＊69——唐砥　中国ふうな砥石をいうらしいが、麁砥の誤りと見て荒磨ぎの砥石とする説もある。

＊70——戍　国境などの縁辺におかれ、小部隊の防人が駐屯した防塞。

＊71——いわゆる……　以下の話は原本では小文字の割注の形式で記されている。

＊72——麻須良神　益荒神で、雄々しく勇猛な神の意。固有な神名ではなく何神か不明。この神話は、海神の娘が河を流れてきた矢（山の男性のシンボル）を拾って枕もとに置くと妊娠して山と海の支配者たるべき男子を生むという型の神話（賀茂伝説その他、「山城国風土記」逸文参照）で、『記』の彦火火出見伝説（＊55参照）とも交流するものがある。金の矢はかがやく火（雷火・太陽など）で、それを射て洞穴がかがやいたのは父神の顕現ということになる。かくして生まれた佐太の大神は佐太の国主たるべきものであり、佐太地方に栄えた氏族の伝承上の祖先となる。それが神魂神の御子から生まれているのは、この氏族が神魂信仰の祭祀集団に属していることを示すと見られる。しかもこの大神が洞穴で生誕していることは、この神が出雲の事実上の大穴ムチであったことを物語っている。これはのちに古墳洞穴の貴主としての大穴ムチ説話に吸収されるが、『記・紀』の大穴牟遅神話もここからみちびかれている。佐太君ないし佐太忌寸の伝承に属すると見られる。ただ、この氏族は出雲の雄族とみられるにもかかわらず、風土記時代の出雲にはその存在の痕跡が見られず、かえって山城国の『神亀三年出雲国計帳』に見えていることは注意される。おそら

くは早期に出雲を出て古い大和朝廷の（伊勢神宮成立以前の）祭祀長となったものらしく、賀茂県主になったのもこの一族であろう。

*73――その時　ここは諸本誤脱があり、近代の校訂本は多くこの弓を拾って射たのは母キサガヒヒメのこととしているが、ここは――不合理なようだけれども――その子のこととした方が原態に近いものと見て底本（訂正本）にしたがって読んだ。前出（島根郡加賀郷条）ではキサガヒ比売がこの箭を射たことになっているが、むしろこの方こそ合理化された第二次伝承であろう。

*74――社部臣　壬申の乱で近江軍の将として捕虜となった社部臣大口がいるが、あるいは巨勢部一族であったか。

*75――秋鹿日女命　土地の守護霊で、秋鹿社の祭神。秋鹿村秋鹿町の姫二所神社が現在地。なお秋鹿をアキカとよむ説もある。

*76――磐坂日子命　磐坂は磐境とも書かれ、磐で囲まれた祭祀の霊場で、古墳を指すかと見られる。現佐陀本郷の恵曇（畑垣）神社をあてている。

*77――画鞆　鞆は弓を射るとき臂《ひじ》につける革製の武具でトモエ（巴）形の絵を描いた（埴輪の出土例がある）。この話は下文の恵鞆社縁起。

*78――衝杵等乎而留比古命　「杵」を桙の誤写と見る説や「乎而」を蕃の誤写とする説があるが不明である。秋鹿村岡本の多太（羽鳥）神社の祭神としている。

＊79――和加不都努志能命　若々しいフツヌシの命の意で布都怒志命（＊22）と同様剣の神格化だが、下文（出雲郡美談条）では大穴持命の御子とあって出雲の鉄剣の神である。

＊80――阿内の谷　阿内をアウチと読んで地名とする説もある。

＊81――赤衾伊農意保須美比古佐和気能命　赤衾は清浄な寝具の意で伊農（寝《い》ぬ）にかかる枕詞的称辞。意保須美は大炭霊《み》で採鉄の神でアヂスキタカヒコ（後出）と同格。和気は若の意らしく、砂鉄の神の系統の神であろう。下文（出雲郡伊農郷）では八束水臣津野命の御子とされる。

＊82――天甕津日女命　ミカ（水瓶）の神格化で水瓶の崇拝から出た神名であろう。なお「尾張国風土記」逸文には垂仁天皇の御代に日置部らの祖によって見顕わされた神に阿麻乃弥加津比女がある。

＊83――足高野山　諸本に「女心高野」とあり、誤写説も多い。いましばらく底本のまま。

＊84――権任　臨時に任命されたという意。

＊85――天の日栖の宮　『紀』（一書）には高皇産霊の神勅として「汝の住むべき天の日隅宮は、……千尋の栲縄をもって結びて八十紐にせむ云々」とあり、『記』には大国主神が「わが住みかを天つ神の御子の天つ日継知ろしめさむ登陀流天の御巣の如くに底つ石根に宮柱太知り云云」と見え、天皇の宮殿と同一規模の宏壮な宮居を作ることが認められていたという伝承があったのである。日栖は氷《ヒ》ス霊《ミ》で鋭い鉄剣の霊の意と考えた方がよかろう。

＊86――天御鳥命　『記』に天菩比神の子の建比良鳥命（出雲臣の祖）と類似する神名だが、説話内容から見ると『紀』（一書）の作楯者として大物主神に奉仕したとある彦狭知神と対応する。

＊87――業利磯　「乗利磯」の誤写で下文に見える乃利斯社など同じとすべきか。

＊88――波夜佐雨、久多美の山　「速雨（にわか雨）がくだる」という意で、同音の繰り返しで久多美山にかかる枕詞的称辞か、または健き砂鉄（サといったらしい）が下るクタミ（クタミはクタ村またはクタ川の意）にかかるか。

＊89――宇乃治比古命　ここは『記』の宇比治邇神と同格で、海の湿地の神格化とみられるが、あるいは海の霊《ち》日子で海神の子か（後出）。

＊90――爾多　食物のヌタと同系語と思われるが、意義不明。乾飯を水でふやかして食う話は他にもある。

＊91――天御梶日女命　ミカヂは甕霊《ミカチ》で水の神。甕を伏せた形の山を支配する神とみられる。これは天瓱津日女命（＊82）と同神である。なお「多志の村」は原文「多忠」。いま「多志」の誤写とする説にしたがう。

＊92――多伎都比古命　ほとばしり流れる水（滝）の神格化である。

＊93――位に向きあって　原文「向位」を一語とみてムキクラ・ムカクラなどと読む説が多いが、ここはクラニ向ヒテとよんだ。クラは神の御座所でもあり、また鉄などを産するクラ（谷）の意の朝鮮語。『記』には闇オカミ・闇山祇などと見える。アヂスキタカヒコは後者

の谷の神である。

*94——御魂　諸本に御佗・御託とあり、諸説がある。ここは底本にしたがった。いずれも神霊の依る石と見るのである。この石神は八束郡佐香村立石の大渋山麓にあるといわれる。

*95——於豆振の崎　原文「弥豆島」。諸本「弥豆推」。これを「於豆振」の誤りとする説にしたがった。古くからウップルイ（十六島）という地名があったとされるが、朝鮮語のウル（大きい）ピロイ（崖）から出たものという。現在もウップルイ。

*96——高善史　史は主として帰化人系の文官に与えられたカバネ。高善氏は東大寺画師のなかにも見える姓だが、おそらくは帰化人の後裔なのであろう。

*97——宇夜都弁命　おそらくは産屋《うや》ツ女から転じた神名で生産と産育関係の神であろう。下文の神代社の祭神。神代社は斐川村宇夜谷だが、同村出西の万九千神社とする説もある。

*98——健部　倭武尊の御名代の部民とされる朝廷直属の軍事関係部民。『景行紀』にも見えるが、この氏は出雲関係文書にも散見する。

*99——神門臣古彌　神門臣は出雲臣同祖で「天穂日命の十二世孫鵜濡渟《うがづくぬ》命の後裔」（姓氏録）。古彌は底本古禰《ふるね》としているが諸本「古彌」、おそらくは「子臣」の約で、朝廷直属の軍士を子《こ》といったことから出た名であろう。古禰ならば『崇神紀』出雲振根とあり、鵜濡渟命の叔父にあたり、出雲の神宝の献上のことで弟と争ってこれを殺し、四道将軍によって誅殺されている。この氏も出雲関係古文献に多く見える。

＊100——天津枳値可美高日子命　下文（神名火山条）に「曾伎能社に坐す伎比佐加美高日子命」と同神か。あるいは「枳」を樋の誤写ないし転音と見るべきかもしれない。神魂神系（佐太大神系）の神だが、おそらく山は神体山で、その麓には古い時代の首長の古墳があるという関係で、古墳の神と山の神とが二重に混同されていると考えられる。

＊101——薦枕志都沼値　マコモの枕をして寝《ぬ》るという意で志都沼（シツヌ）にかかる枕詞的称辞。シツヌチは下《シ》ツ沼霊《チ》の意で、おそらくは神名火山が下ツ沼の守護霊の所在地と考えられたところから出た別名なのであろう。下ツ沼は宍道《ししち》の下にある沼の意であろう（次注参照）。

＊102——志司沼　郷名列挙のところにもこうあるが、これを志刀沼の誤写と見てシツヌと合致させる説もある。しかし宍道《ししち》に対して宍沼《ししぬ》があってもよく、現在では干上がった宍道湖西方（漆沼郷北方）をそれにあててよかろう。それを上つ沼（宍道湖）に対して下《シ》ツ沼とよんだところにこの新しい郷名の起源があるかと考えられる。

＊103——国引きをし給うた後　ここの文章は三つに解釈しうるあいまいな文章である。（一）臣津野が国引きをした後で天の下を造った大穴持。（二）臣津野が国引きした後の時代になって〔皇神たちが〕大穴持の宮を造った。（三）臣津野が国引きをしたあとで〔臣津野が〕大穴持の宮を造ろうとして——等である。ここは（一）の解釈をいちおう妥当なものと見るが、（二）（三）の解釈も不当ではなく、ここには出雲神話体系化・一本化への試みが見てとれるようである。『記』では大国主神は淤美豆之神の孫とされている。

＊104——皇神たち　スメ神は天つ神・国つ神を尊んでいう言葉だが、皇室関係の神たちをいう場合が多い。『記』（『出雲国造神賀詞』も）では天照大神が大国主神の国譲りの代償として諸神に命じて「天の御舎」を作らせたとある。

＊105——杵築　杵（または重い石）を用いて地面を固めて地ならしをすること。古代のすべての住居址でとられた方法である。

＊106——御領田の長　田の監視者の意で御田見となる。下文の弥太弥社で現平田市美談にある。

＊107——綾門日女命　アヤはアナ（穴）と通音だが、ここでは霊妙なという意味への傾斜があるかもしれない。洞穴信仰から生まれた神名で、神魂神の子とされる点でも加賀神埼（＊72）の話と類縁性がある。求婚された女が逃げ隠れする話は花嫁の呪的逃走とよばれる原始的な婚姻儀礼の一段階で「播磨国風土記」の南毗妻説話と同例。また『記・紀』のイザナギの命の黄泉国訪問の話や天照大神の岩戸隠れの話とも交錯する。おそらくは次条の黄泉の穴と関係がある神であろう。

＊108——脳の磯　おそらくは菜(魚)付きの磯で、古く漁獲の生産儀礼などの行なわれた場所であろう。

＊109——黄泉の穴　おそらくは夜霊《よみ》の穴の意で生命賦与者としてのムスビの神の信仰と結合している洞穴であろう。戦後の発掘でここから弥生式土器以後のものと十数体の人骨が発見されたが、おそらくは神ムスビ奉斎の巫女などの遺骨であろう。そのことがこれを黄泉（地下の泉）の意に転化させるに至った。いまゲンザガ鼻西方の猪目の洞穴をあてている。

＊110――部臣　おそらくは「部」の上に日置などの字があったのが略されたのであろう。

＊111――神門臣伊香曾然　神門臣は＊99参照。伊香曾然は不明。大神の神門は鳥居のようなものとされるが、ここはむしろ神処の意で古墳の築造伝承との混同があると見ていいようである。

＊112――真玉着玉之邑日女命　「真玉着く」は玉が着くことと御魂がつくことを含めていう枕詞的な称辞、「玉の邑」を修飾する。玉の邑は地名で古墳群か。浅山社の祭神。

＊113――日置の伴部　日置臣は応神天皇の皇子大山守命の後とされるが（姓氏録）、日置部・日置造などの別系氏もあり、あきらかにしがたい。あるいは製鉄関係の部民で、欽明朝の銅鉄などの仏像・仏寺の製造と関係があるか。

＊114――塩冶毗古能命　止屋の彦神の意で、地名の改字によって神名の表記も改められている。ヤムヤは八喪屋（ム・モは通音）で古墳を意味するのであろう。夜牟夜社の祭神。

＊115――八野若日女命　八野の若い姫の意の神名。現出雲市矢野町の矢野社の祭神とされる。

＊116――高い崖　諸本「高屋」、高い屋の意としているが「屋」を厓（ないし崖）の誤写として地名と対応させるべきであろう。高いガケの上に居場所を作り階段を作って登り下りしたというのである。なお「御座所」は原文「而座」。あるいは「御座《みくら》」の誤写か。クラは谷の意（＊93参照）で砂鉄精錬の谷である。アヂスキタカヒコは帰化人たる製鉄族に関係のある神。

＊117――伊弉奈弥命　諸本「奈」の字がない。『記・紀』では伊弉諾命とともに国生みをした神として知られるが、出雲の神代のことをいったものか。なお、ここのコシはモロコシ（唐）の

コシと同義で帰化人とみた方がよい。この日淵川も砂鉄採集の川とみられよう。

＊118――和加須世理比売命　『記』に須佐之男命の女須勢理毘売とあるのと対応するであろう。奈売佐社の祭神で、出雲市東神西の高倉神社かとされている。「滑磐」はなめらかな岩のことで、高倉神社の東方の渓流岩坪にある岩をこれに擬しているというが、本来このサは砂鉄のことであろう（＊127参照）。

＊119――阿陀加夜努志多伎吉比売命　阿陀という場所（カ）の屋主の意とも、アダカヤで一地名をなすとも見られるが不明。『姓氏録』には大国主命の六世孫に阿太賀田須命（吾田片隅命）があって賀茂朝臣の祖とされ、意宇郡の社名には阿太加夜社があり、これは同郡の出雲郷（アダカヤ郷）にあるとされる。多伎吉は石見国境の地名にある。多吉社の祭神で、おそらくは製鉄用の薪の神。

＊120――佐与布　前出古志の郷の話と連絡するのであろう。この佐も砂鉄の意で「播磨国風土記」の「佐（賛）用都比売」（九九ページ）と同語とみてよい。

＊121――神門臣・刑部臣　いずれも郡末記載の郡司たちである。

＊122――大神の御屋　山々をその地形と産物から出雲大社の祭祀に心要な物品に見立てている。

＊123――伊毗志都弊命　飯石郡の守護神で貝または握り飯の形をした石を神体とする食料生産と関係する女神。現三刀屋町多久和にある飯石社の祭神。

＊124――久志伊奈太美等与麻奴良比売命　奇稲田水豊真沾比売で、いつも水をたたえた霊妙な稲田

比売の意。『記・紀』の櫛名田比売と対応する。美等与をミトアタワスとよむ説は用字法の上から不可。なお、古くは山の奥まったところにクミド（子産み戸）を作ってお産をした。そこはクマクマしいほどお産がよくできるとされた。

＊125——須久奈比古命　大穴持と対応して出て来た神で、大に対する小の意の神名。『記』では神魂神の指の間からこぼれ落ちた微小な神とされ、大国主命と兄弟となって国作りをしたという。本風土記ではほとんど無活動だが、他の風土記では活躍している。

＊126——木や石には　石や木を神霊の依りましとするのが普通だが、ここではそれをしないで須佐そのものに名をつけたというらしい。現佐田村須佐社に祭る。

＊127——大須佐田　スもサも鉄分を含む砂（砂鉄）の意をもつ朝鮮語から出た言葉と見るのが適当である。いまでも砂鉄鉱業では「真砂《まさ》」といっている。おそらくはスサダも砂鉄採集のもので、本来はスサ処（ド）であったろう。したがってスサノヲの神は製鉄の神であり、帰化人と関係する。

＊128——波多都美命　ハタはおそらくは白田で火田のことであろう。砂鉄焼成の田かもしれぬ。その神霊である。神社はない。

＊129——支自真都美命　土地の守護霊だろうが、下文の社名にも見えない。

＊130——大私造　諸本「大弘造」。標注により訂正。大私部は開化天皇皇彦坐王の後（姓氏録）。出雲国軍団の百長に大私部首国足の名が見える（出雲国計会帳）。

＊131――御祖の命　普通母神をいう言葉だが、また話としてはそうあるべきだが、ここでは大穴持命をさすらしくも見られる。以下の話は部分的には速須佐之男命が、「よさせし国を治らさず八拳ひげ胸前に至るまで啼きいさちき」とある話に類し（記・紀）、また垂仁天皇皇子本牟智和気王の話とも交錯している。おそらくは言語不通であった帰化人と関係ある説話で、両者ともに採鉄技術者としての帰化人が介在している。この伝承には出雲の品治部が関係している。

＊132――津の水が治り　以下の読み方は誤字を認めた説が多いが、ここは原文に即して読んだ。「治り」は井を治ることに使うが、砂鉄を掘ることにも使ったようである。おそらくこの国造は旧国造時代のものである。

＊133――玉上の神　秋本説は「玉工の神」の誤写として玉造りの工匠の神とする。

＊134――玉日女命　玉依比売と解してもいいが、ここはシタヒ山（下樋山）の霊そのものをさすと見た方がよかろう。それを阿伊の村で祭っているのである。ワニはワニザメとされるが、海の神の変形としてあらわれる。『紀』（一書）には、事代主神が八尋熊鰐と化して三島の溝樴姫（または玉櫛姫）に通って姫タタラ五十鈴姫を生んだ話があり、「肥前国風土記」佐嘉郡条にも類話が見える。ここはいまは〈鬼の舌振《したぶる》い〉といって奇岩絶壁の谿谷の名所となっている。

＊135――矢内という　矢を射ることは神地（古墳など）占拠の呪的方法とみられて類例が多い（「播

磨国風土記」参照)。しかしここは矢打ちで鉄簇の製造と関係があろう。

＊136――佐世の木 『仁徳紀』歌謡に「……川のへに生ひたてる佐斯夫を」とあるサシブと同じでサセボ(鳥草樹)のこととされる。シャクナゲ科の常緑灌木で、葉はヒサカキに似ている。この話は佐世社(大東町下佐世)の神事舞踊と関係があろう。

＊137――目一鬼 鍛冶師たちの守護神の天の目一ツ神(記・播磨国風土記)と関係があるか。柳田国男著『一つ目小僧その他』に興味深い考説がある。

＊138――動動 揺れ動くことを古語でアヨグといった。「妹が心は阿用久なめかも」(万葉集四三九〇)。

＊139――須我禰命 「須義彌命」とする本もある。須我の地の守護神だが、砂鉄を意味するスを採る処(ガ)の峰の意であろう。下文神社名の宇乃遅社は『神名帳』に「同社ニ坐ス須美禰神社」とあることからこれも「須美禰命」の誤写とする説もある。須美禰ならばこれはスミノエの訛音と見られ洲《ス》霊《ミ》ノ兄《エ》ノ命で、住吉の神に通じる。なおこの話は「播磨国風土記」にも類話がある。ウシホは塩基性砂鉄から出る塩のことか。

＊140――青垣山 木々の茂った山を垣とみて、その内部を恵まれた自己の領土とするのである。なお、大国主神と八十神たちとの争いは『記』にも見える。

＊141――樋速日子命 『記・紀』に伊邪那伎命が迦具土神を斬った血から樋速日神(熯速日命)が成り、また素戔嗚命の子に熯之速日命がある。ヒはチと同格で樋速は霊力の猛烈なことをいうが、出雲ではそれが樋(用水路)の速い意にとられていることは特徴的である。斐伊の

河の神格化で、下文の樋の社（現雲南木次町里方の斐伊神社）の祭神だが、砂鉄焼成の火力の霊格化ともみられる。

＊142――阿波枳閇委奈佐比古命　阿波の国の和那散から来た彦神とする説があるが不明。

＊143――軍団　律令制度により諸国におかれた常備軍の所在地。各郡から徴集された壮丁を訓練するが、大毅・少毅・校尉・旅師・隊正・兵によって構成され、大体六百人から二千人くらいいた。

＊144――神宅臣金太理　系譜不明の氏。ここに署名しているのはこの書の筆録者か、あるいは古事伝承責任者としての古老か。

＊145――出雲臣広島　『国造系図』には第二十五代国造果安の子で、養老五年（七二一）に第二十六代の国造を継承した。『続紀』には神亀元年（七二四）正月に国造新任にともない神賀詞奏の儀をおこない、同二年三月にも再奏し神社の剣・鏡・白馬・鵠を献じ位二階を進められたと見える。『出雲国計会帳』（正倉院文書）にもその名が残っている。天平十八年（七四六）にはその子弟山が国造に任じているから、そのころ死去したらしい。巻末にその名が記載されているのはこの文書全体の編集責任者としてであろう。

〔付載〕出雲国《いづものくにの》造《みやつこの》　神賀詞《かむよごと》（訓読文）

八十日日《やそかび》はあれども、今日の生く日の足《た》る日に、出雲の国造《くにのみやつこ》姓名《なにかし》、かしこみかしこみも申したまはく、「かけまくもかしこき明《あき》つ御神と、大八島国知ろしめす天皇命《すめらみこと》の大御世を、手長《たなが》の大御世と斎《いは》ふと もし後の斎ひの時には、後の字を加へよ。 して、出雲の国の青垣山の内に、下つ石根《いはね》に宮柱太知《ふとし》り立て、高天の原に千木《ちぎ》高知ります、伊射那伎《いざなぎ》の日真名《ひまな》子、加夫呂伎《かぶろき》熊野大神、櫛御気野命《くしみけののみこと》・国作りましし大穴持命二柱の神を始めて百八十六社《ももやそあまりむやしろ》に坐《ま》す皇神《すめがみ》たちを、某甲《それがし》が弱肩に太襷《ふとだすき》取り掛けて、いつ幣《ぬさ》の緒結び、天の美賀秘冠《みかびかがふ》りて、いづの真《ま》屋に、麁草《あらくさ》をいづの席《むしろ》と苅り敷きて、厳瓶《いつへ》黒益し、天の瓱《みか》わに斎《い》み籠《こも》りて、しづ宮に忌《いは》い静め仕へまつりて、朝日の豊栄《とよさか》登りに、斎《いは》ひの返事《かへりごと》の神賀《かむほぎ》の吉詞《よごと》、奏《まを》したまはく」と奏《まを》す。

「高天の神王高御魂命《かむおやたかみむすびのみこと》の、皇御孫《すめみま》の命に天の下大八島国を事避《よ》さし奉りし時、出雲臣らが遠《とほつ》神《かみ》、天穂比命《あめのほひのみこと》を、国体《くにがた》見に遣はしし時に、天の八重雲を押し分けて、天翔《あまがけ》り国翔りて、天の下を見めぐりて返事《かへりごと》申し給はく、『豊葦原の水穂の国は、昼は五月蠅《さばえ》如《な》す水沸《みなわ》き、夜は火瓮《ほべ》如《な》す光《かがや》く神あり、石根《いはね》・木立・青水沫《あをみなわ》も事問ひて荒ぶる国なり。しかれども鎮め平《む》けて、皇御孫の命に安国と平《たひら》けく知ろしまさしめむ』と申して、己命《おのれみこと》の児天の夷鳥命《ひなとりのみこと》に布都怒志命を副へて、天降し遣はして、荒ぶる神どもを、撥《はら》ひ平《む》け、国作らしし大神をも媚《こ》び鎮めて、大八島国の現《あきつ》事《こと》・顕事《うつしごと》を事避《よ》さしめき。すなはち大穴持命の申し給はく、『皇御孫の命の静まりまさむ大倭《おほやまと》の国』と申して、己命《おのれ》の和魂《にぎみたま》を八咫の鏡に取り託《つ》けて、倭《やまと》の大物主櫛瓱玉《くしみかたまの》命と名《みな》を称《たた》へて、大御和《おほみわ》の神奈備《かむなび》に坐《ま》せ、己命の御子阿遅須伎《あちすき》高孫根《たかひこね》命の御魂を、葛木《かづらぎ》の鴨の神奈備に坐せ、事代主命の御魂を宇奈提《うなで》に坐せ、賀夜奈流美《かやなるみ》命の御魂を、飛鳥の神奈備に坐せて、皇御孫の命の近き守り神と貢《たてまつ》り置きて、八百丹杵築の宮に静まり坐しき。ここに親神魯伎《むつかむろぎ》・神魯美の命宣《の》りたまはく、『汝《いまし》天穂比命は、天皇命《すめらみこと》の手長《たなが》の大御世を堅磐《かきは》に常磐《ときは》に斎ひまつり、茂《いか》しの御世に幸《さき》はへまつれ』と仰せたまひし次《つぎて》のまにまに、供斎《いはひごと》もし後の斎ひの時には、後の字を加へよ。仕へまつりて、朝日の豊栄《とよさか》登りに、神の礼《ゐや》じろ・臣の礼じろと、御禱《みほき》の神宝献らく」と奏す。

「白玉の大御《み》白髪《しらが》まし、赤玉の御赤らびまし、青玉の水の江の行相《ゆきあひ》に、明《あき》つ御神と大八島国知ろしめす、天皇命の手長の大御世を、御横刀《みはかし》広らにうち堅め、白御馬《みま》の前足の爪、後足《しりへ》の爪、踏み立つる事は、大宮の内外《うちと》の御門《みかど》の柱を、上つ石根に踏み堅め、下つ石根に踏み凝《こ》らし、振り立つる耳のいや高に、天の下知ろしめさむ事の志《しるし》のため、白鵠《しらみどり》の生御調《いきみつき》の玩物《もてあそびもの》と、倭文《しづ》の大御心もたしに、彼方《をち》の古川岸、此方《こち》の古川岸に生《お》ひ立つ若水沼間《わかみぬま》の、いや若えに御若《みわか》えまし、すすぎ振る遠止美《をどみ》の水の、いやをちに御《み》をちまし、まそひの大御鏡の面《おも》をおしはるかして見そなはす事の如く、明つ御神の大八島国を、天地《あめつち》月日と共に、安らけく平らけく知ろしめさむ事の志《しるし》のためと、御禱《みほき》の神宝を擎《ささ》げ持ちて、神の礼《ゐや》じろ・臣の礼じろと、かしこみもかしこみも、天つ次《つぎて》の神賀《かむほき》の吉詞《よごと》白《まを》したまはく」と奏す。

豊後国風土記

豊後国風土記

郡は八所（郷は四十、里は一百一十）。駅は九所（ともに小路[*1]）。烽《とぶひ》は五所（ともに下国[*2]）。寺は二所（僧寺と尼寺）。

豊後の国は、もとは豊前の国と合わせて一つの国となっていた。

昔、纏向《まきむく》の日代《ひしろ》の宮に天の下をお治めになった大足彦天皇《おほたらしひこのすめらみこと》（景行天皇）はみことのりして、豊国直《とよくにのあたひ》らの祖[*3]の菟名手《うなて》を豊国を治めに派遣された。〔菟名手は〕豊前の国の仲津郡の中臣《なかとみ》の村に行きついたが、その時日が暮れてしまったのでそこに旅の宿りをとった。その日が明けて夜明け方、たちまち白い鳥が出てきて北から飛んで来て、この村に舞い集まった。菟名手はさっそく下僕にいいつけてその鳥をよく見るように遣らせた。するとその鳥は見るまに化して餅となった。ほんのすこしのあいだに、こんどはさらに数千株もある芋《いも》草に化《な》った。花葉は冬でも栄えた。菟名手はこれを見て不思議なことに思い、すっかり喜んでいった、「鳥が生まれ変わっ……というものは昔から一度も見たことはない。至高の徳が感応し、天地の神のめぐまれたためでたいことのしるしである」と。とやかくして朝廷に参上して、この次第をことごとく天皇のお耳に入れた。天皇はこれを聞いてお喜びになり、やがて菟名手に勅して「天の神から下さっためでたいしるしの物、地の神から授かった地の豊草《とよくさ》である」と仰せられ、かさねて姓《かばね》を賜い豊国直《とよくにのあたひ》といった。これによって豊国というようになった。その後〔豊国を〕両つの国に分けたが、この国は豊後《とよくにのみちのしり》をもって国の名とした。

日田《ひだ》の郡

郷は五所（里は一十四）。駅は一所。

昔、纏向の日代の宮に天の下をお治めなされた大足彦天皇が球磨《くま》贈於《そ》*4を征伐して凱旋された時、筑後の国の生葉《いくは》の行宮《かりみや》をお発ちになって、この郡にお出ましになった。ここに久津媛《ひさつひめ》という名の神があったが、人間に化為《な》ってお出迎えに来て、この国の国状をよく判断して言上した。こういうわけで久津媛の郡という。いま日田郡といっているのは、それの訛ったものである。

石井《いしゐ》の郷　郡役所の南にある。

昔、この村に土蜘蛛《つちぐも》*5の堡《とりで》があった。石を使用せず土をもって築いた。こういうわけで名を無《なし》石の堡《とりで》といった。後世の人が石井郡と謂《い》っているのは誤っているのである。

昔、この郷に柏の樹が沢山生えていた。それによって柏原の郷という。

禰疑野《ねぎの》　柏原の野の南にある。

昔、纏向の日代の宮に天の下をお治めになった天皇が行幸された時、この野に土蜘蛛があった。名を打猨《うちざる》・八田《やた》・国摩侶《くにまろ》[*8]というものたち三人である。天皇は御自身でこの賊を伐とうとお思いになり、この野においでになって、お言葉を賜わって兵士たちを一人残らずその労をねぎらわれた。それで禰疑野という。これがそのいわれである。

蹶石野《けいしの》　柏原の郷の中にある。

同じ天皇が土蜘蛛の賊どもを伐とうとお思いになり、柏峡《かしはを》の大野にお出ましになると、野の中に石があった。長さは六尺、巾は三尺、厚さは一尺五寸である。天皇が祈誓して神意を伺われるには、「朕はいまやこの賊を滅ぼそうとするが〔それがうまく成就するならば〕、この石を蹴ったならば、たとえば柏の葉のように軽々と舞いあがれ」と。ただちにその石を蹴ると柏の葉のごとく舞いあがった。これによって蹶石野という。[*9]

球覃《くたみ》の郷　郡役所の北にある。

この村に泉がある。同じ天皇が行幸されたとき、食膳奉仕の人が御飲料の水として泉の水を汲ませると、ここに蛇龗《おかみ》[*10]（オカミという）がいた。ここに天皇は勅して、「きっと臭《クサ》いにちがいない。汲んで使用させてはならぬぞ」と仰せられた。これによって〔泉の〕名を臭泉《くさいづみ》といい、その〔泉の〕名によって村の名とした。いま球覃の郷と呼ぶのは訛っているのである。

宮処野《みやこの》　朽網《くたみ》の郷にある野である。

同じ天皇が土蜘蛛を伐とうとなさった時、行宮《かりみや》（仮宮）をこの野にお建てになった。このことをもって名を宮処野という。

救覃《くたみ》の峰　郡役所の北にある。

この峰の頂上にいつも火が燃えている。麓には数々の川がある。名を神の河という。また二つの湯の河がある。流れて神の河と会する。

大野の郡

郷は四所（里は一十一）。駅は二所。烽《とぶひ》は一所。

この郡の管轄するところは全部原野である。それにちなんで大野の郡という。

海石榴市《つばいち》・血田　ともに郡役所の南にある。

昔、纏向の日代の宮に天の下をお治めになった天皇が球覃《くたみ》の行宮にいらせられた。そこで鼠の石窟《いわや》*11の土蜘蛛を誅伐しようとおもって群臣に詔し、海石榴《つばき》（椿）の樹を伐りとり、槌《つち》に作って武器とし、そこで勇猛な兵卒を選んで武器の槌を授け、山を開き草を分け、土蜘蛛を襲ってことごとく罪を問うて殺した。流れる血は足のくるぶしを没するほどであった。その槌を作った場所を海石榴市といい、血を流した処を血田というのである。

網磯野《あみしの》　郡役所の西南にある。

同じ天皇が行幸なさった時、ここに土蜘蛛があった。小竹鹿奥（志努汗意狗《しのかおく》という）・小竹鹿臣《しのかおみ》といった。この土蜘蛛二人が〔天皇の〕お食事の料にあてようとして猟をした。その猟人の声がひどくやかましかったので、天皇は勅して「大囂《あなみす》（阿奈美須《アナミス》という）（大変やかましい）」と仰せられた。こういうわけで大囂野《あなみすの》といった。いま網磯野とよぶのは訛ったのである。

海部《あま》の郡

郷は四所（里は一十二）。駅は一所。烽は二所。

この郡の人民はみな海辺の白水郎《あま》[12]である。それで海部の郡という。

丹生《にふ》の郷　郡役所の西にある。

昔の人はこの山の沙《すな》を取って朱沙[13]にもちいた。それで丹生の郷という。

佐尉《さゐ》の郷　郡役所の東方にある。

この郷のもとの名は酒井であった。いま佐尉の郷とよぶのは訛ったのである。

穂門《ほと》の郷　郡役所の南方にある。

昔、纏向の日代の宮に天の下をお治めになった天皇が、御乗りの船をこの門《と》（河の入口）に停泊させたときに、海の底に海藻が沢山生えていて長く美しかった。そこで勅して「最勝海藻《ほつめ》《保都米《ホツメ》という》（一番よい海藻）を取れ」と仰せられた。そういうわけで最勝海藻の門《と》といった。いま穂門の郷というのは訛ったのである。

大分《おほきだ》の郡

郷は九所《里は二十五》。駅は一所。烽は一所。寺二所《一つは僧寺、一つは尼寺》。

昔、纏向の日代の宮に天の下をお治めになった天皇が、豊前の国の京《みやこ》の郡の行宮からこの郡に行幸なされて地形をご覧になり、讃歎して「なんと広く大きなことだ、この郡《くに》は。碩田《おほきだ》の国《碩田は大分《おほきだ》＊14という》と名づけるがよい」と仰せられた。いま大分ということの、これはそのいわれである。

大分河《おほきだ》　郡役所の南方にある。

この河の源は直入《なほいり》の郡の朽網《くたみ》の峰から出て、東をさして流れ下り、この郡を経てはては東の海に入る。それで大分川という。年魚が沢山いる。

酒水《さかみづ》　郡役所の西方にある。

この水の源は郡の西の柏野《かしはの》の磐《いわ》の中から出て、南をさして流れ下る。その色は酒のごとくで、水にはすこし酸味がある。これを使って痂癬《はたけ》《胖太気《ハタケ》という》を治療する。

速見《はやみ》の郡

郷は五所（里は一十三）。駅は二所。烽は一所。

昔、纏向の日代の宮に天の下をお治めになった天皇が、球磨《くま》贈於《そ》を誅しようと思って筑紫においでになり、周防の国の佐婆津《さばつ》から船出してお渡りになり、海部《あま》の郡の宮浦《みやうら》にお泊まりになった。その時この村に女人[*15]があった。名を速津媛《はやつひめ》といい、この処の酋長であった。さて天皇が行幸なさると聞いて親しく自身お迎えして申しあげるには、「この山に大きな岩窟《いわや》があります。名を鼠の岩窟といい、土雲が二人住んでいます。その名を青・白といいます。また直入の郡の禰疑野《ねぎの》に土蜘蛛が三人あります。名を打猴《うちさる》・八田《やた》・国摩侶《くにまろ》といいます。この五人はみな人となりが強暴で、手下もまた多い。みな謡言《そし》って、天皇の命令には従うまいといっています。もし強いてお召しになろうとすれば、軍を催して抵抗するでしょう」といった。そこで天皇は兵士を派遣してその要害を押え、ことごとく誅滅した。こういうわけで名を速津媛《はやつひめ》の国といった。後の人が改めて速見の郡という。

赤《あか》湯《ゆ》泉　郡役所の西北にある。

この湯泉の穴は郡の西北の竈門《かまと》山にある。周囲は十五丈余り、湯の色は赤くて泥がある。これを使って家屋の柱を塗ることができる。泥は流れて外へ出てしまえば、変じて清水となり、東の方に下って流れる。それで赤湯泉という。

玖倍理湯《くべりゆ》の井　郡役所の西方にある。

この湯の井は郡の西の河直山《かはなほ》の東の岸にある。口径は一丈余りで湯の色は黒い。泥は普通は流れない。人がこっそり井のほとりに行って大声で叫ぶと、驚き鳴って湧きあがること二丈余りである。その湯気は猛烈に熱く、それに向かって近づくことができない。近辺の草木はすべて枯れしぼんでいる。それで慍湯《いかりゆ》という。土地の人の言葉では玖倍理湯の井という。

柚富《ゆふ》の郷　郡役所の西にある。

この郷の中に栲《たく》（こうぞ）の樹が沢山生えている。いつも栲の皮を採取して木綿《ゆふ》を造っている。それで柚富の郷という。

柚富《ゆふ》の峰　柚富の郷の西にある。

この峰の頂上に石室がある。その深さは十丈余り、高さは八丈四尺、巾は三丈余りある。いつも氷がこごっていて夏が来ても解けない。だいたい柚富の郷はこの峰に近い。それで峰の名とする。

頚《くび》の峰　柚富の郷の西南にある。

この峰の下に水田がある。もとの名は宅田《やけだ》であった。この田の苗を鹿がいつも食っていた。それで田主は柵を造って待ち伏せしていた。すると鹿がやってきて、その頚をあげて柵のあいだにさし入れてたちまち苗を食いはじめた。田主は捕えてその頸を斬ろうとした。その時、鹿が憐れみを請うていうには、「私はいま誓約いたしましょう。私の死罪を許してください。もし大きなお恵みを垂れられ、私が生きながらえることができましたなら、私の子孫にも苗を食ってはいけないといいつけましょう」と。田主は大変奇怪なことと思い、放免して斬らなかった。その時以来、この田の苗は鹿に食われず豊かなみのりを得ることができるようになった。そういうわけで頸田といい、またその峰の名ともした。

田野《たの》　郡役所の西南にある。

この野はひろびろと大きく、土地はよく肥えていて、田を開墾するのに好都合なことはこの土地とくらべうるものがないほどであった。昔はこの郡の農民たちはこの野に住んで多くの水田を開いて耕したが、自分たちの食う分の食糧には有り余って、苅りとらずに田の畝にそのまま置き放しにしていた。大いに富み奢り、餅を作って〔弓を射るための〕的とした。[*16]ところが餅は白い鳥と化《な》ってとびたち、南の方に飛んで行った。その年のうちに農民は死に絶え、水田も耕作するものもなく、すっかり荒れはててしまい、それから後というものは水田には適しなくなった。いま田野といっている、そのことの由来はこうである。

国埼《くにざき》の郡

郷は六所⸨里は一十六⸩。

昔、纏向の日代の宮に天の下をお治めになられた天皇の御船が、周防《すはう》の国の佐婆津《さばつ》から出発しご渡海されたが、はるか遠くにこの〔豊後の〕国をご覧になり、勅して、「あそこに見えるのはもしかすると国の埼ではなかろうか」と仰せられた。それによって国埼の郡という。

伊美《いみ》の郷　郡役所の北にある。

同じ天皇がこの村に居られて勅して仰せられた、「この国は道路ははるかに遠々しく、山けわしく谷は深く、往き来するものも稀れなところだが、いまやここに国を見ることができた」と。これによって国見の村といった。いま伊美の郷というのは、それを訛ったものである。

注

＊1――小路　路を交通量の多少または重要度によって大路・中路・小路とわけ、大路は京から太宰府までで、畿内の一部と山陽道と南海道の一部、中路は東海道と東山道、それ以外は小路であった。小路に馬五匹を置くのが規定。駅間距離は三十里（今の五里）とするのが原則。

＊2――下国　国が所管する郡の数の多少で大国・上国・中国・下国と分けたが、ここに「ともに下国」とあるのはよくわからない。その設備人数などと関係があるか。

＊3――豊国直らの祖　『景行紀』には国前臣の祖菟名手とあるのと対応する。『旧事紀』（国造本紀）には成務朝に伊甚《いじみ》国造（上総国）同祖の宇那《うな》足尼《すくね》を豊国造としたとある。なお国前国造には吉備臣同祖の牟佐自命を任じたとある。

＊4――球磨贈於　『紀』には熊襲とある。クマとソという二つの地方をいう語から出たらしいが、その暗い語感から北方のエミシ（蝦夷）と対応する南方の辺境の皇化されない種族をいうようになった。

＊5――土蜘蛛　土に隠《こも》るものの意のツチグムから転じて、辺境の土着の民衆を賤んでいう言葉となった。

＊6――日下部君らの祖……　仁徳天皇皇子大草香・若草香王の御名代部ともされるが、ここは先住民で靭を編むことが得意だったので靭編部とされた人たちであろう。靭は矢を入れて背

負う籠。靭部は靭負部ともいわれて弓矢に長じた戦士団だが、本来は靭編部だったのが、その祖を靭負部として伝承したのであろう。あるいは大伴・物部の部民か。

＊7――大きな地震　『紀』には天武七年（六七八）十二月に筑紫に大地震があったことを載せている。「地裂くること広さ二丈、長さ三千余丈。百姓の舎屋村ごとに多く倒壊せり。」

＊8――打猨・八田・国摩侶　『景行紀』十二年冬十月条には「また直入県の禰疑野に三つの土蜘蛛がいた。一は打猨、二を八田、三を国摩侶云々」と出ている。下文（速見郡条）を見よ。

＊9――蹶石野という　『景行紀』十二年冬十月条にはほとんど同文の記事があるが、地名説明はなく「それでその石を名づけて蹈石《ほみし》という」と石の名の説明となっている。

＊10――蛇龗　蛇あるいは龍で水の主と考えられ、オカミとよばれて畏敬された存在。

＊11――鼠の石窟　後文（速見郡条）と合わせて見るべき文章。「群臣」以下の文は『景行紀』十二年冬十月条の文とほぼ同文。

＊12――白水郎　泉郎とも書き海人。漁や海藻の採集によって生活する海辺種族。

＊13――朱沙　顔料に使う赤い砂で辰砂（硫化水銀）や鉛丹（酸化鉄）を含む赤い土。建築物や墓の装飾などにも使われた。

＊14――碩田・大分　大きな田の意の大き田から、分断する意のキザムから出た「大分」になったもの。『景行紀』十二年冬十月条にも見える。

＊15――この村に女人が　『景行紀』十二年冬十月条には「速見邑に到り給う。女人あり」としてほ

ぼ同文の記事をのせている。前掲『書紀』関係記事（＊8、＊9、＊11、＊14）と合わせて見るべきもの。

＊16——餅を作って的とした　餅は穀霊の御座所と考えられた。白鳥は穀霊の化身で、矢を射ることは神意を卜う方法であった。こうしたことからこの説話が生まれた。神をないがしろにした長者の没落譚である。逸文（山城国稲荷社・豊後国餅の的）に類話が見える。

肥前国風土記

肥前国風土記

郡は一十一所（郷は七十、里は一百八十七）、駅《うまや》は一十八所（小路）、烽《とぶひ》は二十所（下国）、城《き》＊1は一所、寺は二所（僧寺）。

肥前《ひのみちのくち》の国は、もと肥後《ひのみちのしり》の国と合わせて一つの国であった。昔、磯城島《しきしま》の瑞垣の宮に天の下をお治めになった御間城天皇《みまきのすめらみこと》＊2（崇神天皇）のみ世に、肥後の国、益城《ましき》の郡の朝来名《あさくな》の峰に、土蜘蛛の打猨《うちさる》・頸猴《うなさる》＊3の二人があった。徒衆（手下）を百八十余人ひきいて天皇の命令に従わず、どうしても降伏しようとはしなかった。朝廷では勅して肥君《ひのきみ》らの祖健緒組《たけをくみ》＊4を遣わしてこれを討伐させた。そこで健緒組は勅を奉じてことごとくこれを討ち滅ぼした。かたがた〔健緒組は〕国内を巡歴して国情を視察して歩いたが、八代《やしろ》の郡の白髪《しらかみ》山までくると日が暮れたので宿泊した。その夜、大空に火があり、ひとりでに燃え、しだいに降下してこの山に燃えついた。それを見て健緒組はおどろき怪しんで、朝廷に参上して申しあげて、「臣《わたくし》は、かたじけなくも大君の命令を受けて遠く西の蛮人どもを討伐すると、刀の刃を血ぬらずに畜生のような凶賊どもは自滅いたしました。大君の御威光によらなかったら、とうていそのようなことはありえなかったでしょう」といい、またさらに燃えさかる火の有様をすっかり天皇にお聞かせした。天皇は勅して、「お前の申すことはいまだかつて聞いたことのないことだ。火が下った国であるから火《ひ》の国《くに》というべきである」と仰せられ、やがて健緒組の手柄を賞して、姓名を賜わって火君《ひのきみ》健緒組といい、そのままこの国を統治させることにし給うた。これによって火の国といったが、その後国を二つに分けて、前《みちのくち》と後《みちのしり》とした。

また、纏向の日代の宮に天の下をお治めなされた大足彦天皇（景行天皇）は、球磨《くま》贈於《そ》を誅滅して筑紫の国を巡察された時、葦北《あしきた》の火流れの浦から船立ちされ、火の国にお出ましになったが、海を航行しているうちに日は没し夜は闇く、船を着ける場所もわからなかった。すると突然はるか行く手の前方に火の光が見えた。天皇は船頭に勅して「まっすぐに火のところを目指せ」と仰せられたので、お言葉にしたがって行くと、はたして海岸に着くことができた。天皇はお言葉を下して、「火の燃えるところは、そもそも何という国なのか、また何者の火であるか」と問われると、土地の者は答えて「これはすなわち火の国の八代の郡の火の邑《むら》でございます。ただ誰がその火の主《ぬし》なのかは知りません」[＊5]と申しあげた。その時天皇は群臣に仰せられて、「今この燃える火は人間の火ではあるまい。火の国と名づけたわけは、まさにその理由があることだとわかった」といった。

基肄《き》の郡

郷は六所（里は十七）。駅は一所（小路）。

昔、纏向《まきむく》の日代《ひしろ》の宮に天の下をお治めになった天皇が巡行なされた時、筑紫の国の御井《みゐ》の郡の高羅《かうら》の行宮《かりみや》においでになって国内を遊覧なさると、霧が基肄《き》の山を覆っていた。天皇は勅して「この国は霧の国とよぶがよい」と仰せられた。後の人は改めて基肄《き》の国と名づけた。いまは郡の名としている。

長岡の神の社　郡役所の東方にある。

同じ天皇が高羅の行宮からお還りになって酒殿の泉のほとりにおいでになった。ここでお食事をおすすめした時、着用していた甲鎧《よろい》が光りかがやいて、いつもとちがっていた。そこで占わせると、卜部《うらべ》の殖坂《うゑさか》*6が申しあげていうことには、「この地に神があって、天皇の御鎧をひどく欲しがっています」と。天皇は「まことにそういうことであるならば、神社に奉納し、永き世の財宝とせよ」と仰せられた。それで永世《ながよ》の社と名づけた。後の人は改めて長岡の社という。その鎧の貫緒《ぬきを》（綴っていた紐）は、ことごとく腐爛して切れてしまった。ただ冑と甲《よろい》の板金とは今もなお存する。

酒殿《さかどの》の泉　郡役所の東方にある。
この泉は、秋九月の初めごろは白い色に変わって、味は酸く、臭気がして飲むことができない。春正月にはうって変わって清く冷たくなり、人々ははじめて飲むことができるようになる、そういうわけで酒井の泉といった。後の世の人はこれを改めて酒殿の泉といっている。
姫社《ひめこそ》の郷　この郷の中に川がある。名を山道《やまち》川という。その源は郡の北の山から出て、南に流れて御井《みゐ》の大川と出会っている。
昔、この川の西に荒ぶる神がいて、路行く人の多くが殺害され、死ぬ者が半分、死を免れる者が半分という具合であった。そこでこの神がどうして祟るのかそのわけを占って尋ねると、その卜占のしめすところでは、「筑前の国宗像《むなかた》の郡の人珂是古《かぜこ》*7にわが社を祭らせよ。もしこの願いがかなえられたら凶暴な心はおこすまい」とあった。そこで珂是古という人を探しだして神の社を祭らせると、珂是古はやがて幡《はた》*8（[illegible]）を手に捧げもって祈り、「まごころから私の祭祀を必要とされているのなら、この幡は風のまにまに飛んで行って、私を求めている神のもとに落ちよ」といい、そこでただちに幡を高くあげて風のまにまに放してやった。するとその幡は飛んで行き、御原《みはら》の郡の姫社《ひめこそ》の社《もり》*9に落ち、ふたたび飛んで還って来て、この山道川の付近の田の村に落ちた。珂是古はこれによっておのずから荒ぶる神の〔本居とこの郷での〕おいでになる場所を知った。その夜の夢に、臥機《くつびき》（クツビキという）と絡垜《たたり》*10（タタリという）が舞をしながら出てきて珂是古を押えてうなされた。そこでまたこの荒ぶる神が女神《ひめがみ》であると知り、さっそく社を建てて祭った。それから後には路行く人も殺されなくなった。そういうわけで、〔社を〕姫社といい、いまは郷の名となった。

養父《やぶ》の郡

郷は四所（里は一十二）、烽は一所。

昔、纏向の日代の宮に天の下を治められた天皇が巡って狩りをなされたとき、この郡の人たちが部落総出で参集した。その時、天皇の御猟犬が出てきて吠えた。ところがここにひとりの臨月の産婦がいてこの御犬を見ると、ただちに犬は吠えるのをやめた。そういうわけで「犬の声止《や》むの国」といったが、いまは訛って養父の郡といっている。

鳥樔《とす》の郷　郡役所の東にある。

昔、軽島《かるしま》の明《あきら》の宮に天の下をお治めになられた誉田天皇《ほむだのすめらみこと》（応神天皇）のみ世に鳥屋《とや》（鳥小屋）をこの郷に造り、さまざまな鳥を捕り集めて飼い馴らして朝廷にみつぎものとしてたてまつった。それで鳥屋の郷といったが、後の世の人はこれを改めて鳥樔の郷といっている。

曰理《わたり》の郷　郡役所の南にある。

昔、筑後の国の御井《みゐ》の川の渡り場の瀬が非常に広かったので、人も馬も渡るのに難渋した。

そこで纏向の日代の宮に天の下をお治めになられた天皇が巡狩された時、生葉《いくは》の山を〔造船のための木を採る〕船山とし、高羅山を〔梶を作るための〕梶山として、船を造って備えたので、人馬も漕いで渡るようになった。そういうわけで曰理の郷といっている。

狭山《さやま》の郷　郡役所の南にある。

同じ天皇が行幸なされた時、この山の行宮に居られて、さまよいながら四方を展望されると、四方のくにぐにには分明《サヤケ》くはっきり見えた。そういうわけで分明《さやけ》の村といった〘分明をサヤケシという〙。今は訛って狭山の郷といっている。

三根《みね》の郡

郷は六所〘里は一十七〙、駅は一所〘小路〙。

昔はこの郡と神埼《かむさき》の郡とを合わせて一つの郡であった。ところが、海部直《あまべのあたひ》鳥《とり》[*11]が〔上司に〕お願いして三根の郡を分置した。すなわち神埼の郡の三根の村の名前をもととして郡の名とした。

物部《もののべ》の郷　郡役所の南にある。

この郷の中に神の社がある。名を物部《もののべ》の経津主《ふつぬし》の神[*12]という。むかし小墾田の宮に天の下をお治めになった豊御《とよみ》食炊屋《けかしきや》姫《ひめ》天皇（推古天皇）が来目皇子《くめのみこ》[*13]を将軍として新羅を征伐させ給うた。

そこで皇子は勅を奉じて筑紫に到り、そこで物部の若宮部《わかみやべ》＊[14]を遣わして社をこの村に立ててその神を鎮め祭らせた。そういうわけで物部の郷という。

漢部《あやべ》の郷　郡役所の北にある。

昔、来目皇子は新羅を征伐しようとして忍海《おしぬみ》の漢《あや》人＊[15]に勅して、軍衆としてつれて来て、この村に住まわせ兵器を作らせた。それで漢部の郷という。

米多《めた》の郷　郡役所の南にある。

この郷の中に井がある。名を米多井《めたゐ》という。水の味はしお鹹《から》い。昔は海藻がこの井の底に生えた。纏向の日代の宮に天の下をお治めになった天皇が巡狩された時、井の底の海藻をご覧になって、やがて勅して名を賜わって海藻《め》生《おふ》る井といった。いま米多井と訛って郷の名としている。

神埼《かむさき》の郡

郷は九所（里は二十六）、駅は一所、烽は一所、寺は一所（僧寺）。

昔、この郡に荒ぶる神があった。往来の人が多数殺害された。纏向の日代の宮に天の下をお治めになった天皇が巡狩されたとき、この神は和平《やわらぎ》なされた。それ以来二度と災いをおこすことがなくなった。そういうわけで神埼の郡という。

三根《みね》の郷　郡役所の西にある。

この郷に川がある。その源は郡の北の山から出て、南に流れて海に注ぐ。年魚《あゆ》がいる。同じ天皇が行幸された時、御船がその川の湖《みなと》（河口）から来てこの村でお宿りになった。天皇は勅して、「昨夜は御寐《ミネ》が大層安穏《やす》らかであった。この村は天皇《すめらみこと》の御寐安《みねやす》の村というがよい」と仰せられた。それで御寐《みね》と名づけた。いま寐《ね》の字を改めて根《ね》とした。

船帆《ふなほ》の郷　郡役所の西方にある。

同じ天皇が巡幸された時、もろもろの氏の人たちが村中こぞって船に乗り帆をあげて三根川の津に参集し、天皇のご用にお仕え申しあげた。それで船帆の郷という。また御船の沈石《いかり》が四個、その津のほとりに現存している。この中の一個《高さ六尺、径五尺》と、もう一個《高さ八尺、径五尺》とは、子の無い女がこの二つの石にむかって丁寧にお祈りすると必ず子を妊むことができる。また一個《高さ四尺、径五尺》、一個《高さ三尺、径四尺》とは、日照り続きのときこの二つの石について雨乞い祈禱をすると必ず雨を降らせる。

蒲田《かまだ》の郷　郡役所の西方にある。

同じ天皇が行幸された時、この郷にお宿りになった。お食事をおすすめしたとき、蠅がひどく沢山鳴いて、その声が大層囂《かまびす》しくうるさかった。天皇は勅して「蠅の声、甚囂《あなかま》」と仰せられた。それで囂《かま》の郷といった。いま蒲田の郷とよぶのは訛ったのである。

琴木《ことき》の岡　高さ二丈、周囲五十丈。郡役所の南方にある。

この地は平原で元来岡はなかった。大足彦天皇《おほたらしひこのすめらみこと》（景行天皇）が勅して「この土地の地形では必ず岡があるべきである」と仰せられ、すぐさま群下《ひとびと》に命令してこの岡を造らせた。造りおわった時、岡に登って宴賞《うたげ》をし、興が尽きて後、その御琴を立てると、琴は樟《くすのき》（高さ五丈、周囲三丈）と化してしまった。そういうわけで琴木の岡という。

宮処《みやこ》の郷　郡役所の西南方にある。

同じ天皇が行幸された時、この村に行宮を造営し奉った。それで宮処《みやこ》の郷という。

佐嘉《さか》の郡

郷は六所（里は一十九）、駅は一所、寺は一所。

昔、樟《くす》の樹が一本この村に生えていた。幹も枝も高くひいで、茎葉はよく繁り、朝日の影は杵嶋郡の蒲川《かまかは》山を蔽い、夕日の影は養父《やぶ》の郡の草横《くさよこ》山を蔽った。日本武尊が巡幸された時、樟の茂り栄えたのをご覧になって、勅して「この国は栄《さか》の国というがよい」と仰せられた。そういうわけで栄《さか》の郡といった。後に改めて佐嘉の郡と名づける。

ある人はこうもいう。郡の西に川がある。名を佐嘉川という。年魚がいる。その源は郡の北の山から出て、南に流れて海に入る。この川上に荒ぶる神があった。往来の人を、半分は生かし半分は殺した。ここに県主《あがたぬし》らの先祖[*16]の大荒田が占問《うらど》いして神意をおうかがいした。時に土蜘蛛大山田女・狭山田女というものがいたが、この二人の女子がいうには、「下田《しもだ》の村の土を取って人形《ひとかた》・馬形を作ってこの神をお祭りすれば、かならずおとなしく和《やわら》ぎなさるでしょう」といった。そこで大荒田はその言葉のままにこの神を祭ったところ、神はこの祭を受納してついに和《なご》んだ。ここに大荒田は「この婦人はじつにまことに賢女《さかしめ》である。それゆえに、賢女という言葉をもって国の名としたいと思う」といった。そういうわけで賢女の郡といった。いま佐嘉の郡とよぶのは訛ったのである。

また、この川上に石神がある。名を世田《よた》姫《ひめ》[*17]という。海の神（鰐魚《わに》をよぶ）が毎年毎年流れに逆らって潜り上ってこの神のもとに来る。海の底の小魚が沢山従って上る。その魚をおそれかしこむ人にはわざわいがないが、またその反対に、人がこれを捕って食ったりすると死ぬことがある。すべてこの魚どもは二、三日とどまっていて、また海に還る。

小城《をき》の郡

郷は七所（里二十二）、駅は一所、烽は一所。

昔、この村に土蜘蛛があった。堡《をき》（とりで）を造ってこもり、天皇の命に従わなかった。日本武尊が巡幸された日に、みなことごとく誅しなされた。それで小城の郡と名づける。

松浦《まつら》の郡

郷は十一所（里は二十六）。駅は五所。烽は八所。

昔、気長足姫尊《おきながたらしひめのみこと》*18（神功皇后）が新羅《しらぎ》を征伐しようとお思いになり、この郡にお出かけになって玉島の小河のほとりでお食事をおすすめした。そこで皇后は縫針を曲げて釣針とし、飯粒を餌とし、裳の〔糸を抜きとってその〕糸を釣糸として、河の中の石の上に立って、釣糸を捧げて〔神意をうかがうために〕祈誓して仰せられるには、「朕《わたくし》は新羅を征伐してその財宝を求めたく思っている。そのことがうまく成就して凱旋するならば、こまやかな鱗《うろこ》の魚（年魚《あゆ》）よ、私の釣針を呑め」と。いい終わって釣針を投じられると、ほんのしばしのあいだに、はたしてその魚がかかった。皇后は「なんと希見物《めずらしいもの》ぞ」（希見をメヅラシという）と仰せられた。それにより希見国《めづらのくに》といったが、今は訛って松浦の郡といっている。こういうわけでこの国の婦女たちは孟夏《はつなつ》四月には縫針を使って年魚を釣る。男は釣るには釣っても獲物がかからない。

鏡《かがみ》の渡《わたり》　郡役所の北にある。

昔、檜隈《ひのくま》の廬入野《いほりの》の宮に天の下を治められた武少広国押楯《たけをひろくにおしたて》（宣化天皇）のみ世に、大伴の狭手《さで》彦連《ひこのむらじ》*19を派遣して、任那《みまな》の国を鎮めさせ、かたがた百済《くだら》の国を救援させ給うた。狭手彦は命を奉じてこの村まで来て、篠原の村（篠はシノという）の弟日《おとひ》姫子《ひめこ》*20を妻問いして結婚した（日《くさ》下部君《かべのきみ》らの祖である）。この姫は顔かたちは端正で美しく、人の世にすぐれた絶世の美人であった。別離の日になると、〔狭手彦は〕鏡をとり出して愛人に渡した。女は悲しみ泣きながら栗《くり》川を渡ると、贈られた鏡の紐の緒が断《き》れて落ち、川の中に沈んだ。そのことによってここを鏡の渡〔渡し場〕と名づける。

褶振《ひれふり》の峰　郡役所の東にある。烽《とぶひ》のある場所の名を褶振の烽という。大伴の狭手彦連が船出して任那に渡った時、弟日姫子はここに登って褶〔肩布〕をもって振りながら別れを惜しんだ。そのことによって名づけて褶振の峰[*21]という。

さて弟日姫子が狭手彦連と別れて五日たった後、ひとりの人があって、[*22]夜ごとに来て女〔弟日姫子〕とともに寝、暁になると早く帰った。顔かたちが狭手彦に似ていた。女はそれを不思議に思ってじっとしていることができず、ひそかにつむいだ麻〔の糸〕をもってその人の衣服の裾につなぎ、麻のまにまに尋ねて行くと、この峰の沼のほとりに来て寝ている蛇があった。身は人で沼の底に沈み、頭は蛇で沼の岸に臥していた。たちまちに人と化為《な》って歌っていった、

篠原の弟姫の子ぞ　　〔篠原の弟姫子よ
さ一夜も率寝《ゐね》てむ時《しだ》や　　一夜さ寝たときに
家にくださむ　　家に下し帰そうよ〕

その時弟日姫子の侍女が走って親族の人たちに告げたので、親族の人はたくさんの人たちを連れて登って見たが、蛇と弟日姫子とはともに亡（失）せてしまっていなかった。そこでその沼の底を見るとただ人の屍だけがあった。みんなはこれは弟日女子の遺骸だといって、やがてこの峰の南のところに墓を造って納めて置いた。その墓は現在もある。

賀周《かす》の里　郡役所の西北にある。

昔、この里に土蜘蛛があった。名を海松《みる》橿媛《かしひめ》といった。纏向の日代の宮に天の下をお治めになった天皇が国をお巡りになった時、お供の人の大屋《おほや》田子《たこ》（日下《くさか》部君《べのきみ》らの祖である）を遣わして誅滅せしめられた。その時霞が四方に立ちこめて物の色も見えなかった。それで霞の里といった。いま賀周の里とよぶのはこれを訛ったものである。

逢鹿《あふか》の駅《うまや》　郡役所の西北方にある。

昔、気長足姫尊《おきながたらしひめのみこと》が新羅《しらぎ》を征伐しようと思って行幸された時、この道路に鹿がいたのと出逢った。それで遇鹿《あふか》の駅と名づける。駅の東の海に蚫《あわび》・螺《にし》・鯛・海藻《め》・海松《みる》などがある。

登望《とも》の駅　郡役所の西北にある。

昔、気長足姫尊がこの処においでになって、留まって男性の装い[*23]をなされた時、着けていた鞆《とも》[*24]をこの村でおとした。それで鞆の駅と名づける。駅の東西の海に蚫・螺・鯛・いろいろの魚や海藻・海松などがある。

大家《おほや》の嶋　郡役所の西方にある。

昔、纏向の日代の宮に天の下をお治めになった天皇が巡幸なされた時、この村に土蜘蛛があった。名を大身《おほみ》といった。いつも天皇の命令にさからって降伏することをこばんでいた。天皇は勅命をもって誅滅した。それ以来白水郎《あま》たちはこの島に居ついて家を造って住んだ。そういうわけで大家の郷という。郷の南に窟《いわや》があり、鐘乳《いしのち》（鍾乳）および木蘭《もくらん》がある。周囲の海には鮑・螺・鯛・いろいろの魚、また海藻・海松が多い。

値嘉《ちか》の郷　郡の西南の海の中にある。烽の処は三所あり。

昔、同じ天皇が巡幸されたとき、志《し》式《しき》島の行宮においでになって西の海をご覧になると、海の中に島があって烟が沢山たなびいていた。お付人の阿曇連百足《あづみのむらじももたり》*25に命じて見にやらせると、島が八十余りもあって、その中でも二つの島には島ごとに人がいた。第一の島は名を小近《をちか》といい土蜘蛛の大耳が住み、第二の島は名は大近《おほちか》で土蜘蛛の垂耳《たりみみ》が住んでいた。その他の島にはみな人はいなかった。そこで百足は大耳らを捕えて〔天皇に〕奏聞した。天皇は勅して罪を問い殺させようとした。すると大耳らは頭を地につけて、「大耳らの罪はまさに極刑に当たります。一万べん殺されたとて罪を消すには足りますまい。もし恩情を降し給わってまた生きることができますれば、御贄《みにえ》（御用の食料の品）を造り奉り、いつまでも御膳にお供えいたしましょう」とのべた。すぐさま木の皮を取って長鮑《ながあわび》・鞭鮑《むちあわび》・短鮑《みじかあわび》・陰鮑《かげあわび》・羽割鮑《はわりあわび》*26などの恰好をしたものを作って天皇のお手許《もと》に献《たてまつ》った。そこで天皇はおめぐみを垂れて放免してやった。さらに勅して、「この島は遠くはあるけれども、なお近いように見える。近島《ちかしま》というべきである」と仰せられた。それで値嘉《ちか》島という。島にはすなわち檳榔《あじまさ》・木蘭《もくらん》・枝子《くちなし》・木《い》蓮子《たび》・黒葛《つづら》・篁《なよたけ》・篠・木綿《ゆふ》・荷《はちす》・莧《ひゆ》がある。海にはすなわち鮑・螺・鯛・鯖・いろいろな魚・海藻・海松・いろいろな海菜《も》がある。そこの白水郎《あま》たちは馬や牛に富んでいる。一方には一百余りの近い島があり、他方には八十余りの近い島がある。西に船を停泊させる港が二ヵ所ある⸨一と所の名は相子田《あひこだ》の泊《とまり》という、二十余りの小舟を停泊させられよう。もう一と所の名は川原の浦といい、十余りの大船がとまることができよう⸩。遣唐使はこの港から出発し、美禰良久《みねらく》の埼⸨すなわち川原の浦西の埼である⸩に到り、ここから船出して西を指して渡る。この島の白水郎《あま》は容貌が隼人に似て、つねに騎に乗って弓を射ることを好み、その言語は世人とちがっている。

杵島《きしま》の郡

郷は四所⸨里は一十三⸩。駅は一所。

昔、纏向の日代の宮に天の下をお治めになった天皇が巡幸なされた時、この郡の盤田杵《いはたき》の村に停泊した。その時船牂戕《ふなかし》（船つなぎの杭）の穴から冷水が自然に湧き出た。またはこうもいう、船が泊まった処はひとりでに一つの島となった。天皇がご覧になって群臣たちに仰せられるには、「この郡は牂戕島《かししま》の郡と呼ぶがよい」と。いま杵島の郡とよぶのは訛ったのである。郡役所の西に湯の泉が出ている。崖はけわしくて行く人はまれである。

嬢子《をみな》山　郡役所の東北方にある。

同じ天皇が行幸された時、土蜘蛛の八十女《やそめ》が[*27]この山の頂上にあって常に天皇の命令に反抗して、降伏することを承知しなかった。そこで兵を遣って襲撃させて滅ぼした。それで嬢子山という。

藤津《ふちつ》の郡

郷は四所⸨里は九⸩。駅は一所。烽は一所。

昔、日本武尊が行幸なされた時、この津にお着きになると、日は西の山に入ったので、御船はここに泊まった。翌朝遊覧され、船の太綱を大きな藤におつなぎになった。それで藤津の郡という。

能美《のみ》の郷　郡役所の東方にある。

昔、纏向の日代の宮に天の下をお治めになった天皇が行幸された時、この里に土蜘蛛が三人あった。（兄の名は大白、次は中白、弟は少白。）この人たちは堡《とりで》を作って隠れていて、降伏することを承知しなかった。そのとき侍臣の紀直《きのあたひ》らの祖穉日子《わかひこ》*28を派遣して誅滅させようとした。ここにおいて大白ら三人はひたすら叩頭《ノミ》して（頭を地につけて）自分たちの罪過を詫び、ともに再び生きられるようにと乞い願った。そういうわけで能美の郷という。

託羅《たら》の郷　郡役所の東方にあり、海にのぞんでいる。

同じ天皇が行幸なされた時、この郷に来てご覧になると、海産物が豊富だったので、勅して「地勢は狭いが食物は豊《ゆた》かに足りている。豊足《たらひ》の村とよぶべきである」と仰せられた。いま託羅の郷と呼ぶのはこれを訛ったのである。

塩田《しほた》川　郡役所の北方にある。

この川の源は郡役所の西南の託羅の峰から出て、東に流れて海に注ぐ。満潮の時逆流してのぼる。流れる勢いは非常に高い。それで潮高満川《しほたかみつかは》といった。いま訛って塩田川とよぶ。川の源に淵がある。深さ二丈ばかりで石壁がけわしくめぐらされて垣のようである。年魚が多い。東の辺に温泉がある。よく人の病気を治す。

彼杵《そのき》の郡

郷は四所（里は七）。駅は二所。烽は三所。

昔、纏向の日代の宮に天の下をお治めになった天皇が球磨《くま》噌唹《そ》を誅滅して凱旋された時、天皇は豊前の国の宇佐の海べの行宮《かりみや》においでになり、侍臣の神代直《かみしろのあたひ》*29に命じてこの郡の速来《はやき》の村に遣って、土蜘蛛を捕えさせた。このとき人があった、名を速来津姫《はやきつひめ》という。この婦人が申すことには、「私の弟に名を健津三間《たけつみま》といい、健村《たけむら》の里に住んでいるものがあります。この人は美しい玉を持っております。名を石上《いそのかみ》の神の木蓮子玉《いたびだま》*30といいますが、いとおしんで固くしまいこみ、他人に見せようとしません」と。神代直《かみしろのあたひ》が健津三間を尋ね求めると、山を越えて逃げ、落《おち》石《いし》の峰（郡役所から北の山である）に逃げ去った。やがて追いつめてこれを捕え、その真偽を訊問すると、健津三間がいうことには、「いかにも二種類の玉を持っています。一つは石上《いそのかみ》の神の木蓮子玉といい、一つは白珠《しらたま》といい、䃤砆《しゅくふ》のような珍玉と思ってはいますが、どうぞ献上いたしましょう」と。〔速来津姫がまた申すには〕「名を篦簗《のやな》という人がこの川岸に住んでいます。この人も美しい玉を持っていますが、愛することこの上なしですから、きっと命令にしたがうようなことはありますまい」と申しあげた。そこで神代直は篦簗を急追して捕えて問うと、篦簗がいうことには、「いかにも私は持っています。お手もとにたてまつることにいたしましょう。決して惜しがるようなことはいたしますまい」と。神代直はこの三種類の玉を捧げもって、還って天皇のお手もとに献じた。その時天皇は勅して、「この国は具足玉《そないだま》（玉が充分に備わった）国というべきだ」と仰せられた。いま彼杵《そのき》の郡とよぶのはこれを訛ったのである。

浮穴《うきあな》の郷　郡役所の北方にある。

同じ天皇が、宇佐の浜の行宮においでになって神代直《かみしろのあたひ》に、「朕は諸国を巡歴してすっかりことむけ治めるにいたった。しかし、まだ私の統治に服さない不届きなものどもがあるか」と仰せられた。神代直は「あの烟のあがっている村はまだなお治められてはおりません」と申しあげた。そこで直《あたひ》に命じてその村に派遣されると、土蜘蛛があった。名を浮穴沫《うきあなわ》媛《ひめ》といい、皇命に反抗してひどく無礼だったのでただちに誅した。それで浮穴の郷という。

周《す》賀《か》の郷　郡役所の西南方にある。

昔、気長足姫尊《おきながたらしひめのみこと》が新羅を征伐しようとおもって行幸された時、御船をこの郷の東北の海に繋いだところが、船首と船尾をつないだ杙《くい》が磯と化為《な》ってしまった。高さは二十丈余り、周囲は十丈余り、互いに隔ること十町余り、高くけわしくそびえ草木が生えない。その上、つき従ったお供の人の船が暴風にあって漂流沈没してしまった。ところがここに名を欝比袁麻《うつひをま》呂《ろ》という土蜘蛛があり、その船を救い渡した。そういうわけで名を救《すくひ》の郷といった。いま周賀の郷とよぶのはこれを訛ったのである。

速来《はやき》の門《と》　郡役所の西北方にある。

この門《と》の潮の動きは、東で潮が落ちると西で湧き登る。その湧く音は雷の音と同じである。それで速来の門という。またさかんに繁る木があって、本《もと》は地に着いていて、木の末は海に沈んでいる。海藻《め》の生えかたが〔他処より〕早いので、貢物にあてている。

高来《たかく》の郡

郷は九所（里は二十一）。駅は四所。烽は五所。

昔、纏向の日代の宮に天の下をお治めになった天皇が肥後の国の玉名《たまな》の郡の長渚《ながす》の浜の行宮においでになって、この郡の山（雲仙岳）をご覧になって仰せられるには「あの山の形は別《はな》れ島みたいだが、陸つづきの山なのか、離れ島なのか、朕は知りたいと思う」と。そして神大野宿《かむおほのすく》禰《ね》*[31]に命じてこれを見にやらせた。そこでこの郡に行ってみると、ここに人があって迎えに来ていうには「僕《やつがれ》はこの山の神で名は高来《たかく》津《つ》座《くら》と申します。天皇の御使いの方がおいでになると聞いてお迎え申しあげる次第でございます」といった。そういうわけで高来の郡という。

土歯《ひちは》の池　土地の人は岸のことを比遅波《ヒヂハ》という。郡役所の西北方にある。

この池の東の海辺に高い崖がある。高さ百丈余り、長さ三百丈余りである。西の海の波がいつも洗いすすいでいる。土地の人の言葉によって名づけて土歯の池という。池の堤の長さは六百丈余り、巾は五十丈余り、高さ二丈余りである。池の内側は縦横《たてよこ》二十町余りである。潮が来ればいつも〔池の中に潮が〕突入する。荷《はちす》・菱《ひし》が多く生える。秋七、八月には荷《はちす》の根が大変うまい。季秋九月には香も味も変わってともに食用に供えようがない。

峰《みね》の湯《ゆ》の泉　郡役所の南方にある。

この湯の泉の源は郡の南方の高来《たかく》の峰の西南の峰から出て東に流れる。流れる湯の勢いは非常に良く、熱さもほかの湯とはちがって熱い。ただ冷水を混ぜるとどうやら沐浴することができる。その味は酸っぱい。硫黄・白土・また和松《ちいさいまつ》がある。その葉は細くて実があるが、大きさは小豆のごとくで、食用にすることはできない。

注

＊1――城　城塞で、基肄城のこと。天智四年（六六五）二月に百済国の人たちを筑紫に派遣して太宰府防衛のため大野・椽《き》（基肄《きい》または紀夷）の二つの山城を作らせた（紀）。いずれも現在石垣・土塁の遺構が発見されている。

＊2――御間城天皇　崇神天皇のことで、北陸・東海・山陽・山陰の四道に将軍たちを遣わしたと

伝えられる。この天皇を大和国家の初代の天皇とみる説（水野祐など）もある。

＊3――打猨・頸猴　打猨の名は豊後国速見郡にも見える土蜘蛛の名として出ている。ウチサル・ウナサルは対偶として作られた名で、兄弟・姉妹などとなるのであろう。

＊4――肥君らの祖健緒組　肥（火）の君は神武天皇皇子神八井耳命の後と伝える（記）。『国造本紀』は崇神朝に大分国造と同祖の志貴多奈彦の児健男組を火の国造に定めたとある。北九州一帯の雄族であった。

＊5――火の主なのかは知りません　火を誰が燃やしているのか知らない。不知火《しらぬひ》という語源伝説。

＊6――卜部の殖坂　卜部は卜占を職とする部民。殖坂は名。いま鳥栖市田代町永吉に永世神社があるが、おそらくはその社に奉仕した卜部氏であろう。

＊7――宗像の郡の人珂是古　『旧事紀』（天神本紀）に物部阿遅古連公（水間君等祖）とあるのに比定される。筑紫の水間君は筑前の国宗像郡の沖の島に天降った神たち（宗像神社の祭神）の祭主で、この神はまた道主貴《みちぬしのむち》とよばれて道中の神の意らしいから（紀）、通行を妨害する荒ぶる神をなだめるには適当な人物であると考えられる。

＊8――幡　細長いものや四角なものもあり、精霊の憑りましあるいは神意の宿るものとしてこれを用いて卜う。

＊9――御原の郡の姫社の社　姫社神社は比売語曾社で、新羅からきた童女神を祭ったという(紀)。福岡県三井郡小郡町の岩船神社かとされる。御原は三井郡の西北部で御原郷（和名抄）。

＊10――臥機・絡垜　臥機は織機の一種、あるいはその部品らしい。絡垜は糸くり台で、ともに韓国経由で移入された（「播磨国風土記」＊80参照）。ここでは外来の女神であることが暗示されている。

＊11――海部直鳥　海部直は海人集団の統率者の姓だが、直鳥を名としてナオトリ・ヒタトリと訓む説もある。

＊12――物部の経津主の神　「常陸国風土記」＊30参照。

＊13――来目皇子　用明天皇の第二皇子で聖徳太子の同母弟。『推古紀』十年（六〇二）春二月条に、「来目皇子を新羅を撃つ将軍とし、もろもろの神戸と国造・伴造ら合わせて軍衆二万五千人を授けた」とある。しかし征討しないで筑紫で病死した。

＊14――物部の若宮部　物部氏の部民で、あるいは若経津主神を祭った部民か。物部は軍事的部民だが妨害者としてのモノ（精霊）の祭をよくするものでもあったと考えられる（＊7参照）。物部社はいま三養基郡比茂安村の板部の物部神社とされる。

＊15――忍海の漢人　大和国忍海（奈良県南葛城郡）に居住した帰化人。神功摂政五年に葛城襲津彦が新羅から連れてきた俘囚の後裔とされる（紀）。韓鍛冶といわれて鍛冶技術の所有者である。

＊16――県主らの先祖　佐嘉（佐賀）の県主であろう。県主については「常陸国風土記」＊2参照。

＊17――世田姫　『神名帳』に佐嘉部与止日女神社とあるものと同一とされる。

＊18——気長足姫尊が　この話は『神功皇后摂政前紀』にほとんど同文のものがある。しかしそこでは、「孟夏四月」ではなく「四月上旬」と限定されているのが注意される。また『万葉集』山上憶良の歌「多良志比売神のみことの魚《な》釣らすと〔一云阿由つると〕、み立たせりし石を誰見き」（八六九）がある。

＊19——大伴の狭手彦連　『宣化天皇紀』に二年冬十月、新羅が任那に侵寇するので大伴金村大連に詔してその子の磐《いは》と狭手彦を派遣し、狭手彦は赴いて任那を鎮め百済を救うとある。また『欽明紀』二十三年八月条には狭手彦は数万の兵をひきいて高麗を破り多くの財宝と美姫を得て帰還したと見える。任那には日本府があり朝廷の属領とされていた。『万葉集』には大伴佐提比古郎子（巻五）とある。

＊20——弟日姫子　兄に対する弟の意の姫、または若い女子という意味である。『万葉集』には「松浦潟さよひめの子が……」（八六八）以下の山上憶良の歌がある。日下部連は「播磨国風土記」＊75・「豊後国風土記」＊6参照。各地にあった部族の名だがその実体は不明である。

＊21——褶振の峰　『万葉集』に「遠つ人松浦佐用比売夫《つま》恋ひにひれ振りしより負へる山の名」（八七一）以下数首の歌が見える。

＊22——ひとりの人があって　以下の話はいわゆる三輪山型伝説で、『古事記』崇神巻にあるものと類似しており、別系の伝承の混交したものであろう。

＊23——男性の装い　『神功紀』（摂政前紀）に新羅遠征にさいして男装したことが見えているが、

橿日宮にいたときのこととしている（『紀』一書）。

＊24——鞆　「出雲国風土記」＊77参照。

＊25——阿曇連百足　「播磨国風土記」＊101参照。

＊26——長鮑……・羽割鮑　あわびの肉をさまざまに加工した食品で、『延喜式』諸国貢納品のうち、筑前・肥前などの国から貢上する品目のなかにその名がみえる。

＊27——八十女　たくさんの女の意から土蜘蛛の個人名となった。おそらくは嬢子山という山名から出た説話だろう。

＊28——紀直らの祖稚日子　『国造本紀』に成務朝に紀直同祖の大名草彦命の児若彦命を葛津《ふちつ》国造に定め給うたとある。

＊29——神代直　高来郡神代郷に住んでいた氏族と考えられている。

＊30——石上の神の木蓮子玉　木蓮子は桑科の蔓性の低木で紫黒色の実をつけるが、おがたまの木（木蓮科の低喬木）かとも考えられる。魂を招く木で、朱色の実をつける。石上の神は大和の石上の布瑠の神で布都の御霊を祭り、剣・玉などの神宝が多い。物部氏が祭祀に関与していたが、安閑天皇の時物部木蓮子大連があり、その女宅姫は天皇の后となった。石上の神宝とされた玉であろうか。

＊31——神大野宿禰　あるいは神（ミワ）の大野宿禰とよむか。神氏は三輪山の大物主神の祭祀の氏の家である。

風土記逸文

畿内

山城国

賀茂《かも》の社（丹塗《にぬ》り矢）

山城の国の風土記にいう、――加茂《かも》の社。*1 可茂と称するわけは、日向《ひむか》の曾《そ》の峰に天降りなさった神賀茂《かも》建角身命《たけつのみのみこと》*2は、神倭石余比古《かむやまといはれひこ》（神武天皇）の先導として御前にお立ちになって、大倭《やまと》の葛木山の峰に宿っておいでになり、そこからしだいに移動し、山代の国の岡田の賀茂に至り、山代河にしたがってお下りになり、葛野《かどの》河と賀茂河とが合流するところにおいでになり、賀茂の川を見わたして、「この川は狭く小さくはあるけれども石川《いしかは》の清川《すみかは》（石が多い澄んだ川）ではあるよ」と仰せられた。それで名づけて石川の瀬見《せみ》の小川という。その川からお上りなされて、久我の国の北の山の麓*3に住居をお定めになった。そのときから名を賀茂というのである。

賀茂の建角身命は、丹波の国の神野《かみの》の神伊可古夜《かむいかこや》日女*4を娶ってお生みになった子を、玉依《たまより》日子と名づけ、次を玉依日売《たまよりひめ》といった。玉依日売が石川の瀬見の小川で川遊びをしていた時、丹《に》塗《ぬ》り矢（赤く塗った矢）が川上から流れ下ってきた。そこでそれを持ちかえって家の寝床の近くに挿して置くと、とうとうみごもって男の子を生んだ。〔その子が〕成人式の時になると、外祖父建角身命は、八尋《やひろ》の〔非常に広い〕家を造り、八戸（沢山の扉）を堅く固めて、〔清浄潔斎して、〕八腹《やはら》（沢山の酒甕）に酒を醸造して、神をつどい集めて、七日七夜宴遊なさって、そうしてその子と語らっていうには「お前の父と思われる人にこの酒を飲ませなさい」と。するとただちに酒杯をささげて天に向かって礼拝し、屋根の瓦を突き破って天に昇ってしまった。そこで外祖父の名によって可茂の別雷命《わけいかづちのみこと》*5と名づけた。いわゆる丹塗り矢は乙訓《おとくに》の郡の社（乙訓神社）においでになる火雷命《ほのいかづちのみこと》である。可茂の建角身《たけつのみ》命と丹波の神伊可古夜《かむいかこや》日売と玉依比売《たまよりひめ》と三柱の神は、蓼倉《たでくら》の里の三井《みゐ》の社においでになる。

（『釈日本紀』九）

三井《みゐ》の社

またいっている、——蓼倉の里。*6 三身《みみ》の社。三身《みみ》とよぶのは、賀茂の建角身命と丹波の伊可《いか》古夜日女《こやひめ》と玉依日女《たまよりひめ》と三柱の神の身《み》がおいでになる。それ故に三身の社と名づける。いまはしだいに〔訛って〕三井の社というようになった。

（同前、九）

木幡《こはた》の社

山城の国の風土記にいう、——宇治の郡木幡の社⸨祇《くに》つ社《やしろ》⸩。名は天忍穂長根《あめのおしほながね》命である。

（同前、八）

水渡《みと》の社

山城の国の風土記にいう、——久世《くせ》の郡水渡の社（祇つ社）。名は天照高弥牟須比《あまてらすたかみむすび》命、和多都《わたつ》弥豊玉比売《みとよたまひめ》命である。

（同前、八）

伊勢田の社

山城の国の風土記にいう、——伊勢田の社（祇つ社）。名は大歳御祖命《おほとしみおやのみこと》の御子、八《や》柱木《はしらき》である。

（金沢文庫『伊勢内宮』）

荒海《あらみ》の社

山城の国の風土記にいう、——荒海の社（祇つ社）。名は大歳《おほとし》の神である。

（同前）

南郡《なみくに》の社

双栗《なみくり》の社。風土記〔によると〕、南郡の社（祇つ社）。名は宗形の阿良足《あらたらし》の神である。里を並栗《なみくり》と名づける。云々。

（卜部本『神名帳裏書』）

可勢の社

岡田の国つ神の社。風土記〔によると〕、相楽《さがらか》の郡の内、久江《くえ》の里、可勢の社〔祇つ社〕。名は可勢の大神〔男神〕である。

（同前）

伊奈利《いなり》の社

風土記にいう、――伊奈利と称するのは、秦中家忌寸《はたのなかつへのいみき》らの遠祖伊呂具《いろぐ》*7の秦《はた》の公《きみ》は稲や粟などの穀物を積んでゆたかに富んでいた。それで餅を使って的とし〔て弓を射〕たので〔餅は〕白い鳥になって飛びかけって山の峰に居た。〔その白鳥が化して〕伊禰奈利《いねなり》生《お》いた。遂に社名とした。*8その子孫の代になって〔先祖の〕あやまちを悔いて、社の木を根こじて引き抜いて家に植えてこれを祈り祭った。いまその木を植えて息づけば福が授かり、その木を植えて枯れると福はない、という。

（『神名帳頭註』）

鳥部の里

山城の国の風土記にいう、――南、鳥部の里。鳥部と称するのは、秦《はた》の公《きみ》伊呂具の的の餅が鳥になって飛び去っていった。そこの森を鳥部という。

（『河海抄』二）

宇治

山城の風土記にいう、——宇治というのは、軽島《かるしま》の豊明《とよあきら》の宮に天の下をお治めになった天皇（応神天皇）の子の宇治の若郎子《わきいらつこ》は、桐原の日桁《ひげた》の宮を造って宮室《おほみや》となされた。それでその〔皇子の〕御名によって宇治と名づけた。もとの名は許乃国《このくに》という。

（『詞林采葉抄』一）

桂の里

山城の風土記にいう、——月読尊《つくよみのみこと》*9が天照大神の勅を受けて豊葦原の中つ国に降り、保食神《うけもちのかみ》のもとにおいでになった。その時一本の湯津桂《ゆつかつら》の樹《き》があった。そこで月読神はその樹に依ってお立ちなされた。その樹のあったところを、今も桂の里と名づけている。

（『山城名勝志』十）

賀茂の乗馬

兄玉依《たまより》日子は今の賀茂県主らの遠祖である。その祭礼の日に馬に乗る〔風習の始まる〕ことは、志貴島の宮に天の下をお治めになった天皇（欽明天皇）のみ世に、天の下の国をあげて風が吹き雨が降って、人民は嘆き愁えた。その時、卜部の伊吉《いき》（壱岐）の若日子《わかひこ》に勅して占わせ給うた。そこで〔伊吉は〕占い、これは賀茂の神の祟りであると申しあげた。それで四月の吉日《よいひ》をえらんで祭り、馬には鈴をかけ、人は猪の頭のかぶりものをして馬を駆けさせて、馬を馳せて祭祀《まつり》をし、よく祈願し祭らせ給うた。これによって五穀はみのり、天の下はゆたかに平安になった。〔賀茂の祭礼のさい〕馬に乗るのはこの時から始まったのである。

(『本朝月令』に引く「秦氏本系帳」から)

宇治の橋姫

山城国風土記にいう、――宇治の橋姫*10は〔懐妊して〕つわりになり、七尋の和布《わかめ》(海藻)をたべたいと願ったので、おとこ(夫)は海辺に〔若藻を〕とりに行って、笛を吹いていると、龍神がそれに感じて聟にとった。橋姫は夫を尋ねて海のはたに行くと、そこに老女の家があったので行って〔夫の行方を〕問うと、「その人ならば、龍神の聟となっていらっしゃるが、龍神の火で煮たきした食べ物を忌み嫌って、ここに来て食事をしている。だから、そのときに見てごらん」といったので、隠れてこれを見ていると、夫は龍王の玉の輿に乗って来て、御召しあがり物を食べていた。女はこれと物語をして泣く泣く別れた。しかし、ついには帰って来て、この女と一緒になった。

(毘沙門堂本『古今集註』)

宇治の滝津屋

山城の風土記にいう、――宇治の滝津屋は祓戸《はらひど》(お祓いする場所)である。云々。

(『創褉弁』)

大和国

三山

三山とは、畝火・香山・耳梨山である。風土記に見える。

（『万葉集註釈』一）

三《み》都嫁《とのまぐはい》

大和国の風土記にいう、——天津神命、石津神命、三都嫁（交合）遊《うらぶれ》（心さびしく思う）、面語《おもがたり》（面とむいて話し合う）して、とある。

（毘沙門堂本『古今集註』）

大口真神《おほぐちのまがみ》の原

むかし明日香《あすか》の地に老いた狼があって、多くの人を食った。土地の人は恐れて大口の神といった。その住んだ処を名づけて大口真神の原[*11]という、と云々。風土記に見える。

（『枕詞燭明抄』中）

御《み》杖《つえ》の神宮

風土記にいう、――宇陀《うだ》の郡。篠幡《ささはた》の庄。御杖の神の宮。祭っているのは正魂霊《おほみたま》（天照大神の御魂）ではない。倭比売命《やまとひめ》（垂仁天皇皇女）が天照大神を奉戴してその御杖となってこの地に来て、それで、御宮地を尋ねて三ヵ月たち、ついに神戸《かむべ》とした。

（『日本書紀通証』十二）

摂津国

住吉《すみのえ》

摂津の国の風土記にいう、――住吉と称するわけは、昔、息長足比売《おきながたらしひめ》の天皇（神功皇后）のみ世に住吉《すみのえ》の大神[*12]が出現なされて天の下を巡行し、住むべき国を探し求められた。その時、沼名《ぬな》椋《くら》の長岡の前《さき》においでになった（前《さき》は今の神宮の南のほとりが、すなわちその地である）。そこで「これはまことに住むべきよい土地だ」と仰せられて、最後に讃めたたえて「真住吉《え》し住吉《すみのえ》の国」といって、神の社をお定めになった。今の人は省略して単に「須美乃叡《すみのえ》」と称する。

（『釈日本紀』六）

夢野《いめの》

摂津の国の風土記にいう、――雄伴の郡。夢野がある。父老相伝えていうことには、昔、刀《と》我野《がの》[*13]に牡鹿があった。その本妻の牝鹿はこの野にいて、その妾の牝鹿は淡路の国の野島にいた。その牡鹿はしばしば野島に行って妾と仲むつまじいことはくらべるものがなかった。さて牡鹿は本妻のところに来て宿り、その明くる朝、かれはその本妻に語って「昨夜夢の中で自分の背に雪が降りつもったと見た。また須々紀《すすき》という草が生えたと見た。いったいこれはどんな前兆だろう」といった。その本妻は夫がまた妾の所に行こうとするのを嫌って、嘘の夢合わせ(夢判断)をしていった、「背の上に草が生えたのは矢が背の上に刺さるという前兆です。また雪が降るのは、食塩を肉に塗られる(食品とされる)前兆です。あなたが野島に行ったなら、かならず船人に出あって海の中で射殺されてしまうでしょう。決して二度と再び行ってはいけません」と。しかしその牡鹿は恋しさに堪えかねてまた野島に渡ったところが、海上で船に行き合ってとうとう射殺されてしまった。その故にこの野を夢野という。世間の諺にも「刀我野に立てる真牡鹿《さをしか》も、夢合わせのまにまに(夢判断しだい)」といっている。

(同前、十二)

歌垣山《うたがきやま》

摂津の国の風土記にいう、——雄伴の郡。波比具利岡《はひぐりをか》。この岡の西に歌垣山[*14]がある。昔、男や女たちがこの上に集まり昇っていつも歌垣をした。それによって名とした。

(同前、十三)

有馬の湯・久牟知《くむち》川

摂津の国の風土記にいう、——有馬の郡。また塩之《しほの》原山《はらやま》がある。この山の近くに塩の湯がある。この付近はそれによって名とする。

久牟知川。*15 右は山によって名とする。山のもとの名は功地《くうち》山である。昔、難波の長楽《ながら》の豊前《とよさき》の宮に天の下をお治めになった天皇（孝徳天皇）のみ世に、温泉に行幸しようとなさって行宮《かりみや》を温泉にお造りになった。そのとき木材を久牟知《くむち》山から伐り採ると、その材木は美しかった。そこで勅して「この山は功《くう》（勲功）がある山である」と仰せられた。それによって功知《くうち》山と名づけた。土地の人はだんだん誤って久牟知山というようになった。

またいう、——始めて塩の湯などを発見しえたのは云々。土地の人がいうには、「どの御治世であるかは知らない。ただ島《しま》の大臣《おほおみ》（蘇我馬子）の時だったと知っているだけである」と。

（同前、十四）

土蛛《つちぐも》

摂津国の風土記にいう、——宇禰備能可志婆良能《うねびのかしはらの》宮に天の下をお治めになった天皇（神武天皇）のみ世に偽物《にしもの》（賊徒）土蛛がいた。⦅この人はつねに穴の中にいた。だから、賤しい名前を賜わって土蛛という。）

（同前、九）

稲倉山

摂津の国の風土記にいう、――稲倉山。昔、止与呼可乃売《とようかのめ》神[16]は山の中にいて飯を盛った。それによって名とした。

またいう、――昔、豊宇可乃売神はいつも稲倉山にいて、この山を台所にしていた。のちにわけがあって、やむをえず、ついに丹波の国の比遅《ひぢ》の麻奈韋《まなゐ》（地名）に還られた。

（『古事記裏書』）

比売《ひめ》島の松原

摂津の国の風土記にいう、――比売島の松原。昔、軽島の豊阿伎羅《とよあきら》の宮に天の下をお治めになった天皇（応神天皇）のみ世に、新羅の国に女神があった。その夫からのがれて来て、しばらく筑紫の国の伊波比《いはひ》の比売島[17]（地名）に住んでいた。そこでいうには、「この島はこれでもまだ遠いとはいえない。もしこの島にいるならば、〔夫の〕男神が尋ねて来るだろう」と。それでまた移って来てこの島にとどまった。だから、もと住んでいた土地の名をとってこの島に名づけたのである。

（『万葉集註釈』二）

美奴売《みぬめ》の松原

摂津の国の風土記にいう、——美奴売の松原。[*18] いま美奴売と称するのは、神の名である。その神はもとは能勢《のせ》の郡の美奴売山にいた。昔、息長帯比売《おきながたらしひめ》の天皇（神功皇后）が筑紫の国においでになった時、もろもろの神祇《かみ》を川辺《かはべ》の郡のうちの神前《かむさき》の松原[*19]に集めて幸いあらんことを御祈願なされた。その時この神もまたおなじく参加して来て、「私も守護しお助けしましょう」といって、教えていうには、「私の住んでいる山に須義《すぎ》の木（木の名である）がある。それを伐採して私のために〔私の乗る〕船を作るがよい。そして、この船に乗って行幸なさるならば、きっと幸福《ぶじ》であらせられるでしょう」と。そこで天皇はこの神のお教えのままに命令して船を作らせ給うた。この神の船はついに新羅を征伐した。（またはいう、——その時この船は牛のほえるみたいに大いに鳴動してひとりでに対馬の海からここに還ってきて、〔動かないので〕人は乗るすべがなかった。そこで卜占に問うと、「神の御霊の欲するところである」ということだったので、そこにとどめて置いた。）還っておいでになった時に、この神をこの浦に鎮座させ申して祭り、船もいっしょにここにとどめて神に奉納し、またこの地を名づけて美奴売といった。

（同前、三）

八十島

ある物にいう。風土記にいう、——堀江《ほりえ》の東に沢がある。広さは三、四町ばかりで、名を八十島という。昔、女がその子を背負って人を待っていて、その間に網をもって鳥を捕ろうとした。鳥を待っていると、河の鳥が飛んできて網にかかった。その女人は、鳥のはばたく力にこらえきれず、かえって引っくりかえされて河に落ちて死んだ。そのとき人があって、その頭《かしら》を求めると、人の頭が二つと鳥の頭が七十八あった。合計八十頭である。これによって名づけたのである。

（顕昭『古今集註』九）

下樋《したび》山

風土記にいう、——昔、大神があった。天津《あまつ》鰐《わに》といった。鷲となってこの山に下りとどまった。十人行くと、五人は行き去らせ、五人はとどめられ〔殺され〕た。久波乎《くはを》という者があって、この山の下に来て、下樋を伏せて神のもとにとどかせ、この樋のなかを通って祈り祭った。これによって下樋山という。

（『本朝神社考』六）

御前の浜・武庫《むこ》

風土記。人皇十四代の仲哀天皇が三韓を攻めようとなさって筑紫に到って崩御された。いまの気比《けひ》の大明神はこの帝である。その后《きさき》の神功は開化天皇の五世の孫息長宿禰《おきながのすくね》の女である。ここにおいて軍を発して三韓を征伐したもうた。その時ちょうど産月にあたっていた。石を取ってその腰裳にはさんで産まないようにしようとなされた。そしてついに新羅・高麗・百済に攻め入ったが、皆ことごとく臣服した。筑紫に帰って来て皇子をお産みになった。これが誉田《ほむだ》天皇（応神天皇）である。皇后は摂津の国の海浜の北岸の広田の郷においでになった。いま広田明神というのはこれである。それ故にその海辺を名づけて御前《みさき》の浜といい、御前の沖という。またその兵器を埋めた場所を武庫という。今は兵庫という。その誉田天皇は今の八幡の大神である。

（同前、二）

水無瀬《みなせ》

摂津の国の風土記にいう、——彼の国（摂津）の島上《しまのかみ》の郡である。山背《やましろ》の堺云々。

（『歌枕名寄』三）

籤稲《くししろ》の村

摂津の風土記にいう、——河辺の郡。山木《やまき》の保[*20]。籤稲の村は大鷦鷯《おほさざき》の天皇（仁徳天皇）のみ世には津直沖名《つのあたひおきな》の田であった。もとの名は柏葉《かしは》田《だ》である。田《た》串《ぐし》を作り犯した罪を罰すると田をもって〔その罪を〕あがなった。それ故に籤稲の村という。云々。

（『中臣祓気吹鈔』中）

高津

津の国の風土記にいう、――難波の高津は、天稚彦《あめわかひこ》が天くだったとき、天稚彦についてくだった神、天の探女《さぐめ》が、磐船に乗ってここまで来た。天の磐船が泊まったというわけで、高津というのだ、と。云々。

（『続歌林良材集』上）

御《み》魚家《まなや》

〔任那《みまな》はさまざまな魚が多い国であって、毎度日本の朝廷に奉献する。故にミマナと呼ぶのは、〔ミは〕御の字の心、マナはウヲの事。任那は魚を献ぜしこと〕摂津の国風土記西成郡の篇に、その魚が来ると御魚家といって京へ送るまでの間を宿した地名のことがある。

（『日本声母伝』）

東海道

伊賀国

国号の由来（一）

伊賀《いが》の国風土記。伊賀の国は昔伊勢の国に属していた。大日本根子彦太瓊《おほやまとねこひこふとに》の天皇（孝霊天皇）の御宇《みよ》の癸酉《みずのととり》の歳に、これを分かって伊賀の国とした。もと、この名は、伊賀津姫*21の領していた郡であるから、それによって郡の名とし、また国の名としたものである。

（『日本総国風土記』）

国号の由来（二）

伊賀の国の風土記。伊賀の郡。猿田《さるだ》彦《ひこ》の神*22が始めこの国を伊勢の加佐波夜《かざはや》（風速）の国につけ、そして二十余万歳の間この国を治めていた。猿田彦の神の女《むすめ》吾娥《あが》津《つ》媛《ひめ》命は日神の御神《みかみ》が天上から投げ降しなさった三種《みくさ》の宝器*23のうち、黄金の鈴を受領してお守りになった。その領有し守護した〔聖なる場所〕御いわいどを加志《かし》の和都賀野《わつがの》といった。現在手柏野《たかしはの》というのは、すなわちこの言葉をいいあやまったものである。またこの神が治め守った国であるので、吾娥《あが》の郡といった。その後、清見《きよみ》原《はら》の天皇（天武天皇）のみ世に吾娥の郡を分かって、国の名とした。その国名が定まらないことは十余年であった。これを加羅具似《からくに》といったのは虚国《むなしくに》の意味からである。後に伊賀と改めたのは吾娥という発音が転訛したものである。

（『風土記残篇』）

唐琴

からことという所は伊賀の国にある。彼の国の風土記にいう、――大和と伊賀の堺に河がある。中島のほとりに神女《しんにょ》がいつも来て琴を弾いていた。人が不思議に思ってこれを見ると、神女は琴を捨てて消えうせてしまった。この琴を神として祭った。それ故にその所を名づけてからことというのである。

（毘沙門堂本『古今集註』）

伊勢国

国号の由来

伊勢《いせ》の国の風土記にいう、――そもそも伊勢の国は、天御中主尊《あめのみなかぬしのみこと》の十二世の孫の天日別命《あめのひわけ》*24が平定した所である。天日別命は神倭磐余彦《かむやまといはれひこ》の天皇（神武天皇）が、あの西の宮（日向）からこの東の州《くに》を征討されたとき、天皇に随って紀《き》伊の国の熊野の村に着いた。その時、金の鳥の導くままに中州《なかつくに》に入って菟田《うだ》の下県《しもつあがた》においでになった。天皇は大部《おほとも》の日臣命《ひおみ》*25に勅して「逆賊、胆駒《いこま》(生駒)の長髄《ながすね》を早く征して罰せよ」と仰せられた。また天日別命に勅して「はるか天津《あまつ》の方に国がある、ただちにその国をたいらげよ」と仰せられて、天皇の将軍としての標《しるし》の剣を賜わった。天日別命は勅を奉じて東に入ること数百里であった。その邑《むら》に神があって名を伊勢津彦《いせつひこ》といった。天日別命は「汝の国を天孫(神武天皇)に献上したらどうか」と問うた。すると答えて「私はこの国を占拠してから長いこと住んでいる。命令にはしたがいかねる」といった。天日別命は兵を発してその神を殺そうと思った。するとそのとき恐れて平伏して申しあげるには、「私の国はことごとく天孫にたてまつりましょう。私はもうここにいるようなことは致しますまい」と。天日別命は問うて、「お前がこの国を去ったとき、なにをもってそれを証拠だてるか」といった。すると申しあげていうには、「私は今夜をもって八風《やかぜ》(大風)を起こし海水を吹き上げ波浪に乗って東の方にまいりましょう。これがすなわち私が退却したという証拠です」と。天日別命は兵を整備してその様子をうかがっていると、夜ふけになって大風が四方に起こり、大波をうちあげ、太陽のように光りかがやいて陸も海も昼のようにあかるくなり、ついに波に乗って東に去った。古語に「神風の伊勢の国は常世《とこよ》の浪《なみ》寄する国*26」というのは、つまりこれをいうのである。(伊勢津彦の神は、近くの信濃の国に住まわせた。)

天日別命はこの国を手なずけて天皇に復命した。天皇は大層よろこばれ、詔して「国の名は国つ神の名をとって伊勢と名づけるがよい」と仰せられ、やがて天日別命にその国の統治をまかせ、宅地は大倭《やまと》の耳梨の村に賜わった。（ある本にはこういっている、——天日別命は勅命をうけて熊野の村からまっすぐに伊勢の国に入り、荒ぶる神を殺し、服従しないものを罰し、山川の堺をたてて、村村を定め、そうしてから後、橿原の宮に復命した。）

（『万葉集註釈』一）

的形《まとかた》の浦

風土記にいう、——的形の浦[*27]は、この浦の地形が的に似ている。それで名とした。（現在ではすでにその跡は変わって江湖になった。）天皇は浜辺に行幸してお歌いになった。

麻須良遠能《ますらをの》　佐都夜多波佐美《さつやたばさみ》　牟加比多知《むかひたち》　伊流夜麻度加多《いるやまとかた》　波麻乃佐夜気佐《はまのさやけさ》

（ますらをがさつ矢を挟んで向い立って射る的形、そのように的形の浜は清くさやかである）

（同前、一）

度会《わたらひ》の郡

風土記にいう、——そもそも度会の郡と名づけるわけは、畝傍《うねび》の橿原の宮に天の下をお治めになった神倭磐余彦《かむやまといはれひこ》の天皇（神武天皇）が天日別命に命じて国を探し求められたとき、度会の賀《か》利佐《りさ》の峰[*28]に煙が立っていた。天日別命はそれを見ていった、「ここに小佐《をさ》（長）がいるらしい」

と。使者をやって見させると、使者は帰ってきて「大国玉《おほくにたま》の神[*29]がおります」と申しあげた。賀《か》利佐《りさ》に行くと、その時、大国玉の神は使をつかわして天日別命をお迎え申しあげた。それでそこに橋を造らせたが、まだ造り終えないでいるのに来てしまったので、梓弓をもって橋として渡らせた。ここに大国玉の神は弥豆佐々良姫《みづささらひめ》命を〔天日別命に差し上げる女として〕連れて来て、土橋《つちはし》の郷の岡本《をかもと》の村にお互いにお迎えした。天日別命は国見のためここに来ていたが出合っていうことには、「刀自（貴女）にちょうど渡り会った」と。そういうわけで郡の名としたのである。

（『倭姫命世記』）

滝原の神宮

伊勢の国の風土記にいう、——倭姫命は船に乗って渡会河の上流にのぼり、滝原の神の宮を定めた。

（『伊勢内宮』）

伊勢の国号

伊勢の国の風土記にいう、——伊勢というのは、伊賀の安志《あなし》の社においでになる神は、出雲の神の子、出雲《いづ》建子命《もたけこのみこと》、またの名は伊勢津彦の神、またの名は天の櫛玉命《くしたまのみこと》である。この神は、昔、石をもって城《き》（防塞）を造ってここにおいでになった。ここに阿倍志彦《あべしひこ》の神[*30]が来襲してきたけれども、勝つことができずに還り去った。それによって名とした。云々。

(『日本書紀私見聞』)

安佐賀《あさか》の社

伊勢の風土記。天照大神は美濃の国から廻って安濃《あの》の藤方《ふぢかた》の片樋《かたひ》の宮においでになった。その時安佐賀《あさか》山に荒ぶる神がいた。百人行けば五十人を殺し、四十人行けば二十人を殺した。これがため倭姫命《やまとひめ》*31は度会《わたらひ》の郡の宇治の村の五十鈴《いすず》の川上の宮に入り給わず、藤方の片樋の宮に奉斎した。そのころ、阿佐賀の荒ぶる神の所業を、倭姫命は中臣の大鹿島命《おほかしま》と伊勢の大若子命《おほわかこ》と忌部の玉櫛命を遣わして天皇に申し上げさせた。天皇が仰せられるには「その国は大若子命の先祖の天日別命が平定した国である。大若子命よ、お前がその神を祭り鎮めて倭姫命を五十鈴の宮にお入れ申しあげなさい」といって、すなわち種々さまざまな神への捧げ物を賜わって返し遣わされた。大若子命はその神を祭ってすっかり安全に鎮め、そこで社を安佐賀に建てて祭った。

(『大神宮儀式解』二)

宇治の郷

風土記にいう、――宇治の郷は、伊勢の国の度会《わたらひ》の郡の宇治の村の五十鈴河の河上に宮社《みやしろ》を造って太神をいつきお祭り申しあげた。これにちなんで宇治の郷を内《うち》の郷《さと》とした。今は〔内を〕宇治の二字をもって郷の名とした。

（『伊勢二所皇太神宮神名秘書』裏書）

度会《わたらひ》・佐古久志呂《さこくしろ》

風土記にいう、——度会というのは、川の名からおこっただけである。五十鈴は、「神風の百船《ももふね》の度会の県、佐古久志呂[*32]宇治の五十鈴の河上」という。みな古語によって名づけたのである。百船の御船を神に献ったのである。佐古久志呂とは河の水が流れ通って底に通じるという意味である。

（『万葉緯』十八所引『神名秘書』）

八尋《やひろ》の機殿《はたどの》・多気の郡

風土記にいう、——機殿を八尋殿と名づけるのは、倭姫命が太神をいつきまつった日に作り立てたのである。

またいう、——難波の長柄《ながら》の豊碕《とよさき》の宮に天の下をお治めになった天皇（孝徳天皇）の丙午《ひのえうま》の歳（六四年）に竹連《たけのむらじ》と磯部直《いそべのあたひ》[*33]の二氏がこの郡を建てたのである。

（同前）

五十鈴

五十鈴というのは、風土記にいう、——この日八《や》小男《をとこ》・八《や》小女《をとめ》たちがここに連れ立って逢い、洒樹接《いすすぎまじわ》った。それによって名とした。

（同前）

服織《はとり》の社

倭姫《やまとひめ》命は飯野《いひの》の高丘《たかをか》の宮にお入りになり、機屋《はたや》を作って大神の御衣服を織らせた。高丘の宮から、磯の宮にお入りになった。それで社をその地に建てて名づけて服織の社という。

（『倭姫命世紀裏書』）

麻《を》績《み》の郷

麻績の郷と名づけるのは、郡の北に神がいる。この神は大神の宮に荒妙《あらたへ》（目の荒い布・麻布）の衣物を奉る。神麻《かむを》績《み》の氏人たちがこの村に別れて住んでいた。それで名とするのである。

（同前）

志摩国

吉津《よしづ》の島

吉津の島[*34]は、風土記にいう、――昔行基菩薩《ぎやうぎぼさつ》が南天竺《なんてんぢく》（インド）の婆羅門《ばらもん》僧正・天竺の僧仏哲《ぶつてつ》に請うて三角柏《みつのかしは》を植え、大神の宮の御園とした。天平九（七三七）年十二月十七日、御祭の勤めを行なった。

（『拾玉集』五）

尾張国

熱田の社

尾張《をはり》の国の風土記にいう、――熱田の社は、昔、日本武命《やまとたける》が東の国を巡歴されてお還りになった時、尾張連《をはりのむらじ》の遠祖[*35]宮酢《みやず》媛《ひめ》命と婚されてその家にお宿りになった。夜のほどに厠に行って、腰につけていた剣を桑の木に掛け、忘れたまま殿にお入りになった。気がついて驚き、また往って取ろうとなさると剣に光があって神々しく、とることができなかった。そこで宮酢媛に仰せられて、「この剣は神の気がある、大事にお祭をして、私の形影《かたみ》としなさい」といわれた。それで社を建て、郷の名（熱田）によって宮の名とした。

（『釈日本紀』七）

吾縵《あづら》の郷

尾張の国の風土記《中巻》にいう、――丹羽《には》の郡。吾縵の郷。巻向の珠城《たまき》の宮に天の下をお治めになった天皇（垂仁天皇）のみ世、品津別《ほむつわけ》の皇子《みこ》は、生まれて七歳*36になっても口をきいて語ることができなかった。ひろく群臣に問われたけれども、誰一人よい意見を申しあげるものがなかった。その後、皇后の夢に神があってお告げをくだし給い、「私は多具《たぐ》の国の神、名を阿《あ》麻乃弥加都比女《まのみかつひめ》*37というのだ。私はまだ祭ってくれる祝《はふり》（祭主）をもっていない。もし私のために祭る人を宛てがってくれるならば、皇子はよく物を言い、また御寿命も長くなるようになる」といった。帝は、この神が誰で、どこにいるのかを探しだすべき人を占わせると、日置部らの祖建岡君《たけをかのきみ》がその占いに合った。そこで神をたずねさせた。その時建岡君は美濃の国の花鹿《はなか》の山に到り、榊の枝を折りとって縵《かづら》に造り、祈誓して「私のこの縵が落ちるところに必ずこの神がいらっしゃるだろう」といったところが、縵はとび去ってここに落ちた。そこで神がここにおいでになると知って〔縵の〕社を建てた。この社名によって里に名づけた。後の人は訛って阿豆良《あづら》の里という。　（同前、十）

川島の社

尾張の国の風土記にいう、――葉栗《はくり》の郡。川島の社《河沼《かはぬま》の郷の川島の村にある》。奈良の宮に天の下をお治めになった聖武天皇の時に、凡海部忍人《おほしあまべのおしひと》が申しあげるには、「この神は白い鹿に化して時々出現します」と。それで詔して大事にお祭りして天《あま》つ社[38]とした。（『万葉集註釈』二）

福興寺

同じ〔尾張の〕国の愛知《あゆち》の郡。福興寺。⸨土地の人は三宅《みやけ》寺と名づける。郡役所から南に去ること九里十四歩、日下部《くさかべ》の郷の伊福《いふき》村にある。⸩平城《なら》の宮に天の下をお治めになった天璽《あまつしるし》国押開《くにおしはるき》豊桜彦《とよさくらひこ》命の天皇（聖武天皇）の神亀元（七二四）年主政、外従七位下三宅連《みやけのむらじ》麻佐《まさ》のお造り申しあげた所である。（同前、二）

尾張の国号

風土記にいう、——日本武尊が東の夷《えみし》を征伐してこの国に帰還され、身につけていた剣を熱田の宮に奉納された。その剣は、もと八岐《やまた》の巨蛇の尾から出たものである。それで尾張の国と名づける。（『倭漢三才図会』）

登々《とと》川

尾張の国に登々川という河がある。『菅清公記』[39]にいう、大己貴《おほなむち》と少彦命《すくなひこのみこと》とが国めぐりをし

たとき、行き帰りした足の跡であるから跡々《とと》という。注にいう、世俗に跡《あと》のことを賭々《トト》というといっている。（『塵袋』十）

徳々志《とくとくし》

『尾州記[*39]』。女人があった。容白《かおしろく》太《ふとし》。注に世俗の語に徳徳志（福々しい）といっている。（同前）

葉栗《はぐり》の尼寺

尾州葉栗郡に光明寺という寺がある。はぐりの尼寺と名づける。これを飛鳥浄御《あすかきよみ》原《はら》の御宇（天武天皇）〔丁丑〕（六七七年）に小乙中葉栗臣《はぐりのおみ》人麿が始めて建立したと〔『尾州記』に〕見えている。（同前、五）

藤木田

昔、尾張の国の春部《かすがべ》の郡に、国造《くにのみやつこ》の川瀬連《かはせのむらじ》というものがいて、田を作っていたところが、一夜の間に藤が生えてしまった。怪しみ恐れて切り棄てることもしなかったが、その藤はますます大きくなった。そんなわけでこの田をはぎたという、とかいうことである。この事を菅原清公卿の書いた『尾州記[*39]』のいうところでは、「その藤はだんだん大きくなって樹の如くであ

る。ついに藤木〈俗に波木《はぎ》という〉田と名づけた」といっている。（同前、三）

宇夫須那《うぶすな》の社

尾州葉栗郡、若栗の郡に宇夫須那の社という社がある。廬入《いほいり》姫（景行天皇皇女）の誕生した産《うぶ》屋《や》の地である。それ故に社に名づける。（同前、三）

張田《はりた》の邑《むら》

尾張の国山田の郡の山口の郷のうちに張田の邑がある。昔この辺に榛〈俗にこれを波里という〉が多い。云々。（同前、二）

大呉《おほくれ》の里

尾張の国に大呉の里という所がある。旧記には大塊と書いている。その根元をたずねると、巻向日代の宮の治世（景行天皇）に、天皇が国を治めておいでになっているとき、西の方に大いに笑う声がしたので、怪しみ驚き給うて石津《いしつ》田連《たのむらじ》という人を遣わして見させると、牛のような顔をしたものどもが集まってひどく笑っていた。けれどもこの石津田はすこしも恐れる心もなく、剣を抜いて一つ一つ切り棄ててしまった。これによってその所を大斬《おほきり》の里といったのを、

後になると誤っておほくれといいなすようになったとかいう。（同前、五）

星石

尾張風土記によると、尾張の国玉置山に一つの石があった。赤星（明星）の落ちた処である。その麓に星池というのがある。星がいつもこの池に宿るとか。怪石が一つある。星の化した石であるという。いまでもなお時々星がこの山に落ちるといっている。（『雲根志』三）

駿河国

三保の松原

風土記を案ずるに、古老はこう語り伝えている、——昔、神女があった。天から降りてきて、羽衣を松の枝に乾していた。漁夫がそれを拾いとってみると、その軽くてやわらかいことは言葉ではいいあらわせないほどである。いわゆる天人の着るという六銖《ろくしゅ》の衣*40か、またはたなばた姫の機で織ったものなのか。神女は返してくれと乞うけれども、漁夫は返そうとしない。神女は天に昇ろうとするけれども羽衣がないので、とうとう漁夫と夫婦となった。けだし、これもやむをえないことではあった。その後、ある日、女は羽衣を取って、雲に乗って去った。その漁夫もまた仙人となって天に登ってしまったという。

（『本朝神社考』五）

富士の雪

富士の山には雪が降りつもっているが、六月十五日にその雪が消え、子《ね》の時（午後十二時ごろ）から以後はまた降り代わると、「駿河国風土記」には見えているということである。

（『万葉集註釈』三）

てこの呼坂《よびざか》

するがの国の風土記にいう、――廬原の郡の不来見《こぬみ》の浜に妻を置いてそこに通っている神があった。その神はいつも岩木の山から越えてくるのだが、この山には荒ぶる神で通行の邪魔をする神があって、さえぎって通さない。それでその神がいない折を見はからって通った。それだから来ることはむずかしい。女神は男神のくるのを待ちかねて岩木山のこちらがわにきて、夜ごとに待つのだが、待っても来ないので男神の名をよんで叫ぶ。それでそこの所を名づけててこの呼坂というのだと、云々。てことは東国の方言では、女をてこという。田子の浦も手子の浦である。

東路の[*41]　てこのよび坂　こえかねて　山にか寝むも　宿りはなしに

東路の　てこのよびさか　越えていなば　あれは恋いむな　後はあいぬとも
(東へ行く路にあるてこの呼坂を越えかねて、山に寝ようか、宿もなく)
(てこの呼坂をこえていってしまったら私は恋しい、あとでは逢えるといっても)

上の二首は、かの男神の歌だという。女神の歌にいう、

岩木山[*42]　たゞ越え来ませ　いほさきの　こぬみの浜に　我たちまたむ
(岩木山をまっしぐらに越えていらっしゃい。廬崎の不来見《こぬみ》の浜で私は待っています)

この歌も『万葉集』に入れられている。いほ崎はいほ原の崎である。こぬみの浜は男神が来ないところからいっていると、云々。

(『続歌林良材集』上)

駿河の国号

風土記にいう、——国に富士河がある。その水はきわめて猛烈で速い。それで駿河の国と名づけると、云々。

(『枕詞燭明抄』上)

伊豆国

温泉

准后北畠親房[*43]が書いたもののなかに、伊豆《いづ》の国の風土記を引用していう、――温泉の由来を考察すると、大昔、天孫がまだ天降りなさらない時、大己貴《おほなむち》と少彦名《すくなひこな》とが、わが秋津島の人民が若死にするのを憐れに思って、始めて禁薬（医療）と温泉の方法とをさだめた。伊津《いづ》の神の湯もまたその中の一つで、箱根の元湯がそうである。走湯《はしりゆ》はそうではない。人皇四十四代（元正天皇）養老年中に始まる。普通尋常の出湯《いでゆ》ではない。昼のあいだに二度、山岸の岩屋の中に火焔がさかんに起こって温泉を出し、燐光がひどく烈しい。沸く湯をぬるくして、樋をもって浴槽に入れる。身を浸せば諸病はことごとくなおる。（『鎌倉実記』三）

興野《おきの》の猟

准后北畠親房の記によると、伊豆別王子は景行天皇の二十四子武押分命である。

伊豆風土記にいう、――駿河の国の伊豆の埼《さき》を割いて伊豆の国と名づけた。日金岳《ひがねのたけ》に瓊瓊杵《ににぎ》尊の荒神魂《あらみたま》を祭る。興野の神猟は、年々国ごとの課役として奉仕する。八つの牧場《まきば》から神への捧げ物を供え、狩りのための道具や行装を出納する順序については図解記録がある。推古天皇のみ世には伊豆と甲斐との両国のあいだには聖徳太子の御領地が多かった。そのため猟鞍を停止した。八つの牧場の所々に、昔、猟場の役人たちは、山の神を祭り、幣坐《みてぐら》の神坐《かみくら》と名づけた。その古法が絶えてから久しい。夏野の猟鞍は伊東と興野の土地の人が一年ごとに鹿柵《かせ》と射手と

をえらんで行なう。云々。（同前）

造船

准后親房の記にいう、応神天皇五年甲午《きのえうま》 冬十月、伊豆の国に課して船を造らせた。長さ十丈である。船ができあがって海に浮かべると、軽いことは木の葉のように走った。伝承するところによると、この舟木は日金山の麓の奥野《おきの》の楠《くすのき》であるという。これは本朝において大船を造る始めである。（同前）

甲斐国

菊花山

甲斐の国都留の郡に菊の生えている山がある。その山の谷から流れる水は菊を洗う。これによってその水を飲む人は寿命がながくて鶴のごとくであった。それで郡の名とした、と、その国の風土記に見えている。（『和歌童蒙抄』四）

相摸《さがみ》国

伊曾布利《いそふり》

相摸の国の風土記にいう、——鎌倉の郡。見越《みこし》の崎。つねに速い浪があって石を崩す。国びとは名づけて伊曾布利という。石を振るのをいうのである。

（『万葉代匠記』十四）

足軽《あしがら》の山

相摸の国の風土記にいう、——足軽山は、この山の杉の木をとって舟を作ると、舟あしの軽いことは他の材木で作った舟とはちがっている。それであしからの山とつけた。

（『続歌林良材集』上）

下総国・上総国

下総《しもつふさ》と上総《かづさ》の国号

下総・上総は、総《ふさ》は木の枝をいう。昔この国に大きな楠が生えた。長さは数百丈に及んだ。その時の帝はこれを不思議に思ってこれを占わせ給うと、神祇官の役人は奏上していった、「天下の大凶事である」と。これによって彼の木を斬り捨てると、南方に倒れた。上の枝（の倒れた所）を上総といい、下の枝を下総という。風土記。

（『国花万葉記』十）

常陸国

大神《おほかみ》の駅家《うまや》

常陸の国の風土記にいう、——新治《にひばり》の郡。駅家がある。名は大神という。そう称するわけは大蛇が沢山いる。それで駅家に名づけた。云々。

（『万葉集註釈』二）

天皇の称号

いわゆる常陸の国の風土記には、あるいは纏向《まきむく》の日《ひ》代《しろ》の宮に大八洲照臨天皇之世といい、あるいは石村《いはれ》の玉穂《たまほ》の宮に大八洲所馭天皇之世といい、あるいは難波の長柄の豊前の大朝に八洲撫馭天皇の世という。

（同前、一）

郡をクニという

昔は郡を国といっていることが多い。常陸の国の風土記には、ニヒバリノクニ（新治の国）、マカベノクニ（真壁の国）、ツクハノクニ（筑波の国）、カシマノクニ（香島の国）、ナカノクニ（那珂の国）、タカノクニ（多珂の国）などといっている。

（同前）

枳《き》波《は》都《つ》久岡《くのをか》

枳波都久岡、常陸の国、真壁郡にある。風土記に見えている。

（同前、八）

桁藻《たなめ》山

常陸の国多珂郡の桁藻山をも、風土記の歌には「みちのしりたなめのやま」とよんでいる。

（同前、七）

かひや

登蓮法師は「ひたちの国の風土記に、浅くて広いのを沢といい、深くて狭いのをかひやというとみえている」と申してはおられるけれども、直接かの国の風土記を見たわけではないので心もとない。

（『袖中抄』一）

尾長鳥

尾長鳥というのはそういうべき鳥があるのか。それとも絵に尾長鳥を書いているからそういうのか。（中略）ただ常陸国記にいう、別に鳥がある。尾長と名づける。また酒鳥《さかどり》という。その姿は項《うなじ》は黒く尾は長く、色は青鷺《みとさぎ》に似て雀を取る。ほぼ鶏に似ているけれども隼ではない。山野に栖み、また里にも住む、といっている。

（『塵袋』三）

比佐頭《ひさづ》

瑟《しつ》（琴の一種）をこの国ではヒサツといっている。常陸国記にいう、――大谷の村の大きな榛《はりのき》をとって、根もとの方を皷に造り、末の方を瑟《しつ》《俗に比佐頭という》に造る、といっている。

（同前、七）

賀久賀鳥《かくかどり》

覚賀《かくが》鳥《とり》というのはなんという鳥か。『日本紀私記』には鴡鳥《みさご》の名だといっている。ただし風土記を考えると、常陸の国河内の郡の浮島の村に鳥があり、賀久賀鳥という。その細々と鳴く声は愛らしい。大足日子《おほたらしひこ》天皇（景行天皇）がこの村の仮宮にとどまり給うこと三十日、その間に天皇はこの鳥の声をききめされて、伊賀理《いかり》の命をつかわして網を張って捕えさせた。大いによろこんで鳥《と》取《とり》という姓を給わった。その子孫が今なおここに住む、といっている。（同前、三）

久慈理《くじり》の岳

常陸の国に久慈理の岳という岡がある。その岡の姿が鯨に似ているのでこういうのである、という。云々。土地の人の言葉に、鯨をよんで久慈理といっている。　（同前、六）

賀蘇里《かそり》の岡

サソリとはササリ蜂というものである。ササリは誤りである。本体はサソリというべきものである。常陸国にはカソリとかいっているそうだ。かの国に賀蘇理の岡という岡がある。昔この岡にササリバチが多かった。これによってサソリの岡というべきを、カソリノ岡というのであろうか。　（同前、十）

績麻

常陸国記に、――昔、兄と妹と同じ日に田を作っていたが、「今日植え遅れるようなことがあったら、伊《い》福部神《ふくべのかみ》（古墳石室築造者の神）の災難がふりかかるぞ」といっているあいだに、妹が田を植えるのがおそくなった。その時雷が鳴って、妹を蹴殺した。兄は大いになげき、怨んで、かたきを討とうとするが、その神の在りかがわからない。すると一羽の雌の雉《きじ》が飛んで来て肩の上にとまった。〔その兄は〕ヘソ（麻糸をつむいで巻いたもの）をとって雉の尾にひっかけたところが、その雉は飛んで伊福部の丘にあがった。それでそのヘソを尋ねてたどってゆくと雷の寝ている岩屋に着いた。大刀を抜いて神雷を斬ろうとすると、神雷は恐れおののいて、生命だけは助けて下さいと頼んだ。「お助けくださったらあなたの命令にしたがって、百歳ののちにいたるまで、あなたの子孫の末の末まで落雷のおそれがないようにいたします」と。それで許して殺さなかった。その兄は雉の恩を喜んで「生々世々いつまでもその徳は忘れますまい。もしそれに違背することがあったならば病にとりつかれて一生不幸なことになるだろう」と誓った。そういうわけで、その所の百姓は今の世にいたるも雉を食わないということである。このことを書いたところに「取二績テ麻ヲ一（俗に倍蘇《ヘソ》という）繫《かく》二其ノ雉ノ尾ニ一」といっている。（同前、八）

沼尾の池

光俊朝臣「ぬまの尾の池の玉水神代より絶えぬや深き誓ひなるらむ」、この歌は康元元（一二五六）年十一月五日、鹿島社に参詣し、宮めぐりをしたとき沼尾社へお参りすると、社辺に沼尾池がある。そのさまはいかにもすがすがしく見えて、神代に空から水くだって、蓮が生えているのを服用するとそのものは不老不死になるなどと風土記に見えているが、いまはもはや無い古事とはあいなった、と、云々。

（『夫木集』二十三）

東山道

近江国

伊香《いかご》の小江

古老が語り伝えていうには、近江の国の伊香の郡与胡《よご》の郷。伊香の小江[*44]。郷の南にある。天の八女《やをとめ》がともに白鳥となって天から降り、江の南の津で水浴をした。その時、伊香刀美《いかとみ》という人が西の山にいてはるかに白鳥を見ると、その様子が普通とちがって奇異であった。それで、もしかすると神人《かみ》ではないかと疑って行って見ると、まことにこれは神人であった。ここに伊香刀美はたちまち愛情のこころがおこり、立ちさることができない。こっそり白い犬をやって天の衣を盗みとらせると、いちばん若い娘の衣を入手したので隠した。天女はそれとさとり、姉の七人は天上に飛んで昇ったのに、妹の天女一人は飛び去ることができない。天への帰る途は長くとざされ、ついに地上の人となった。天女の水浴した浦を今も神の浦というのはこのことである。伊香刀美は天女の妹とともに夫婦となってここに住み、ついに男女の子供たちを生んだ。男二人に女二人である。兄の名は意美志留《おみしる》、弟の名は那志登美《なしとみ》、女は伊是理比売《いぜりひめ》、次女の名は奈是理《なぜり》比売、これは伊香連《いかごのむらじ》の先祖である。のちに、母がその天羽衣《あまのはごろも》をさがしとって、着て天に昇った。伊香刀美は孤閨をむなしく守って嘆き悲しんでやまなかった。

（『帝王編年紀』養老七年条）

竹生島

〔またいう〕霜速比古《しもはやひこ》命の息子は多々美比古《たたみひこ》命、これは夷服《いぶき》の岳の神という。娘は比佐志比女《ひさしひめ》命、これは夷服の岳の神の姉で、久恵《くゑ》の峰においでになる。つぎに浅井比咩《あさゐひめ》命、これは夷服の神の姪で、浅井の岡においでになった。さて、夷服の岳と浅井の岳とは、お互いにその高さを競べ争ったが、浅井の岡は一晩のうちに高さを増した。夷服の岳は非常に怒って剣を抜いて浅井比売の頭を斬ったところが江の中に落ちて江の島となった。竹生島と名づけるのはその頭であろうか。

（同前）

八張口《やはりぐち》の神の社

近江の風土記にいう、――八張口の神の社。すなわち伊勢の左久那太李《さくなだり》の神*45を忌んで祭っているのは瀬織津比咩である。云々。

（『創禊弁』）

細浪《ささなみ》の国

近江の国の風土記を引用していう、——淡江《あふみ》の国は、淡海《あはうみ》をもって国の号とする。それでまたの名を細浪の国という。目前に湖上のさざ浪を向かい見るからである。

(『神楽入綾』所引、浅井家記録)

美濃国

金山彦《かなやまひこ》の神

風土記にいう、——伊弉並《いざなみ》尊は火の神軻遇槌《かぐつち》をお生みになった時、ひどく熱がり悩まれたのでお吐きになった。この吐いた物が神と化した。金山彦の神というのがこれである。

(『延喜式神名帳頭註』)

飛驒国

飛驒《ひだ》の国号

風土記にいう、——この国はもと美濃のうちであった。昔、近江の国の大津に王宮を造った時、この郡から良い材木が沢山出て、馬の駄《ダ》に背負わせて来たが、その速さはまるで飛ぶようであった。それで改めて飛騨の国と称する。

（『倭漢三才図会』七十）

信濃国

ははき木

昔、風土記という書を見たおりに、このははき木のいわれについて大略のことは見たように思う。しかし年ひさしくなっているので、はっきりとも覚えていない。その木は美濃と信濃との国の堺のそのはら（園原）、ふせや[*46]（布施屋）という所にある木である。遠くで見ればほうきを立てたように立っているが、近よって見るとそれに似た木とてもない。それで在りとは見えながら出逢わぬもののたとえとするのである。

（『袖中抄』十九）

陸奥国

八槻《やつき》の郷

陸奥《みちのおく》の国の風土記にいう、——八槻[*47]と名づけるわけは、巻向《まきむく》の日代《ひしろ》の宮に天の下をお治めになった（景行）天皇の時、日本武尊が東の夷《えみし》を征伐して、この地に来て、八目《やつめ》の鳴鏑《なりかぶら》の矢をも

って賊を射仆した。その矢の落下した所を矢着《やつき》という。ここに正倉がある。〔神亀三年、字を八槻と改めた。〕

古老のいい伝えによると、昔この地に八人の土蜘蛛がいた。一を黒鷲といい、二を神衣姫《かむぞ》といい、三を草野《かやの》灰《はひ》といい、四を保々吉《ほほき》灰《ばひ》といい、五を阿邪爾那《あざにな》媛《ひめ》といい、六を栲猪《たくゐ》といい、七を神石萱《かむいしかや》といい、八を狭磯名《さしな》といった。それぞれに一族がいて、八ヵ所の石室にたむろしていた。この八ヵ所はみな要害の地だったので、上の命令に従わなかった。国造《くにのみやつこ》の磐城《いはき》彦《ひこ》が敗走してから後は皇民を掠奪して止むことがない。纏向《まきむく》の日代の宮に天の下をお治めになった天皇（景行天皇）は、日本武尊にみことのりして土蜘蛛を征討させ給うた。土蜘蛛らは力を合わせて防禦し、また津軽の蝦夷と通謀し、猪鹿《しし》弓《ゆみ》・猪鹿矢を石城に沢山つらね張って官兵を射たので、官兵は進むことができない。日本武尊は、槻弓《つきゆみ》、槻矢を執り執らしめて、七つの矢八つの矢をはなちにはなち給うと、すなわち七発の矢は雷のごとく鳴りひびいて蝦夷の徒党を追い散らし、八発の矢は八人の土蜘蛛を射貫いて立ちどころに倒した。その土蜘蛛を射た矢はことごとく芽が出て槻の木となった。その地を八槻の郷という。ここに正倉がある。神衣《かむぞ》媛《ひめ》と神石萱《かむいしかや》との子孫で赦免されたものは郷の中に住んでいる。いま綾部《あやべ》というのはこれである。（『大善院旧記』）

飯豊山《いひとよ》

陸奥の風土記にいう、――白川の郡。飯豊山。この山は豊岡姫《とよをかひめ》命*48の斎庭《ゆには》である。また飯豊青《いひとよあを》尊が物部臣《もののべのおみ》をして御幣を奉らせた。それ故に山の名とする。古老のいうことには、昔、巻向《まきむく》の珠城の宮に天の下をお治めになった天皇（垂仁天皇）の二十七年戊午、秋の飢饉で人民が沢山死んだ。それ故に宇恵々山《うゑゑやま》といった。後に名を改めて豊田《とよだ》といい、また飯豊という。　（同前）

浅香沼《あさか》

ある説にいう。陸奥国の風土記に、浅香の沼。名があって尋ね求めて行けば見えない沼である。もし尋ねて見れば死ぬという。

（久曾神昇氏蔵『堀河院百首聞書』）

北陸道

若狭国

若狭《わかさ》の国号

風土記にいう、――昔この国に男と女があって夫婦となり、ともに長生きして、人はその年齢を知らなかった。容貌の若いことは少年のようである。後に神となった。今の一の宮の神[*49]がこれである。それで若狭の国と称する。云々。

（『倭漢三才図会』七十二）

越前国

気比《けひ》の神宮

風土記にいう、――気比の神宮[*50]は宇佐八幡と同体である。八幡は応神天皇の垂跡で、気比の明神は仲哀天皇の鎮座である。

（『神名帳頭註』）

越後国

八《や》坂丹《さかに》

越後《こしのみちのしり》の国の風土記にいう、——八坂丹[*51]は玉の名である。玉の色の青いのをいう。それ故に青八坂丹の玉という。　（『釈日本紀』六）

八《や》掬脛《つかはぎ》

越後の国の風土記にいう、——美麻紀《みまき》の天皇（崇神天皇）のみ世に、越の国に人があった。八掬脛と名づけ（その脛の長さは八掬（八つ握り分）あって力が多くて大変強い。これは土雲の後裔である）、その属類が非常に多い。　（同前、十）

山陰道

丹後国

奈具《なぐ》の社

丹後《たにはのみちのしり》の国の風土記にいう、——丹後の国丹波《たには》の郡。郡役所の西北の隅のかたに比治《ひぢ》の里[*52]がある。この里の比治山の頂上に井がある。その名を真奈井《まなゐ》というが、現在ではすっかり沼になっている。この井に天女が八人降って来て、水浴をしていた。その時、老夫婦がいた。その名を和奈佐老夫《わなさおきな》・和奈佐老婦《おみな》といったが、この老人たちは、この井のところに行き、こっそり天女の一人の衣裳を取って隠した。やがて衣裳のある天人はみな天にとび昇ったが、衣裳のないこの娘だけが一人とどまって、身を水に隠し一人はずかしがっていた。そこで老夫は天女にいった、「私には子どもがありません。どうか天女の娘よ、あなたは私の子におなりください」と。天女は答えて「わたし一人が人間の世界にとどまってしまった。どうしてお言葉に従わずにいられましょうか。だからどうぞ衣裳を返して下さい」といった。老夫は「天女の娘よ、どうして人をだます気になるのか」というと、天女は、「天人の心ざしというものは信実をもって基本としています。どうしてこんなにひどく疑って衣裳を返してくれないのですか」といった。老夫は答えて、「疑心が多く信実のないのがこの地上の世界では普通のことなのです。だから、そんな心から返すまいとしただけです」といった。そしてついに衣を返して、そのまま一緒に連れ立って自宅に帰り、一緒に住むこと十余年であった。

ここに天女は酒を造るのがうまかった。それを一杯飲むとみごとにどんな病気でもとり除くことができた。その一杯〔を手に入れるために人々は〕沢山の財貨を車に積んで送るほどであった。そしてその家は豊かになり、土形《ひちかた》（田畑）は富んだ。それ故に土形《ひちかた》の里といった。それを〔大昔を過ぎて〕なかばごろから今時にいたるまでに、比治の里というようになった。その後、老夫婦たちは天女に「お前は私の子ではない。暫くの間、仮に住んでいただけだ。早く出て行ってしまえ」といった。すると天女は天を仰いで慟哭し、地に伏して哀吟し、やがて老夫婦たちにいった、「わたしは自分の心から来たく思って来たのではありません。これはお爺さんらが願ったことなのです。どうしていまさらにくしみ嫌ってすぐさま出て行けなんて、そんなむごいことがいえるものでしょうか」と。老夫はますますいきどおって早く立ち去るように求めた。天女は涙を流して、やっと門の外にしりぞき、郷人《さとびと》にいった、「わたしは久しいこと人間世界におちぶれていて天に帰ることができません。また親しい縁者もなく、住むよしも知りません。わたしはいったいどうしたらいいのでしょう、どうしたらいいのでしょう」と。涙をぬぐい吐息をついて、天を仰いで歌った、

天の原　ふりさけ見れば
霞立ち　家路まどいて
行方知らずも

（はるか大空を仰ぐと
霞が立って家路がはっきりしないで
行くべきすべを知らない）

ついに行き去って荒塩の村*53に到り、村人たちにいった、「老夫老婦たちの心を思えばわたしの心は荒塩（荒潮）となんら異なるところがありません（波だち立ち騒いでいます）」と。それで比治の里の荒塩の村という。また丹波の里の哭木《なきき》の村*54に到り、槻の木にもたれて哭いた。それ故に哭木の村という。また竹野《たかの》の郡舟木の里の奈具の村に到り、そして村人たちにいった、「ここに来て私の心は奈具志久《なぐしく》（平和に）なった。⸨古語に、平善をば奈具志という。⸩すなわちこの村にとどまり住んだ。これはいわゆる竹野の郡の奈具の社*55においでになる豊宇《とよう》賀能売《かのめ》命である。

（『古事記裏書』『類聚神祇本源』）

天の橋立

丹後の国の風土記にいう、――与謝の郡。郡役所の東北隅の方向に速石《はやし》の里がある。この里の海に長くて大きな岬がある。⸨長さは一千二百二十九丈、巾はある所は九丈以下、ある所は十丈以上、二十丈以下である。⸩前の方の突出部を天《あま》の椅立《はしだて》と名づけ、後の方を久志《くし》の浜と名づける。そういうわけは、国をお生みになった大神の伊射奈芸《いざなぎ》命が天にかよおうとして梯子を造り立てたもうた。それ故に天の椅立といった。ところが大神がお寝《やす》みになっている間に倒れ伏した。そこで久志備《くしび》（神異）であると不思議にお思いになった。それ故、久志備の浜といった。中ごろから久志《くし》というようになった。ここから東の海を与謝の海といい、西の海を阿蘇《あそ》の海という。この両方の海にはさまざまな魚や貝などがすんでいる。ただ蛤《うむぎ》はすくない。

（『釈日本紀』）

浦の嶼子《しまこ》（浦島太郎）

丹後の国の風土記にいう、――与謝の郡。日置の里。この里に筒川の村[*56]がある。ここに日下《くさか》部首《べのおびと》らの先祖[*57]で、名を筒川の嶼子という男があった。生まれつき容姿は秀麗で、風流なことは比較すべきものもなかった。これは世にいうところの水の江の浦の嶼子という者である。このことはすべてもとこの国の国司であった伊預《いよ》部馬養連《べのうまかひのむらじ》[*58]が書いていることとすこしも違っていない。それ故、簡単にそのいわれを述べよう。

長谷の朝倉の宮に天の下をお治めになった天皇（雄略天皇）のみ世に、嶼子《しまこ》はひとり小船に乗って海の真っただ中に浮かんで釣りをしたが、三日三晩たっても一匹の魚さえとることができず、ただ五色の亀をとることができた。心中不思議な思いで船の中に置いてそのまま寝てしまうと、たちまちに〔亀は〕婦人となった。その顔かたちの美しさはたとえようがなかった。嶼子は尋ねて「人家ははるかに離れて、海上には人影もない。それなのに忽然として現われるとはいったいどこのお方なのか」というと、女娘《をとめ》は微笑して答え、「風流なお方がひとり大海原に浮かんでいらっしゃる。親しくお話ししたいという気持をおさえ切れず、風雲とともにやって来ました」といった。嶼子はまた尋ねた、「風雲はいったいどこから来たのか」。女娘が答えていうには、「天上の仙家の人です。どうか疑わないで下さい。語らいあって打ち解けてくださいませ」といった。そこで嶼子は神女であることを知り、恐れ疑う心が静まった。女娘は語って「わたしの心は、天地と終りを同じくし、日月とともに極まるまで、あなたと永遠に添いたいと思います。ただあなたはどうお思いか。否かいやでないか早く心のうちをお聞かせ下さい」といった。嶼子は答えて、「なに一ついうことはありません。どうして〔あなたを愛する心に〕ゆるむようなことがありましょうか」といった。女娘は「それではあなた、棹をとり直して蓬萊山《とこよのくに》に行こうではありませんか」といった。嶼子が従って行こうとすると、女娘は注意して目をつぶらせた。と思う間もなく、海中の広くて大きい島に着いた。地には玉を敷いたように美しく、高い宮門は大きな影をおとし、楼殿はあざやかに照り輝き、いまだかつて見たこともなく、耳に聞いたこともないところであった。二人は手をとりあってゆったりと歩いて、一つの大きな邸宅の門に着いた。女娘は、「あなたはここでちょっと待っていて下さい」といって門をあけて中に入っていった。すると、七人の童子がやってきて、互いに語りあって、「この人は亀比売《かめひめ》の夫だ」といった。また八人の童子がやってきて、互いに語りあって「この人は亀比売の夫だ」といった。そこであの女娘の名が亀比売であることを知った。そこへ女娘が出てきたので、嶼子は童子たちのことを語った。女娘は、「その七人の童子は昴星《すばるぼし》です。八人の童子は畢星《あめふり》です。怪しまないで下さい」といって、先に立って案内し、内に引き入れた。女娘の父母はいっしょに出迎え、挨拶のお辞儀をして座についた。そして人間と仙都との差別を説明し、人と神とが稀れに出会えたことのよろこびを語った。そこで数百品の芳香のある食べ物をすすめ、兄弟姉妹たちは杯をあげてやりとりをし、隣の里の幼女たちも美しく化粧して接待をして戯れ遊んだ。仙歌は声もさわやかに、神の舞は手ぶりもなよやかに、饗宴のさまは人間世界に数万倍した。まったく日の暮れたのも忘れたが、ただ黄昏時になって沢山の仙人たちがしだいに退散すると、女娘ひとりがとどまって肩を寄せ合い袖を交わし、夫婦の語らいをした。時に嶼子は旧俗《ふるさと》を忘れ、仙都に遊ぶこと三歳を経過した。たちまちに郷里をおもう心がまき起こり、ひとり両親を恋い思った。それで悲哀の情がはげしくおこり、嘆きは日ましに強くなった。女娘は問うて、「このごろあなたの顔色を見るといつもの様子とちがっています。あなたの思っていらっしゃることを打ちあけて下さい」といった。嶼子は答えて、「古人は、世の常の人間は郷土を思い、狐は自分の古巣の山の方を頭にして死ぬとかいっています。自分はそれを嘘だと思っていましたが、いまはそれはまことだと知りました」といった。女娘は問うて、「あなたは帰りたいのですか」というと、嶼子は答えて、「私は近親や知り合いの人から離れて遠い神仙の境界に入りました。それを恋いしのぶ心をおさえることができないで、軽率な思慮のほどを口にだしてしまいました。できれば、しばらくの間もといた国に還って両親にお会いしてきたいものです」といった。女娘は涙を流して、「私の心では金石と同様、千年も万年もと期していたのに、郷里のことを思いだして私をたちまち棄て忘れてしまうとは、……」と嘆いていった。そして二人手をとりあってさまよい、語り合い、なげき哀しんだが、ついに袂をひるがえして立ち去り、岐路《わかれみち》についた。ここにおいて女娘の父母と親族たちは別れを惜しんで送った。女娘は玉匣《たまくしげ》（美しい櫛箱）をとって嶼子に授けていうには、「あなたは本当に私を忘れないで、恋い尋ねてくださるのならば、この匣《くしげ》をしっかり握って、決して開けて見てはいけません」と。すなわちお互いに分かれて船に乗って目を眠らせると、たちまちにもとの郷里の筒川の郷に着いた。

そこで〔嶼子は〕村里をつらつら眺めてみると、人も物も移りかわって、一向に頼るべきところもなかった。かくて里びとに「水江《みづのえ》の浦の嶼子の家の人たちは今どこに住んでいるのでしょうか」と聞いた。郷人は答えていった、「あなたはいったい何処の何者で、そんな遠い昔の人のことをきくのですか。私が古老たちのいい伝えを聞いたところでは、ずっとさきの世に、水江の浦の嶼子というものがあって、ひとり海に遊びに出たきり二度と還って来ない。今までに三百余歳を経ている、ということです。なんで突如としてそんなことを聞くのだろう」と。

そこで絶望の心をいだいて郷里をあるき廻ったけれども、ひとりの親しい人にもあわず、すでに十数日たってしまった。そこで玉匣を撫でて神女のことをしみじみとしのんだ。かくて嶼子はすぎた日に約束したことを忘れ、ただちに玉匣を開いた。すると一瞬のうちににおうがごとき若々しさは風雲とともに蒼空に飛び去ってしまった。嶼子は、もはや約束にそむいたので、また再び会い難いことを知って、頭をめぐらしてたたずみ、涙にむせんでさまよった。ここに涙をぬぐって歌った。

　常世べに　雲たちわたる　　（仙界の方に雲がたちたなびいている
　水の江の　浦島の子が　　水の江の浦島の子の言葉をもって
　言《こと》持ちわたる　　たちたなびいている）

神女ははるかに芳音を飛ばして歌った。

　大和べに　風吹きあげて　　（大和の方に風が吹きあげて
　雲離れ　退《そ》き居りともよ　　雲が離れてゆくように遠く離れていても、
　吾《わ》を忘らすな　　私をお忘れにならないでね――）

嶼子はまた恋の思いにたえかねて歌った。

　子らに恋い　　（子らを恋しく思って
　朝戸を開き　吾が居れば　　夜明に戸を開いていると

常世の浜の　浪《なみ》の音《と》聞こゆ　　常世の浜の浪の音がきこえてくる）

後の時代の人がそのあとに付け加えて歌った。

水の江の　浦島の子が　　（水の江の浦島の子が
玉匣　開けずありせば　　玉くしげをあけなかったら
またも逢わましを　　また逢えただろうに）
常世べに　雲たちわたる　　（常世の方に雲がたちたなびく
たゆまくも　はつかまどいし　　うかうかとわずかに惑ってしまった
我れぞ悲しき　　自分が悲しい）

（『釈日本紀』十二）

因幡国

武内宿禰《たけのうちのすくね》

因幡の国の風土記にいう、——難波の高津の宮（仁徳天皇）に天の下をお治めなされた五十五年春三月、大臣《おほおみ》武内宿禰は、御年三百六十余歳で当国に御下向あり、亀金《かめかね》に双《ふたつ》の履《くつ》を残して御《みか》陰所《くれどころ》知れずになった。聞くところによると、因幡の国法美《ほふみ》の郡の宇倍山の麓に神の社[*59]があり、宇倍社という。これは武内宿禰のみ霊である。昔、武内宿禰は、東方《あずま》の夷《えみし》を平らげて、宇倍山に入った後、終わる所を知らずという。（『万葉緯』所引「武内伝」）

白兎（因幡の白兎）

因幡の記〔という本〕をみると、かの国に高草の郡[*60]がある。その名については二つの解釈がある。一には野の中の草が高かったので高草という。その野を郡の名とした、と。一には竹草の郡である。ここにもと竹林《たかばやし》があった。それでこういうのである。〔竹は草の長《おさ》という意味で竹草とはいうのであろうか。〕

その竹のことを説きあかすと、昔この竹の中に年老いた兎が住んでいた。あるとき、突然洪水が出て、その竹原が水にひたってしまった。浪が洗って竹の根を掘ったのでみな崩れ損じてしまったが、この兎は竹の根に乗って流されているうちに隠伎の島に着いた。また水が引いてから後、もといた所に帰ろうと思ったけれども、〔海を〕渡るだけの力がない。その時水の中にワニという魚があった。この兎がワニにいうには、「お前の一族はどのくらい沢山いるのかねえ」と。ワニがいうには、「一族は多くて海に満ち満ちている」と。兎はいった、「私の一族は非常に沢山で山野に満ちている。まずそれではお前さんの一族をかぞえよう。この島から気《け》多《た》の崎という所までワニを集めなさい。一つ一つかぞえたらその族類がいかにも多いということとがわかるだろう」。

ワニは兎にだまされて、親族を集めて背中をならべた。その時兎はワニどもの背の上を踏んで数をかぞえながら竹の崎へ渡り着いた。その後、いまはうまくやり終えたと思って、ワニどもにいうようは、「私はお前をだましてここに渡りついた。本当は親族の多いのを見るなどというつもりはなかったのだ」とあざけったので、水ぎわにいたワニは腹を立てて、兎をつかまえて着物をば剝ぎとった。〔という意味はつまり、兎の毛をはぎとって毛もない兎にしてしまったということである。〕それを大己貴《おほなむち》の神は憐れんで、教え給うて、「蒲《かま》の花を扱《こ》きちらしてその上に寝てころがれ」と仰せられた。教えのままにすると、多くの毛がもとのように出てきたということである。〔ワニのせなかを渡ってかぞえる事を原文では「兎踏《ンデ》二其上一《ヲ》読来渡《ヨミキタリワタル》」といっている。〕

（『塵袋』十）

伯耆国

粟島

伯耆の国の風土記にいう、——相見《あふみ》の郡。[*61] 郡役所の西北方に余戸《あまりべ》の里がある。粟島がある。少日子命《すくなひこ》が粟を蒔いてよく実ったとき、そこで粟に載って常世の国に弾《はじ》かれて渡りなされた。

それ故に粟島という。　（『釈日本紀』七）

震動之時

伯耆の国の風土記にいう、――地震のとき、鶏と雉《きじ》とはおそれおびえて鳴き、山鶏《やまどり》は嶺や谷を越えて羽を立てて踊りあがる、と。　（『塵袋』三）

伯耆の国号

ある書に引用されている風土記には、――手摩《てな》乳《づち》*62・足摩《あしな》乳《づち》の娘の稲田《いなだ》姫は、八頭の蛇が呑もうとするので山中に遁げて入った。そのとき母が遅く来たので、姫は「母来《ははき》ませ、母来ませ」といった。それ故に母来《ははき》の国と名づけた。後に改めて伯耆の国とした。　（『諸国名義考』下）

石見国

人丸

石見の国の風土記にいう、――天武三（六七四）年八月、人丸*63は石見の守《かみ》に任ぜられ、同九月三日、左京大夫正四位上行に任ぜられ、次の年三月九日、正三位兼播磨の守に任ぜられた。云々。爾来、持統・文武・元明・元正・聖武・孝謙の御宇に至るまで、七代の朝に仕え奉ったものか。ここに持統の御宇に四国の地に配流され、文武の御宇に東河のほとりに左遷せられた。子息の躬都良《みつら》は隠岐《おき》の島に流されて配所で死去した。云々。

（『詞林采葉抄』九）

山陽道

播磨国

速鳥

播磨の国の風土記にいう、——明石の駅家《うまや》[*64]。駒手《こまで》の御井《みゐ》は、難波高津の宮の天皇（仁徳天皇）のみ世に、楠が井の上に生えて、朝日には淡路島を陰にし、夕日には大倭島根を陰にした。そこでその楠を伐って舟を造った。その迅いことはまるで飛ぶようで、梶のひと掻きで七つの浪を越えて行く。それで速鳥と名づけた。[*65]ここに、朝夕この船に乗って天皇の御食事にそなえ奉るためにこの井の水を汲んだが、ある朝、御食事の時期に遅れてしまった。それで、歌を作って止めにした。歌っていう、

住吉《すみのえ》の　大倉向きて
飛ばばこそ　速鳥といはめ
何か速鳥

（住吉の郷の大倉に向かって飛ぶのなら
速鳥と呼ぶも結構だ。
だが、速鳥とはとんでもないことだ）

（『釈日本紀』八）

爾保都比売《にほつひめ》命

播磨の国の風土記にいう、[*66]――息長帯日女《おきながたらしひめ》命（神功皇后）が新羅《しらぎ》の国を征伐しようと思ってお下りになったとき、もろもろの神たちに祈り給うた。その時、国を固めなされた大神の子爾保都比売命[*67]が国造《くにのみやつこ》の石坂比売《いはさかひめ》命[*68]に託《つ》いて教え給うには、「私の祭祀をよくしてくれるならば、私はここに効験あらたかなもの（赤土）を出して、比々良木《ひひらぎ》[*69]の八尋桙《やひろぼこ》根附かぬ国、乙女《をとめ》の眉引《まよびき》の国、玉匣《たまくしげ》かがやく国、苫枕《こもまくら》宝ある国、白衾《たくぶすま》新羅の国を丹波《になみ》（赤い浪）でもって平伏《ことむけ》給うであろう」と。そして赤土を出し賜わった。その土を天の逆桙に塗って、神の舟の前後に立て、また御舟の裳《すそ》（外装）と兵士の着衣を染め、また海水を掻き濁して渡りなされた時、底をくぐる魚も、また高く飛ぶ鳥どもも往き来せず、前をさえぎることもなかった。かくして新羅を征し終えて還り上りまして、すなわちその神（爾保都比売）を紀伊の国の管川《つつかは》の藤代《ふちしろ》の峰にお鎮め申した。

（『釈日本紀』十一）

八十《やそ》橋《はし》

播磨の国の風土記にいう、――八十橋は、陰陽二神および八十二神の降った迹《あと》である。

（『本朝神社考』六）

藤江の浦

ふぢえのうら、播磨の国。住吉大明神は藤の枝を切らせ給うて、海上にうかべて誓いをたてて仰せられた、「この藤が寄り着いたところを私の領地としよう」と。するとこの藤は波にゆられて寄りついたので、ここを藤江の浦[*70]と名づけた。住吉明神の御領地である。

（『万葉集註釈』四）

美作国

美作《みまさか》の国守

旧記にいう、——和銅六（七一三）年甲寅《きのえとら》[*71]四月、備前の守《かみ》、百済《くだら》の南典《なんてん》・介《すけ》、上毛野《かみつけの》堅身《かたみ》らの解《げ》によって備前の六郡をさいて始めて美作の国を置いた。云々。但し、風土記には、上毛野堅身をもって国の守とした、とある。

（『伊呂波字類抄』）

勝間田の池

美作の国の風土記にいう、——日本武尊が櫛を池におとし入れてしまった。それで勝間田の

池と名づけた。云々。　（『詞林采葉抄』七）

備前国

牛窓《うしまど》

神功皇后の舟が備前の海上を通った時、大きな牛があって、出てきて舟を覆そうとした。すると住吉の明神が老翁の姿となって出て、その牛の角を持って投げ倒した。それ故にそこの処を名づけて牛転《うしまろび》といった。いま牛窓というのは訛ったのである。　（『本朝神社考』六）

備中国

邇磨《にま》の郷

臣《わたくし》は去る寛平五（八九三）年に備中の介に任ぜられた。かの国の下道《しもつみち》の郡に邇磨の郷[*72]がある。そこでかの国の風土記を見ると、皇極天皇の六年に大唐の将軍蘇定方《そていほう》が新羅《しらぎ》の軍をひきいて百済《くだら》を伐った。百済は使を派遣して救援を請うた。天皇は筑紫に行幸して救援軍を出そうとした。時に天智天皇は皇太子で、摂政としてこの軍に従事して、下道の郡に宿った。ある郷で家や村が大層繁盛して栄えているのを見た。天皇は詔を下してためしにこの郷の軍士を徴集すると、ただちに優秀な兵二万人が集まった。天皇は大変よろこんで、この邑を名づけて二万の郷といった。後に改めて邇磨という。その後、天皇は筑紫の行宮に崩じたので、ついにこの軍は派遣しない。

（『本朝文粋』二・三善清行『意見封事』）

新造の御宅《みやけ》

備中の国の風土記にいう、――賀夜の郡。松岡[*73]。岡を去ること東南へ二里の隅、駅路ぞいに今新しく造った御宅がある。奈良の朝廷（聖武天皇）の天平六（七三四）年甲戌《きのえいぬ》をもって、国司従五位下勲十二等石川朝臣賀美、郡司大領従六位上勲十二等下道《しもつみちの》朝臣《あそん》人主《ひとぬし》、少領従七位下勲十二等薗臣五百国《いほくに》らの時に造り始めた。云々。

（『万葉集註釈』二）

宮瀬川《みやのせがは》

備中の国の風土記にいう、――賀夜の郡。伊勢の御神の社の東に河がある。宮瀬川と名づける。河の西は吉備建日子《きびのたけひこ》命の宮である。この三世王の宮を造ったがゆえに、宮瀬と名づける。

（『神名帳頭註』）

備後国

蘇民将来

備後の国の風土記にいう、――疫隅《えのくま》の国社《くにつやしろ》*[74]。昔、北の海においでになった武《む》塔《たふ》の神*[75]が、南の海の神の女子を与波比《よばひ》（求婚）に出ていかれたところが、日が暮れた。その所に将来兄弟の二人が住んでいた。兄の蘇民将来はひどく貧しく、弟の将来は富み、家と倉が一百あった。ここに武塔の神は宿を借りたが、惜しんで貸さなかった。兄の蘇民将来はお貸し申しあげた。そして粟柄《あわがら》（粟の茎）をもって御座所を造り、粟飯などをもって饗応した。さて終わってお出ましになり、数年たって八柱の子供をつれて還って来て仰せられて、「私は将来にお返しをしよう。お前の子孫はこの家に在宅しているか」と問うた。蘇民将来は答えて申しあげた。「私の娘とこの妻がおります」と。そこで仰せられるには、「茅の輪を腰の上に着けさせよ」と。そこで仰せのままに〔腰に茅の輪を〕着けさせた。その夜、蘇民の女の子一人をのこして、全部ことごとく殺しほろぼしてしまった。そこで仰せられて、「私は速須《はやす》佐雄《さのを》の神である。後の世に疫病がはやったら、蘇民将来の子孫だといって、茅の輪を腰に着けた人は免れるであろう」といった。

（『釈日本紀』七）

南海道

紀伊国

手束弓

タヅカユミとは紀伊の国にある。風土記に見えている。弓のとつか（手束か）を大きくするのである。それは紀伊の国の雄山《をやま》の関守《せきもり》の持つ弓であるという。（『万葉集抄』下）

アサモヨヒ

アサモヨヒとは、人の食う飯を炊くのをいうのである。風土記に見えている。（同前、上）

淡路国

鹿子の湊

淡路の国の風土記にいう、——応神天皇二十年秋八月に、天皇が淡路島に遊猟した時、海の上に大きな鹿が浮かんで来た。これがすなわち人であった。天皇は従臣を召しておたずねになると、答えていった、「私は日向の国の諸県《もろあがた》の君牛《きみうし》[*76]です。角のある鹿の皮を着ております。年をとってしまってともにお仕えすることはできませんが、なおも天子さまの御恩を忘れることがありません。それで私の娘の髪長姫を貢物としておあげするのです」。それで御舟を漕がせ給うた。これによってこの湊を鹿子の湊という。云々。

（『詞林采葉抄』七）

阿波国

奈佐の浦

阿波の国の風土記にいう、——奈佐の浦。[*77]《奈佐というわけは、その浦の浪の音は止む時もない。それで奈佐という。海部《あま》は波をば奈《な》という。》

（『万葉集註釈』三）

勝間の井

阿波の国の風土記にいう、——勝間の井[*78]の冷水《しみず》。勝間の井というわけは、倭建天皇がすなわち大御櫛笥を忘れたので、勝間という。粟人（阿波の人）は櫛笥を勝間というのである。以上。

（同前、七）

天皇《すめらみこと》の称号

阿波の国の風土記にも、あるいは大倭志紀《やまとのしき》の弥豆垣《みづかき》の宮に大八島国《おほやしまぐに》知らしめしし天皇の朝庭《みかど》といい、あるいは難波の高津の宮に大八島国知らしめしし天皇といい、あるいは檜前《ひのくま》の伊富利《いほり》野《の》の宮に大八島国知らしめしし天皇という。

（同前、一）

中湖《なかのみなと》

中湖というのは、牟夜戸《むやのと》*79と奥湖との中にあるが故に中湖を名とする。阿波国風土記に見えている。

（同前、二）

湖の字

湖の字の訓ウシホ。不審である。ミナトに使ったことは阿波国風土記に、中湖《ナカノミナト》・奥湖などにも用いている。

（同前、三）

あまのもと山

また阿波の国の風土記のいっていることであるが、虚空から降りくだった山の大きいのが阿波の国に降りくだったのを、あまのもと山という。その山がくだけて大和の国に降《ふ》り着いたのを天の香具山というとこそ申している。

（同前、三）

讃岐国

阿波島

讃岐の国。屋島。北に去ること百歩ばかりで島がある。名を阿波島という。

（『万葉集註釈』三）

伊予国

大山積の神・御島《みしま》

伊予の国の風土記にいう、――乎知《をち》の郡。御島*80においでになる神の御名は大山積の神、またの名は和多志《わたし》（渡海）の大神《おほかみ》である。この神は難波《なには》の高津の宮に天の下をお治めになった天皇（仁徳天皇）のみ世に顕現なされた。この神は百済《くだら》の国から渡っておいでになり、摂津の国の御島においでになった。云々。御島というのは津の国の御島の名である。

（『釈日本紀』六）

天山《あめやま》

伊予の国の風土記にいう、――伊予の郡。郡役所から東北方に天山がある。天山と名づけるわけは、倭《やまと》に天加具山《あめのかぐ》がある。天から天降った時、二つにわかれて、片端《かたはし》は倭の国に天降り、片端はこの土地に天降った。天山ということのいわれはこれである。〔その御《み》影《かげ》はうやうやしく久米寺に奉納した。〕

（同前、七）

熊野の峰

伊予の国の風土記にいう、――野間の郡。熊野[*81]の峰。熊野と名づけるわけは、昔、熊野という船をここで造った。いまに至るまで石となって在る。それで熊野ということのいわれはこれである。

（同前、八）

温泉

伊予の国の風土記にいう、――湯《ゆ》の郡。大穴持《おほあなもち》命は、見て後悔し恥じて、宿奈《すくな》毗《ひ》古《こ》奈《な》命を活かしたいと思い、大分の速見《はやみ》の湯を下樋（地下樋）によって〔海底を渡して〕持って来て宿奈毗古奈命に浴びさせたので、しばらくして生きかえって起きあがられて、いとものんびりと長大息して「ほんのちょっと寝たわい」といって四股を踏んだが、その踏んだ足跡のところは、今なお温泉の中の石に残っている。

およそ温泉の貴く不思議なことは神世の時だけではない、今の世にも、病気になやむもろもろの生き物は、病いを除き身をながらえる最上の薬としている。天皇たちも温泉に行幸されて京より降り給うたことは五遍ある。大帯日子《おほたらしひこ》の天皇（景行天皇）と大后《おほきさき》の八坂入姫《やさかいりひめ》命とのお二人で一度とし、帯中日子《たらしなかつひこ》の天皇（仲哀天皇）と大后息長帯姫《おきながたらしひめ》命（神功皇后）のお二人で一度とし、上宮の聖徳皇子でもって一度とする。またお付きの人は高麗の僧恵慈《えじ》・葛城臣《かつらぎのおみ》たちである。その時、湯の岡の側に石碑を立てて記していう、——

法興六年十月[*82]、歳《ほし》は丙辰《ひのえたつ》に在り。わが法王大王（聖徳太子）と恵慈法師および葛城臣とは夷《い》与《よ》の村を逍遥して、まさに神井を観て、世の妙験を歎じ、思うところを述べたいと思い、いささか碑文一首を作る。つらつら思うに、そもそも日月は上天に照って私心なく、神井は地下に出て尽きることなく与える。万機《まつりごと》はこのゆえに絶妙に照応しておこなわれ、人民はこのゆえに安穏に暮らす。すなわち日は照り、水は供給し、かたよったところがなく、全く天寿国（極楽）と異なることがあろうか。華はその台《うてな》のままに開き、また閉じるがごとく、神井に湯浴みするままに病気はいえる。どうして落花の池にのぼって化溺しないことがあろうか。山岳の断崖をながめながら、中国の子平のように名山高岳に心を寄せ行きたいと思い、生命の木は繁りあってアーチを形づくり、まことに五百張の天寿国の日傘をさしかけた思いである。朝には小鳥が喜々として鳴きたわむれ、どうして騒音のうるささなどが耳にはいることがあろうか。赤い花は青い葉と重なって照り映え、玉なす木の実は花びらにいや益して井の上に垂れさがる。その下を行きすぎてのどかにさまようべきである。洪灌《こうかん》・霄庭《しょうてい》の心意気を語ることができようというものである。思想も才も拙くて、七歩の間に一詩を詠じた曹植の詩才を思えば恥ずかしいものである。後世の君子の削定を望む。幸いにしてあざ笑うことのないようにと願う。

と。岡本《をかもと》の天皇（舒明天皇）と皇后の二人でもって一度とし、後《のち》の岡本の天皇（斉明天皇）と、近江の大津の宮に天の下をお治めになった天皇（天智天皇）と、浄御《きよみ》原《はら》の宮に天の下をお治めになった天皇（天武天皇）の三人で一度とする。これで行幸されたことが五度であるというのである。

（同前、十四）

伊社邇波《いさにには》の岡

伊予の国の風土記にいう、――湯の郡。天皇たちが温泉の行幸に降りなされたことは五度である。大帯日子の天皇（景行天皇）と大后八坂入姫命と二人でもって一度とし、帯中日子《たらしなかつひこ》の天皇（仲哀天皇）と大后息長足姫《おきながたらしひめ》命と二人でもって一度とし、上宮の聖徳皇子をもって一度とする。

お付きの者は高麗の僧恵慈・葛城臣たちである。湯の岡の側に碑文を立てた処を伊社邇波の岡という。伊社邇波と名づけたわけは、この土地のいろいろな人たちがその碑を見ようと思っていざなって来た。それが伊社邇波ということのもとのおこりである。云々。

岡本の天皇（舒明天皇）と皇后との二人でもって一度とする。当時、御殿の入口に椹《むく》と臣《おみ》の木とがあって、その木に鵤《いかるが》と此米鳥《しめどり》とが集まり止まっていた。天皇はこの鳥のために、枝に稲の穂などをかけて飼われた。

後の岡本の天皇（斉明天皇）と近江の大津の宮に天の下をお治めになった天皇（天智天皇）と浄御原の宮に天の下をお治めになった天皇（天武天皇）の三人でもって一度とする。これで行幸されたのは五度というのである。

（『万葉集註釈』三）

斉明天皇御歌

伊予の国の風土記には、後の岡本の天皇（斉明天皇）の御歌にいう、

みぎ[83]たづに　泊《は》てて見れば　云々

（同前、三）

神功皇后御歌

橘[84]の　島にし居れば　河遠み　曝《さら》さず縫ひし　吾が下衣《したごろも》

この歌は、伊予の国の風土記にいうがごとくであれば、息長足日女命《おきながたらしひめ》（神功皇后）の御歌である。

（同前、三）

土佐国

玉島《たましま》

土佐の国の風土記にいう、——吾《あ》川《かは》の郡。玉島[*85]。ある説ではこういう、神功皇后が国めぐりをなされたとき、御船が停泊した。皇后は島に下りて磯ぎわに休息し、一つの白い石をえた。まるいことは鶏卵のごとくであった。皇后が手のひらにお置きになると光明が四方にかがやいた。皇后は大変喜んで、左右の人たちに仰せられていうには、「これは海の神が下さった白真《しろた》珠《ま》である」と。それ故に島の名とした。云々。

（『釈日本紀』十）

土左の高賀茂《たかかも》の大社

土左の国の風土記にいう、——土左の郡。郡役所から西方に四里のところに土左の高賀茂の大社[*86]がある。その神の名を一言主尊《ひとことぬしのみこと》とする。その祖ははっきりしない。一説では大穴六道尊《おほあなむちのみこと》の子、味鉏高彦根尊《あぢすきたかひこねのみこと》であるという。

（同前、十二・十五）

朝倉の神社

土左の国の風土記にいう、――土左の郡に朝倉の郷がある。郷の中に社がある。神の名は天《あま》津《つ》羽《は》々《は》の神である。天石帆別《あまのいはほわけ》の神、今の石門《いはと》別《わけ》の神の子である。

（同前、十四）

神河

土左の国の風土記にいう、――神河[*87]は三輪《みわ》川とよむ。源は北の山の中から出て伊予の国にとどいている。水が清いので大神のために酒を醸造するのにこの河の水をもちいる。それ故に河の名とする。

世に神の字を訓じて三輪《みわ》とするのは、多氏《おほのうち》の古事記によると、崇神天皇の世に、倭迹々《やまととと》姫《ひめ》皇女が大三輪の大神の妻となった。夜ごとに一人の男子があってひそかに来て、暁に帰った。皇女は不思議に思って綜麻（麻糸の巻いたもの）を針に通して、男子が暁に帰るときになって、その針をもって衣服の裾に通した。翌朝になってみると、その糸はただ三輪だけ器（入れ物）に遺っていたという。だから時の人は称して三輪の村とした。社の名もまたそうよんだ。云々。

（『万葉集註釈』一）

西海道

筑前国[*88]

資珂《しか》の島

筑前の国の風土記にいう、——糟屋の郡。資珂島（志賀島）。昔、気長足姫尊《おきながたらしひめ》（神功皇后）が新羅に行幸せられたとき、御船は夜になってやって来てこの島に泊まった。お付きの従者に名を大浜・小浜というものがあった。そこで小浜に勅してこの島に遣わされて火を探し求めさせたところが、火をもって早く帰ってきた。大浜がたずねて、「この近くに家があるのか」ときくと、小浜は答えて、「この島と打昇《うちあげ》の浜と近く接続していてほとんど同じ場所だといっていいくらいだ」といった。それで近島《ちかしま》といった。現在では訛って資珂島という。（『釈日本紀』六）

胸肩《むなかた》の神体

先師の説にいう、胸肩の神体は玉であるとのこと、風土記に見える。（同前、七）

怡土《いと》の郡

筑前の国の風土記にいう、――怡土の郡。昔、穴戸《あなと》の豊浦《とよら》の宮に天の下をお治めになった足《たらし》仲彦《なかつひこ》の天皇（仲哀天皇）が球磨噌唹《くまそ》を討とうとして筑紫におでましになったとき、怡土《いと》の県主《あがたぬし》らの祖[*89]五十跡手《いとて》は、天皇がおいでになったと聞いて、五百枝《いほえ》の賢木《さかき》を根こじに引き抜いて、船の舳と艫に立て、上の枝には八尺瓊《やさかに》の玉をかけ、中の枝には白銅鏡《ますみかがみ》をかけ、下の枝には十握剣《とつかのつるぎ》をかけて、穴門《あなと》の引島（彦島）に参り迎えて献った。天皇は勅して、「誰人か」と問わせ給うた。五十跡手は奏上して、「高麗の国の意呂《おろ》山（蔚山《うるさん》）に天から降ってきた日桙《ひぼこ》[*90]の末裔の五十跡手とは私のことです」といった。天皇はここに五十跡手を賞して仰せられるには、「恪《いそ》し（伊蘇志《いそし》という）（忠勤な）ことぞ。お前五十跡手の本拠地を恪勤《いそし》の国というがよい」と。今怡土《いと》の郡というのは訛ったのである。　（同前、十）

大三輪の神

筑前の国の風土記にいう、――気長足姫尊《おきながたらしひめ》（神功皇后）が新羅を討とうと思って兵士を整備して出発されたときに、道の途中で兵士が逃亡してしまった。そのわけを占ってたずね求められると、すなわち祟っている神があった。名を大三輪の神といった。それでこの神の社を立てて、[*91]ついに新羅を征服なされた。　（同前、十二）

芋湄野《うみの》★

筑紫の風土記にいう、――逸都《いと》の県。子饗《こふ》の原。*92 石が二個ある。一つは長さ一尺二寸、周囲一尺八寸。一つは長さ一尺一寸、周囲は一尺八寸である。色は白くて硬く、円いことはまるで磨いて造ったようである。土地の人のいい伝えによると、息長足比売《おきながたらしひめ》命（神功皇后）が新羅を伐とうと思いなされて軍を閲兵した際に、腹の中の子どもがだんだん動きはじめた。その時、二つの石をとって裳の腰に挿しはさみ、ついに新羅を襲った。凱旋なされた日に、芋湄野まで来られたとき太子がお生まれになった。こういうわけで芋湄野という。〈お産のことを芋湄《うみ》というのは土地の人の言葉である。〉世間の婦人は孕んだ子が動きだすとすぐさま裳の腰に石をはさんで、おまじないをして時を延ばさせるが、おそらくはこのことによるのであろうか。（同前、十二）

児饗《こふ》の石

筑前の国の風土記にいう、――怡土の郡。児饗の野。〈郡役所の西にある。〉この野に二個の石がある。〈一個は長さ一尺二寸、大きさ一尺、重さは四十一斤である。一個は長さ一尺一寸、大きさ一尺、重さは三十九斤である。〉

昔、気長足姫尊が新羅を征伐しようと思ってこの村においでになった。御身は妊娠していたが、たちまち産まれそうになった。さっそくこの二個の石をとってお腰にはさみ、祈って仰せられるには、「私は、西の国境を定めようと思ってこの野に着いた。姙んだ皇子が、もし本当に神であるならば、凱旋したあとで誕生なさるとよいだろうに」と。ついに西の境界を定め、還って来てからお産みになった。いわゆる誉田《ほむだ》の天皇（応神天皇）がこれである。当時の人は、その石を名づけて皇子《みこ》産《う》み石といった。いまは訛って児饗の石という。

（同前、十二）

藤原宇合《うまかひ》★

筑前の国の風土記にいう、——奈良の朝廷の天平四年歳次壬申《みずのえさる》に当たって、西海道の節度使藤原朝臣《ふぢはらのあそみ》、諱《いみな》は宇合は、前の施策の偏向を嫌って、時代の要求を考えたということである。

（『万葉集註釈』一）

哿襲《かしひ》の宮★

筑前の国の風土記にいう、——筑紫の国に来ると、哿襲の宮（香椎神宮）に参詣するのが先例である。哿襲は可紫比《かしひ》である。

（同前、四）

塢舸《をか》の水門《みなと》★

風土記にいう、——塢舸の県《あがた》。[*93] 県の東の付近に大江の河口がある。名を塢舸の水門《みなと》という。

大船を収容することができる。そこから島《しま》、鳥旗《とはた》に通じる湾入したところを名づけて岫門《くきど》という。⸨鳥旗は等波多《とはた》である。岫戸は久妓等《くきど》である。⸩小船を収容することができる。海の中に二つの小島がある。その一つを河斛《かこ》の島という。島には支子《くちなし》が生え、海には鮑魚《あわび》を出す。その一つを資波《しば》の島という。⸨資波は紫摩《しば》である。⸩二つの島はともに烏葛《つづら》と冬薑《はじかみ》とが生える。⸨烏葛は黒葛である。冬薑は迂菜である。⸩

（同前、五）

宗像《むなかた》の郡

西海道の風土記にいう、——宗像の大神が天から降って埼門《さきと》山に居られた時に、青蕤《あおに》の玉をもって、⸨一本には八尺絮蕤玉とある⸩奥津宮《おきつみや》の表象とし、八尺瓊《やさかに》の紫の玉をもって中津宮《なかつみや》の表象とし、八咫《やた》の鏡をもって辺津宮《へつみや》の表象とし、この三つの表象をもって神体の形として三つの宮に納め、そして納隠《かく》れ給うた。それで身形《みのかた》の郡という。後の人は改めて宗像といった。その大《おほ》海《あま》命の子孫は、今の宗像朝臣《むなかたのあそみ》らがこれである。云々。

（『防人日記』下）

神石

筑前風土記に、——神功皇后が三韓に侵入しようとした。時すでに児を産むべき月になっていた。皇后は自身祭主となって祈禱して、「事が終わって帰還する日に、この地で産むことにしょう」と仰せられた。そのとき月の神が教えていった、「この神石をもって腹を撫で給え」と。そこで皇后は神石で腹を撫で給うたが、心身たちまちに平安になった。今その石は筑前の伊覩《いと》の県《あがた》の道ばたにある。後、落雷のため神石は三つに割れた。

（『太宰管内志』）

狭手彦《さでひこ》

筑前の国の風土記の「うちあげの浜」の処にいう、狭手彦連《さでひこのむらじ》[*94]は舟に乗ったが、いつまでも海にとどまっていて渡ることができなかった。ここに石勝《いはかつ》が推察していうには、「この舟が進まないのは海の神の御意である。以前から大変よく狭手彦が連れてゆくところの妾の那古若《なごわか》というのを〔海神は〕慕っている。これをとどめてゆくと海を渡ることができるでしょう」と。それで彦連《ひこのむらじ》と妾とは互いに嘆いた。そして天皇の命令が無駄になることを恐れて、妾との交情を断ち切って、薦の上に乗せて波に放ち浮かべた、と。云々。

（『和歌童蒙抄』三）

大城《おほき》の山

風土記にいう、――筑前の国御笠郡の大野の頂上にある。それでおほき（大城）[*95]の山とはいうのである。

（秘府本『万葉集抄』上）

筑後国

筑後の国号

公望《きみもち》が考えるところによると、筑紫の国の風土記にいう、——筑後の国は、もとは筑前の国と合わせて一つの国であった。昔、この二つの国の間の山にはけわしくて狭い坂があって、往来する人の馬の鞍韉《したくら》（鞍の下に敷く薦《むしろ》）が摩り尽されてしまった。それで土地の人は鞍韉《したくら》尽しの坂といった。第三説によると、昔この堺の上に麁猛神《あらぶるかみ》があった。往来の人は半数は助かり、半数は死んだ。その数は大変多かった。それで「人の命尽しの神」といった。その時、筑紫《つくし》君と肥君《ひのきみ》らが占って、筑紫君らの祖甕依姫《みかよりひめ》*96を巫祝《ふしゆく》として祭らせた。それから以後は、路を行く人は神に害されなくなった。このことによって筑紫の神という。第四の説によると、その死者を葬るためにこの山の木を伐って棺を造った。このため山の木が尽きようとした。それで筑紫の国という。のち二つの国に分けて前《みちのくち》と後《みちのしり》としたのである。

（『釈日本紀』五）

三毛《みけ》の郡

公望の私記にいう、考えるところでは、筑後の国の風土記にいう、——三毛の郡。*97 云々。昔、楝木《あふち》が一本、郡役所の南に生えていた。その高さは九百七十丈である。朝日の影は肥前の国の藤津《ふぢつ》の郡の多良《たら》の峰を蔽い、夕日の影は肥後の国の山鹿《やまか》の郡の荒爪《あらつめ》の山を蔽った。云々。それで御木《みき》の国といった。後の人は訛って三毛といった。今は郡の名としている。　（同前、十）

生葉《いくは》の郡

公望の私記にいう、考えるところでは、筑後の国の風土記にいう、——昔、景行天皇が国めぐりを終わって都にお還りになると、食事係の役人がこの村にいて御盃を忘れた。云々。天皇は勅して「惜しいことをしたよ、私の酒盞《うき》はや」と仰せられた。《俗語に酒盞のことを宇枳《うき》という。》それで宇枳波夜《うきはや》の郡という。後の人は誤って生葉の郡[＊98]と名づけた。　（同前、十）

磐井《いはゐ》の君★

筑後の国の風土記にいう、——上妻《かむつま》の県《あがた》。[＊99]県の南方二里に筑紫君磐井[＊100]の墳墓がある。高さは七丈、周囲は六丈である。墓の区域は南と北とはそれぞれ六十丈、東と西とはそれぞれ四十丈である。石人《いしのひと》と石盾《いしのたて》と各六十枚が、交互に並んで列をつくって四方にめぐらされている。東北の隅にあたるところに一つ別になった区画があって、名づけて衙頭《がとう》という。《衙頭は政所《まつりごとどころ》である。》その中に一人の石人があって、ゆったりとして地上に立っている。名づけて解部《ときべ》（検察官）

という。その前に一人の人がいて、裸で地に伏している。名づけて偸人《ぬすびと》という。《生きていたとき猪を盗んだ。それで罪の決定を受けようとしている。》側に石猪が四頭いる。贓物《ぞうもつ》と名づける。《贓物は盗んだ物のことである。》その処にまた石馬が三足、石の殿が三間、石の倉が二間ある。古老はいい伝えていう、雄大迹《をほど》の天皇（継体天皇）のみ世にあたって、筑紫君磐井は豪強・暴虐で皇化に従わない。生きている間に、前もってこの墓を造った。突如として官軍が動員され、これを襲おうとしたがその勢力に勝てそうもないことを知って単身、豊前の国の上膳《かみみけ》の県《あがた》に逃げて、南の山のけわしい峰の間《くま》で生命を終わった。そこで官軍は追い求めたがその跡をうしなった。兵士たちは憤慨やるかたなく、石人の手をうち折り、石馬の頭を打ちおとした。古老はいい伝えて、上妻の県に重病人が多いのはおそらくはこのせいではあるまいか、といっている。

（同前、十三）

豊前国

鏡山

豊前の国の風土記にいう、――田河《たがは》の郡。鏡山。《郡役所の東にある。》昔、気長足姫尊《おきながたらしひめ》（神功皇后）がこの山にいらせられて、はるかに国状をご覧になり、祈って申されるには、「天神も地祇《くにつかみ》も、私の〔新羅征討の〕ために幸福を与え給え」と。そして御鏡をもってここに安置した。その鏡は化して石となり、現に山の中にある。それで名づけて鏡山という。

（『万葉集註釈』三）

鹿《か》春《はる》の郷

豊前の国の風土記にいう、――田河の郡。鹿春の郷。*101（郡の東北にある。）この郷の中に河がある。年魚《あゆ》がいる。その源は郡役所の東北の杉坂山から出てまっすぐに真西の方に流れ下り真漏《まろ》川に合流する。この河の瀬は清い。それで清河《きよか》原《はら》の村と名づけた。いま鹿春の郷といっているのは訛ったのである。昔、新羅の国の神が自分で海を渡って来着いて、この河原に住んだ。すなわち名づけて鹿春の神という。また郷の北に峰がある。頂上に沼がある。（周囲三十六歩ばかり。）黄楊《つげ》樹《のき》が生えている。また龍骨がある。第二の峰には銅と黄楊、龍骨などがある。第三の峰には龍骨がある。

（『宇佐八幡宮託宣集』）

広幡《ひろはた》の八幡《やはた》の大神

ある書にいう、――豊前の国宇佐の郡。菱形《ひしがた》山。*102 広幡の八幡の大神。郡役所の東の馬城《まき》の峰の頂に坐す。後でまた人皇四十五代の聖武天皇の御宇の神亀四（七二七）年、この山に神の宮を造り奉った。それで広幡の八幡の大神の宮と名づける。

（『諸社根元記』『二十二社註式』）

宮処《みやこ》の郡

豊前風土記にいう、――宮処の郡。むかし天孫がここから出発して日向の旧都に天降った。おそらく天照大神の神京（みやこ）である。云々。

（『中臣祓気吹鈔』）

豊後国

氷室《ひむろ》★

豊後の国速見《はやみ》の郡に温泉が沢山ある。その中の一ヵ所に四つの湯がある。一つを珠灘《すな》の湯《ゆ》という。一つを等峙《とち》の湯という。一つを宝賦《ほに》の湯という。一つを大湯《おほゆ》という。その湯の山の東側に自然の氷室がある。記録によると、一つの石門《いわと》を開いて望見すると倉のごとくである。一丈四方ほどである。その内側の縦横は十丈四方ほどである。灯火をかかげて奥の方をよく見ると、室はみんな氷が凍っている。あるいは玉の塼《しきがわら》を敷きつめたごとく、あるいは銀の柱を立てたのに似ている。のみや斧《おの》でないと掻きとることは非常にむずかしい。時節が真夏の季節であれば、百数片の氷を容易にとることができて人々は充分満足しよう。望みしだい飲める酒樽のようなものである。もし龍宮の氷室でもないとしたら、どうして冬夏も消えないでいることがあろうか、といっている。

（『塵袋』 二）

餅の的

昔[*103]、豊後の国の球珠《くず》の郡の広い野のあるところに、大分《おほきた》の郡に住む人が、その野にやって来て、家を作り、田を作りして住んでいた。長くいるあいだに家は富み、楽しかった。酒を飲んで遊んだが、ふと弓を射たところが、的がなかったのだろうか、餅をつくって的にして射ているあいだに、その餅が白い鳥になって飛び去った。それから後はしだいに家が衰えて行方知れずになってしまった。あとはむなしい野原となっていたのを、天平年中に速見の郡に住んでいた訓邇《くに》といった人が、あんなにも良く賑わった所が荒れはてたのを惜しいことに思ったのであろう、またここに来て田を作ってみたが、その苗がみな枯れうせたので、驚き恐れて二度と作らなくなってしまった、ということである。

（同前、九）

肥前国

杵島《きしま》★

〔この歌は、肥前の国風土記に見えている。〕——杵島の県。県の南方二里に一つの離れ山がある。坤《ひつじさる》（南西）から艮《うしとら》（北東）にかけて三つの峰がつらなっている。これを名づけて杵島という。坤にあるのを比古神《ひこがみ》といい、中にあるのを比売神といい、艮にあるのを御子《みこ》神という。⦅またの名は軍《いくさ》神。この神が動くときはただちに戦がおこる。⦆村々郷々の男も女も酒を携え、琴を抱いて、毎年春秋に手をとりあって登り見渡し、酒を飲んで歌舞し、曲が終わって帰る。歌詞は、

霰《あられ》降る　杵島が岳《たけ》を　険《さか》しみと　草取りかねて　妹が手を取る⦅これは杵《き》島曲《しまぶり》＊104である。⦆

（『万葉集註釈』三）

帔揺《ひれふり》の峰★

肥前の国の風土記にいう、――松浦《まつら》の県《あがた》。県の東六里に帔揺の峰がある。⦅帔揺は、比礼府離《ひれふり》。⦆山頂に沼がある。半町ばかり〔の広さ〕である。土地の人のいい伝えでは、昔、檜前《ひのくま》の天皇⦅宣化天皇⦆の世に、大伴紗手比古《おほとものさでひこ》を派遣して任那の国を鎮定させた。その時、命を受けてこの堤を行きすぎた。さて篠原《しのはら》の村⦅篠は、資濃《しの》である⦆に娘子《をとめ》があり、名を乙等比売《をとひめ》といった。容貌は端正で、世にすぐれた美人であった。紗手比古は求婚し結婚した。離別の日がきて、乙等比売はこの峰に登ってはるかに望見して、帔《ひれ》を振り上げて手招いた。それによって峰の名とした。

（同前、四）

与止《よど》姫の神

風土記にいう、――人皇三十代欽明天皇の二十五年甲申《きのえさるのとし》（五六四）冬十一月朔日甲子《ついたちきのえねのひ》、肥前の国の佐嘉《さか》の郡に与止姫[*105]の神が、鎮座なされた。（一名豊姫、一名淀姫。）（『神名帳頭註』）

肥後国

肥後の国号

公望の私記にいう、案ずるに肥後[*106]の国の風土記にいう、――肥後の国はもと肥前の国と合わせて一つの国であった。昔、崇神天皇の世に、益城の郡の朝来名の峰に、打猴《うちさる》・頸猴《うなさる》という二人の土蜘蛛があった。同類の衆百八十余人をひきいて峰の頂に隠れ、つねに天皇の命令に逆らって降服することを承知しなかった。天皇は肥君《ひのきみ》らの祖健緒《たけを》組《くみ》に勅してかの賊衆を討たしめ給うた。健緒組は勅を奉じて到り、ことごとく討ち平らげ、そこで国内をめぐって、ついでに情勢を視察したが、やがて八代《やつしろ》の郡の白髪山に来て日が暮れて宿った。その夜虚空に火があり、ひとりでに燃え、だんだん降下してこの山に燃え着いた。健緒組はこれを見て、ひどく奇怪のことと思った。征戦すでに終わって朝廷に参上して、ことの有様を奏上した、云々。天皇は詔を下して仰せられた。「賊徒を斬り払ってもはや西の憂いはない。海上（西海道）での勲功は誰に比較しようもないほどである。また、火が空から下って山に燃えてきたというのは不思議である。火の下った国であるから火の国と名づけるがよい」と。
また景行天皇が球磨贈唹《くまそ》を誅滅し、ついでに諸国を巡狩なされた、云々。火の国においでになろうと海をお渡りになると、日は没し夜は暗く、着くべき所がわからなかった。たちまちに火の光があって行く先に見えた。天皇は船頭に勅して、「行く先に火が見える。まっすぐに目指して行け」と仰せられたので、勅のまにまに往くと、ついに岸に着くことができた。そこで勅して、「火の燃える処はいったい何というところか、燃える火はまた何か」と仰せられた。土地の人は申しあげて、「これはそもそも火の国の八代《やつしろ》の郡の火の邑です。ただ火が燃えるわけははっきりしません」と答えた。その時、群臣に仰せられて、「燃える火は世の常の火ではない。火の国というわけのいかにももっともなことがわかった」と天皇は仰せられた。

(『釈日本紀』十)

閼宗《あそ》の岳《たけ》★

筑紫の風土記にいう、——肥後の国、閼宗の県《あがた》。県の坤(西南)方二十余里に一つの禿山がある。閼宗の岳という。頂上に神秘的な沼がある。石の壁が垣を形づくっている。《縦は五十丈、横は百丈ばかり、深さはあるいは二十丈、あるいは十五丈である。》清い淵は百尋《ひろ》で、白緑《びゃくろく》をしいて底としている。いろどる色は五色で、黄金をひろげたようにきらきらしている。天下の霊奇が華となってひらいたごとくである。時々水がいっぱいに満ちて、南から溢れ流れて白川に入ると、多くの魚は酔って死んでしまう。土地の人は苦水《にがみず》と名づける。その岳の形たるや、なかば天を切ってそばだち、四つの裾野はひろがって県を包んでいる。石に触れて興起する雲は五岳の最首位となり、湧き出る泉は分かれ流れて群川の巨大なる源である。大いなる徳は巍々《ぎぎ》として高く、まことに人間世界の唯一つのものである。奇形は杳々としてはるかに、まことに天下に雙《なら》ぶものがない。場所は国の中心にある。それ故に中岳という。いわゆる閼宗の神宮とはこれである。

（同前、十）

爾陪《にべ》の魚《うお》

肥後の国の風土記にいう、――玉名の郡。長渚の浜。[*107]（郡役所の西にある。）昔、大足彦《おほたらしひこ》の天皇（景行天皇）が球磨噌唹《くまそ》を討ってお還りになったとき、御船をこの浜に泊めた。云々。また御船の左右に泳いでいる魚が多かった。船頭の吉備の国の朝勝見《あさかつみ》が鈎針で釣ると沢山獲物があったので献った。天皇は勅して、「献った魚はいったい何という魚か」と仰せられた。朝勝見は、「その名は知りませんが、どうやら鱒魚（麻須《ます》）に似ているようです」と申しあげた。天皇はご覧になって、「俗に物が多いことを見てすなわち爾陪佐爾《にへさに》という。いま献るところの魚も大変多い。爾陪の魚というがよい」と仰せられた。今爾陪の魚というのはこの由来による。

（同前、十六）

水嶋★

風土記にいう、——球磨《くま》の県《あがた》。県の乾《いぬい》（西北）七十里の海中に島がある。面積は七里ばかりである。名づけて水嶋[*108]という。島には寒水《しみず》が出ている。潮にしたがって〔水位に〕高低がある。云々。

（『万葉集註釈』三）

阿蘇の郡

肥後の国の風土記にいう、——昔纏向《まきむく》の日《ひ》代《しろ》の宮に天の下をお治めになった天皇（景行天皇）が、玉名《たまきな》の郡の長渚《ながす》の浜を出発してこの郡においでになり、さまよって四方を見渡されると、原野は広く遠くて人影が見あたらなかった。歎いて「この国に人がいるのか」と仰せられた。すると二柱の神がいて、人間になってあらわれて、「私たち二柱の神、阿蘇都彦《あそつひこ》・阿蘇都媛《あそつひめ》がこの国に現にいる。どうして人がいないなどということがあろうか」といって、もうたちまち見えなくなった。それで阿蘇の郡と名づけた。これはその由来である。二柱の神の社は郡役所から東に現存する。云々。

（『阿蘇文書』）

日向国

高日の村

先師が申されるには、風土記を考えると、日向の国の宮崎の郡。高日の村。昔天よりお降りになった神が、御剣の柄をここに置いた。それで剣柄《たかひ》の村といった。後の人は改めて高日の村という。云々。

（『釈日本紀』六）

知鋪《ちほ》の郷

日向の国の風土記にいう、——臼杵《うすき》の郡の内、知鋪の郷。[*109] 天津《あまつ》彦彦火瓊瓊杵尊《ひこひこほのににぎのみこと》が天《あま》の磐座《いわくら》を離れ、天の八重雲を押しわけて稜威《いつ》の道《ち》別《わき》道《ち》別《わき》て（威風堂々と）日向の高千穂の二上《ふたかみ》の峰に天降りなされた。時に天は暗く夜昼もわかれず人は通るすべもなく、物の色も判然としなかった。ここに土蜘蛛で名を大鉗《くは》・小鉗なるものが二人いて、皇孫《すめみま》の尊に申しあげるには「あなた様のお手をもって、稲を千穂《ちほ》を抜いて籾《もみ》とし、四方に投げ散らしになさるならば、かならず明るくなるでしょう」といった。そこで大鉗らが申したように千穂の稲をもんで籾として投げ散らし給うたので、たちどころに天は晴れ、日月は照り輝いた。それで高千穂の二上の峰といった。

後の人は改めて知鋪と名づけた。

（同前、八）

日向の国号

日向の国の風土記にいう、——纏向《まきむく》の日代《ひしろ》の宮に天の下をお治めになった大足彦《おほたらしひこ》天皇の世に、児湯《こゆ》の郡に行幸されて丹裳《にも》の小野にお遊びになった。左右の人に仰せられて、「この国の地形はまっすぐ扶桑〔の国〕（東方国）の方に向かっている。日向《ひむか》と名づけるがよい」といった。

（同前、八）

韓槵生《からくしふ》の村

昔、賀瑳武別《カサムワケ》といった人が、韓国《からくに》に渡って、この栗をとって帰って植えた。この故に槵生《くしふ》の村とはいうのである。風土記にいう、俗語には栗のことを区児《くし》という。それならばつまり韓槵生の村というのは、韓栗林《からくりばやし》ということか、といっている。

（『塵袋』二）

吐濃《つの》の峰

日向の国の古庾《こゆ》郡（普通には児湯郡と書く）に吐濃の峰という峰がある。神がおいでになる。吐乃《つの》の大明神とぞ申すのである。昔、神功皇后が新羅を討ち給うた時、この神をお迎えして、御船に乗せ給うて、船の舳先《へさき》を護らせ給うたが、新羅を討ちとって帰り給うて後、韜馬《うしか》の峰と申す所においでになって弓を射給うた時、土の中から黒い物が頭をさし出したのを、弓の筈で掘り出し給うたところ、男一人、女一人であった。それを神人として召し使った。その子孫が今も残っている。これを頭黒《かしらくろ》という。始めて掘り出された時、黒い頭をひょっこりさし出したからであろうか。その子孫はふえはびこったが流行の疫病で死にうせ、二人になってしまった。そのことは、かの国の記録にいっているところによると、「日々死に絶えて僅かに残ったのは男女両口のみ」という。これは、国守が神人を駆使して国の課役に使ったので明神が怒って、悪い病気をはやらせたから死んだのである。

（同前、七）

大隅国

串卜《くしら》の郷

大隅《おほすみ》の国の風土記に、――大隅の郡。串卜の郷。*110 むかし国をお造りになった神が、使者に命じてこの村によこして国情を視察させた。使者は髪梳《くしら》の神がいると報告したので、髪梳の村とよぶがよいと仰せられた。それで久西良《くしら》の郷という。《髪を梳くことを隼人の俗語では久西良《くしら》という。》今改めて串卜という。

（『万葉集註釈』三）

必志《ひし》の里

大隅の国の風土記にいう、——必志の里。むかしこの村の中に海の洲があった。それで必志の里という。《海中の洲のことを隼人の俗語では必志という。》（同前、七）

耆《き》小《さ》神《しむ》

大隅の国には夏から秋に至るまでシラミの子が多くて食い殺されるものがある。これを風土記のいうところによると、沙虱二字の訓《よみ》を耆小神と注している。（『塵袋』四）

醸酒

大隅の国では、一軒の家で水と米とを備えて、村中に告げてあるくと、男女が一所に集合して、米を嚙んで酒槽《さかぶね》に吐き入れて、散り散りに帰ってしまう。酒の香が出てくるころまた集まって、嚙んで吐き入れた人たちがこれを飲む。名づけてくちかみの酒という、と。云々。風土記に見えている。（同前、九）

薩摩国

竹屋の村

風土記の意味するところでは、皇祖裒能忍耆命《ほのににぎ》が、日向の国贈於《そお》の郡、高茅穂《たかちほ》の槵生《くしふ》の峰に天降りになって、ここから薩摩の国の閼駝《あた》の郡の竹屋《たかや》の村にうつり給うて、土地の人竹屋守《たかやのもり》の娘を召してその腹に二人の男子をおもうけになったとき、その所の竹を刀に作って臍《ほぞ》の緒《お》を切り給うた。その竹は今もあるといっている。

（同前、六）

壱岐国

鯨伏《いさふし》の郷

壱岐の国の風土記にいう、――鯨伏の郷。｟郡役所の西にある。｠むかし鮐鰐《ワニ》が鯨《イサ》を追いかけたので、鯨は走って来て隠れ伏した。それ故に鯨伏という。鰐と鯨とともに石と化して、一里ほど離れたところにある。｟俗に鯨のことを伊佐という。｠

（『万葉集註釈』二）

朴樹《えのき》

壱岐の島の記録にいう、――常世《とこよ》の祠《やしろ》がある。一本の朴樹がある。(朴樹は愛乃寄《えのき》である。)鹿の角が生えている。長さは五寸ばかりで、角の端はふた股であるという。

(『塵袋』二)

所属不明

御津柏《みつのかしは》★

筑紫の風土記にいう、寄柏は御津柏である。

(『釈日本紀』十二)

木綿《ゆふ》

あさをナガユフという。ながいからである。まをミジカユフという。筑紫の風土記に、長木綿、短木綿というのは、これである。

(『万葉集註釈』二)

ヱグ

ヱグとはセリをいうのである。風土記に見えている。

(『万葉集抄』上)

道条

諸国の風土記に山いくつ河いくつとしるすのに、大道をばおおよそ一条《すじ》としるしている。

（『塵袋』十）

あはでの森

私云、古いものには風土記などを引用して、あはでの森、わらふ山などというところを、みなかように〔縁起を〕説明している。

（顕昭『古今集註』）

注

＊1――加茂の社　京都市左京区の賀茂御祖神社（下鴨社）。

＊2――賀茂建角身命　鴨武津身命（姓氏録）、鴨積命（旧事紀）ともいう。鴨（賀茂）県主の祖神である。『記・紀』には見えないが『姓氏録』には神魂命の孫とあり、神武天皇が中洲《なかつくに》に出ようとして山中に路を失ったとき大きな烏（ヤタガラス）となって先導してついに中洲に至るをえたとある（『古語拾遺』にも「加茂県主の遠祖八咫烏」）。この話につぎつぎにあらわれる遍歴地の名はすべて鴨氏の拠点となった地である。

＊3――久我の国の北の山の麓　久我は賀茂川の上流地方をいった。その北で西賀茂の大宮の森。

＊4――神伊可古夜日女　『神名帳』に丹波国氷上郡（現、氷上町）に神野社がありその祭神とされる。伊可古夜日女は神統不明だが、赫矢《かぐや》（夜）姫と交渉があろう。つぎの王依日売の話は、『古事記』の三島湟咋が大便をするとき大物主神が丹塗り矢となって陰を突いたという話（神武紀）と共通し、その子の成人の話は「常陸国風土記」（四三ページ）、「播磨国風土記」（一一一ページ）に類話がある。

＊5――可茂の別雷命　京都市上京区賀茂別雷神社の祭神。丹塗り矢は京都府乙訓郡長岡町の乙訓神社。

＊6――蓼倉の里　京都市左京区蓼倉町が遺称地。三井社は下鴨神社の三所神社にあてる。

＊7――秦中家忌寸らの遠祖　秦氏は秦の始皇帝十三世の孫孝武王の子孫と伝える（姓氏録）。中家

は秦氏内部での家名で忌寸はカバネ。山城にさかえた帰化人で、経済的に裕福だったことを物語る説話は『欽明紀』や『姓氏録』（太秦の公宿禰）に見える。餅の的の類話は「豊後国風土記」にもある（二八八ページ）。

＊8――社名とした　稲荷神社。京都市伏見区にある。なお木を根こじにしたのはその木に神が憑るからで、これを験《しるし》の杉といい、平安朝歌人の好む歌題となっている。

＊9――月読尊が……　『神代紀』第五段に天照大神が月読尊に保食神を見て来いといいつけて葦原中つ国に遣わしたことが見えている。生命の木としての桂と月との関係を物語る説話である。

＊10――宇治の橋姫　『古今集』に「さむしろに衣かたしき今宵もや我をまつらむ宇治の橋姫」「千早ふる宇治の橋姫なれをしぞあはれと思ふ年のへぬれば」の歌がある。この話は古い風土記のままのものではなかろう。

＊11――大口真神の原　『万葉集』に「大口の真神の原に降る雪はいたくな降りそ家もあらなくに」（一六三六）とある。大和の飛鳥寺付近の地をいうとされる。

＊12――住吉の大神　『仲哀紀』または『神功皇后摂政前紀』に底筒男・中筒男・上筒男の三柱の大神（住吉の三神）があらわれたことを伝えている。

＊13――刀我野　夢野（神戸市湊区付近）の古名とする。この類話は『仁徳紀』三十八年七月条に猪名県の佐伯部の話とともに出ている。そこでは嫡妻と妾との関係は抜けており、諺も

「鳴く牡鹿《しか》なれや夢相わせのまにまに」となっている。

＊14――歌垣山　雄伴郡は武庫郡の西部にあたるが、歌垣山の遺跡は不明。歌垣については「常陸国風土記」（二〇、四〇ページ）参照。

＊15――久年知川　有馬川の古名。功知山はいま公智山。

＊16――止与呼可乃売神　ゆたかな食糧の神の意。『記』には豊宇気毘売神とある。『紀』では倉稲魂をウカノミタマと読んでいる。比遅の麻奈韋は「丹後国逸文」（三六七ページ）の比治の真奈井であろう。

＊17――伊波比の比売島　大分県の東国東《くにさき》郡の姫島をあてる。『応神紀』には新羅から天日槍が妻を追って難波に来る話がある（「播磨国風土記」＊111参照）。なお比売島の松原は大阪市西淀川区姫島町をあてる。

＊18――美奴売の松原　美奴売は敏馬とも書く。神戸市灘区の海岸で、『万葉集』に「玉藻苅る敏馬を過ぎ夏草の野島の崎に舟近づきぬ」（二五〇、柿本人麿）がある。能勢の郡の美奴売山は大阪府豊能郡の三草山。

＊19――神前の松原　尼崎市神崎。なお「逸文」三八一ページ参照。

＊20――山木の保　平安末期の地方組織体のひとつ。田串は竹や木で作った棒で田に突き立てる土地占有の標識かと考えられるが、ここではクジと解されているようである。

＊21――伊賀津姫　『天孫本紀』に大伊賀彦の女、大伊賀津姫とあり、次条には吾娥津媛とある。な

お『国造本紀』には孝徳朝に伊勢国に属し、天武朝にもとのように割いたとある。

＊22――猿田彦の神　『記』に、邇々芸命が天降りしようとするとき天之八衢《やちまた》にいて高天原と葦原中つ国の両方を照らして来る神にあったが、国つ神で猿田毘古神といい天孫の御先導をしたという。『紀』には、「その神の鼻の長さは七咫、背の高さは七尺余、口尻赤く照れり、云々」とある。「伊勢の加佐波夜の国」は、『記・紀』『万葉』では「神風伊勢の国」といっている。

＊23――三種の宝器　『倭姫命世記』には天の逆桙の大刀・金の鈴などだといっている。

＊24――天日別命　『姓氏録』には「伊勢朝臣は天底立命の六世孫天日別命の後」とあり、『国造本紀』『度会氏系図』には「天日別は天叢雲命の孫」とある。『国造本紀』では神武朝に天日鷲命を国造に定めたと見ている。外宮の神主度会氏の祖神である。

＊25――大部の日臣命　『紀』に大伴氏の遠祖日臣命が大来目をひきいてこの征戦に奉仕し道臣という名を賜わったことが見えている。菟田の下県は宇陀郡の宇賀志村付近とされる。

＊26――常世の浪寄する国　神賀詞から出た諺。『垂仁紀』に、倭姫命が大神の鎮座地をもとめて伊勢まで来ると、天照大神がさとして「神風伊勢の国は、常世の浪の重《しき》寄す国なり」といったとある。なお常世については「常陸国風土記」＊10参照。

＊27――的形の浦　『神名帳』に多気郡服部麻刀方神社があり、その付近の海岸だったらしい。いま松阪市東黒部町付近。ここの天皇は景行天皇が伊勢にいたことは『景行紀』五十三年にあ

るので景行天皇とする説がある。『万葉集』には持統天皇伊勢行幸のときの舎人娘子の歌（六一）に小異歌がある。

*28――賀利佐の峰　外宮の南側の高倉山の古名。

*29――大国玉の神　古くからの地主神。『神名帳』に大国玉比古と大国玉比売の神社がある。

*30――阿倍志彦の神　『神名帳』に伊賀国阿倍郡に敢国《あへくに》神社があるが、関係あるか。

*31――倭姫命　垂仁天皇と丹波道主王の女日葉酢媛皇后の間に生まれた。垂仁天皇の二十五年に天照大神を倭姫命につけたのでその鎮座すべき地を諸方にもとめてついに伊勢に落ちつき、斎宮を五十鈴川の辺に建てたという。日本武尊の叔母である。

*32――佐古久志呂　『記』にはサククシロは伊須受宮とある。鈴をたくさんつけた釧《くしろ》（腕飾）が裂けたようになっていることからいう。

*33――竹連と磯部直　多気郡と伊蘇郷を本居とする氏族で伊勢斎宮に奉仕した。大化二年の建郡である。

*34――吉津の島　三重県度会郡南島町河内の海中の島。なお、十二月十九日には伊勢神宮では三節祭の一つ神嘗祭がおこなわれ、柏の葉を使ってする柏酒の儀がある。

*35――尾張連の遠祖　『記』には尾張国造の祖美夜受媛とある。

*36――生まれて七歳……　「出雲国風土記」*131参照。

*37――多具の国の神、名を阿麻乃弥加都比女　多具は出雲国の多久川の地方といい「出雲国風土

記」に天瓱津日女とあるのと同人（一九四ページ参照）。

＊38――天つ社　天つ神系統の社とした意か、あるいは朝廷の奉幣を受ける社の意か。川島社はもとは岐阜県羽島郡川島村にあったが、のち洪水のため下流の八剣村徳田に移した。

＊39――『尾州記』『菅清公記』と呼ばれるものと同一である。菅は菅原を唐風に略称したもので菅原清公《きよきみ》の記録したものをいう。清公は菅原道真の祖父にあたり承和九（八四二）年に歿したが大同年間に尾張介になっている。官撰の風土記ではないが、古い風土記に触発されて書いたものかもしれない。

＊40――六銖の衣　銖は目方の単位。非常に軽い意の表現。

＊41――東路の……　以下二首は『万葉集』巻十四（三四四二、三四七七）にある。

＊42――岩木山……　この歌も『万葉集』巻十二（三一九五）にある。ただ「廬崎の」が「磯崎の」となっている。

以上の歌の部分を風土記以外の文とみる説もある。

＊43――准后北畠親房　三后に准ずるという意味の称号を賜わったので北畠准后といい、南北朝時代南朝に仕えて一時常陸国にいたこともある。『神皇正統記』『職原抄』その他の著書がある。当時第一級の学者だが、この風土記を引用した書は不明であり、信憑性が薄い。

＊44――伊香の小江　滋賀県伊香郡余呉村の余吾湖。伊香刀美は天児屋根命の五世孫に伊賀津臣命がある（中臣系図）のと比定される。伊香連は『姓氏録』に「大中臣と同祖。天児屋根命

十世の孫臣知《おみしる》人命の後」とある。那志登美は、『姓氏録』川跨連（中臣氏同族）に梨富命と
ある。

＊45——伊勢の左久那太李の神　原文「忌伊勢」は不明の語である。伊勢の云々とすると伊勢にそういう神社があるべきだが、『神名帳』にはそれらしいものも見えない。八張口神社は佐久那度神社で、近江国栗太《くりもと》郡（大津市大石桜谷）にあり、勢多川の川下の落ち口にある。瀬織津比咩の神は罪けがれを川から海に流しさる神（大祓祝詞）。

＊46——そのはら、ふせや　園原は長野県下伊那郡智里村、布施屋は仁明天皇時代に東山道に旅人救済のために設けられた小舎の名の地名化したものと考えられている。『新古今集』に「その原や伏屋に生ふる帚木のありとは見えて逢はぬ君かな」（坂上是則）とある。

＊47——八槻　福島県白川郡棚倉町八槻が遺称地。

＊48——豊岡姫命　豊受姫命と同じ。『神名帳』に白河郡飯豊姫神社がある。

＊49——一の宮の神　福井県小浜市遠敷の式内社若狭彦古神社。

＊50——気比の神宮　敦賀市にある。宇佐は大分県宇佐町の宇佐神宮。

＊51——八坂丹　八尺もある長い緒につらぬいた玉のこと。ここではそれを玉の名とした。

＊52——比治の里　「播磨国風土記」一〇三ページ参照。

＊53——荒塩の村　京都府中郡峰山町久次。

＊54——丹波の里の哭木の村　丹波の里は京都府中郡峰山町丹波を遺称地とする。哭木村は峰山町

内記。

*55——奈具の社　京都府竹野郡弥栄町舟木にある。ただし旧社地は古く流失して不明。

*56——日置の里・筒川の村　『和名抄』に日置郷が見え、いまの宮津市日置が遺称地。筒川は伊根町筒川。

*57——日下部首らの先祖　「播磨国風土記」*75参照。

*58——伊預部馬養連　持統・文武朝に活躍した学者官人。撰善言司に任じられ、『大宝律令』の撰定にも参画し、『懐風藻』にも詩篇をのこし、彼の撰になる浦島子伝（現存しない）は有名であった。彼が丹波守に任じられたのは何時かは不明。

*59——神の社　鳥取県岩美郡宇部野村宮下の宇部神社。

*60——高草の郡　『和名抄』の郡名に高草（多加久佐）とあり、いまの鳥取市千代川から西の地域。

*61——相見の郡　米子市と西伯郡の西部地方で、『和名抄』郡名に会見（安不見）。粟島は「出雲国風土記」にも見え米子市彦名粟島。この話は『神代紀』（一書）に見える。

*62——手摩乳　この話は『記・紀』にも見える。説話形式は「出雲国風土記」の阿用郷と類似。

*63——人丸　柿本人麿のこと。この一条は今井似閑『万葉緯』採択。似閑も偽書風土記とみている。子息の躬都良の名は凡河内躬恒と紀貫之の名を合わせて仮作したもの。

*64——明石の駅家　この一条は現存本には欠失した明石郡関係のものと認められる。明石駅の位置は不詳だが賀古駅家（七二ページ）の東の駅。駒手の御井は不明。その御井の縁起の部

分はこの逸文からは省かれているらしい。

*65——速鳥と名づけた　『記』（仁徳紀）に枯舟（韓舟の意か）の伝説があり、朝夕に淡路島の寒泉を汲んで御飲料の水としたとある。なお天平宝字二（七五八）年三月に播磨・速鳥と名づける二つの舟を従五位下に叙したとある。入唐使の乗用だという（続紀）。

*66——風土記にいう　これも明石郡の逸文で、「赤土」と明石と関係のある話かもしれない。

*67——爾保都比売命　丹生祝《はふり》天平十二年籍文に「紀伊国伊都郡に天降りました伊佐大岐命の御児丹生津比咩」などとあるので、イザナギ命の子とされる（逸文考証）が、本書宍禾郡・美嚢郡などでは国を作り堅めたのは伊和大神だったり、葦原志許志許平命だったりするので、決しがたい。丹保都比売は丹生（赤土・丹砂）の姫神で紀伊の国管川（和歌山県伊都郡富貴村上筒箇）の藤白岳に鎮座している。紀伊産の丹砂を使用したということになる。

*68——国造の石坂比売命　『仁徳紀』に釆女磐坂姫があるが、それと関係があるかもしれない。佐伯直阿俄能古（「播磨国風土記」*158から嶋鳥王から奪った玉を与えられた女性である。国造家から釆女を出す慣習があった。

*69——比々良木の　以下すべて枕詞的祝詞を使って新羅の国をたたえている。丹（赤）は魔除けとなると信じられ、古墳出土品にそれを塗ったものが多い。

*70——藤江の浦　明石市藤江海岸。『住吉大社神代記』にも同様の記事がある。

*71——甲寅　和銅六年四月に美作国を置いた記事は『続日本紀』に見える。なお六年は癸丑であ

る。

＊72―邇磨の郷　『和名抄』高山寺本の郷名に下道郡邇磨（爾万、国用二万）とある。岡山県真備町上二万、下二万が遺称地。

＊73―松岡　岡山県総社市長良付近をあてる。

＊74―疫隅の国社　広島県芦品郡新市町戸手の江能にある疫隅神社とされている。

＊75―武塔の神　「秘密心点如意蔵王陀羅経」の武塔天神王から出たとする説、あるいは朝鮮の巫女（ムーダン）の神とする説などもあるが不明。福慈筑波型の祖神巡行説話（『常陸国風土記』一九ページ）に道教や陰陽説が混交されている。なお『釈日本紀』はこの話に注して「先師がいうには、これすなわち祇園社の本縁である」といっている。

＊76―諸県の君牛　『和名抄』に諸県郡があるが、いま宮崎県東諸県・西諸県・北諸県などの諸郡から鹿児島県の噌唹郡の東部におよぶ地域をいった。その地の族長で牛は名（『紀』では牛諸・牛諸井）。なおこの話は応神十三年（一云）の記事にもとづいており、地名説話としては淡路国とは無関係である。

＊77―奈佐の浦　徳島県海部郡の穴喰町の海岸。那佐港がある。

＊78―勝間の井　阿波郡阿波町勝命《かつみょう》を遺称地とする。

＊79―牟夜戸　鳴門市撫養町の小鳴門海峡。湖・潮をミナトとよませる例が多い。

＊80―乎知の郡。御島　越智郡。御島は瀬戸内海にある三島群島で、大三島の宮浦に大山積神社

（三島明神）がある。

*81――野間の郡。熊野『和名抄』に野間（乃万、いま能満と書く）とある。愛媛県越智郡付近で今治市乃万がある。熊野は不明だが、熊野という舟はおそらくは和歌山県の熊野を産地とした熊野の諸手船をいうのだろう。

*82――法興六年十月『紀』にはみえない聖徳時代の年号で、崇峻天皇四（五九一）年を元年としてかぞえ、推古天皇の四（五九六）年十月にあたる。以下の碑文は六朝の駢儷文を模した古文だが、意味をとりかねる部分があることを断わっておきたい。

*83――みぎたづに……　熟田津は松山市の和気町・堀江町付近とされる。この条は『万葉集』巻三の「ももしきの大宮人の熟田津に船乗りしけむ年の知らなく」（三二三）の注である。

*84――橘の……　この歌は『万葉集』巻七（一三一五）の歌である。

*85――吾川の郡。玉島『和名抄』に吾川（安加波）とある。高知市西部と吾川郡の地域。玉島は高知市長浜の玉島。

*86――高賀茂の大社　高知市一宮の式内社土佐神社。『続紀』に天平宝字八年に土佐の高鴨社を大和の葛城に移し祭ったことが見える。

*87――神河　高知県の吾川と高岡の郡境を流れる仁淀川をあてている。

*88――筑前国「西海道風土記」の逸文には甲乙の二種が類別される。甲類は全体は「豊後国風土記」ないし「肥前国風土記」のように郡別に順次記録されたものと認められ、乙類はかな

らずしも郡別にこだわらず記事内容によって一条を形づくったもの。今乙類と見られるものには★印をつけた。これは「筑紫国風土記」といわれる。

＊89——怡土の県主らの祖　怡土地方（福岡県糸島郡）の族長。これと同文の話は『仲哀紀』八年条に見える。

＊90——日桙　「播磨国風土記」＊111参照。

＊91——この神の社を立てて　『神功摂政前紀』仲哀九年九月に大三輪社を立てて刀矛を奉ったとある。

＊92——子饗の原　『万葉集』巻五（八一三）に鎮懐石の文があり、それには怡土郡深江村子負原とある。いま福岡県糸島郡二丈村深江。なおこの話は『神功摂政前紀』にも見える。宇湄野は糟屋郡宇美町宇美とする。

＊93——塢舸の県　遠河郡・遠賀郡と書く。いま遠賀郡および北九州市若松区・戸畑区などの地域。島・鳥旗もこの地域に遺称する。

＊94——狭手彦連　「肥前国風土記」＊19参照。

＊95——おほきの山　「肥前国風土記」＊1参照。

＊96——甕依姫　国境に瓶を埋める信仰から出た名称であろう（「播磨国風土記」＊32参照）。

＊97——三毛の郡　福岡県三池郡付近の地域。『景行紀』十八年七月条に同話が見える。

＊98——生葉の郡　『和名抄』に生葉（以久波）とあり、いまの福岡県浮羽郡。なお『景行紀』十八

年八月条にも同様の話が見える。

*99──上妻の県　『和名抄』に上妻（加牟豆麻）。いま福岡県八女郡東北部の地。

*100──筑紫君磐井　『継体紀』には筑紫国造とあり、二十一年条に火・豊二国によって叛乱し、物部大連麁鹿火らがこれを討ち翌年冬になって平定したことが見えている。

*101──鹿春の郷　福岡県田川郡香春町。『神名帳』に辛国《からくに》息長大姫大目命神社で香春岳の南麓に鎮座。

*102──菱形山　大分県宇佐町宇佐八幡社の山。

*103──昔、豊後の国……　「豊後国風土記」二七八ページ参照。

*104──杵島曲　「常陸国風土記」*53参照。

*105──与止姫　「肥前国風土記」*17参照。

*106──肥後の国の……　現存「肥前国風土記」とほとんど同文。

*107──長渚の浜　熊本県玉名郡の長洲町の海岸。

*108──水嶋　熊本県八代市の球磨川の河口にある島。『景行紀』十八年、天皇筑紫巡行のさい天神地祇に祈ったら清水が崖から出たので水島という、とある。

*109──知鋪の郷　『和名抄』郷名に智保。西臼杵郡高千穂町。

*110──大隅の郡。串卜の郷　『和名抄』に始羅郡串占。いま鹿児島県肝属郡串良町。

解説

一

日本古代の注釈家は、「物を養いて功を成すを風といい、坐して万物を生ずるを土という」〈令集解〉といっているが、〈風土記〉という言葉を愚直に翻訳するならば〈気候と地味についての記録〉ということになるかとおもう。しかし〈風〉という言葉には風習・風俗・風化（教化）という意味もあるように、〈風土〉という言葉であらわされる自然はひどく人間くさい自然であり、いわば人間的自然として人間の性情や生活と接したところでとらえられた自然ということができよう。そして〈風土記〉とはもはやたんなる地誌であるよりも、それは同時にひろい意味での生活誌でもあるような多彩な記録としてあらわれる。

ここに〈風土記〉とよばれる書物の特異な性質と大きな魅力があり、おそらく風土記の存在がひろく世に知られるにつれてたくさんの、そしてまたいろいろな種類の風土記が続出するようになったのも、このような魅力から切りはなしては考えられないであろう。
もちろん〈風土記〉という名称は中国から移入されたものであり、ことに晋の平西将軍であった周処の著作になる『風土記』三巻はかなり早い時代にわが国に舶載されてこうした呼称を流布させるもととなったと考えられるが、わが国の古書に引用されて遺存するわずかな断片から見たかぎりでは、これもまた風俗と風光への関心にささえられた辺境生活の見聞実記といった形の記録文学的述作ではなかったかと思われる。

もっともわが国の風土記は個人的な文学的述作として成ったものではない。日本全土を律令制度とよばれる官人支配体制のなかに包みこんで、人民からの収奪体系を中央集権化することに成功した天皇の、まさに自己の領有する〈王土〉の一切を一望のうちに見渡し祝福しようとする満足感から生みだされたものであり、諸国の国司を長として郡郷の隅ずみまで張りめぐらされた律令制支配機構につながる臣下たちを総動員しての、いわば国家的規模における一大編纂事業として出発したものであった。和銅六年（七一三）当時の総国数を六十二国三島とし、一国あたり一巻とかぞえても、完成すれば六十巻を越す集大成となる。そしてこれは、当時編纂進行中の『日本書紀』を経（たていと）とすれば緯（よこいと）となる記念碑的文書であったと考えられる。

だからそれは周処『風土記』などの比ではなく、むしろ南北中国を統一して強大を誇った隋帝国の最後の皇帝いわゆる「日没する処の天子」といわれた煬帝《ようだい》の地誌編纂事業と対比さるべきものであった。すなわち『隋書』「経籍志」に「隋の大業中（六〇五―六一五年）、あまねく天下の諸郡に詔して、その風俗・物産・地図を条して尚書に上らしむ。故に隋代に諸郡物産土俗記一百三十一巻、区宇図誌一百三十九巻、諸州図経一百巻あり」と書かれているのがそれである。これらの地誌の実物が当時船載されていたかどうかは知りえないとしても、『隋書』（六〇〇年代成る）が将来されていたことは『日本書紀』に利用されていることからみてあきらかであり、おそらくはこの「経籍志」の記事も、かつて「日出づる処の天子」と誇称した天皇の末裔にとっては対抗さるべき範型として読みとられていたにちがいない。

もちろん、冊封体制に立脚した大陸国家としての中国古代国家では地誌編纂は早くから発達した分野に属しており、『漢書』（班固篇、一世紀代）の〈地理志〉をはじめ歴代の正史には〈郡国志〉〈州郡誌〉などとよばれる地方誌が併載されるならわしがあり、有名な「魏志倭人伝」のような〈東夷伝〉もその一類であった。そしてわが国にもかなり多くの地理書が移入され、いわば遣隋使や遣唐使たちのガイドブックとして珍重されており（『山海経』や周処『風土記』などもそうかもしれぬ）、それらのものが諸国司たちによって風土記編纂の参考文献とされたであろうことはじゅうぶん考えられることである。だが総体としての風土記は、その規模と性格とにおいて「経籍志」にいう「諸郡物産土俗記」の後を追うものだといっていい。すくなくとも中国風な紀伝体の正史編纂法が確立されていなかった日本では〈地理志（伝）〉的なものを受けつぐわけにはいかなかったのである。

しかしここで注意されなくてはならないことは、中国の地誌編纂が冊封体制と結びついて高度な発達をとげたのに対し、わが国ではそれを古い王者の儀礼としての〈国見〉の伝統のなかで受けつぎ開花させたということである。いわばわが国の「諸郡物産土俗記」としての風土記は〈国見〉儀礼の文献的再現ともいうべき性質のものを根本にもっているのである。そしておそらくはこの点に、風土記が古代国家権力の胎内から生まれながら民衆生活のすぐれた古典となりえていることの特異性を解くひとつの鍵があるのではないかとおもう。

二

ところで〈国見〉とはなにか。――

『万葉集』に舒明天皇（六四一年歿）の有名な歌がある。

大和には　群山《むらやま》あれど　とりよろふ　天の香具山　登り立ち　国見をすれば　国原は　煙《けぶり》
立ち立つ　海原は　鷗《かまめ》立ち立つ　うまし国そ　あきつ島　大和の国は（巻一）

「天皇、香具山に登りて望国《くにみ》し給いし時の御製歌」と題されたこの歌の意趣はおおむねあきらかだが、ほんらい〈国見〉は各地の邑落でいとなまれた生産儀礼のひとつで、生産活動の開始に先だつ初春の時期に、平野を見おろす小高い丘の上に神の降臨を仰いで、その神の資格において司祭者としての邑落の首長が、眠っている産霊を目ざめさせてゆたかな収穫を約束させるといった形の呪的儀礼式ではなかったかと考えられる。そしてその際とられる呪的手段としての言語技術のひとつが〈国讃め〉の詞章として遊離して伝承されていくのだが、舒明天皇のこの歌はそのような〈国見〉と〈国讃め〉の面影を伝えたものと見られよう。

だいたい風土記を読んですぐ気がつくことは、天皇が国ぐにを巡幸してあるき、「ああこの国の地形はすばらしくみごとだ」などと讃嘆していったので地名が名づけられたのだという型の地名縁起説話が多い——たんに多いだけではなく、それが数珠つなぎになって一連の天皇巡幸伝説ができあがってゆくような傾向さえ見られる——ことであろう。いわば〈国讃め型〉ともいうべきこうした地名説話成立の基底には、もともとはその土地の首長たちによってとりおこなわれた邑落行事としての〈国見〉儀礼（および類似形態の神祭）の古い記憶が沈澱していると見ていい。それが天皇巡幸伝説の一こまになったのは、いうまでもなく大和勢力の浸透と地方の首長たちの屈伏・順応といった過程がよこたわっている。しかも他方大和朝廷の側では〈国見〉は王者の儀礼として成長してゆくのである。

もっとも宮廷儀礼としての〈国見〉は、践祚大嘗祭や祈年祭などの祭祀体系のなかに組みこまれるとともに、中国風な望祭思想の影響を受けて独自性をうしない、初春の遊楽行事として遊楽性を強めていったらしい。しかも〈国見〉はもはやたんなる農耕儀礼ではなく、天皇に豊富な貢納をもたらす臣従関係として政治的に把握されたことは、持統天皇の吉野行幸にさいして歌った柿本人麿の歌からも察せられる。――「やすみしし　わが大君の　神ながら　神さびせすと　芳野川　たぎつ川内に高殿を　高知りまして　登り立ち　国見を為せば……山の神の奉るみ調と　春べは　花かざし持ち……川の神も　大御食に　仕え奉ると……」（『万葉集』巻一）。

しかもこの持統天皇は、宮廷の遊楽行事としての〈国見〉を実際の〈国見〉へと拡大し、壬申の乱のゆかりの地伊勢・三河を巡幸した女帝なのであった。その後元正天皇も養老元（七一七）年に美濃行幸に出たが、『続日本紀』がそれをつぎのように伝えているのは注意されよう。――「戊申、行して近江の国に至り淡海を観望し給う。山陰道は伯耆より以来《このかた》、山陽道は備後より以来、南海道は讃岐より以来、諸国司ら行在所に詣り土風の歌儛を奏す。甲寅、美濃の国に至り給う。東海道は相摸より以来、東山道は信濃より以来、北陸道は越中より以来、諸国司ら行在所に詣り風俗の雑伎を奏す」。

十日たらずの行幸日程のうちでこれだけの行事がどのようにして遂行されえたのかという問題もないわけではないが、ここに国司らが〈土風の歌儛〉や〈風俗の雑伎〉を奏したとあることは、大嘗祭に隼人舞や国樔奏がおこなわれたことに準ずるものとして扱うべきものであろう。

それらの歌舞・雑伎はたんに観てたのしむだけのものではなく、それを所有する社会集団の現存在を規定するところの、彼らの先祖たちの時代に起源をもつ記念碑的事件の実修・現在化として所作されるものであり、いわば目で見る語りごとともいわるべき祖霊降臨の神聖な伝承であった。そしてそれを天皇の御覧に供することは、とりもなおさず集団をあげての伝統ぐるみの臣従と忠誠のあかしとなるわけなのである。古くは集団の首長たちがそれをおこなったのであろうが、いま国司の手によってはるばる行在所でとりおこなわれていることは、それがたんなる娯楽を越える重大なものであったことを物語るであろう。

以上は風土記撰進前後までの〈国見〉の状態を一瞥したものだが、その基本的要素として〈国讃め〉〈土産品貢献〉〈風俗歌舞奉納〉の三項をあげることができようかとおもう。そしてこれがわが「諸郡物産土俗記」の成立を底辺において規制する三つの要項でもあった。

三

風土記撰進の命令が下ったのは和銅六（七一三）年五月二日であった。元明天皇がその父祖たちが〈国見〉の場とした大和三山の地を離れて春日山のほとりに都を移してから三年目、「百官の府、四海の帰一する」ところとしての壮大な規模の都城での政治の動きも活潑化してきたころである。

こうした企画はおそらくは元明女帝の念頭に浮かんでいたかもしれないが、その主導権をとったのは奈良遷都を誘導した陰の人物ともくされる右大臣藤原不比等であろう。それともう一人忘れられてならないのは粟田真人である。彼は不比等とともに大宝令の撰定に功があったが、文武天皇の大宝元（七〇一）年に民部省長官で遣唐押使として渡唐し（その使人の一人に山上憶良もいた）、その学徳・態度を唐朝廷に高く評価された人であり、帰朝して中納言となり施政の建策などにあたる立場にあった。いわば新唐化主義の先陣をなす人だが、彼ら遣唐使人たちが『風土記』撰進の第一線で働いたことはほとんど疑う余地はない。

ところで『続日本紀』はつぎのように伝えている。

「（和銅六年）五月甲子。畿内・七道の諸国は、㈠郡・郷の名は好字を著け、㈡その郡内に生ずるところの、銀銅・彩色・草木・禽獣・魚虫等の物は、つぶさにその品目を録し、及び㈢土地の沃瘠、㈣山川原野の名号の所由、また㈤古老相伝の旧聞・異事は、史籍に載せて言上せよ」（原漢文）

老練な史官の筆になったのだろうが、むだがなく圧縮整正された文章であり（「郡郷」という文字が使われていることには若干疑点があるが）、だいたい五項にわたる命令条項を含んでいる。いまこれを大別すれば、㈠〈国讃め〉的条項、㈡㈢物産関係条項、㈣㈤土俗関係条項となり、ほぼ『隋書』「経籍志」にいう「諸郡物産土俗記」にあてはまるものであることがわかる。と同時にそれが〈国見〉的思想によって補強されている点も指摘されよう。

それを端的に示すのは㈠項の「郡・郷の名は好字を著けよ」という命令である。もっとも〈好字〉というのは主観的判断を含む漠然たる表現であり、しかもそれは日本語を漢字というわゆる表意文字で表記しなければならなかった当時の官人たちの高低さまざまな識字力の程度が関係することなので、これをただちに中国人のいう〈嘉字〉意識と同一のものと見ることは不可能であり、その実態を把握することはきわめて困難である。たとえば字画の多い文字を使うことも（『日本書紀』の歌謡表記）、地名を二字で表記することも（国名表記、後には郡郷名の表記もそうなった）、いわゆる嘉字をとることも（フジを福慈・富士と書く）、嘉言的な表記をとることも（フジを不尽、不二、不死などと書く）〈好字〉に属すると見られる可能性もあり、また〈国讃め〉の詞章に出自をもつとみられる言葉も〈好字〉でありえたのである（たとえば阿須迦《アスカ》と書かれた地名が天武朝には飛鳥と書くように定められたらしいことは金石文から知られるが、これはもとは「飛《とぶ》鳥《とり》のアスカ」という〈国讃め〉的称辞であったものが宮地の名称をあらわす〈好字〉として定着されたものとみられる。こうした例は「春日《はるび》をカスカ」にもみられるが、あるいは日下（クサカ）、日本（ヤマト）など成因不明とされる宛て字もその一類であろう）。こうした〈好字〉意識はやがて『万葉集』用字の爛熟した開花をもたらすことになるのだが、そのいずれをとるにせよ、とにかくここで〈好字〉による郡郷名の表記が要求されていることは、〈国見〉における〈国讃め〉の伝統が形を変えて生かされたものとすることができる。

もっともこの一条は、他の条項とは異質的な行政命令とみられて、古くから風土記撰進とは無関係な事柄とされたが、しかしこれは文字表記上の規定以外のなにものでもなく、文書や史籍の作成を離れてはなんの効果もないような空虚な「行政命令」でしかない。それはこの場合はもっぱら風土記という〈史籍〉のためにとられた措置と見るべく、この官命の最後の「史籍に載せて言上せよ」とあるのと密接に照応する一句であり、むしろ〈国見〉的風土記にとっては魂ともいうべき重要な一句とみるべきものである。

ことに近代の歴史家たちのあいだでは、この条項ばかりではなく他の条項をも現実的な政治的要求から出たものと見て、この官命を解体的にとらえようとする傾向が見られるが、これは樹を見て森を見ないやり方であり、古代王者の論理の展開を見ようとしないものとなるかと思う。

物産関係条項㈡㈢についてはいまあらためていうまでもない。これは古代国家形成以来もっとも積極的に追求されてきたものにほかならない。

四

「土地の沃瘠」は穀産の在り方を表示するものとして重視され、一項目とされたのである。

郡名表記の問題を含む以上の三項目は、いわゆる律令制度の確立ということの実態を反映する部面に属し、それ自体制度史的な展開の幾変遷をもつものであり、風土記の撰進をまってはじめて上程された課題ではない。いわば支配者としての貴族官人にとってはすでに常識化された課題であった。しかし㈣㈤の土俗関係事項になるとそうはいかない。これは前例のない新しいこころみに属しており、この〈史籍〉の編集に直接参加した官人にとってはいわば開拓者的情熱をもって取り組まれねばならぬ条項であり、そしておそらくはもっとも重点をおかれた部分であったと考えられる。いうまでもなく現存風土記で充実した姿を見せているのはこの部分であり、風土記をもっとも魅力的なものとしているのもこの点にある。

とくに注意されるのは第㈣項である。ここには「山川原野の名号の所由」とあるが、たんに山川原野の名号（名称）をあげるだけならどんな地誌にも見られがちな平凡な事実にすぎないが、ここでは「名号の所由」すなわち名称が成立した根拠となる事情が問われているのである。このことは、これを民間に伝承されたいわゆる地名縁起説話の採集を目ざす命令と見ることを可能とするものであった。

もっとも、地名の〈所由〉をしるすことは中国の地誌にも例があり（燉煌文書『揚州図経』）、わが国の風土記にだけ特有のこととはしがたく、また〈所由〉そのものがただちに地名縁起説話を意味するものでもない。しかしわが古代の人たちにとっては、事物の発生事情というものは説話的に語られることによってのみその真実が説きあかされるものとし、これをいわれとかことのもと（由縁）とかいう語りごとの形でつかむのが習慣となっていたのである。

　たとえば、箱のような形をした丘だから〈筥の丘〉という――というのもその丘の名称についての〈所由〉を語るものであり、そしておそらくは誰にでも納得されやすいいわば普遍妥当性をもった〈所由〉と考えられるが（『揚州図経』の場合もこの類の〈所由〉が多い）、わが古代においてはこのような〈所由〉は丘の形の見たままの印象的な説明でしかなく、自分たちの郷土に固有の、自分たちの生活と深いかかわりをもって太古から存在している〈筥の丘〉の成立事情を根源的に説きあかしたものとは決して見ることはできなかったのである。たしかな根拠ある成立事情というものは、ずっと古い大昔の――『播磨国風土記』に例をとれば――大汝命とその子火明命の争闘の際、船上にあった箱が吹きとばされてきて丘となったので〈箱の丘〉というのだ（七八ページ）という、そうした伝統的な語りごとのうちにのみあるとされていたのである。だから、同一地形・同一地名であっても生活集団がちがうとそれだけ多くの〈所由〉すなわち〈筥（箱）の丘〉説話があることになる（枚野の里の〈筥丘〉八〇ページ、大家の里の〈筥岡〉九二ページなど）。

　こうしたことは、〈地名縁起説話〉とよばれる語りごとが、もともと地方住民の生活共同体の共有財産として信奉されたいわゆる局地的神話と親縁関係をもつものであったことを物語っている。

そして、これらを採集するということが、〈国見〉においていわゆる目で見る語りごととしての〈土風の歌儛〉〈風俗の雑伎〉を天皇の御覧に入れるという儀礼的行為と対比さるべきものとなっていることもあきらかである。柿本人麿の言葉を借りれば、「山川も因りて奉《つか》うる神」(『万葉集』巻一)としての天皇の御代を祝福することにもつながるのである。

非常にしばしば、この㈣㈤の事項は、地方の古い語りごと(いわゆる地方旧辞)の採集を目ざしたものであるということから、この官命は地方の歴史を知ることを意図したものと見られがちである。たしかにこれらの語りごとは、かつてどんな史書も語ろうとしなかった地方民衆の生活と歴史と交渉するものが多く、その点に私たちの大きな関心をそそってやまないものがあるものなのだが、当時の為政者たちのうちに『記・紀』を生むにいたるような強烈な歴史意識がみられたにしても、それは天皇家や顕臣・豪族たちの歴史的序列をととのえるためのものであって、そのほかに地方の歴史をつかもうとする心などありえたかどうかは疑わしい。ここで一見歴史と深いかかわりをもつかと考えられる「古老相伝の旧聞」にしても、それは「異事(めずらしい、ふしぎな出来ごと)」と並称されるような「旧聞」でしかなかったことが注意されよう。

この旧聞・異事が尊重され珍奇なこととして記録された例は正史にもときどき見えるが(『続

日本紀』和銅五年九月条に「旧者相伝えて云う、子《ね》の年は穀の実り宜しからずと、云々」とあるのなどはこの官命発令に近いころのものだけに注意をひく)、それらは歴史的関心とは遠くへだたるものであり、むしろ〈聖帝〉仁徳の御製と伝える「汝こそは　国の長人《ながひと》　汝こそは　世の遠人《とほびと》　雁子産むと汝は聞かずや」(記・紀)の歌の思想とつながるものなのである。そしてそれは歴史的な関心としてとらえるよりは、〈土俗〉的なものへの関心としてとらえる方がただしい。

もっとも〈土俗〉とか〈風俗〉とかいうと、これを主として有形な習俗と見がちな現代の通念からは、語りごとを〈土俗〉と見ることには不審の念がもたれようが、古くからその土地に伝承された歌舞・音楽・言語などの固有の習俗はすべて〈土俗〉なのであり、『常陸国風土記』では〈諺〉が〈風俗〉としての限定を受け、また平安時代に〈風俗〉とよばれる歌謡・歌舞があるのもそうした一面を物語るものであった(なお土風・土俗・風俗という言葉は一様にクニブリと訓まれているが、これは漢音で読んでさしつかえないし、風土記はもちろんフドキとよむ)。

だいたい地方を〈歴史〉においてよりも〈土俗〉としてだけ見る傾向は支配階級にとってはきわめて根ぶかいものがあるが、この風土記においてもそうであり、むしろ地方の〈歴史〉は風土記では寸断された形でしかあらわれていないのである。そして、「諸郡物産土俗記」を〈国見〉的観点から処理したもの、それがこの官命の意図するものであったと見ていい。

五

ただここでもう一つ注意されなくてはならないのは、この官命をのせた『続日本紀』の記事には一言もその書名については語ることがないことである。これは『続日本紀』にありがちな誤脱・錯乱と軽く見られがちだが、じつはこのことは、私たちが現在〈風土記〉とよんでいるこの〈史籍〉が、ついに公式な書名を獲得することなく未完成におわったことを示すものであったと考えられる。

普通書名というものは書物が完成したのちにつけられるものだから、この官命が発令された時点では書名がないのは当然だが、この記事が書かれた『続日本紀』編纂の時点はそれから八十年後なのである。この天下周知の大編纂事業が生んだ史籍の書名を書かなかったことは、かんたんに誤脱として済ませられることではない。

それを説明するためには、ちょっとその編纂過程を垣間見る必要がある。

まずこの官命は畿内七道諸国の国司たちに伝達される。国の最高責任者たる国守は介以下史生から国博士までの国庁の幹部職員たちと命令を検討して編集の大綱を相談してきめる。㈠から㈢までの条項は大体国庁手持ちの材料でまにあうが、㈣㈤は完全に郡司たち（その構成は『出雲国風土記』＊50参照）の仕事でなければならない。早速管下全郡の郡司たちを国庁に招集し、こんど太政官から出されたひどく風変わりな命令の貫徹をはかることに全力を尽くすべきことを指示する。その前年に国司を媒介して朝廷にその任免を規制されることになった郡司たちは、またもや新手の収奪がはじまるのではないかとの不安の念を抱きながら国庁に出向するが、意外にもそこには自分たちに身近な〈土俗〉条項があることを知り、自分たちの地位を強化するのに役立つ仕事かもしれないと思い、うやうやしく命令を受領して郡に帰り、部下を総動員して材料の蒐集に着手する。

いうまでもなくこの〈史籍〉作成においては郡司の力は決定的である。これらの郡司の多くは大化前代からふかぶかと郷土に根をおろした有力者・名望家であり、現地の現実の支配者として律令体制の末端機構に採用されたものであったが、風土記のなかで活躍する〈古老〉といわれるものもおそらくは彼らの一族の誰かなのであった。そしてこの風土記がいわば〈郡司文書〉といわるべき性質をもってあらわれていることは銘記されなくてはならないが、先例のある戸籍帳などの事務的公文書を作ることには手慣れた彼らではあっても、この雑多な条項の材料を消化してひとつの〈史籍〉にまとめるだけの統一的な文章能力という点では、手にあまるものがあったにちがいない。

郡から提出された材料を総集して〈史籍〉にまとめる役割は国司たちの手にゆだねられる。が、事態の困難さは同様であったろう。しかし、とにかく国としてのまとまりがつけられ、

『令』に規定されたとおりの上級官庁への提出文書の書式をとって――現在『常陸国風土記』の冒頭に見られるような――〈解文《げぶみ》〉として太政官に送付される（三通ないし二通作成され、一通は国庁に保存する）。

だいたい国司は年一回は部内の各郡を巡行（国見）して〈風俗〉を観省する定めになっていたが（令集解）、この〈史籍〉はそうした職責がうまく遂行されているかどうかを如実に反映するものとして、国司の成績の良否とかかわるものと考えられたので、国司たちは国司の面目にかけて部下郡司たちを督励してその作成を強行したにちがいない。そして特別な事故がない限り、順調にいけば翌年の春ごろからこの〈史籍〉はつぎつぎと太政官に集まりはじめ、すくなくとも二、三年以内には、大部分の国の〈史籍〉は官の文書庫の一角に集積されていったと考えられる（従来はこの期間が不当に長く見つもられていた）。

実質的にはここでこの〈史籍〉の成立は完了したことになる。しかし律令制下の現実においては、最終的な完成作業はむしろここから一歩先のところにあった。なによりもまずこれらは総括され裁可されねばならないのである。そして諸国の〈史籍〉が日本国の〈史籍〉としてまとめられ、一部六十数巻の書として、おそらくは藤原不比等名義の序文をつけて上奏され、かくして決定的な完成を見るわけである。そのさい採用さるべき公式な書名はあるいは「日本国諸国物産土俗記」であったかもしれない。

それはほんのちょっとの手続きでしかなかったのだが、しかし諸国から提出された〈史籍〉を、当時の慣例にしたがって帝都の所在地たる大和などの五畿内を先頭として、東海道から西海道にいたる道筋にしたがって順序よくならべて通観したとき、その失敗はもはや誰の目にもあきらかであった。それは地誌作成の伝統がなく、範とすべき前例もなく、戸籍帳・奴婢帳などのような定式的な事務文書以外のものは作ったこともないようなところでの仕事としては上出来であり、国司たちの創意工夫も随所に見られる苦心の述作ではあったが、その様式から文体の末にいたるまで諸国の編述態度はあまりにもまちまちで、いわば個性的であり、それは統一ある史書としての『日本書紀』に匹敵できるような全日本の地誌としての形態をとるものとはなりえず、またとうてい三韓・唐などの外国に対して誇示できるようなしろものでないこともあきらかなのであった。

　もちろんこの〈史籍〉の監修のためには特に文章家が任命されたらしく、『続日本紀』和銅七年二月条に「従六位上紀朝臣清人、正八位下三宅朝臣藤麻呂に詔して国史を撰ばしむ」とあるのがそれにあたると考えられる（もっとも、これを『日本書紀』の編纂開始あるいは編纂員の補充とみる説もある）が、どんな高名な学者・文人であっても地方誌的事実に立脚した記述を無視して文章的潤色の手を加えて統一するということは無理であり、彼らの主たる任務は当時編纂完成期に入りこんでいた『日本書紀』とこの〈史籍〉との記事の調整という仕事にむけられたものと思われる。しかも現実においては、国の分合新設や郡里制から郷里制への移行など地方制度上の改変もあり、元明天皇から元正天皇への譲位（七一五年）ということもあり、その統一再修撰を困難ならしめる事情が積み重ねられていたのである。ことに最後的にその息の根をとめるに至ったのは、第七次遣唐使の一団が中国の地誌についての新知見を持って帰朝し、いわゆる〈国見〉的風土記に対する批判の空気を廟堂に持ちこんだことであろう。

そしてこれらの〈史籍〉群は最終的な完成を目前にしながら見送られ、いわば時代おくれの前代文献として、結局は新任国司や按察使・節度使たちの民情視察の参考文献として民部省の文書庫にそのまま保存されるよりほかはなかったと考えられる。

もっともこれだけ持続的な大編纂事業がなんの記号も称呼もなしに遂行されたとは考えられず、すくなくともその当事者たちのあいだにはいくつかの通称がおこなわれたにちがいない。そのひとつが周処『風土記』をまねた風土記であり、当時の貴族たちの趣味に合致するものとしてこれが一般化されるようになったのであろう（〈風土〉という語が風土記撰進後まもなく撰定が開始された『養老令』ではじめて公用語として登場しているのは示唆深いものがある）。しかしそれはあくまでも通称であり私的称呼でしかない。ここに国の正史としての『続日本紀』がついにその書名を記事中に明確化しえない理由があったのである。

六

風土記は、いわば国家的観点からの統一・完成は放棄されたが、それは諸国の風土記として〈国見的風土記〉の素朴さを失わずに残されたことを意味している。この点で私たちはこの段階で成立したとみられるものを〈和銅風土記〉とよんで特立し、他の風土記から区別することができる。現存する『常陸国風土記』と『播磨国風土記』とがすなわちこれに属している。

この二つの風土記は記述態度においてほとんど対蹠的であり、前者は都会人的な（あるいは観光者向きの）意識された文学的態度を投入することによって史籍的統一をはかっているのに対し、後者は土着的な実直さをもって材料を積みかさねて一巻としている。こうしたことは、前者が「古老相伝の旧聞」の物語的伝承の記録に重点をおき、後者が泥くさい〈地名縁起説話〉を中心として展開されていることとも関係しているが、両者のあいだの様式的不統一はあまりにも濃厚であり、これを同一地誌として包括することの困難さが思いやられるものだといっていい。ただ共通していることはどちらも郡単位に、その下部組織として〈里〉という霊亀元（七一五）年以前の制度に依拠して記述されているが、その〈里〉や物産や山川原野の所在の客観的地理的関係についての関心はきわめて稀薄で、いわばあまりにも〈土俗〉的でありすぎることであろう。

しかもこれはたんに『常陸国風土記』と『播磨国風土記』とのあいだにだけ見られることではなく、現在では隠滅に帰した〈和銅風土記〉全体を通して見られることであったろう。それはもちろん編纂担当者であった国司だけの責任ではなくて、和銅官命そのもののうちに用意されているものであり、あえていえば〈国見的〉土俗誌として出発せねばならなかったこの地誌の初発性そのことのうちにあるといえるだろう。

そしてこのことがこんにちこの書を同時代にできた『古事記』とならぶ古典として高く評価することを可能にしているのだが、むしろ『日本書紀』の姉妹文献と見ようと欲した当代の中央貴族たちにとってはこれは大変不当なものと見えたことは疑いない。〈和銅風土記〉撰進後二十年、天平五年（七三三）に『出雲国風土記』が成り、ほぼ同時期に九州の諸風土記——『豊後国風土記』『肥前国風土記』が現存——が成立したが、それはそうした〈和銅風土記〉への批判的見地を保有するところに成ったものであったと考えられる。

私たちは後者を〈和銅風土記〉に対置さるべきものとして〈天平風土記〉とよび、その特徴をひと口でいえば実用主義的ということができようかとおもう。

『筑前国風土記』の逸文に、天平四年西海道（九州地方）の節度使藤原宇合が「前議の偏《かたよ》れるを嫌い、当時の要を考う」（三九九ページ）とあるが（これは風土記本文の逸文ではありえず、その序文ないし注記の一部と見るべきであり、そこでは『筑紫国風土記』の編纂事情が語られていると見ていい）、従来の風土記の〈国見〉的偏向を指摘し、「当時の要」を考えて編纂されねばならないとするのが宇合の主張であった。そして、この「当時の要」を考えて成立したもの、それが『出雲国風土記』であり九州諸国の風土記でありすなわち〈天平風土記〉なのであった。

そしてこの「当時の要」というのは、藤原氏の制覇過程で惹起された長屋王事件（天平元年）のような内乱の危険性であり、さしあたっては天平二年八月にとられた諸国防人の停止についての対応措置であり、容易に追討軍を移動できるような軍事的地誌の必要であったと考えられる。いうまでもないことだが〈和銅風土記〉はそうした点では全く役に立たないものだったのである。

これが天平四年の節度使（軍事監察使）の創設と緊密な連関をもってなされていることはいうまでもなく、〈天平風土記〉は、いわばお祭り騒ぎで全国的な規模で作られたものと見るよりは、節度使の権限で、必要に応じて節度使がおかれた諸地方（東海・東山・山陰・西海や東北辺境地区）で作成していいことになっていたと考えられるが、優先的には隠岐の島をひかえた出雲、壱岐・対馬をひかえて対新羅作戦上重要な位置にある大宰府に作られねばならなかったのであろう。

そしてこうした方策が打ちだされたのは、天平三年八月に式部卿藤原宇合が参議となったときからはじまると考えられるが、この政府最高の議政機関のなかには宇合とならんで山陰道節度使となった民部卿多治比真人県守もいることは忘れられない。というのは、この二人は、養老元（七一七）年三月、すなわち風土記撰進に対する関心が高まっていた時期に、後者（多治比県守）は遣唐押使として、前者（藤原宇合）は副使として渡唐し、中国の地誌についての新しい知見を持ち帰って、〈国見〉的風土記に対する批判的見地を廟堂に披露すべき立場にあった人たちだったからである。この二人はその後参議に推挙されるのも一緒、鎮撫使（宇合は副総官）となるのも、節度使となるのも同時という関係にあったが、天平四年八月に多治比県守が山陰道節度使となったころ出雲で、藤原宇合が西海道節度使であったときに九州でこの〈実用主義〉的風土記が作られているわけである（なお宇合は文人としても高名であったが、より多く藤原氏を代表する軍事官僚であり、皮肉にもその子の藤原広嗣がやがて九州で挙兵叛乱するのも偶然ではなかった）。

ことに『出雲国風土記』においては遺憾なく〈実用主義的〉地誌としての性格を発揮しており、そこに列挙されている神社の記載でさえも、一朝有事のさいに祭祀する必要からなされたとみられるほどであり、和銅官命では重要事項とされた「山川原野の所由」はここでは防衛上必要な山の位置や島の大きさ、川の広さなど数的記載にとってかわられている。ただ伝説や〈所由〉（それはほとんど郡郷名だけに限られているが）は新造するわけにはいかないから〈和銅風土記〉から抜き書きしたことだろうが、〈和銅風土記〉的とみられるのはおそらくその部分だけだといってもいいすぎたことにはならないだろう。

どうしてこのようにまでしてそれが風土記として作られねばならなかったかはあきらかでないが、それは宇合の執念ともいうべき風土記への愛着と、彼の父不比等が「養老令」の編纂を志したと同じように、日本のあたらしい地誌を藤原氏の手でまとめようという野望にも似た藤原氏に特有の情熱のせいだったかもしれない。この〈天平風土記〉は典型的に律令的であり、〈藤原氏的〉でもあったのである。

七

この地方文書として埋もれていた風土記がふたたび中央の政界に知られるようになったのは醍醐天皇の延喜十四年（九一四）四月に勅に応じて提出した三善清行の『意見封事十二条』（『本朝文粋』）によってであった。彼は寛平年中（八九〇年代）備中介として在任中現地で見た『風土記』の記事（三八三ページ）を根拠にして、賦役や徭役の増大のために壮丁が減少一途をたどる現実の時弊を痛論しているのだが、菅原道真と並称されるこの鬼才の意表をつく風土記の援用は当時の人びとに風土記の存在を改めて見直させることになったのであろう。それから十年後の延長三（九二五）年に左大臣藤原忠平は五畿七道諸国に「早速風土記を勘進すべきこと」という太政官符を発して諸国にあるという風土記の文とみられるものを国庁や郡衙などから探しだし、それでも見つからなかったら古老に尋ね問うて早速言上せよと指示している（『朝野群載』所収）。これによると中央では風土記は完全に姿を消し、いったい風土記がどんな文書様式をもつものかも不明とされていたらしいことが察せられるが、こうしたことは三善清行の『意見封事』に示唆されたものであり、当時作成過程にあった『延喜式』の資料として、またはすでにはげしく崩壊しつつあった班田制を根源にさかのぼって考えるための材料として要求されたものと考えられる。

　もっとも、この官符は新しい風土記の「勘進」を意味するものとされ、いわば〈延長風土記〉なるものの存在を想定されることがあるが、この文面のかぎりでは古風土記の提出以外のことを意味していない。またこの時期に全国的規模で風土記の撰進がおこなわれねばならぬような状況もなかった。ただこの太政官符が心ある国司たちに風土記への関心をもたらし、私的興味からする風土記的なものの作成や風土記の書写がおこなわれるようになったことは疑いない。そして現存する歌学書・注釈書の類に風土記からの引用文が見られるようになるのもこの前後からである。やがて鎌倉時代には地方的勢力の台頭とともに風土記への関心も高まり、その保存・書写もさかんになり、かなり多くの古風土記が残存していた。しかし、応仁の乱など戦国の内乱とともに隠滅するのも早かったらしい。そうして現在見ることができるのは常陸と播磨と出雲と豊後・肥前の五ヵ国であり、そのうち『出雲国風土記』だけが――出雲国造家に大事に保管されてきたのであろう——完本で、他は省略本であったり破損本である。

1　常陸国風土記　冒頭には「常陸国司解《げ》　申㆓古老相伝旧聞事㆒」と書かれた一行があり、本書が国司から所管の上司に申告した報告書の形式をそなえた公文書（解文）だった姿を伝えている。ことに「古老相伝旧聞の事」とあるのは和銅官命の第㈤項に対応し、またこの報告がこの点に重きをおいて記述されていることを物語っている。

原文はいうまでもなく漢文体で、いわゆる四六駢儷《べんれい》体といわれる当時の知識人たちの間に流行した四言句・六言句を多用した美文体を使用しており、当時としてはかなり高度な文学的技術を駆使してひとつの〈史籍〉に仕上げようとする意図が濃厚に出ている。そのために物産や地味あるいは里や村についての記述さえもその美文的構成をこわさない程度で適当に配置され、同一字句の重複使用を避ける（いわゆる避板法）ために郷・里・村などについても制度史的な厳格さをもって使われているとは見がたい点もある。ことに物語性に富む伝承や尊貴な人物の言動の描写にはこうした傾向が顕著で、極端な例の一つとして祖神巡行譚のなかでの祖神の歌が四言句の漢詩に作りかえられている（二〇ページ）ものがあげられる。

こうした高踏的態度の一面に、多くの民謡・風俗諺またカガイ（歌垣）などの民俗についての記述があり、東国民衆のもっていた文学的環境についての貴重な記録が残されている。ある意味では民衆のうんだ文学的作品をとりこんだ最初の貴族文芸的作品として位置づけられるかとも思われる。

ところで、この風土記の成立年時は和銅六年五月から養老二年五月以前のほぼ六ヵ年にわたる期間中にもとめられる。というのは、『続日本紀』には養老二年に陸奥国から石城郡など六郡が分立して石城国を作ったという記事があるが、本書ではその石城郡が「今陸奥国の域内にある」（多珂郡）と注記されているからである。

そこでこの六年間に常陸守だった人を『続日本紀』から探すと阿倍狛朝臣秋麻呂（和銅元年三月以降）・石川朝臣難波麻呂（和銅七年十月以降）の二人があげられる。前者は対韓（高麗）関係に縁のある家の人で霊亀元年には成選人として従五位上に任ぜられ、後者は霊亀年間に郡発稲という徭役労務者救済法を発案して名声のあった能吏である。おそらく前者が国司だったときの産物であろうか。

ただ養老三年七月には——おそらくは難波麻呂と交替して——藤原宇合が常陸国守・按察使として在任している。彼は数ヵ月前に遣唐副使として帰朝したばかりであり、『懐風藻』にも詩篇を残した文人としても高名な人なので、この文学的な風土記はこの人の手になったとする説もきわめて有力である。それと関連して『万葉集』の伝説歌人として知られる高橋連虫麻呂もこの撰に関係していると考える説もある。ただこれらは時期がずれる点で難点がある。

しかし、現存『常陸国風土記』は原形のままのものではない。白壁郡・河内郡の記事は全部なく、他の諸郡にも多くの省略箇所があり、巻頭の〈総記〉と行方郡の分だけは省略していないという注記があり——ある程度その全貌がうかがえるようになってはいるが——省略本である。それがいつなされたかは不明だが、鎌倉期の文献に引用された逸文の状態からみて、そのころはまだ完本があったようである。現存本はすべて省略本を祖本としたもので、天保十（一八三九）年水戸藩の西野宣明が校合して板行して広く世におこなわれるようになった。

2 播磨国風土記

この風土記は官命の第㈢㈣の項について最も忠実に答えようとしている点で特徴的である。

たとえば大宝二（七〇二）年の御野《みの》国戸籍ではすべての戸をそれぞれ戸口数の多寡（ないし貧富の差）によって九等級にわけ、「中の中の戸」「下の上の戸」「下の中の戸」などとわけて克明にその戸の人たちの性別・続柄・癈疾の有無を書きこんでいるが、これはこの風土記で土地の品等を九等級にわけ、それをいちいち里名の下に記入しているのと似ている。これは九等戸制とともに中国からわが令制にもちこまれたものと見られるが、こうしたいわば戸籍作成に準ずる態度でこの風土記の記録はなされている。

それは土地の肥瘠の状態についてだけではなく「山川原野の名号の所由」についてもよくあ

らわれている。すこしでも名のある山谷・川岡を列挙しようとする努力はいたるところに現われているが、名をあげてもその由来がわからない場合には「人々に尋ねてもその由来を得ることができなかった」とわざわざことわっている(宍禾郡高家里条他)。

それは『常陸国風土記』などの精撰された文芸性からみれば玉石混交のそしりをまぬかれまいが、いわばこうした実直な記録態度のおかげで私たちは地名縁起説話の諸類型と民間神話の生長についての飾りけのない記録を見ることができるのであり、農業はもちろん狩猟・鉱業・造船・土器製造・墳墓築造・養蚕その他諸産業にわたり、民衆の生活に根ざした、みやび化されない説話のすばらしい宝庫となっているのである。

ことに土品についての記載は、この国の風土記的景観を理解する上にきわめて示唆深いものをもっている。もともとこれは班田制の実施から必要とされたことで、主として水田に関するものであろうことは『常陸国風土記』の「ただし有る所の水田は上は少なく中が多い」(総記)という記載や、天平元年十一月の位田・賜田についての太政官奏(続日本紀)などからもうかがうことができる。そしてこの国もまた「上は少なく中の多い」国だったが、この土品の上下がその土地に住む人の生活形態ひいては説話(巨人伝説や水争いの話等)の在り方をも規定していることが察せられて興味が深い。

またこの国が瀬戸内海を通路として古い時期の吉備王国と河内王国との接点にあたり、遠くは四国・九州・朝鮮と交渉し、川と山とを通路として山陰の諸国と交渉するところが多いという地理上の要点をなしていることから、神々の混交も多くみられ、なかば民話化された神話、説話のかげに積み重ねられた神話の重層を解きほぐすことはもっとも興味ある課題に属するであろう。

本書は郡司層の文書としての風土記の性格を最もよく示すものだが、成立年時は不明である。ただ郡郷制施行以前のものであることは各郡の下部組織としてすべて〈里〉がもちいられていることから判明し、霊亀元（七一五）年以前の筆録になり、和銅六年から三年以内に成ったものと考えられる。

この時期に該当する国司としては守《かみ》には粟田真人とともに遣唐副使として渡唐した巨勢朝臣邑治（和銅元年三月以降）があり、大目《さかん》には百済から帰化した沙門詠の子でのちに大学頭に任じられ〈風流侍従〉とうたわれた楽浪河内（和銅五年七月）が在任している。

ただ現在伝来された本は巻首を欠損し、そこにあったとみられる総記および明石郡の部がなく、賀古郡の記事も何行分か失われている。巻尾にあるべき赤穂郡もないが、これはもともと播磨国に属した郡ではなかったからだとみる説もあるが、不明である。すべて郡別に記載され、それらは山陽道に沿って東から西へ、内陸部は西から東へ一巡する順序で並べられ、記載の基本形式は各郡とも統一された点もあるが、細部をみると郡ごとにまちまちな点もあり、地名の説明の仕方でも相違点があり、未整理本と見られるふしがある。おそらくは延長三（九二五）年に播磨国の古老に尋ねて探しあてた未清書本風土記の流れをくむものかもしれない。

これはもっとも遅く世に紹介されたもので、平安朝後期の書写にかかると見られる旧三条西家蔵本（現天理図書館蔵）が嘉永五（一八五二）年に谷森善臣によって転写されてようやく世に広まったもの。けだし現存風土記中の逸品である。

3 出雲国風土記

『出雲国風土記』は現存する風土記のなかでは首尾完備した唯一の完本で（ただし巻首部に錯乱があるらしい）、江戸初期から珍重されてもっとも早く流布をみたものの一つである。ことに出雲国は『古事記』や『日本書紀』の神代の巻では主要な舞台とされ、国譲りという壮大な劇の進行する地域であったから、この風土記に強い関心がもたれるのも当然であった。とりわけ冒頭部の〈国引き〉の詞章は古い時代の口語り伝承の姿をとどめたものとして有名であり、発生期の文学を考える上にも重要なものである。

だが全体としてみるならば、常陸や播磨の風土記が古い〈国見〉的性質をもつ風土記としてあらわれているのに対し、この風土記はむしろ当世風の地理誌として完成された一つの型を示すものといっていい。

この書の巻末には、

天平五年二月三十日勘造

国造帯意宇郡大領外正六位上勲十二等　出雲臣広島

秋鹿郡人　神宅臣金太理

とあり、作成された時期と人とがはっきりしている。もっともこの年の二月には三十日という日がありえたかどうかをめぐって偽書説が提出されたことがあり（昭和二十六年刊、藪田嘉一郎『出雲風土記剝偽』）、それに対し諸学者の反論が『出雲国風土記の研究』（昭和二十八年、出雲大社刊）に結集されてこの風土記の研究に一段階を画したことも記憶さるべきであろう。

ただ、この風土記については和銅官命にもとづいて作成されたものとみる見解が古くからおこなわれている。和銅六年から天平五年まで二十年の歳月が流れているが、『日本書紀』でも『続日本紀』でも数十年をついやして完成したようなのんびりした時代に、わずか二十年のあいだにふたたび風土記が撰進されるといったことがあるとは考えられない、というのがその理由である。けれども、現存する常陸や播磨の風土記が、強化整備されつつある国郡司制を背景にして発令後二、三年以内に成立していることを思えば、『日本書紀』と対応するこの全国的地誌編纂事業で出雲だけが例外とされるはずはなく、ことに当時の出雲国守には、天武朝に「帝紀及び上古諸事」の筆録者として名のあった忌部首《いんべのおびと》子首（和銅元年三月以降）がおり、またその後には因幡国守として善政を賞された経験をもつ舟連秦勝《ふねのむらじはたかつ》（霊亀二年四月以降）があり、そのいずれをとっても文書作成に怠慢な国司ではありそうにない。しかも当時の国造は出雲臣果《はた》安《やす》であり、彼は元正天皇二年二月には出雲の神々の司祭たちをひきいて「神賀詞」を天皇の前に奏して多くの褒賞を賜わった人物であった（続紀）。むしろ遅滞なくみごとな〈和銅風土記〉が撰進さるべき条件はそろっていたとみていい。そして実はあまりにもみごとに出雲的な〈和銅風土記〉でありえているところに、それが批判されねばならなかったひとつの理由があったともいえる。

天平五年勘造になるこの『出雲国風土記』は、〈和銅風土記〉を前提し、それのもつ〈国見〉的・儀礼的性格を克服し、もっぱら実用主義的な見地から編集された地誌であり、〈和銅風土記〉とはその成立の次元を異にしているとみていいであろう。

まずこの風土記の特徴が列挙分類主義と数的記載を重んじていることにあることは誰の目にもあきらかだが、冒頭では国の大きさを東西南北の里数であらわし、郡・郷・里・神社数を総括し、つぎには郡別記載にうつり、ここでも分類列挙し、山・川・海・島や草木禽獣などの物産を列挙し、最後に通路をあげる。ことにここで注意されなくてはならないのは、〈和銅風土記〉ではきわめて大きな比重をしめていた〈山川原野の名号の所由〉はほとんど姿を消し、そのかわり山の大きさ、島や川が人間が登りまたは徒渉できるかが注記されていることである。これは巻尾に国の全体にわたる通路の道のりが橋の長さや渡し舟の数にまでわたって数えられ、軍団・烽《とぶひ》・戍《まもり》を記載していることとともに、あきらかに軍事的警固――『筑前国風土記』逸文にいう「当時の要」――の意味をもっているとみられる。

こうしたことは和銅官命が要求した限度以上（あるいは以外）のことであり、編集方針の根本的な相違を示している。これはこの風土記の成立を鎮撫使や節度使の派遣と結びつけて考えることを余儀なくさせるものであり、多治比県守・藤原宇合などの天平三年任命の参議グループにこの企画立案を想定するゆえんでもある。

ことにこの書の序文的部分で、〈老〉とよぶ勘造者（国造）自身が「枝葉の末のことを考えて、伝承の根源を削定した」といっていることは――こうした場合の常套句だとしても――『古事記』序文の「帝紀を撰録し、旧辞を討覈《とうかく》して、偽りを削り実を定めて後葉《のちのよ》に流《つた》えんと欲《おも》う」とあるのと同一旨趣のものであることは注意されよう。このことは、出雲国における数々の氏祖伝承（あるいは各郡提出の文書）の〈削定〉を意味しているばかりでなく、先行の〈和銅風土記〉に対する自己批判の言と見らるべき点もある。たとえばいわゆる〈地名説明記事〉は郡郷名に関してだけは漏れなく採用されているのだが、国名の由来は「八束水臣津野命が『八雲立つ』と仰せられた、それゆえ『八雲立つ出雲』という」というきわめて要領をえない一行で片づけられ、しかもこの国号の原郷ともいうべき出雲郡や出雲郷ではいずれも「国名を説明したのと同じ」とされてそれ以上なんら触れるところがないのは何かかんじんなものが〈削定〉されたことを思わせずにはおかない（『古事記』ではこの部分がスサノヲの命の「八雲立つ出雲八重垣」の歌とともにはなばなしく語られていることは周知のとおりである）。同様の簡単さは随所に見られるが、それは原説話の単純さを意味するよりは、既知なるもの（〈和銅風土記〉か）の〈削定〉による簡単化と見て納得のゆく場合が多いようである。邪推すれば、中央の出雲伝説（古事記・日本書紀）とあまりさしさわりのないところではこの風土記は旧態を残した語り方であるのかやや饒舌であり、しかし出雲的な伝承に対してはきわめて簡略化された語り方を示しているらしく思われる。ここにはいかにも〈神国〉にふさわしく多数の神社名が列挙されているが、それが説話的連関をもって語られていたらもっとすばらしいことだったろうが、その点でも欠けたものが多いのもこの〈天平風土記〉の自己批判の書として成立したことを物語るものでありうるだろう。

本書は各郡ごとに郡領以下責任者・筆録者の姓氏が記されて（ただし名を欠く）、これは大体公文書の一般形式に準ずるものとみていいが、巻末は国司の署名によって終結されずに国造の署名によってなされていることは変則である。これは「神賀詞」奏上の家柄としての出雲国造の勢力の大きさを思わせてもいるが、あるいは国司ないし節度使の〈検閲〉にゆだねねばならぬことからなされた措置であろうか。

なお本書に「霊亀元年の式によって里を改めて郷と為しき」とあるのは他書には見えない史実として重要であり、各国の風土記の編纂年代を推定するのに有効な基準の一つとなっている。

本書は比較的伝本が多く、文化三年（一八〇六）に千家俊信《としざね》の『訂正出雲風土記』が唯一の刊本としてひろく流布したが、近くは田中卓の校本作成作業（『出雲国風土記の研究』所収）をはじめとして特色ある校本がいくつか作成されている。

4　豊後国風土記

これは『出雲国風土記』とおなじく近世初頭から世に知られていたが、これを『出雲国風土記』（古くはこれも和銅官命によるものとされていた）につぐ正統性をもつものとする説（荒木田久老―井上通泰）と、古史に通じた人による偽作とみる説（唐橋世済―折口信夫）の両説が対立し、にわかには決しがたいさまざまな問題をはらんでいる。

それは第一には、現伝本『豊後国風土記』が現存する風土記のなかではもっとも分量がすくなく、勘造記のない抄録本であるということから生じている。しかもその抄録の仕方は、『常陸国風土記』のように省略箇所を明記しておらず、また『播磨国風土記』のように欠脱した箇所が推定できるような、いわば原態の全貌がある程度わかるような形でなされたものではなく、原本の分量を四分の一程度に大はばに切り縮めながら、しかもそれ自体まとまりのある一冊の本とみられるようにたくみに再構成されているダイジェスト本なのである。このことからしばしば、これがこの風土記の原形であって決して抄録本などではなく、大宰府在任の文人官僚の私的述作と見られたりするのでもある。

そして第二には、本書には『日本書紀』の記事と共通し酷似するものが多くみられるという事実があげられる。この事実をどのように判断するかによって、この風土記を『日本書紀』成立（養老四年〔七二〇〕五月完成）以前のものと見たり、あるいはそれ以後の作とし偽作と見る説も出てくるのである。

それは口語訳でははっきりしないから、津田左右吉の『古事記及び日本書紀の新研究』（大正八年刊）にしたがって一例を原文であげよう（本文は『書紀』の文、『豊後国風土記』のは傍点を付したところがないかわりに括弧に入れた分がある。なお両書とも津田氏使用の底本のまま）。

採（伐）海石榴樹、作推為兵、因（即）簡猛卒、援兵椎、以穿山排岸、襲石室土蜘蛛而破于稲葉川上、悉（誅）殺其党、血流（流血）至（没）踝、故時人、其作海石榴椎之処、曰海石榴市、亦血流（流血）之処、曰血田也。（本書二八三ページ）

まるで一卵性双生児のような文章である。これはその一例にすぎないが、当然どちらかがどちらかをとったのであり、ここで『日本書紀』と『豊後国風土記』の先後問題がおこるわけである。だが、『日本書紀』の文中に「破于稲葉川上（大野郡を流れる大野川の一支流、飛田川のこと）」とあって、これがこの風土記にないことは、あきらかに『日本書紀』がこの風土記によったものではないことを示している一方、しかしこの風土記が『書紀』によったのならば見逃しそうもないこの現地説明の地名記事がこの風土記には見えないということは、『豊後国風土記』もまたかならずしも『書紀』によったとはしがたいとする見方をも可能としていて、両者の文辞の精細な比較研究がなされているにもかかわらず、この問題にかんしてはまだきめ手になるようなものが発見されていない。もちろん、この風土記は『書紀』との共通記事ばかりではなく、独自の記事も多いのだから、たんに共通記事の先後だけでただちにこれを偽作よばわりすることが不当なことはいうまでもない。

しかしここで大局的な見方をするならば、本書は郡郷制（郷里制）にもとづいて記述されているから、その成立は霊亀元（七一五）年三月の郷里制実施以後のものであることははっきりしており、この点では常陸・播磨の二風土記以後のものとしてそれらから区別されよう。とはいっても〈和銅風土記〉の撰進の許容下限が不明だから、それだけでもってこれを〈和銅風土記〉ではないとすることもできない（もっとも私としてはその下限を養老二年前後とみているのだが）。

ただ『豊後国風土記』の記載様式が『出雲国風土記』と一致する点が多いことは注意さるべきことであろう。それは出雲に見られるような詳細な計数では跡づけられてはいないけれども、巻首と郡別記述冒頭部には郡・郷・里・駅・烽・寺がそれぞれ数をあげてかぞえられ、しかも郡内記事はそれぞれ郷・駅・山・川・池・渡・坂・野・島・神社というふうに分類記載されていたらしく、これに軍団（鎮）や物産明細などが付加されればいわゆる〈天平風土記〉様式としての条件が具備されたことになる。そしてそれは充分ありうることである。というのは、この抄録本はめぼしい地名記事を中心としてまとめ、興味のない記事は簡単化したり切りすててしまったりしたと考えられるからである（たとえば郷の総数は四十をかぞえるが実際に記事があるのは九郷で、駅や烽の記事は全く省略されている）。こうした抄録本の性質を考慮に入れれば、これは天平四年に節度使であった藤原宇合の息のかかった〈天平風土記〉の一系列とみることをさまたげないと思われる。そしてこの〈天平風土記〉が〈和銅風土記〉の批判的継承として成立したように、この『豊後国風土記』も〈和銅風土記〉を継承し、しかもその批判の基礎を『日本書紀』に置き、〈和銅風土記〉にあったオホタラシヒコ伝説を『日本書紀』の景行記事に合致させるように修訂したものと考えられる。

ところが『日本書紀』の景行記事そのものがじつは〈和銅風土記〉にもとづいて構成されたものだったと思われる。というのは、景行天皇の九州関係伝承は『古事記』には見えず（熊襲征伐は倭建命の仕事とされる）、『日本書紀』によって始めて出現するのだが、これはそのころまでは景行西征譚は宮廷の旧辞には成立していなかったことを意味し、『日本書紀』編纂の末期段階に（あるいは紀清人によって）あらたに〈和銅風土記〉によって補充挿入されたものと見られるからである。こうした考えは景行十二年紀から十八年紀までの記事がその前後の記事とは性格も文体も異にしてきわめて〈風土記的〉であることによって支持されるかとおもう。

だから、この風土記の編纂者は、自分たちのもっていた〈和銅風土記〉に、〈和銅風土記〉

の流れを汲んだ『日本書紀』を逆輸入したことになるのだが、天平期の律令官人にとっては権威ある正史に準拠することが大事だったのであり、それに依拠しつつ新しい材料も追加されたのであったろうと思われる（なお折口氏は『日本書紀』が地方国府に流布したのははるか後代と考えて、この風土記を後世の偽作と見ているが、外客迎接の府としての大宰府はもっとも早く『日本書紀』が備えられた場所と考えられる）。

もっとも、九州の〈和銅風土記〉がどんなものであったかは不明である。ただ、地方民衆の生活に深く根ざした局地神話としての〈地名縁起〉説話が採集できるような条件は成熟しておらず、せいぜい国造・豪族層の「古老相伝の旧聞」としての地名説話しかとらえようがなかったことがうかがわれ、本州の風土記群とくらべれば多くの点で底の浅いものだったろうとは想像される。しかし、和銅末年に筑後守として肥後国を兼ね治め、養老二年に死んで土地の人民から神として祭られたという下君《しもつきみの》首名《おびとな》などもあり、また養老四年の隼人の反乱で殺された陽《や》侯史《このふびと》麻呂のような帰化人系の大隅守もいる（続紀）から、曲がりなりにも和銅官命が遂行されたと見ていい（繰り返していうが、これは戸籍作成＝班田制実施などの実際政治とは無関係な〈史籍〉作成事業なのである）。

5　肥前国風土記　これも『豊後国風土記』と同様の過程をたどって編纂されたと考えられ、抄録本（現伝本）の体裁もまたほとんど同様である。このことから推察して九州諸国の風土記は、大宰府の強力な編集方針によって規整されたと見られ、それを指導したものとして藤原宇合があげられるであろう。

できあがった風土記は三通作られ、一通は国庁にとどめられ、一通は大宰府で一括して中央に送付し、他の一通はこれまた一括して大宰府に保管されたと考えられる。抄録本の成立ははっきりはわからないが、おそらくはこの一括されたものの抄録であり、大宰府官人（それは山上憶良でもあり得る）の作成に属するとみることができよう。

なおこの九州関係の風土記の逸文として諸書から蒐集されたものに二種類の（甲類・乙類または第一種・第二種などとよばれる）ものがある。文辞・形式からいってその一種は〈天平風土記〉と共通性をもっており、他の一類は〈和銅風土記〉の残片とも考えられるが、たしかなことは不明である。

豊後・肥前の風土記についてはそれぞれ古く荒木田久老の『校本』（ともに寛政十二年）が刊行されて世にひろまり、近代では井上通泰の『新考』（ともに昭和十年刊）がある。筑紫国逸文に二種類あることを発見したのは通泰である。

6　風土記逸文

和銅年間の畿内七道諸国の総数約六十国のうち、現在風土記が残っているのはわずか五国分である。しかし鎌倉時代ごろまではかなり多くのものが残存していたらしいことは、平安末から鎌倉末にかけて輩出した古典注釈家や歌論家・神道家の著書に「何某風土記に曰く」として引用されていることから察することができる。江戸時代の古学復興期にそれらの著書から引用文を蒐集することがはじまり、今井似閑『万葉緯』、伴信友『諸国風土記逸文稿』、栗田寛『古風土記逸文考証』などで代表される集成がもたらされた。そして、いわば世紀にわたる継続事業として武田祐吉ら以下の国文学者・歴史家に引きつがれ、現在では五十数国分約二百五十条が集められている。

しかし、もともと注釈上の必要に応じて風土記から引用がなされたにすぎないから、引用部分も引用方法もまちまちで、原文をそのまま書き抜いたものから出典が風土記にあることを示しただけのものまで精粗さまざまであり、しかも風土記から引用したとはいっても、はたしてそれが古代の官撰風土記であったか、風土記類似の私撰の文書からのものなのか明らかにしがたい断片であることも多い。

この場合、時代的にも古く、厳正な学問態度でなされた述作に信頼度の高い逸文がみられることは当然だが、その第一にあげられるのは卜部懐賢の『釈日本紀』であろう。これは正安三（一三〇一）年ごろの成立だが、内容は平安朝以来の『日本書紀』講究の成果を大成したもので、それには常陸・播磨・出雲・豊後・肥前など現存風土記と合致する引用文もあり、全部で二十国六十二条をかぞえ、引用も大体原文に近いものが多いようである。それにつぐのが釈仙覚の『万葉集註釈』（文永六年）で十六国五十条である。また『万葉集註釈』と同時代ごろの作者不明の随筆的雑著『塵袋』には「常陸国記」「因幡記」「尾州記」あるいは「旧記」に曰くとして多くの説話を書きしるしている。それは風土記そのままの姿ではないけれども、風土記と深い関係にある書であり説話であると考えられている（これには有名な因幡の白兎の話も見える）。これら逸文には『丹後国風土記』の比治の真名井の羽衣伝説や浦島伝説、丹塗り矢伝説なども見え、その断簡性にもかかわらず興味をひくものが多いことは忘れられない。

　本書にはあまりにも断簡すぎる二、三のもののほかは、現在までに知られた逸文のほとんどすべてを収めた。

御井《みゐ》の郡《こほり》（筑後国）　福岡県三井郡，久留米市・小郡市の一部など旧三井郡の西北部。和名抄「筑後国御原〔三波良〕郡」。 296
宗像《むなかた》の郡《こほり》（筑前国）　福岡県西北端の宗像郡。和名抄「宗像〔牟奈加多〕」。 297
米多《めた》の郷《さと》　佐賀県三養基郡上峰町前牟田米多《めた》付近の地。和名抄「三根郡米多〔女多〕」。 300
物部《もののべ》の郷《さと》　佐賀県三養基郡北茂安町板部付近か。和名抄「三根郡物部」。 299

や行

養父《やぶ》の郡《こほり》　佐賀県三養基郡の中部，鳥栖市付近の地域。和名抄「養父〔夜父〕郡」。郡家は鳥栖市養父町をあてる。 298
——の烽《とぶひ》　鳥栖市の西南部の旭山をあてる。 298
山道川《やまちがは》　基肄《き》の山《やま》（別項）から流れる川。秋光川または山下川をあてる。 297

わ行

曰理《わたり》の郷《さと》　佐賀県鳥栖市鳥栖の東南部にあたる。 298
小城《をき》の郡《こほり》　佐賀県多久市と同県小城郡の地域。和名抄「小城〔乎岐〕郡」。国府の所在地。 303
——の駅《うまや》　多久市東多久町別府《べふ》付近か。 303
——の烽《とぶひ》　多久市東部の両子山（338m）または鏡山（135m）をあてる。 303
小近《をちか》・大近《おほちか》　長崎県平戸島の小値嘉島付近の島。近い方を小近といい遠い方を大近といったのであろう。 307
嬢子山《をみなやま》　佐賀県多久市東多久の南隅の両子山（338m）の別名を女山というので，これをあてる。 309

能美《のみ》の郷《さと》　佐賀県鹿島市付近か。和名抄「藤津郡能美」。　309

は行

速来《はやき》の村《むら》　長崎県佐世保市早岐の瀬戸（速来の門《と》）付近の地。　311

——の門《と》　同上。　312

土歯《ひちは》の池《いけ》　長崎県南高来郡千千石《ちちわ》町千千石にあったという。　313

火流《ひなが》れの浦《うら》（肥後国）　熊本県八代市日奈久《ひなぐ》を遺称地とする。　295

火《ひ》の邑《むら》（肥後国）　熊本県八代郡宮原町。和名抄「八代郡肥伊」。　295

姫社《ひめこそ》の郷《さと》　佐賀県鳥栖市姫方町付近か。和名抄「基肆郡姫社」。　297

褶振《ひれふり》の峰《みね》　佐賀県唐津市鏡と東松浦郡浜玉町との境にある鏡山（284m）の別名。頂上に池がある。　305

藤津《ふちつ》の郡《こほり》　佐賀県藤津郡・鹿島市の地域。和名抄「藤津〔布知豆〕郡」。　309

船帆《ふなほ》の郷《さと》　佐賀県神崎郡千代田町嘉納付近か。　301

ま行

松浦《まつら》の郡《こほり》　佐賀県の東・西松浦郡とその西の長崎県の南・北松浦・平戸島・五島列島にわたる地域。和名抄「松浦〔万豆良〕郡」。　304

——の駅《うまや》　賀周・逢鹿・登望と，小城郡高来駅と賀周駅の中間，および筑前国深江駅と賀周駅との中間の駅の五ヵ所があったとされる（和名抄・延喜式）。　304

——の烽《とぶひ》　値嘉島・褶振峰の四烽のほかは所在不明である。　304

三根川《みねがは》の津《つ》　城原川の津。佐賀県佐賀市蓮池町蒲田津付近か。　301

三根《みね》の郡《こほり》　佐賀県三養基郡の西・南部中原・北茂安・上峰・三根の各町にわたる地域。和名抄「三根郡」管五郷（千栗・物部・米多〔女多〕・財部・葛木〔加都良木〕」。　299

——の駅《うまや》　上峰町にある切山駅（古名）か。　299

三根《みね》の郷《さと》　佐賀県神崎郡千代田町直鳥付近か。和名抄「神埼郡三根〔美禰〕」。　300

峰《みね》の湯《ゆ》の泉《いづみ》　雲仙岳の温泉。　314

美弥良久《みねらく》の埼《さき》　福江島北西先端の岬。　308

宮処《みやこ》の郷《さと》　佐賀県神崎郡千代田町の西南部か。和名抄「神埼郡宮所〔美也止古呂〕」。　302

御井《みゐ》の大川《おほかは》　筑後川。　217

津〔乎都〕・山田)。 302
——川《がは》　佐賀郡の北部山地から出て佐賀市の西を流れて有明海に入る嘉瀬川。 302
——の駅《うまや》　国府の遺跡地（佐賀郡大和町尼寺《にいじ》の北方国分付近をあてる)。 302
——の寺《てら》　国府（駅）と同所であろう。 302
狭山《さやま》の郷《さと》　佐賀県鳥栖市西南部の地域。和名抄「養父郡狭山」。 299
志式島《ししきじま》　平戸島の南端の長崎県平戸市志志伎《しじき》。 307
篠原《しのはら》の村《むら》　佐賀県東松浦郡厳木《きゆうらぎ》町中島の松浦川上流の篠原か。 304
塩田川《しほたがは》　佐賀県藤津郡塩田町付近を流れて有明海に入る。その上流の嬉野川には滝がある。流域には嬉野温泉がある。 310
下田《しもだ》の村《むら》　佐賀県佐賀郡大和町梅野の下田か。 303
白髪山《しらかみやま》　熊本県八代郡東陽村の種山をあてる。 294
周賀《すか》の郷《さと》　不明。長崎県長崎市の海浜地帯か。 312
彼杵《そのき》の郡《こほり》　長崎県東彼杵郡と大村市にわたる地域。和名抄「彼杵〔曾乃杵〕」。 310
——の駅《うまや》　盤氷・大村の駅（和名抄)。 310

た行

高来《たかく》の郡《こほり》　長崎県北高来郡・南高来郡と諫早市にわたる島原半島の地域。和名抄「高来〔多加久〕」。 313
——の駅《うまや》　船越・山田野の駅（和名抄）と新分駅。 313
——の山《やま》　雲仙岳（1359 m)。 313
玉島《たましま》の小河《をがは》　佐賀県東松浦郡浜玉町を流れて松浦潟（唐津湾）に入る玉島川。 304
託羅《たら》の郷《さと》　佐賀県藤津郡太良町多良付近。 310
——の峰《みね》　藤津郡と長崎県北高来郡の境の多良岳（983 m）につながる山々。 310
値嘉《ちか》の郷《さと》　長崎県西方海上の五島列島をいう。和名抄「松浦郡値嘉〔知加〕」。 307
鳥樔《とす》の郷《さと》　佐賀県鳥栖市鳥栖付近の地域。和名抄「養父郡鳥栖〔止須〕」。 298
登望《ともの》駅《うまや》　東松浦半島の北端海辺の地。佐賀県東松浦郡呼子町大友・小友付近にあった。 306

な行

長渚《ながす》の浜《はま》（肥後国）　熊本県玉名郡長洲町長洲の浜。 313
長岡《ながをか》の神《かみ》の社《やしろ》　佐賀県鳥栖市永吉町の永世神社。 296

島などがあてられる。　307

か行

高羅《かうら》行宮《かりみや》　福岡県久留米市の高良山（312m）の西麓の地にあてる。　296

鏡《かがみ》の渡《わたり》　佐賀県唐津市の松浦川の河口に鏡がある，そこの津。　304

賀周《かす》の里《さと》　佐賀県唐津市見借《みるかし》の付近。　306

川原《かはら》の浦《うら》　長崎県五島列島の福江島北西岸の南松浦郡岐宿町川原郷。　308

蒲川山《かまかはやま》　不明。佐賀県杵島郡江北町の東境の蒲原山にあてる説もある。　302

蒲田《かまだ》の郷《さと》　佐賀県佐賀市蓮池町蒲田津付近の地。和名抄「神埼郡蒲田〔加万多〕」。　301

神埼《かむさき》の郡《こほり》　佐賀県神崎郡にあたる。和名抄「神埼〔加無佐木〕郡」。　300

——の駅《うまや》　神崎郡神崎町田道ヶ里の駅《やく》ヶ《か》里《り》をあてる。　300

——の寺《てら》　神崎郡背振山の霊仙寺か。　300

——の烽《とぶひ》　神崎町城原《じょうばる》の日隈山（163m）か。　300

杵島《きしま》の郡《こほり》　佐賀県杵島郡と武雄市の地域。和名抄「杵島〔岐志万〕郡」。　308

——の駅《うまや》　武雄市橘町芦原鳴瀬にあった。　308

——の郡家《こほりのみやけ》　武雄市橘町芦原鳴瀬または橘町片白にあったとされる。　309

——の湯《ゆ》の泉《いづみ》　武雄市武雄町の西の柄崎温泉。　309

基《き》肆の郡《こほり》　佐賀県三養基郡の東北部，基山町から鳥栖《とす》市の東北部にわたる地域。和名抄「基肆郡」管五郷（姫社・山田・基肆〔木伊〕・川上・長谷）。　296

——駅《うまや》　基山町木山口付近か。　296

——郡家《こほりのみやけ》　鳥栖市田代付近。　296

——の城《しろ》　基山にあった。　294

——の山《やま》　佐賀県と福岡県の境にある基山町の基山（405m）。　296

栗川《くりかは》　久里郷（佐賀県唐津市久里）を流れる松浦川の一名。　305

琴木《ことき》の岡《をか》　佐賀県神崎郡千代田町余江の香椎宮にあったか。　302

さ行

酒殿《さかどの》の泉　佐賀県鳥栖市飯田・酒井付近の鉱泉。　297

佐嘉《さか》の郡《こほり》　佐賀県佐賀市と周辺の佐賀郡の地域。和名抄「佐嘉郡」管五郷（城崎〔木佐岐〕・巨勢・深溝〔布加無曾〕・小

や行

靭編《ゆぎあみ》の郷《さと》　日田郡天瀬町付近の地域。 280
柚富《ゆふ》の郷《さと》　大分郡湯布院町付近の地域。 287
——の峰《みね》　別府市と湯布院町の境にある由布岳（1584m），一名豊後富士。 287

わ行

小国《をぐに》の峰《みね》　熊本県阿蘇郡小国町にある山。 280

肥前国〔佐賀県・長崎県〕

あ行

朝来名《あさくな》の峰《みね》（肥後国）　熊本県上益城郡益城町福原の福田寺山にあてる。 294
相子田《あひこだ》の泊《とまり》　長崎県五島列島の中通島の西側の南松浦郡上五島町相河郷《あいこごう》か。 308
逢鹿《あふか》の駅《うまや》　東松浦半島の東端の相賀崎（佐賀県唐津市相賀）にあった。 306
漢部《あやべ》の郷《さと》　佐賀県三養基《みやき》郡中原《なかばる》町綾部付近の地域。 300
生葉《いくは》の山《やま》（筑後国）　福岡県浮羽郡浮羽町の東境の高井岳か。 299
磐田杵《いはたき》の村《むら》　不明。佐賀県武雄市朝日町上滝か，または佐賀県杵島郡大町町福母（旧名石崎）か。 308
浮穴《うきあな》の郷《さと》　不明。長崎県諫早市南部海岸の有喜《うき》町にあてる説もある。 312
宇佐《うさ》の浜《はま》（豊後国）　大分県宇佐市の海岸。 312
忍海《おしぬみ》（大和国）　奈良県御所市と北葛城郡新庄町にあたる。漢人系帰化人の居住地として知られる。 300
大家《おほや》の島《しま》　不明。長崎県北松浦郡の平戸島またはその北方の大

（1787m）につらなる山々。　283

国埼《くにざき》の郡《こほり》　大分県の国東半島にあたる。杵築市・豊後高田市と国東郡部の地域。和名抄「国埼〔君佐木〕」管七郷（武蔵・来縄・国前・由染・阿岐・津守・伊美）。　288

頸《くび》の峰《みね》　柚富《ゆふ》の峰《みね》（別項）の西南の城ヶ岳（1168m）か。　287

玖倍理湯《くべりゆ》の井《ゐ》　別府市鉄輪《かんなわ》にある間欠泉。　287

蹶石野《けいしの》　直入郡荻町柏原付近の原野か。　282

さ行

酒水《さかみづ》　大分川の支流。賀来川，あるいは柏野川があてられる。　285

佐婆津《さばつ》（周防国）　山口県防府市佐波。佐波川河口の津。　286

佐尉《さゐ》の郷《さと》　大分市の小佐井から大在にわたる海沿いの地。和名抄「海部郡佐井」。　284

た行

田野《たの》　不明。玖珠郡九重町田野の地か。　288

海石榴市《つばいち》　不明。宮処野《みやこの》（別項）と同じとする説もある。　283

な行

中臣《なかとみ》の村《むら》　福岡県行橋市から京都郡犀川町にいたる今川流域の地。和名抄「中津郡中臣郷」。　278

直入《なほいり》の郡《こほり》　大分県直入郡。和名抄「直入〔奈保里〕」管三郷（朽網・直入・三宅）。　281

丹生《にふ》の郷《さと》　大分市丹生付近の地。　284

禰疑野《ねぎの》　竹田市菅生付近の地か。　282

は行

速見《はやみ》の郡《こほり》　大分県速見郡日出町，同郡山香町，別府市，宇佐市，杵築市などにわたる旧速見郡の地域。和名抄「速見〔波夜美〕」管五郷（朝見・八坂・田布・大神・山神）。　286

日田川《ひだがは》　日田付近を流れる三隈川（筑後川上流）。　280

日田《ひだ》の郡《こほり》　大分県の西部，日田市と日田郡天瀬町・大山町から上津江村にわたる地域。和名抄「日高〔比多〕郡」管五郷（安伎・伊美・来縄・田染・津守）。　279

穂門《ほと》の郷《さと》　津久見市付近の地域。和名抄「海部郡穂門」。　284

ま行

宮処野《みやこの》　直入郡久住町仏原《ぶつばら》の宮園をあてる。　283

豊後国〔大分県〕

あ行

赤《あか》湯《ゆ》泉　別府市北部の野田にある〈血の池地獄〉。　286

阿《あ》蘇《そ》川《がは》　大山川。　280

海《あ》部《ま》の郡《こほり》　大分県の東南の海浜地区。南海部郡と北海部郡にわたる。和名抄「海部〔安万〕郡」。管十郷。郡家は大分市坂ノ市付近にあったとする説もある。　284

網《あみ》磯《し》野《の》　大野郡西北部の朝地町綿田の北平《きたびら》付近にあてる説もある（郡役所から方向がちがうことになるが）。　284

慍《いかり》湯《ゆ》（日田の郡）　不明。玖《く》倍《べ》理《り》湯《ゆ》の井《ゐ》（別項）の別称でもある。　281，287

生《いく》葉《は》の行宮《かりみや》（筑後国）　福岡県浮羽郡浮羽町の浮羽の行宮。　279

石《いし》井《ゐ》の郷《さと》　日田市石井。三隈川南岸から大山川の流域にわたる地域。和名抄「日高郡石井郷」。　279

五《いつ》馬《ま》山《やま》　日田郡天瀬町五《いつ》馬《ま》市《いち》付近の山。　280

伊《い》美《み》の郷《さと》　国東半島北端の東国東郡国見町（旧伊美村）付近の地。和名抄「日高郡伊美」。　289

大分《おほきだ》の郡《こほり》　別府市・大分市とその南方の大分郡にわたる地域。和名抄「大分〔於保伊多〕」管十郷（阿南・植田・津守・荏隈・判太・跡部・武蔵・笠祖・笠和・神前）。郡家は大分市古国府《ふるごう》の付近とみられる。　285

——河《がは》　大分市で別府湾に注ぐ大《おお》分《いた》川。　285

大《おほ》野《の》の郡《こほり》　大分県大野郡の地域。和名抄「大野〔於保野〕」管四郷（田口・大野・緒方・三重）。　283

か行

鏡《かがみ》坂《さか》　日田市上野の三隈川南岸の坂。　280

柏《かしは》野《の》　大分郡挟間町柏野。　285

柏《かしは》原《ばら》の郷《さと》　直入郡の西南部の荻町柏原付近の地域。　281

神《かみ》の河《かは》　大分川の上流の朽綱川であろう。　283

球《く》珠《す》の郡《こほり》　大分県玖珠郡（玖珠町・九重町）の地域。和名抄「球珠郡」管三郷（今巳・小田・永野）。　281

——川《がは》　玖珠郡を流れる川，玖珠川（筑後川の上流）。　280

救《く》覃《たみ》の郷《さと》　直入郡の北部。直入町から大分郡庄内町南部にわたる地域。　282

——の峰《みね》　直入郡北境の九《く》重《じゆう》山

山田川《やまだがは》　松江市秋鹿《あいか》を流れる秋鹿川。　197

山田《やまだ》の村《むら》　八束郡宍道町来待の菅原。　176

塩冶《やむや》の郷《さと》　出雲市今市・大津・武志・高岡にわたる地域。和名抄同。　218

矢村山《やむらやま》　飯石郡掛合町の矢の峯山(300m)。　227

遊記山《ゆきやま》　仁多郡横田町馬木の南の広島県との境にある烏帽子山(1225m)。　233

温泉《ゆ》の川《かは》　大原郡木次町湯村温泉を流れる斐伊川の別名。　229

湯野《ゆの》の小川《をがは》　玉峰山《たまみねやま》（別項）から出る亀高川。　235

結《ゆひ》の島門《しまと》　八束郡美保関町の法田湾北方の青木島か。　187

湯淵《ゆぶち》の村《むら》　大原郡大東町中湯石。海潮温泉がある。　238

横田《よこた》の郷《さと》　仁多郡横田町の鳥上・八川を含む地域。和名抄「仁多郡横山」。　232

——川《がは》　横田を流れる川。　234

——の村《むら》　横田町横田。　212

吉栗山《よしくりやま》　簸川郡佐田町一窪田の東方の栗原山か。　221

与曾紀《よそき》の村《むら》　不明。出雲市乙立町向名《むかいみよう》か。　223

夜見《よみ》の島《しま》　鳥取県西伯郡夜見ヶ浜(弓ヶ浜)。昔は島であった。　167

わ行

和多太島《わたたじま》　八束郡美保関町下宇部尾の和田多鼻。昔は島であった。　186

渡《わたり》の村《むら》　八束郡鹿島町佐陀本郷と宮内との境の中田。196，198

和奈佐山《わなさやま》　八束郡宍道町和名佐北方の山（281m）。　176

井呑《ゐのみ》の浜《はま》　平田市の西北端の猪目の浜。　214

恵宗《ゑそ》の郡《こほり》（備後国）　広島県比婆郡の北部。和名抄「備後国恵蘇郡」。　229

恵曇《ゑとも》の郷《さと》　八束郡鹿島町の恵曇・佐陀本郷にあたる地。和名抄「秋鹿郡恵曇」。　194

——の池《いけ》　同上佐陀本郷付近にあったが今はない。　197

——の浜《はま》　恵曇一帯の海辺。　198

小倉山《をぐらやま》　八束郡島根町の大城《だじょう》山(520m）か。　183

小黒島《をぐろじま》　八束郡島根町野波の浜の西方に黒島と並んでいる島。　190

m)。 240

宮松《みやまつ》の崎《さき》　平田市河下の浜の小津付近の岬。 241

蜈蚣島《むかでじま》　八束郡八束町大根島東北の江島。 185

虫津《むしつ》の浜《はま》　八束郡鹿島町片句の浜か。 192

蟲野《むしの》　松江市福原町付近。旧名虫原。 182

室原川《むろはらがは》　三国山から流れ出る川。下流は下横田川。 234

室原山《むろはらやま》　仁多郡横田町八川と鳥取県の境にある三国山（1004 m)。 233

女岳山《めだけやま》　不明。松江市朝酌町の和久羅山か。 182

米結《めゆひ》の浜《はま》　大社町宇竜の東北の目井の浜。 214

毛志山《もしやま》　松江市北境の澄水山《しんじ》（513 m)。 182

毛都島《もつじま》　野浪《のなみ》の浜《はま》（別項）の西北方の多古鼻の西にある六島《むつ》。 190

母理《もり》の郷《さと》　能義郡伯太町母里。和名抄同。 167

杜原《もりはら》の池《いけ》　八束郡鹿島町佐陀本郷にあったとされる。 197

や行

屋裏《やうち》の郷《さと》　大原郡大東町の西北部（大東・幡屋）にわたる地域。和名抄同。 237

屋島《やしま》　八束郡美保関町の七類湾にある八島。 188

屋代《やしろ》の郷《さと》（意宇郡）　能義郡伯太町安田から安来市島田町海辺にいたる地域。和名抄「能義郡屋代」。 167

屋代《やしろ》の郷《さと》（大原郡）　大原郡加茂町（神原を除く）の地域。和名抄同。 237

——の小川《をがは》　大原郡加茂町三代を流れる三代川。 241

安来《やすき》の郷《さと》　安来市安来町から島田町にわたる地域。和名抄「能義郡安来」。 168

八野《やの》の郷《さと》　出雲市矢野・小山にわたる地域。和名抄同。 218

山口《やまぐち》の郷《さと》　松江市の嵩山《たけやま》の山口の東川津・西川津付近の地域。和名抄「島根郡山口」。 179

山国《やまくに》の郷《さと》　安来市の吉田川流域の上吉田町から下流の鳥木町にわたる地域。和名抄「能義郡山口」。 169

——川《がは》　安来市上吉田から中海へ注ぐ吉田川。古くは山国の郷を流れ折坂付近で伯太川と合流した。 176

山埼島《やまさきしま》　大社町の宇竜湾にある島。弁天島または蓬莱島という。 214

山代《やましろ》の郷《さと》　松江市南部に山代があり，乃木・馬潟・竹矢《ちくや》にわたる地域。和名抄「意宇郡山伐〔代〕」。 170

真屋島《まやじま》　附島《つきじま》（別項）西北方のハデ島をあてる。　190

御厳島《みいつくしま》　日御碕の海岸の経島《ふみじま》をあてる。　215

美久我《みくが》の林《はやし》　簸川郡湖陵町大池の美久我神社の林。　223

水草河《みくさがは》　松江市を北から流れる川津川。　183

見椋山《みくらやま》　平田市野石谷の高野山をあてる。　203

御厨屋《みくりや》の島《しま》　日御碕の浜南方の大前島。　215

三坂《みさか》　飯石郡赤来町と広島県双三郡布野村の境にある赤名峠か。　229

御坂山《みさかやま》　仁多郡仁多町南方の県境にある猿政山（1268m）。233

御前《みさき》の小島《こじま》　不明。美保関町七類湾上の小島。　188

御前《みさき》の浜《はま》　日御碕神社前の浜。　215

美佐島《みさじま》　和多太島《わたたじま》（別項）の東方の和名鼻。いまは陸続きになっている。　186

三沢《みさは》の郷《さと》　仁多郡仁多町西部から大原郡木次町北部の温泉にわたる地域。和名抄同。　231

御島《みしま》（秋鹿郡）　松江市大野の魚《おの》瀬《ぜ》浦北方の女島か。　199

御島《みしま》（島根郡）　八束郡島根町加賀の島。いまは陸続きの崎となっている。　191

美談《みたみ》の郷《さと》　平田市美談《みだみ》と斐川町今在家にわたる地域。和名抄同。　208

三島《みつしま》　御津《みつ》の浜《はま》（別項・島根郡）の西にある小島（男島）か。　192

御津《みつ》の島《しま》　不明。平田市三浦《みつうら》湾の岩礁か。　204

御津《みつ》の浜《はま》（島根郡）　八束郡鹿島町東端の御津の浦。　192

御津《みつ》の浜《はま》（楯縫郡）　平田市三浦《みつうら》。　204

三処《みところ》の郷《さと》　仁多郡仁多町上三所・三所などの東北部と能義郡広瀬町北部の比田にわたる地域。和名抄同。　231

三屋《みとや》の郷《さと》　飯石郡三刀屋町三刀屋から伊萱・殿河内にわたる地域。和名抄同。　225

——川《がは》　三刀屋町付近を流れる三刀屋川。　228

峰峙《みねをか》の池《いけ》　八束郡鹿島町佐陀本郷にあった。峯知田という土地がある。　198

美保《みほ》（三穂《みほ》）の崎《さき》　美保関町。　166，187

美保《みほ》の郷《さと》　島根半島の最東端。八束郡美保関町森山から東の地域。和名抄「島根郡美保」。　180

——の浜《はま》　美保関港の浜。西に美保神社がある。　187

御室山《みむろやま》　大原郡大東町中湯石の海潮温泉東方にある室山（270

ま行

岬)。ノロの岩窟がある。214

盗路《ぬすみち》の浜《はま》　不明。八東郡美保関町の福浦か。　187

沼田《ぬた》の郷《さと》　平田市平田町とその西北部の地域。和名抄「楯縫郡沼田」。　201

――の池《いけ》　平田市西郷《さいごう》町の北のナオラ池か。　204

野城《のぎ》の駅《うまや》　安来市能義。駅は飯梨川の西岸にあった。　171

野代川《のしろがは》　松江市西部で宍道湖に入る乃白《のしら》川。　176

野代《のしろ》の海《うみ》　松江市乃白の北の宍道湖の一面をいう。　177

野浪川《のなみがは》　今の野波川。糸江山（別項）から出て野波浦で日本海に入る。　183

農波《のなみ》の国《くに》　八東郡島根町野波か。　166

野浪《のなみ》の浜《はま》　八東郡島根町の野波浦。奴奈美神社がある。　190

野見《のみ》　飯石郡赤来町真木西方の呑谷をあてる。　228

能呂志《のろし》の島《しま》　平田市唯浦の海の天狗島にあてる。　204

――の浜《はま》　上記の唯浦をあてる。　205

は行

墓野山《はかのやま》　松江市長海町の北境にある忠山（290m）。　183

羽島《はしま》　安来市の吉田川西岸の飯島《はしま》の岡。昔は島であった。　177

伯太川《はたがは》　いま伯太《はくた》川。能義郡東部を流れて中海に入る。　175

幡咋山《はたくひやま》　飯石郡赤来町小田と広島県比婆郡の境の山。　228

波多《はた》の郷《さと》　飯石郡掛合町波多と同郡頓原町志志・角井にわたる神戸川流域の地。和名抄「飯石郡波多」。　226

――の小川《をがは》　神戸川の支流の波多川。　229

幡屋《はたや》の小川《をがは》　大原郡大東町北部の幡屋を流れる幡屋川。　241

幡屋山《はたややま》　八東郡宍道町と大原郡大東町幡屋の境の丸倉《まぐら》山（370m）。　176

鳩島《はとじま》　八東郡美保関町片江の勝間崎の北方の蜂巣島をあてる。　188

灰火山《はひひやま》　仁多郡横田町馬木の仏山（1012m）か。　233

――の小川《をがは》　灰火山から出て室原川に合する。　234

這田《はふだ》の浜《はま》（出雲郡）　日御碕西南端の追石鼻の東方の這田の浜。　215

這田《はふだ》の浜《はま》（島根郡）　八東郡美保関町法田の浜。　187

林垣《はやしがき》の峯《みね》・林垣《はやしがき》の坂《さか》　八東郡宍道町和奈佐から大原郡大東町畑《はた》鴨《ひよどり》に越える山。　177, 241

拝志《はやし》の郷《さと》　八東郡玉湯町林村から宍道町来待にわたる地域。和名抄「意宇郡拝志」。　170

ていた。 177

門立《とだち》の村《むら》　出雲市乙立《おつたち》。 220

等等島《ととじま》（出雲郡）　日御碕西方海上の艫島。 215

等等島《ととじま》（島根郡）　八束郡美保関町地蔵崎東北海上にある沖ノ御前島。 187

舎人《とね》の郷《さと》　安来市の中央部（月坂・沢村・折坂）にわたる地域。和名抄「能義郡舎代〔人〕郷」。 169

鳥上山《とりかみやま》　仁多郡横田町の鳥上と鳥取県日野郡との境にある船通山（1143m）。 233

鳥島《とりしま》　八束郡美保関町菅浦湾北方の鬼島をあてる。 189

な行

長江川《ながえがは》　松江市東長江を流れる東長江川。 197

長江山《ながえやま》　能義郡伯太町上小竹の南の山。鳥取県と島根県の境。 167，175

長島《ながしま》　八束郡美保関町法田湾の西南方の高場島か。 187

中島《なかじま》の埼《さき》　簸川郡多伎町口田儀の西北の岬。 223

長田《ながた》の池《いけ》　不明。平田市久多美の中谷西北の白井谷の池か。 204

長見川《ながみがは》　松江市東北方の枕木山から出て長海の南を東流し大鳥川に合流して中海に入る。 183

長柄山《ながらやま》　出雲市見々久《みみく》の弓掛山（291m）か。 221

名島《なしま》　八束郡島根町大芦浦北方の二子島。 192

脳島《なづきじま》　簸川郡大社町の鷺浦湾の柏島をあてる。 214

脳《なづき》の磯《いそ》　平田市西北部の猪目鼻の西側をあてる。この辺にゲンザガ島とよぶ突出部があり猪の目洞窟がある。この岩窟からは人骨や祭祀器具が出土している。 208

奈倍山《なべやま》　飯石郡三刀屋町鍋山の鍋山（356m）。 228

滑狭《なめさ》の郷《さと》　出雲市の西南部の神西湖東南の地域。出雲市神西・簸川郡湖陵町三部・常楽寺にわたる。和名抄「神門郡滑〔滑〕狭」。 219

業利磯《なりいそ》　平田市北部の唯浦にある穴ノ淵か。 201

西門《にしかど》の江《え》　不明。土負《つちおひ》の池《いけ》（別項）付近。 213

仁多《にた》の郡《こほり》　現仁多郡と大原郡木次町平田と能義郡広瀬町比田にわたる地域。和名抄「仁多〔爾以多〕郡」管六郷（三処・布勢・漆仁・三沢・阿位・横山）。郡家は郡村にあったとみられる。 230

爾比埼《にひさき》　簸川郡大社町宇竜から西北に突出した岬（ケタカケ

四郷（佐香・楯縫・玖沢〔潭〕・沼田）。 200

楯縫《たてぬひ》の郷《さと》（意宇郡） 安来市宇賀荘の伯太川下流流域。和名抄「野義郡楯縫」。 167

楯縫《たてぬひ》の郷《さと》（楯縫郡） 平田市の北東部の塩津・三浦《みつうら》・小伊津・多久・岡田にわたる地域。和名抄「楯縫郡楯縫郷」。 201

多禰《たね》の郷《さと》 飯石郡三刀屋町南部から掛合町北部にわたる地域。和名抄「飯石郡多禰」。 226

田原《たはら》 能義郡広瀬町奥田原。その南に三郡山（806m）がある。ここから山佐川が流れ飯梨川と合流する。 176

玉結《たまえ》の浜《はま》 八束郡美保関町七類の西の玉江浦。 188

田俣山《たまたやま》 出雲市乙立《おつたち》の東南の玉院山（553m）か。 221

玉造川《たまつくりがは》 八束郡玉湯町の玉造温泉を流れる川。 176

玉造山《たまつくりやま》 八束郡玉湯町玉造温泉南方の山（160m），玉造湯神社がある。 175

玉峰山《たまみねやま》（玉嶺山） 仁多郡仁多町と能義郡との境の玉峰山（820m）。 233

手結《たゆひ》の浦《うら》 八束郡鹿島町の西北端の手結の浜。 192

——の崎《さき》 手結の浜の北方に突出した犬堀鼻。 192

澹由比《たゆひ》の浜《はま》 八束郡美保関町の長浜か。 187

足日山《たるひやま》（満火山） 松江市の西北部の経塚山（321m）。 196

千酌《ちくみ》の駅《うまや》 八束郡美保関町西部の千酌の浦にあった。 181

——の浜《はま》 上記の千酌の浦。 189

都宇川《つうがは》 平田市野石谷にあったか。 203

都於島《つおじま》 平田市東北部の地合《じごう》浦の大黒島をあてる。 199

附島《つきじま》 八束郡島根町野井北方の築島。 189

筑陽川《つくやがは》 八束郡東出雲町の意東川。 176

都勢野山《つせのやま》 松江市の大野と平田市地合町の境にある十膳山か。 196

土負《つちおひ》の池《いけ》 簸川郡斐川町原鹿付近にあったが田畑となったという。 213

都都《つつ》の三崎《みさき》 不明。石川県珠洲市の珠洲の岬か。 166

都間抜《つまぬき》の池《いけ》 松江市乃木のツバを池跡にあてる。 176

鶴島《つるしま》 八束郡島根町沖泊北方の鶴島。 190

手間《てま》の剗《せき》 能義郡伯太町北東部の安田関。 177

戸江《とえ》の剗《せき》 夜見ヶ浜の西北端の外《との》江《え》の対岸（八束郡美保関町森山付近）にあった。 186

砥神島《とかみしま》 安来市安来町北方の十神山（92m）。昔は陸から離れ

口から薗の長浜につながる砂丘地。 215
——の長浜《ながはま》　出雲市西部の外園町から簸川郡湖陵町にいたる海岸。 166
——の松山《まつやま》　同上。 223

た行

高岸《たかきし》の郷《さと》　出雲市塩冶町高西から天神町・渡橋町にわたる地域。和名抄「出雲郡商〔高〕岸」。 218
高麻山《たかさやま》　大原郡加茂町北大西の山（196m）。 240
高野山《たかのやま》　八束郡東出雲町高庭南方の京羅木山（473m）か。175
多加山《たかやま》　島根県（飯石郡吉田村）と広島県（比婆郡高野町）との境にある大万木《おおよろぎ》山（1218m）。 228
多伎伎山《たききやま》　簸川郡多伎町田儀西方の山。 224
多伎《たき》の郷《さと》　簸川郡多伎町の地域。和名抄「神門郡多仗〔伎〕」。 219
——の駅《うまや》　多伎町多伎付近にあった。 219
——の小川《をがは》　多伎町口多儀で日本海に入る田儀川。 222
多義《たぎ》の村《むら》　大原郡加茂町大竹。 212，242
焼村山《たきむらやま》　飯石郡掛合町東方の大志戸の山（423m）であろう。 227
多久川《たくがは》（島根郡）　八束郡鹿島町の講武を流れ（旧講武川）て佐陀川に入る。 183
多久川《たくがは》（楯縫郡）　平田市多久を流れる多久川。いまは船川と合流して宍道湖に注いでいる。 203
多久《たく》の村《むら》　平田市多久付近。 203
多久《たく》の折絶《をりたえ》　八束郡（島根半島）鹿島町講武に多久社がある。その付近の地。御津の浜か。 166
健部《たけるべ》の郷《さと》　簸川郡斐川町の東南部と八束郡宍道町の伊志見にわたる地域。和名抄「出雲郡建部郷」。 206
蜛蝫島《たこじま》　中海にある大根島（八束郡八束町）。 185
手染《たしみ》の郷《さと》　松江市東北端の手角《たすみ》。和名抄「島根郡千〔手〕染郷」。 179
多太《ただ》の郷《さと》　松江市長江から秋鹿《あいか》にわたる地域。和名抄「秋鹿郡多太」。 194
——川《がは》　秋鹿の多太神宮前を南流する岡本川か，あるいは名原を流れる名原川か。 197
立石島《たてしじま》　八束郡島根町瀬崎北方の楯島。 190
楯縫《たてぬひ》の郡《こほり》　島根半島西部の地域で平田市の大部分にわたる。和名抄「楯縫〔多天奴比〕」管

湾。 188

漆沼《しつぬ》の郷《さと》　簸川郡斐川町直江付近の地。斐伊川の屈曲部にあるが，昔は沼（宍道湖）に面していた。 207

志努坂野《しぬさかの》　仁多郡仁多町西南境の鯛の巣山付近。 233

塩楯島《しほたてしま》　松江市馬潟の大橋川下流の川の中にある天神島。手間天神がある。 177

島根《しまね》の郡《こほり》　島根半島の東半部。松江市北部（大橋川以北）・島根町・鹿島町（東部）にわたる地域。 178

自毛崎《しもさき》　八東郡平田市東北の地合《じごう》浦の西にある牛の首（鼻ぐり崎）という出崎。 199，204

怪聞埼《しもさき》　日御碕西南端の追石鼻か。 215

白島《しろしま》　恵曇《えとも》の浜《はま》（別項）の西岸の男島か。 199

新造《しんぞう》の院《いん》①　松江市大庭町付近か。 172

新造《しんぞう》の院《いん》②　松江市山代町（茶臼山西南麓）か。後の国分寺址。 172

新造《しんぞう》の院《いん》③　安来市上吉田付近。 172

新造《しんぞう》の院《いん》④　平田市西郷《さいごう》町東谷丘陵中腹にあったとされる。 202

新造《しんぞう》の院《いん》⑤　出雲市大津の大谷の上乗寺の観音堂をあてる。 209

新造《しんぞう》の院《いん》⑥　出雲市朝山の北端地をあてる。 220

新造《しんぞう》の院《いん》⑦　出雲市古志町の弘法寺をあてる説もある。 220

新造《しんぞう》の院《いん》⑧　大原郡木次町里方にあったか。 239

新造《しんぞう》の院《いん》⑨　大原郡大東町仁和寺付近。 239

新造《しんぞう》の院《いん》⑩　大原郡木次町の木次と里方の間の塔の山付近をあてる。 239

須我《すが》の小川《をがは》　大原郡大東町の東北境から出て海潮川に入る須賀川。 241

——山《やま》　大原郡大東町東部の八雲山（426m）。 240

菅火野《すがひの》　仁多郡仁多町三所東方の城山（578m）。 233

須我山《すがやま》　大原郡大東町東部の八雲山（426m）。 240

須義《すぎ》の浜《はま》　八東郡美保関町の菅浦。 189

須佐《すさ》の郷《さと》　簸川郡佐田町須佐付近の地。和名抄「飯石郡須佐」。 226

——川《がは》　神門川《かむどがは》（別項）の上流，須佐を流れる。 229

須須比《すすひ》の崎《さき》　大椅《おほはし》の浜《はま》（別項）の西北方，ススミ崎。 192

瀬崎《せざき》　八東郡島根町瀬崎。 190

——の戍《まもり》　同所。 190

薗《その》　簸川郡大社町西南の神戸川河

さ行

の間にある山（230m）。山上に久多美大明神がある。 175

熊谷《くまたに》の郷《さと》　飯石郡三刀屋町上熊谷・下熊谷付近の地。和名抄「飯石郡能石〔熊谷〕」。 225

熊野山《くまのやま》　八束郡八雲町と能義郡広瀬町の境の天狗山。 175

久毛等《くもと》の浦《うら》　八束郡美保関町の雲津浦。 187

闇見《くらみ》の国《くに》　松江市新庄町にクラミ谷があり，久良弥の社がある。 166

栗江《くりえ》の崎《さき》　八束郡美保関町森山南岸の崎。クリとは岩礁の意。岩礁の多い江の崎である。 186

栗島《くりしま》　日御碕南方のツブテ島か。 215

黒島《くろしま》①　美保関町雲津北方の小青島か。 187

黒島《くろしま》②　美保関町七類の若松鼻北方の大黒島か。 188

黒島《くろしま》③　鳥島《とりしま》（別項）の北にある大黒島か。 189

黒島《くろしま》④　葦浦《あしうら》の浜《はま》（別項）北方の津和鼻北方の黒島。 189

黒島《くろしま》⑤　八束郡島根町野波西方の黒島か。 190

黒島《くろしま》⑥　比羅島《ひらしま》（別項）の西方にある黒島。 191

黒島《くろしま》⑦　簸川郡大社町鷺浦の西側にある黒島。 214

黒島《くろしま》⑧　不明。日御碕西方海上の島。 215

黒田《くろだ》の駅《うまや》　松江市大庭町の茶臼山南麓に黒田畦がある。この付近。 171

教昊寺《けうかうじ》　安来市野方にあったとされる。能義丘陵の東北端で布目瓦を出土する。古くは宇賀荘清水の清水寺にあてられていた。 172

気多《けた》の島《しま》　平田市河下の浜にある岩島。 214

毛間《けま》の村《むら》（芥末《けま》の村《むら》）　不明。大原郡大東町中湯石か。 238

許意島《こおしま》　葛島《かづらじま》（別項）の西北方の粟島をあてる。 191

子負《こおひ》の島《しま》　不明。大社町の宇礼保《うれほ》の浦《うら》（別項）付近の島。 214

高志《こし》　越の国（越前・越中・越後）をさす。 166，219

己自都《こしつ》の浜《はま》　平田市佐香の浜の西の小伊津浜。 204

古志《こし》の郷《さと》　出雲市古志町付近の地域。 219

越《こし》の八口《やくち》　地名とすれば新潟県岩船郡関川村八口がある。 167

子島《こじま》　不明。安来市島田の大浦に沖小島というところがある。 177

小島《こじま》　八束郡美保関町玉結の浜の西方の中島をあてる。 188

許豆《こづ》の島《しま》　平田市小津の海上の竹島をあてる。 205

――の浜《はま》　同上の浜。 205

町氷室にある仏経山（366m）。 212

神名樋山《かむなびやま》（意宇郡）　松江市山代の茶臼山。 175

神名樋山《かむなびやま》（楯縫郡）　平田市多久にある大船山かとされる。南麓に多久神社がある。一説（大場磐雄），大渋山（321m）。 203

神原《かむはら》の郷《さと》　大原郡加茂町の西半部（神原・大竹）の地。和名抄「大原郡神原郷」。 237

神戸《かむべ》の里《さと》（秋鹿郡）　松江市古曽志から八束郡鹿島町宮内にわたる地域であろう。 195

神戸《かむべ》の里《さと》（神門郡）　出雲市所原付近。 220

神戸《かむべ》の里《さと》（楯縫郡）　平田市野石谷とされる。 202

神戸《かむべ》の郷《さと》（出雲郡）　簸川郡斐川町の西部の地域。 209

亀島《かめじま》　不明。葦浦《あしうら》（別項）北方のサザエ島か。 189

賀茂島《かもしま》　安来市安来町北方の亀島をあてる。 177

賀茂《かも》の神戸《かむべ》　安来市南部の大塚付近。 171

草野川《かやのがは》　松江市大野の草野川。 197

城垣山《きがきやま》　飯石郡吉田村の民谷と宇山の間にある山か。 228

来島《きじま》の郷《さと》　飯石郡赤来町来島付近。和名抄「飯石郡来島」。 226

来次《きすぎ》の郷《さと》　大原郡木次町東日登・西日登・寺領・宇谷にわたる地域。和名抄「大原郡来次郷」。 238

杵築《きづき》の郷《さと》　簸川郡大社町のほぼ全域にわたる。和名抄「出雲郡許築」。 207

杵築《きづき》（支豆支《きづき》）の御埼《みさき》　簸川郡大社町の日御碕。 165，185

城紲野《きつなの》　不明。仁多郡横田町八川付近の山。 233

城名樋山《きなひやま》　大原郡木次町里方北方の山（100m）。 240

来待川《きまちがは》　八束郡宍道町を流れて宍道湖に入る川。 176

木見《きみ》　飯石市赤来町川尻の木見山（443m）をあてる。 228

久宇島《くうしま》①　八束郡美保関町七類湾の東北にある九島。 188

久宇島《くうしま》②　手結の浦（別項）西方の寺島か。 192

来食《くぐひ》の池《いけ》　出雲市内の旧布智村の地区にあったとされる。 222

櫛島《くしじま》　葛島《かづらじま》（別項）の東方の島。いま砂浜でつながっている。 191

薬湯《くすりゆ》（仁多郡）　大原郡木次町湯村の温坪にある温泉。 235

玖潭《くたみ》の郷《さと》　平田市北部の久多見・東郷・小津・釜浦にわたる地域。和名抄「楯縫郡玖沢〔潭〕郷」。 201

久多美山《くたみやま》　松江市東忌部と大谷と

出入りする。　190

冠山《かがふりやま》　出雲市朝山の鞍掛山中のコウモリ岩をあてる。　222

陰山《かげやま》　出雲市朝山神社東方の堂原をあてる。　221

笠柄《かさから》の池《いけ》　出雲市知井宮の保知石にあったという浅柄池《あさがら》をあてる。　222

加志島《かしじま》　千酌《ちくみ》の浜《はま》（別項）の西北方の笠島。　189

蚊島《かしま》　松江市乃白川の嫁ヶ島をあてる。　177

方結《かたえ》の郷《さと》　八束郡美保関町片江付近の日本海沿いの地域。和名抄「島根郡方結」。　180

——の浜《はま》　美保関町の片江の浦。　188

加多比島《かたひじま》　八束郡美保関町七類湾の九島の付近の片島。　188

葛野山《かづのやま》　能義郡伯太町草野と広瀬町比田との境の山（735m）。　175

勝間《かつま》の崎《さき》　美保関町片江と菅浦との境に突き出た岬で，いまも石窟がある。　188

葛城《かつらぎ》の加茂《かも》の社《やしろ》（大和国）　奈良県御所市鴨神にある。　171

葛島《かづらじま》　八束郡島根町加賀の西北方の桂島。　191

門石島《かどいしじま》　大社町の稲荷浜にあったが，今は陸地となっている関島の地か。　215

門江《かどえ》の浜《はま》　安来市門生《かど》・吉佐の海岸。出雲国の最東端。　177

加努夜《かぬや》の浜《はま》　八束郡美保関町の海崎か。　187

川相《かはあひ》の里《さと》　大田市川合付近の地。　224

川来門《かほくど》の大浜《おほはま》　八束郡島根町加賀の浦であろう。あるいは久来《くき》門《ど》（潜戸《くけど》）の誤写とする説もある。　190

河内《かふち》の郷《さと》　出雲市上津地区と簸川郡斐川町出西《しゆつさい》の東南部にわたる地域。斐伊川流域地。和名抄「出雲郡河内郷」。　207

鎌間《かまま》の浜《はま》　平田市の北浜の釜浦。　205

神門《かむど》の郡《こほり》　出雲市の南半部（斐伊川旧河跡から南）から南の簸川郡にわたる地域。和名抄「神門郡」管十一郷（朝山・日置・塩冶・高岸・南佐・多伏・伊秩・狭結・古志・滑狭・八野）。郡家は出雲市古志町にあった。　216

——川《がは》　斐伊川の西を流れる神戸川。　222

——の水海《みづうみ》　出雲市南部にある神西湖。昔はもっと広く神戸川・斐伊川が流入していた。　223

神名火山《かむなびやま》（秋鹿郡）　松江市の西北部にある朝日山（342m）。　196

神名火山《かむなびやま》（出雲郡）　簸川郡斐川

イヌ語または朝鮮語とされる。 205

意能保《おのほ》の浜《はま》　日御碕南方の黒田浜か。 215

大井《おほい》の浜《はま》　松江市大井の海岸。 184

大内野《おほうちの》　仁多郡仁多町の郡村があてられる。 233

大方《おほかた》の江《え》　不明。土負《つちおひ》の池《いけ》（別項）の付近にあったとみられる。 213

大草《おほくさ》の郷《さと》　松江市の東南部（佐草・大庭）から八束郡八雲村にわたる意宇川の流域地。和名抄「意宇郡大草郷」。 170

大倉山《おほくらやま》　松江市本庄の北境の枕木山（456m）。 182

大前《おほさき》の島《しま》　不明。大社町鷺浦の海上の島。 214

大島《おほしま》①　不明。鯉石島の東方にある。 187

大島《おほしま》②　不明。奈倉鼻島付近の島。磯は岩礁をさす言葉である。 189

大継山《おほつぎやま》　不明。松江市西部，秋鹿北方の山。 197

大鳥川《おほとりがは》　八束郡美保関町の忠山《ちゆうやま》（墓野山）から出て南流して中海に入る。 183

大野《おほの》の郷《さと》　松江市大野付近の地。 194

——川《がは》　同市上大野を流れる川。 197

大椅《おほはし》の浜《はま》（出雲郡）　日御碕灯台東北方の浜，オワス浜。 215

大椅《おほはし》の浜《はま》（島根郡）　八束郡島根町の大芦の浦。 192

大原《おほはら》の郡《こほり》　現在の大原郡とほぼ同域。大東町・加茂町・木次町（南部は仁多郡）にわたる。和名抄「大原（於保波良）」。郡家は木次町里方に，また旧郡家は太東町仁和寺の原口の郡垣にあったとみられる。 236

大東《おほひむがし》の池《いけ》　不明。平田市多久にある多久池か。 204

邑美《おほみ》の冷水《しみづ》　中海に面した松江市大海崎の目無し水といわれる泉をあてる。 185

意保美《おほみ》の浜《はま》　平田市河上の浜。 214

——の小河《をがは》　平田市河下で日本海に入る近江川。 213

か行

加賀《かが》の郷《さと》　八束郡島根町加賀と大《お》芦《あし》の日本海寄りの地。和名抄「賀知〔加賀〕」。 180

——川《がは》　上記の加賀浦で日本海に入る加賀川か，または加賀浦西方の大芦浦で日本海に入る大芦川か。 183

——の神崎《かむざき》　上記の加賀の西北の岬の潜戸《くけど》の鼻。新・旧の潜戸があっていまでも人また舟が

和名抄「飯石〔伊比志〕」管九郷（能石・三屋・草原・飯石・多禰・田井・須佐・波多・来島）。 224

——の小川《をがは》　三尾川の支流の託和川。 229

飯石《いひし》の郷《さと》　飯石郡三刀屋町多久和から六重《むえ》付近の地域。和名抄「飯石」。 226

飯梨河《いひなしがは》　能義郡の西部を流れて中海に入る飯梨川。 176

飯梨《いひなし》の郷《さと》　安来市飯梨町から能義郡広瀬町にわたる地域。飯梨川流域。 169

今山《いまやま》　不明。松江市大野の西境の室山か。 196

忌部《いむべ》の神戸《かむべ》　八束郡玉湯町（玉造温泉）。 172

宇加川《がは》　現称不明。 204

——の池《いけ》　出雲市上古志にある。 222

宇賀《うか》の郷《さと》　平田市の奥宇賀，口宇賀から国富《くにどみ》にわたる地域。和名抄「出雲郡宇賀郷」。 208

宇気島《うけしま》　八束郡美保関町七類湾の九島南方の宇杭島か。 188

海潮《うしほ》の郷《さと》　大原郡大東町の東部，山王寺・鷹沢・須賀・南村・北村・篠淵・笹谷・塩田にわたる赤川上流流域の地。和名抄「潮海」。 238

——の川《かは》　赤川。 241

宇太保《うたほ》の浜《はま》　井呑《ゐのみ》の浜《はま》（別項）の西の鵜峠《うどう》浜。 214

莵原野《うはらの》　大原郡木次町里方の莵原付近の地。 240

宇比多伎山《うひたきやま》　出雲市上朝山にある山。俗称ウイタキ大明神がある。 221

宇由比《うゆひ》の浜《はま》　八束郡美保関町森山の宇井の浜。 187

宇礼保《うれほ》の浦《うら》　大社町の宇竜の浦。 214

意宇《おう》の郡《こほり》　松江市（大橋以南），安来市，能義郡伯太町・広瀬町（比田を除く），八束郡東出雲町・八雲村・玉湯町・宍道町（伊志見を除く）にわたる地域。和名抄「意宇」。郡家は松江市山代町茶臼山南麓付近にあったとみられる。 164

——河《かは》　八雲村西南部の天狗山から出て東流し（熊野川）て中海に入る。万葉集巻三に「出雲守門部王の京を思ひて作る。飫海《おうのうみ》の河原の千鳥汝が鳴けば……」（371）の歌がある。 176

——の社《もり》　阿太加夜社の境内北部の小高い地をあてる（秋本氏）。 167

荻山《おぎやま》　能義郡と八束郡の境の星上山（453m）にあてる。 176

於豆振《おつふり》の崎《さき》　平田市小津《こづ》から西北方に突出した十六島《うつぷるい》の崎。ア

出雲国〔島根県〕

あ行

秋鹿《あいか》の郡《こほり》　島根半島の中央部，宍道湖の北辺にわたる地域。松江市の西部（佐陀川以西）と八束郡鹿島町の西部（佐陀川以西）と平田市伊野を含む。和名抄「秋鹿郡」管四郷（恵曇・多太・大野・伊農)。193

阿伊川《あいかは》　鳥帽子山から出て仁多郡横田町の馬木を流れる馬木川。234

赤島《あかしま》①　八島（屋島）東北方の赤島（八束郡)。188

赤島《あかしま》②　笠島（加志島）北方の小島（黒カスカ島）か。189

赤島《あかしま》③　葛島（桂島）の西南方にある島。192

赤市《あけち》の池《いけ》　平田市高野寺の麓の野《の》石谷《いしだに》の西方の坂防西方にある赤市池。204

朝酌《あさくみ》の郷《さと》　松江市朝酌町。和名抄「島根郡朝酌郷」。179

——の促戸《せと》　松江市矢田の西辺とされる。184

朝山《あさやま》の郷《さと》　出雲市の朝山から稗原にわたる地域。和名抄「神門郡朝山郷」。217

葦浦《あしうら》の浜《はま》　八束郡美保関町の西北端の笠浦の浜。189

足高野山《あしたかのやま》〔女心高野〕　松江市秋《あい》鹿《か》の本宮山（一名高野山，279m）であろう。196

阿志毗縁山《あしびえやま》　鳥取県日野郡日南町阿毘縁《あびれ》との境の山。235

阿志山《あしやま》　八束郡玉湯町と大原郡大東町の境にある葦山（480m）。176

暑垣山《あつがきやま》　安来市能義《のき》の田頼山（207m）山頂に長径38メートル，短径32メートルの楕円形の平地があり，周囲を石で囲んだらしい円坑があった。(参究)。175

阿豆麻夜山《あづまややま》　平田市多久谷にある檜山《ひがせん》（333m）。203

穴厚山《あなあつやま》　飯石郡掛合《かけや》町穴見谷付近の山。227

安濃《あぬ》の郡《こほり》（石見国）　大田市付近。224

粟島《あはしま》（意宇郡）　八束郡美保関町惣津湾北方の青島。177

粟島《あはしま》（島根郡）　夜見の浜（鳥取県米子市）の彦名に粟島神社（少彦名命）があり，この岡は昔は島で中海に浮かんでいた。188

余戸《あまりべ》の里《さと》（意宇郡）　八束郡東出雲町の東半（揖屋・意東）の地域。意東川流域地。和名抄「意宇郡筑陽郷」にあたる。171

余戸《あまりべ》の里《さと》（島根郡）　八束郡鹿島町講武の多久川流域。和名抄

名抄「餝磨郡三野〔美乃〕郷」。 82

御橋山《みはしやま》　揖保郡新宮町觜崎《はしさき》の北東揖保川にのぞむ山。「山の西側は河水激蕩し，あまたの岩石露出し奇景をなす」（辞書）。 86

三重《みへ》の里《さと》　加西市北条町北条付近。近世まで三重北条の名があった。和名抄「三重〔美倍〕」。 115

美保山《みほやま》　伊保山《いほやま》（別項）に同じ。 74

三宅《みやけ》（但馬国）　豊岡市三宅。 86

御井《みゐ》の村《むら》　佐用郡上月町仁位をあてる。 100

六継《むつぎ》の村（里）　不明。加古川市加古川町の加古川河口の付近か。 72，74

室原《むろふ》の泊《とまり》　揖保郡御津町室津の室津港。 95

や行

家内谷《やうちだに》　香山《かぐやま》の里《さと》（別項）に家氏《いよじ》谷がある（新考）。 85

益気《やけ》の里《さと》・宅《やけ》の村《むら》　加古川市東神吉町升田（益田）をあてる。高山寺本和名抄「加古郡益田〔末須田〕」。 75

八千軍《やちぐさ》　神崎郡福崎町八千種。 110

夜夫《やぶ》の郡《こほり》　養父郡。 106

山田《やまだ》の里《さと》　小野市に山田町がある。旧加西郡最南端の加古川流域の地。 117

湯川《ゆかは》　神崎郡大河内町寺前で生野川（市川上流）に注ぐ小田原川であろう。中世にはこの付近を湯川村といった（新考）。 108

与富等《よふと》　姫路市勝原区丁《よろ》であろう（新考）。 92

わ行

和那佐《わなさ》（阿波国）　徳島県海部郡海部町鞆浦。 120

小内川《をうちがは》　大内川《おほうちがは》（別項）と同じく三方川の支流。 106

小川《をがは》　大川（昔の餝磨川一市川の旧本流）に対する小川で現在の市川本流。 81

少川《をがは》の里《さと》・小川《をがは》の里《さと》　姫路市花田字小川。 81

少野《をの》の宮《みや》　不明。高野《たかの》の宮《みや》（別項）の付近。 122

袁布山《をふやま》　不明。多可郡黒田庄町東北の郡境の小苗付近の山か。 111

小目野《をめの》　加東郡社町の部落（カチという）に小部野がある（新考）。 117

少宅《をやけ》の里《さと》　竜野市竜野町小宅北の地。高山寺本和名抄「少宅〔乎也介〕」。 96

長者の屋敷跡と伝え地をあてる説もある。 78

船引山《ふなひきやま》　佐用郡三日月町北部にそばだつ三方里《さんぼうり》山か（新考）。 101

船丘《ふなをか》　不明。姫路城西方の景福寺山か。 78

穂積《ほづみ》の里《さと》　加東郡滝野町穂積。 117

ま行

望理《まがり》の里《さと》　加古川市神野《かんの》町・八幡《やはた》町。高山寺本和名抄「賀古郡望理〔末加里〕郷」。 72

麻跡《まさき》の里《さと》　不明。姫路市余部の南方か。 77

斗形山《ますがたやま》　加古川市東神吉升田にある山。旧名益気《やけ》山・岩橋山という。峰に至るまでみな天然の石階である（播磨名跡志）。 75

松原《まつばら》の御井《みゐ》　加古川市尾上町養田《ようた》に松原清水というのがある（新考）。 72

甕坂《みかさか》　西脇市の芳田から加西市泉に出る峠をニカ坂とよぶ。ミカ坂の転訛したものであろう（新考）。 113

御方《みかた》（御形）の里《さと》　宍粟郡一宮町東北，下三方および染河内，三方川流域の地。和名抄「三方」。 107

箕形《みかた》の丘《をか》　不明。姫路市景福寺山北方の秩父山（一名水尾山）をあてる（辞書）。 78

弥加都岐《みかづき》の原《はら》　佐用郡三日月町三日月。 102

甕丘《みかをか》　姫路市薬師山西方の神子丘をあてる説もある。 78

三前山《みさきやま》　不明。大見山《おほみやま》（別項）の北嶺か。北方に向かって山の崎が三つある（新考）。 91

御立丘《みたちをか》　大立《おほたち》の丘《をか》（別項）と同じか。 82

御立阜《みたちをか》（揖保郡）　太子町立岡の立岡山。 91

御津《みつ》　揖保郡御津町伊津。 94

御杯《みつき》の江《え》　不明。加古川市別府町の小江（辞書）。 71

美嚢《みなぎ》の郡《こほり》　三木市・美嚢郡吉川《よかわ》町・神戸市北区（旧淡河村，現神戸市兵庫区）・上淡河村の地域にわたる地。美嚢川・淡河川の流域。和名抄「美嚢〔美奈木〕」管五郷（志深・高野・平野・吉川〔与加波〕・夷俘）。 119

美奈志川《みなしがは》　竜野市中垣内を流れる中垣内川（平井川）。半田の地で揖保川に注ぐが砂川で水が少ない（新考）。 97

弥濃《みの》の郡《こほり》（讃岐国）　香川県三豊郡の北部。和名抄「三野〔美乃〕」。 82

美濃《みの》の里《さと》　姫路市四郷町見野。和

がある。 117

波自加《はじか》の村《むら》　神崎郡神崎町福本初《は》鹿野《じかの》または初鹿山。 108

花波山《はななみやま》　多可郡八千代町中野間の花宮。ここに貴船明神がある。 114

埴岡《はにをか》の里《さと》　神崎郡市川町から朝来郡生野町にいたる市川流域の地。和名抄「埴岡〔波爾乎賀〕」。 107

法太《はふだ》の里《さと》　西脇市西南部の芳田付近の地。和名抄「蔓田〔波布太，国用這田〕郷」。 113

祝田《はふりだ》の社《やしろ》　不明。三木市別所町に西這田・東這田がある。 122

林田《はやしだ》の里《さと》　姫路市林田町。和名抄「林田〔波也之多〕」。 87

林《はやし》の潮《みなと》　明石市林，明石川の河口地。「林以西の海には暗礁多く，今も海岸に沿うて航行する和船は深く注意すという」(新考)。 73

速湍《はやせ》の里《さと》　佐用郡上月町早瀬。和名抄「速瀬」。 99

——の社《やしろ》　同上早瀬に白山神社がある。祭神は誉田別尊・天児屋根命等だが昔から佐用都比売神社の社司が兼摂しているという（新考)。 99

針間井《はりまゐ》　不明。萩原《はぎはら》（別項）の地にあった。 96

羽若《はわか》（讃岐国）　香川県綾歌郡綾上村羽床上。 74

比治《ひち》の里《さと》　宍粟郡南部の山崎町比地付近の地。和名抄「比地」。 103

土間《ひちま》の村《むら》　宍粟郡山崎町土万《ひじま》。和名抄「土万〔比知末〕」。 104

日女道丘《ひめちのをか》　姫路市姫路城天守閣の所在地姫岡。 78

冰山《ひやま》　不明。竜野市の南部に日山があるが，地理があわない(新考)。 89

比也山《ひややま》（比也野）　西脇市比延がある。 112

枚方《ひらかた》の里《さと》　揖保郡太子町佐用岡平方付近の地。 90

枚方《ひらかた》の里《さと》（河内国）　大阪府枚方市枚方。 90

枚野《ひらの》の里《さと》（餝磨郡）　姫路市平野町付近。和名抄「平野〔比良乃〕」。 80

枚野《ひらの》の里《さと》（美嚢郡）　三木市三木付近の美嚢川流域の地。和名抄「平野〔比良乃〕」。 122

比良美《ひらみ》の村《むら》　揖保郡新宮町香山の揖保川西岸地の平見。 103

比礼墓《ひれはか》　日岡《ひをか》（別項）頂上にある古墳。明治16年景行天皇皇后の陵と比定した。 70，72

広山《ひろやま》の里《さと》　竜野市誉田町広山。和名抄「揖保郡広山郷」。 89

日岡《ひをか》　加古川の東岸，加古川市加古川町大野（旧名氷丘村）にある丘（50m）。 70

藤丘《ふじをか》　不明。姫路市二階町の藤岡

楯鼓原）の原坂の山であろう。 92
都麻《つま》の里《さと》　西脇市津万。 112
手苅《てがり》の村《むら》　手苅丘《てがりをか》（別項）付近の地。 77
手苅丘《てがりをか》　姫路市西南部の手柄山（50m）。 77
砥川山《とがはやま》　不明。勢加《せか》（別項）付近の山。 109
殿岡《とのをか》　竜野市神岡町入野の北に殿岡山がある。 87
砽堀《とほり》　姫路市砥堀。市川西岸の地。 81
豊国《とよくに》の村《むら》　姫路市飾東町豊国。81

な行

長畝川《ながうねがは》　姫路市街西南部に南畝《のうねん》という町がある。この付近を通って大川（市川の旧川筋）に注いでいた川といわれる。79
長田《ながた》の里《さと》　加古川市尾上町長田。和名抄「賀古郡長田〔奈加太〕」。 73
中川《なかつがは》の里《さと》・仲川《なかつがは》の里《さと》　中川は志文川（千種川支流）をいうが，この流域にあった里。佐用郡三日月町付近か。和名抄「佐用郡中川郷」。 100
奈具佐山《なぐさやま》　神崎郡福崎町の西北方の七種山（681m）。 109
南毗都麻島《なびつまじま》　印南川（加古川）の河口にあった島で今はデルタとなり高砂市がある。また南方海上の島とする説もある。 71，75
魚戸津《なべつ》　太田川（大津茂川）の津であろう（新考）。 92
波丘《なみをか》　不明。姫路市西南に散在する丘の一つ。 78
楢原《ならはら》の里《さと》　加西市九会から小野市来住までの万願寺川流域の地。 115
庭音《にはと》の村《むら》　宍粟郡一宮町上野田の熊倉の庭田神社付近かと思われるが地理が合わぬ（新考）。 103
新次《にひすき》の社《もり》　姫路市豊富町御蔭の曾坂山にある旧名カツラギ権現（新考）。 109
糠岡《ぬかをか》　姫路市船津町の糠塚であろう（新考）。 109
糠岡《ぬかをか》　加西市九会の網引に糠塚山がある。これか（新考）。116

は行

波加《はか》の村《むら》　宍粟郡波賀町安賀付近。古く波加庄のあった地。 106
萩原《はぎはら》の里《さと》　竜野市揖保町萩原《はぎはら》付近。 95
箱丘《はこをか》・筥岡《はこをか》（丘）　不明。姫路市城内北東の男山か（新考）。 77，80
端鹿川《はしかがは》　東条川。川合の里（別項）で加古川に合流する。 119
端鹿《はしか》の里《さと》　加東郡東条町に掎鹿《はしか》谷

の荒れたときは小鳥が多く集まるという（揖保郡誌要）。 94

修《す》布《ふ》の里《さと》　加西市吸谷町であろう。この付近の地を古く須富庄といった。 115

勢《せ》賀《か》　神崎郡市川町瀬加を流れる川（岡部川）。 108

た行

高嶋《たかしま》　家島諸島の西島。諸島中で最高の山（276m）がある。 95

高《たか》瀬《せ》の村《むら》（餝磨郡）　姫路市花田町高木付近の地。 81

高《たか》瀬《せ》の村《むら》（託賀郡）　西脇市比延付近を流れる川（加古川上流），または杉原川に沿った村であろう。 113

高《たか》瀬《せ》の済《わたり》　大阪府守口市高瀬町が遺称地で淀川東岸にあたる。 70

託《た》賀《か》の郡《こほり》　西脇市および多可郡黒田庄町・八千代町・中町・加美町にわたる加古川上流流域。和名抄「多可郡」管六郷（荒田・賀美・那珂・資母・黒田・蔓田〔波不太〕）。 110

高《たか》野《の》の里《さと》　三木市別所町の美嚢川下流の地域。和名抄「高野〔多賀乃〕郷」。 122

高《たか》野《の》の宮《みや》　三木市志染町細目に高宮がある。 122

高《たか》野《の》の社《もり》　姫路市砥堀に鷹ノ巣山というのがある。ここか（新考）。 110

高宮《たかみや》の村《むら》　不明。加古川市西神吉町宮前か（辞書）。 72

高《たか》家《や》の里《さと》　宍粟郡山崎町の蔦沢から山崎にかけて流れる伊沢川（揖保川支流）流域の地。近世には高家村と称した。 104

高岡《たかをか》の里《さと》　神崎郡福崎町高岡。 109

苫済《たしみのわたり》　不明。瞋塩《いかしほ》（別項）に同じ。 78

多《た》駝《だ》の里《さと》　姫路市多田付近。 109

立《たち》野《の》　竜野市竜野。 87

榭《たな》津《つ》　不明。加古川市別府町付近か。 71

玉落川《たまおちがは》　吉《え》川《がは》（別項）の旧名。 99

玉《たま》野《の》の村《むら》　加西市玉野。 116

玉丘《たまをか》　加西市玉野新家の玉塚。前方後円墳で長持形石棺埋葬。 117

継《つぎ》の潮《みなと》　姫路市南部継（旧糸引村）。今は海岸より離れているが昔は海にのぞんでいた（新考）。八家川河口地。 82

槻折山《つきをれやま》　姫路市西部の大市中から西方竜野へ通う坂路をケヤキ坂というが，これか（新考）。 89

都《つ》太《た》川《がは》　伊沢川の古名。高《たか》家《や》の里《さと》を見よ。 104

鼓山《つづみやま》　揖保郡太子町太田原（旧名

管十四郷（菅生・余戸・英賀・伊和・辛室・大野・英保・三野・穴無・迎達《いだち》・巨智・平野・草上・周智）。 76

——の御宅《みやけ》　姫路市飾磨区三宅。 84

鹿丘《しかをか》　不明。姫路十四丘の一つ。 78

敷草《しきくさ》の村《むら》　宍粟郡千種町千種。 105

宍禾《しさは》の郡《こほり》　宍粟郡の山崎町・安富町・一宮町・波賀町・千種町にわたる，揖保川と千種川の上流流域。和名抄「完粟〔志佐波〕」管八郷（三方・高家・比地・狛野・安志・石保・伊和・土方）。 103

志深《しじみ》の里《さと》　三木市志染。志染川の流域。 120，122

——の石室《いはむろ》　志染の窟屋字池野にある窟屋山（一名金山）の東麓に石室がある。 120

——の屯倉《みやけ》　志染中付近にあった。 122

細螺川《しただみがは》　不明。竜野市日飼から南方にひいた用水の名であろう（辞書）。 96

志爾嵩《しにたけ》　生野《いくの》（別項）の旧名，死野。シニ野（秋本氏）。 107

塩野《しほの》　穂積《ほづみ》の里《さと》（別項）の東北には塩田の池がある。この地方には塩水が出るところが多い（新考）。 117

塩《しほ》の村《むら》　宍粟郡山崎町庄能（庄野）か。 104

塩阜《しほをか》　不明。姫路市林田町の旧林田城址の外堀の中に「方三尺ばかりの塩釜の如きものあり。今に海水と相往来するよしを伝う」（郡地誌）。 88

嶋《しま》の村《むら》の岡《をか》　不明。佐用郡南光町中安大字中島をあてる説（辞書）もある。 100

下鴨《しもかも》の里《さと》　加西市賀茂。 114

新良訓《しらくに》の村《むら》・新羅訓《しらくに》の村《むら》　姫路市白国。 80

——の山《やま》　白国の傍の山。増位山をあてる。 80

須加《すか》（酒加）　宍粟郡山崎町須賀沢。安師《あなし》の里《さと》を見よ。 105

宗我富《すがふ》　揖保郡新宮町曾我井。87

菅生《すがふ》の里《さと》　飾磨郡夢前町。ここから菅生川が流れて夢前川に注ぐ。和名抄「菅生〔須加布〕郷」。 76

勝部岡《すぐりべをか》　姫路市勝原《かちはら》にある朝日山をあてる。 92

鈴喫《すずくひ》の岡　不明。片吹（傾田《かたぶきた》を見よ）の岩岡ではあるまいか（辞書）。 96

鈴堀山《すずほりやま》　西脇市堀にスソウジ山がある。伝説では今も雨降りの日などには鈴の音がきこえるという（新考）。 113

雀嶋《すずめしま》　揖保郡御津町岩見港にシジマ島がある。全島岩石で，海

名。 98

栗栖《くるす》の里《さと》　揖保郡新宮町西部の西栗栖・東栗栖。 85

黒川《くろかは》　小野市黒川。いま川はないが，浄土寺山から加古川に注いだあとが池などになって残っているという（新考)。116

黒田《くろだ》の里《さと》　多可郡黒田庄町。高山寺本和名抄「黒田〔久呂太〕郷」。 111

気多《けた》の郡《こほり》（但馬国）　城崎郡の南部。 106

越部《こしべ》の里《さと》　揖保郡新宮町の東栗栖村につづいて揖保川の西岸に越部村がある（新考)。和名抄「揖保郡越部〔古之倍〕」。 86

起勢《こせ》の里《さと》　加東郡社町古瀬付近の地。 116

巨智《こち》の里《さと》　姫路市街西北部，田寺・辻井・山吹付近の地。和名抄「餝磨郡巨智〔古知〕郷」。 78

琴神丘《ことかみをか》　姫路市街西方の景福寺山の西の薬師山をあてる。 77

琴坂《ことさか》　竜野市揖西町構《かまえ》に琴坂という坂がある。 98

さ行

佐々《ささ》の御井《みゐ》　不明。小目野《をめの》（別項）の付近。 118

佐々《ささ》の村《むら》　揖保郡新宮町上笹・下笹の地。 84

佐々山《ささやま》　竜野市街東部の福田の笹山をあてる（新考)。 90

狭野《さの》の村《むら》　揖保郡新宮町佐野。87

佐比《さひ》の岡《をか》　揖保郡太子町佐用岡付近の丘であろうか，不明。90

讃容《さよ》の郡《こほり》　現在の佐用郡。三日月町・南光町・佐用町・上月町など千種川の上流流域で播磨国の西域。和名抄「佐用〔佐与〕」管八郷（佐用・江川・広岡・速瀬・柏原・大田・中川・宇野)。 98

讃容《さよ》の里《さと》　佐用郡佐用町。和名抄「佐用郷」。 99

——町田《まちだ》　佐用郡佐用町長尾に佐用都比売神社（式内社）がある。その西南一帯の広い耕地の字を神田という。町田の名残りである（新考)。 99

佐岡《さをか》　揖保郡太子町佐用岡の西北に今も佐岡山という小丘がある。北方のほかは目をさえぎるものがないので暖かい時節には近村の男女が登って酒宴をすることがある（新考)。 91

餝磨《しかま》の郡《こほり》　姫路市の的形・四郷・御国野・飾東・花田の各町と飾磨郡夢前町を含む地域で旧播磨国の中央部にあたり国府の所在地（国庁は姫路市城東町)，夢前川と市川の流域にあたる地。和名抄「餝磨郡」

和名抄「神埼〔加無佐岐〕」管五郷（埴岡・蔭山・川辺・的部・槻田）。　107

神崎《かむさき》の村《むら》　不明。加古川と明石川の間の海岸にあった。　73

神前山《かむさきやま》　神崎郡福崎町山崎の北の山崎山。二之宮神社（山崎明神）がある。　109

賀毛《かも》の郡《こほり》　現在加東郡と加西市にわかれる。小野市・加西市・東条町・社町・滝野町にわたる加古川流域の地。和名抄「賀茂郡」管九郷（三重・上鴨・穂積・川内・酒見・大神・住吉・川合・夷俘）。114

鴨川《かもがは》　加西市中部を流れる万願寺川。この流域が大化前代の鴨の国であった。　119

鴨坂《かもさか》　加西市鴨谷から同市北条町の古坂に抜ける古坂峠か（新考）。　114

賀野《かや》の里《さと》　飾磨郡夢前町鹿谷。俗に鹿谷谷といい置塩川はここから発している。　78

韓荷《からに》の嶋《しま》　揖保郡御津町室津港近くの海上に沖韓荷・中韓荷・地韓荷の三小島がある。　95

韓室《からむろ》の里《さと》　姫路市田寺町（旧安室）の北，曾左（書写）付近。高山寺本和名抄「餝磨郡辛室〔加良牟呂〕郷」。　79

加和良久《かわらく》の三宅《みやけ》　餝磨の御宅（姫路市飾磨区三宅）に同じ。84

伎須美野《きすみの》　小野市来住《きし》町付近。　115

城宮《きのみや》　加古川市加古川町木村か（新考）。　72

支閇丘《きへをか》　不明。多可郡黒田庄町付近か。　112

城牟礼山《きむれやま》　姫路市船津町の糠塚の別名か。「糠塚をキムラ山という」（新考）。　109

臭江《くさえ》　黒川《くろかわ》（別項）の付近。116

𣇃部《くさかべ》の里《さと》　竜野市の揖保川西岸の地であろう。　87

草上《くさかみ》　姫路市街西北の山吹付近。ここに草上寺趾の遺称がある。和名抄「餝磨郡草上〔久佐乃加三〕郷」。　79

匣丘《くしげをか》　姫路市下手野町の舟越山（一名ビングシ山）にあてる説もある。　78

摧綿野《くだわたの》（近江国）　滋賀県蒲生郡日野町西明寺。　120

鑿江川《くはえがは》　不明。佐用郡上月町南部から発して佐用川に注ぐ秋里川か（新考）。　100

桑原《くはばら》の里《さと》・桑原《くはばら》の村《むら》　竜野市揖西町桑原北山付近の地。和名抄「揖保郡桑原郷」。　98

桜見《くらみ》　佐用郡佐用町口長谷北方の地。この付近を佐用川が流れているが，その傍を流れる千種川上流を熊見川とも呼ぶ。なお金肆を見よ。　98，99

倉見《くらみ》の村《むら》　桑原《くはばら》の里《さと》（別項）の旧

種川上流流域。近世柏野郷があった。高山寺本和名抄「柏野〔加之八乃〕」。 104

柏原《かしはばら》の里《さと》　佐用郡南光町（旧徳久村）をあてる。和名抄「佐用郡柏原郷」。 100

傾田《かたぶきた》　竜野市誉田町の南端に片吹という地がある。そこか。 95

金内川《かなうちがは》　御方《みかた》の里《さと》（別項）から発する公文《くもん》川をいうか。繁盛村の北部には鉱山多し（新考）。 106

金肆《かなくら》　佐用郡佐用町長谷《ながたに》の口長谷と平福の間に，佐用川にかかるカナクラ橋があったという。この付近の山か。 99

金箭川《かなやがは》　揖保郡新宮町の西方の西栗栖から流れている栗栖川（揖保川に注ぐ）。近くに鍛冶屋・矢の原の地名がある。 86

鹿庭山《かにはやま》　佐用郡佐用町長尾西方の大撫山をいう。ここに多くの谷があり，字本谷の奥をカナクソ谷といい，神庭《かんば》神社がある。鍛冶屋神の目《ま》一箇神《ひとつのかみ》を祭る。 99

川音《かはと》の村《むら》　宍粟郡山崎町南部の揖保川東岸に川戸がある。 103

川合《かはひ》の里《さと》　小野市河合中。加古川西岸の地。和名抄「河合郷」。 119

川辺《かはべ》の里《さと》　神崎郡市川町川辺付近。高山寺本和名抄「川辺〔加波乃倍〕」。 108

河内《かふち》の里《さと》　加西市河内町。和名抄「川内郷」。 118

冑丘《かぶとをか》　姫路市の毛柄山の北の冑山。 78

川村《かはむら》の宮《みや》　不明。高野《たかの》の宮《みや》（別項）の付近か。 122

冑岡《かぶとをか》　姫路市豊富の江鮒にある甲山。 110

蒲阜《かまをか》　不明。槻折山《つきをれやま》（別項）の付近。 89

上鴨《かみかも》の里《さと》　加西市泉の西部の在田村一帯の地。 114

神嶋《かみしま》　家嶋《いへしま》（別項）を見よ。家島諸島の最東端の上島。 94

賀眉《かみ》の里《さと》　多可郡加美町から中町の杉原川（加古川支流）流域の地。和名抄「加美郷」。 111

神山《かみやま》　竜野市揖保町揖保中の神戸の北山の丸山をさすか。神戸明神を祭る（辞書）。 97

神阜《かみをか》　上岡《かみをか》の里《さと》（別項）の付近の古墳か。 87

上岡《かみをか》の里《さと》　竜野市神岡町。和名抄「揖保郡上岡〔加無都乎加〕」。 86

含芸《かむき》の里《さと》　加古川市東神吉の神吉。 75

神前《かむさき》の郡《こほり》　ほぼ現在の神崎郡の地域。姫路市北東部・同郡香寺町・福崎町・市川町・神崎町・大河内町・朝来郡生野町にわたる。市川上流の流域地。

〔於保多〕」。 92

大田《おほた》の村《むら》（摂津国） 大阪府茨木市の北部の太田。 92

邑智《おほち》（大内）の里《さと》 姫路市西部の大市中付近の地域。和名抄「揖保郡大市〔於布知〕」。 88

——の駅家《うまや》 同上。 88

大津《おほつ》の江《え》（印南） 加古川の河口地。加古川市加古川町稲屋付近（新考)。 73

大鳥山《おほとりやま》 揖保郡新宮町宮内の西北方にある山（378m)。 85

邑宝《おほ》の里《さと》・大《おほ》の村《むら》 佐用郡上月町の南東部佐用川と千種川の合流点の地域をあてる。和名抄の大田郷。 100

大野《おほの》の里《さと》 姫路市野里・大野付近の地。和名抄「餝磨郡大野郷」。 80

大法山《おほのりやま》 姫路市勝原区の朝日山をあてる。 91

大海《おほみ》（明石郡） 明石市の西部，魚住・岩岡付近の地。和名抄「明石郡邑美〔於布美〕」。111

大海《おほみ》（託賀郡） 多可郡加美町東北部の箸荷《はせがい》の近江坂（鬼坂ともいう）をあてる。 111

大宮《おほみや》の里《さと》 大家《おほやけ》の里《さと》（別項）の旧名。 91

大見山《おほみやま》 不明。揖保郡太子町太田と勝原にまたがって檀特山があり，山中に聖徳太子の馬蹄石と伝える石があるが，ここか（新考)。 91

大家《おほやけ》の里《さと》 姫路市勝原区朝日谷から西の太子町にかける地。和名抄「大宅〔於保也介〕」。91

邑曰野《おほわちの》 加西市に両月と書いてワチとよませる大字がある。遺称か。 110

於和《おわ》の村《むら》 伊和《いわ》の村《むら》（別項）の別名。 107

か行

賀意理多《かおりた》の谷《たに》 不明。印南川（加古川）の支流であろう（新考)。 73

香山《かぐやま》の里《さと》 揖保郡新宮町香山，揖保川下流流域地。和名抄「揖保郡香山〔加古也万〕」。高山寺本和名抄「加宇也末」。 84

蔭山《かげやま》の里《さと》・蔭山前《かげやまのさき》 姫路市豊富町御蔭の西方の地。和名抄「蔭山〔加介也末〕」。 79，110

賀古《かこ》の駅《うまや》 加古川市野口町の駅池《まやがいけ》をあてる。 72

賀古《かこ》の郡《こほり》 加古川の下流東岸の地域，加古郡の稲美町・播磨町にあたる。和名抄「賀古郡」管四郷（望理・長田・住吉・余戸)。 70

——の松原《まつばら》 加古川の東岸，尾上の松で知られる尾上町付近。 71

柏野《かしはの》の里《さと》 宍粟郡千種町千草から山崎町土万《ひじま》・比地にわたる千

れ（佐治川），多紀郡から出る篠山川などを合わせ，南流して加古川市で瀬戸内海に注ぐ。加古川。 72

印南《いなみ》の郡《こほり》　加古川西岸の加古川市・高砂市・姫路市の地域にわたる。和名抄「印南〔伊奈美〕」管五郷（大国・益気・含芸・余戸・佐突)。 73

稲牟礼丘《いなむれのをか》　不明。姫路十四丘の一つ。 78

犬墓《いぬはか》　西脇市堀に犬次神社があるが，これをさすか。伊夜山もここか。 113

犬丘《いぬをか》　不明。姫路十四丘の一つ。 78

石坐《いはくら》の神山《かみやま》　神崎郡香寺町奥須加院岩蔵山万福寺須賀院という。山の中ほどに九間ばかりの岩屋がある。 110

石海《いはみ》の里《さと》　揖保郡太子町南方に石海（旧名岩見村）がある。揖保川下流地域。和名抄「揖保郡石海郷」。 93

石屋《いはや》（淡路国）　淡路島の北端（明石対岸）の岩屋港。 101

飯戸《いひべ》の阜《をか》　不明。宍粟郡千種町の岩野辺か（新考)。 105

揖保《いひぼ》の郡《こほり》　姫路市林田町および揖保郡御津町，揖保川町，太子町，竜野市，新宮町にわたる揖保川の下流の地。和名抄「揖保郡」管十八郷（栗栖・香山《かこやま》・越部・林田・桑原・布勢・上岡・揖保・大市・大田・新田・余戸・浦上・小宅《こいへ》・広山・大宅・石見・中臣・神戸)。 84

揖保《いひぼ》の里《さと》　竜野市揖保上・揖保中の地。和名抄「揖保（伊比奉)」。 97

粒丘《いひほをか》　竜野市揖保町揖保上の中臣《なかじん》（中陣山）にあてる。 96

飯盛嵩《いひもりたけ》　加西市の豊倉町にある飯盛山。 116

家嶋《いへしま》　飾磨郡家島町。室津南方海上の家島諸島中にある。 94

伊保山《いほやま》（美保山）　高砂市伊保町北方から阿弥陀の東南にわたる山。 74

射目前《いめざき》　不明。姫路市毛野付近をあてる。 81

夢前《いめざき》の丘《をか》　不明。姫路市飾磨区の字に山崎があり，その北の山崎山をあてる（新考)。 81

伊夜丘《いやをか》　不明。犬墓《いぬはか》を見よ。 113

伊和《いわ》の里《さと》・貽和の里　姫路市亀山以北の地。「近世の俗岩郷とよべり」(辞書)。和名抄「餝磨郡伊和郷」。 74

伊和《いわ》の村《むら》　宍粟郡一宮町伊和。伊和坐大名持御魂神社の所在。ミワ・オワと同語。 107

宇須伎津《うすきつ》　姫路市網干区宮内に津の宮宇須伎津（また魚吹）八幡がある。揖保川東岸の津。

抄伊賀国「伊賀郡阿保郷」がある。 79
英保《あぼ》の里《さと》 姫路市阿保付近の地。和名抄「餝磨郡英保〔安保〕郷」。 82
——の村《むら》 同上。 82
漢部《あやべ》の里《さと》 姫路市書写山の西の余部をあてる。和名抄「餝磨郡余部郷」。 76，83
荒田《あらた》の村《むら》 多可郡中町安楽田付近の杉原川流域の地。 111
阿為山《あゐやま》 揖保郡新宮町の西栗栖の相坂峠をあてる。 86
瞋塩《いかしほ》 飾磨郡夢前町置塩を流れる置塩川（夢前川）の旧河口の称か。 78
猪飼野《ゐかひの》 小野市の東南の草荷野《くさかの》の一部か（新考）。 117
伊加麻川《いかまがは》 宍粟郡山崎町五十波《いかば》で揖保川に合流する五十波川。 106
沈石丘《いかりをか》 不明。姫路市付近にあった丘。 78
生野《いくの》 朝来郡生野町。 108
的部《いくはべ》の里《さと》 神崎郡香寺町岩部付近をあてる。和名抄「神崎郡的部〔以久波〕郷」。 110
池野《いけの》の宮《みや》 三木市志深大字窟屋の池野。 122
池之原《いけのはら》 伊保山《いほやま》（別項）の西北方の北池・南池をあてる。 74
伊師《いし》 佐用川の上流，佐用郡佐用町の上石井・下石井にあてる。 99
石作《いしつくり》の里《さと》 宍粟郡一宮町伊和か同郡山崎町神野にわたる揖保川流域の地。 105
伊勢野《いせの》 姫路市林田町伊勢。伊勢川（太田川上流）の流域地で下伊勢に梛神社（旧名伊勢明神）がある。 80
因達《いだて》の里《さと》 姫路市域北の地。 82
——の神山《かむやま》 姫路市新在家の八畳岩山（173m）。この南麓に射楯兵主神社があった。和名抄「餝磨郡印達〔伊太知〕郷」。 77
伊都志《いづし》（但馬国） 出石郡。 106
伊都《いつ》の村《むら》 揖保郡御津町伊津。 94
出水《いづみ》の里《さと》・泉《いづみ》の里・泉《いづみ》の村 竜野市揖西町清水。付近の景雲寺趾に湧き清水があった（新考）。 97
出雲《いづも》の墓屋《はかや》 竜野市西北方の台山に古くから宿毛塚と称せられる古墳があった（新考）。 87
伊刀嶋《いとしま》 家島《いへしま》（別項）諸島の古名。 82，84
伊奈加川《いなかがは》 不明。揖保川支流の菅野川か（新考）。 104
稲種山《いなだねやま》 姫路市林田町伊勢（伊勢《いせ》野《の》を見よ）・大市・余部にわたり，飾磨郡との境にある峰相山をいう。山麓に稲根明神がある。 89
印南川《いなみかは》 氷上郡（丹波国）から流

播磨国〔兵庫県〕

あ行

赤石《あかし》の郡《こほり》　明石市と神戸市垂水区にわたる地域。和名抄「明石郡」管七郷（葛江《ふじえ》・明石・住《すみ》吉《よし》・神戸・邑美《おうみ》・垂見・神戸）。　71，73

英賀《あが》の里《さと》　姫路市飾磨区英賀。英賀神社があり，英賀彦神・英賀姫神を祭っている（三代実録）。　76

英馬野《あがまの》　不明。姫路市御国野御着付近の天ノ川以西の流域をあてる説もある。　81

朕君《あぎみ》の済《わたり》　大阪府守口市高瀬付近。淀川の支流中津川の古名を吾君川という（辞書）。　71

麻打山《あさうちやま》　揖保郡太子町阿曽にある山か（新考）。　90

朝来《あさご》（但馬国）　朝来郡朝来町付近で，朝来山がある。神崎郡北方の山地で播磨国と接した。次項同処。　79

阿相《あさご》の郡《こほり》（但馬国）　朝来郡。和名抄「朝来〔阿佐古〕」管八郷（山口・桑市・伊田・賀都・東河・朝来・粟鹿・磯部）。　108

安相《あさこ》の里《さと》　姫路市四郷町付近の地，麻生山（俗称ハリマ富士）をあてる（新考）。または姫路市今宿付近とする説もある（秋本氏）。　79

穴旡《あなし》（大和国）　奈良県桜井市穴師。　82

安師《あなし》の里《さと》（餝磨郡）　姫路市市川河口の阿成《あなせ》。ここに大名持命を祭神とする早川神社がある。　82

安師《あなし》の里《さと》（宍禾郡）　宍粟郡南部の安富町安師付近。安志川（林田川上流）流域から同郡山崎町の須賀沢にわたる。和名抄「完粟郡安志郷」。　105

粟鹿川内《あはかかふち》　神崎郡神崎町を流れる粟鹿川（市川上流）の流域。　108

粟鹿山《あはかやま》　朝来郡山東町東部の粟鹿山（962m）。　108

鴨波《あはは》の里《さと》　加古郡播磨町付近（辞書）または加古川市野口町付近（新考）。　73

阿比野《あひの》（会野）　姫路市西部の大市の相野。飾磨郡と揖保郡との境の丘陵地。山陽道と山陰道との駅路の分岐点であった。　83

阿富山《あふやま》　西脇市和布町付近か。　113

阿閇津《あへつ》　加古郡播磨町本荘付近の津。　71

阿閇《あへ》の村《むら》　同上地。　71

英保《あぼ》（伊予国）　不明。伊予は伊賀の誤りかといわれる。和名

定めがたい（辞書）。 34

安伐《やすきり》の里《さと》　不明。安伐をアバと訓んで潮来町古高《ふつたか》の安波台にあてる説もある。 33

夜刀《やと》の神《かみ》の社《やしろ》　行方郡玉造町新田にある。後世，天龍山愛宕権現社とする。この天龍山の下にはむかし大池があったのを後に開墾していま八百余石の田地となった。また今も山下に湧泉があり俗に天龍の御手洗という（新編常陸志）。 30

山田《やまだ》の里《さと》　久慈郡金砂郷町と水府村を流れる山田川流域の地。和名抄「久慈郡山田郷」。 46

わ行

若松《わかまつ》の浜《はま》　神池《こうのいけ》の東方奥野谷・日川から鹿島郡波崎町北部にいたる海浜。 39

雄栗《をぐり》の村《むら》　不明。現在の稲敷郡美浦村大山とする説もある。雄栗を稚栗の誤りとする説もある。 23

男高《をたか》の里《さと》　行方郡麻生町小高。和名抄「行方郡小高郷」。「いま小高村の中に大小の池が三所ある。大きいのはエビス池という。池中に怪物がいるといって人は恐れている。当麻大夫が築いたものであろう」（郡郷志）。 31

小抜野《をぬきの》の頓宮《かりみや》　行方郡北浦村小貫。 34

をはつせ山《やま》（小泊瀬山）　奈良県桜井市初瀬地方の山の総称。また長野県長野市篠ノ井塩崎の長谷に同名の山があり，オバステ山に比定される。常陸国には有無不明。 18

性がない。和名抄「爾比波里」管十二郷（坂門・竹島・沼田・伊讃・博多・巡回・月波（都木波）・大幡・新治・下真・巨神・井田）。　18

——の新《あたら》しき井《ゐ》　真壁郡協和町（旧新治村）古郡《ふるごおり》の霊水をこれにあてる説がある。　18

——の洲《す》　霞ヶ浦にあった洲だが現存しない。行方郡麻生町富田付近か。　32

——役所《やくしよ》　協和町古郡。昭和18年その遺址が発掘され，51棟にわたる建築群址が発掘された。　18

沼尾《ぬまを》の池《いけ》　鹿島市の沼尾社の西にある沼。　38

——の社《やしろ》　鹿島社の摂社。　36

乗浜《のりはま》　稲敷郡の東端，霞ヶ浦縁辺の桜川村古渡《ふつと》・同村阿波・東村伊佐部あたりの浜。和名抄「信太郡乗浜郷」。　24

は行

波須牟《はずむ》の野《の》　行方郡麻生町小牧付近にあてる。　35

浜《はま》の里《さと》　鹿島郡神栖町高浜。和名抄「鹿島郡幡麻郷」。　39

引津根《ひきつね》の丘《をか》　岐阜県不破郡関ヶ原町付近とされる。神名帳「不破郡引常明神」がある。　46

日向《ひむか》の二所《ふたがみ》の峰《みね》（日向国）高千穂の二上峰。　46

平津《ひらつ》の駅家《うまや》　水戸市平戸町。和名抄・延喜式にも見えない駅名。　43

布都奈《ふつな》の村《むら》　行方郡潮来町東部の古高《ふつたか》，または稲敷郡桜井村古《ふ》渡《つと》などがあてられる。　33

仏《ほとけ》の浜《はま》　日立市小木津町の大田尻海岸。仏浜の石像はいま観泉寺にある（郡郷考）。　50

ま行

桝《ます》の池《いけ》　行方郡玉造町芹沢の蕨に升の池があるという（郡郷考）。　28

松沢《まつざは》　久慈郡神峰山の西麓にあたるが所在不明。　47

道前《みちのくち》の里《さと》　日立市の北部の小木津を小柵戸の転訛とみて，これをあてる。和名抄「多珂郡道口郷」。　49

密筑《みつき》の里《さと》　日立市久慈河口付近の水木町をあてる。和名抄「多珂郡高（箕）月郷」。　48

藻島《めしま》の駅家《うまや》　多賀郡十王町伊師にメシマという地がある。この付近の伊師浜の南に小貝浜があり，種々の貝，五色の小石多く，砂も美しく金銀の光彩がある（辞書）。　50

や行

屋形野《やかたの》の帳《とばり》の宮《みや》　不明。当麻《たぎま》の郷《さと》の近辺は原野だからどことも

下玉里が遺称地。和名抄「茨城郡田余郷」。　27

槻野《つきの》の清水《しみづ》　不明。行方郡麻生町井上にあてる説もある。「井上の村の中の流海に近い水田の中に日照りにも増減しない清泉がある」（郡郷考）という。和名抄「行方郡井上郷」。　27

筑波《つくば》の郡《こほり》　現在のつくば市から新治郡の西南部の一部にわたる地域。和名抄「豆久波」管九郷（大貫・筑波・水守・三村・栗原・諸蒲・清水・佐野・方穂）。　19

――の岳《やま》　筑波・新治・真壁の三郡の堺にある。西の峰を男体山，東を女体山（876m）という。万葉集巻九に「鷲の住む筑波の山の裳羽服津《もはきつ》のその津の上に……」（1759）の高橋虫麻呂歌集の長歌があり，また「衣手常陸の国の二並ぶ筑波の山……男の神も許し賜ひ女《め》の神も許し賜ひ……」（1753）ともよまれている。　19

角枯《つのかれ》の山《やま》　多賀郡十王町の西境の立割山（658m）。その南麓に黒坂がある。　22

角折《つのをれ》の浜《はま》　鹿島市大野の角折。　42

提賀《てが》の里《さと》　行方郡玉造町手賀。和名抄「行方郡提賀郷」。　29

騰波《とば》の江《え》　鬼怒川の河道の変化によりかなり早くに消失した湖。下妻市北部の大宝沼の東方の小貝川筋の低湿地がそのあととされる。万葉集巻九に「新治の鳥羽の淡海も」（1757）とある。　21

な行

那珂《なか》の郡《こほり》　現在の那珂郡全域と東茨城郡北半部にあたる地域。和名抄「那珂郡」管二十二郷（入野・朝妻・吉田・岡田・安賀・大井・河内・川辺・常石・全隈・日下部・志万・阿波・芳賀・石上・鹿島・茨城・洗井・那珂・八部・武田・幡田）。　42

――役所《やくしよ》　水戸市街西郊の河和田の地にあったとみられる。　44

行方《なめかた》の郡《こほり》　現在の行方郡とほぼ同域。霞ヶ浦を北浦と東浦とに二分する形で湖中に形成された半島状の地。和名抄「奈女加多」管十六郷（提賀・小高・芸都・大生・当鹿・逢鹿・井上・高家・麻生・八代・香澄・荒原・道田・行方・曾禰・板来・余戸）。　28

――役所《やくしよ》　行方郡麻生町行方にあった。　28

新治《にひばり》の郡《こほり》　西茨城郡西部・笠間市から真壁郡北西部にわたる地域で，現在の新治郡とは共通

信太《しだ》の郡《こほり》　ほぼ現在の稲敷郡と竜ヶ崎市・牛久市。和名抄「志多」。管十四郷。　22

——の流海《ながれうみ》　霞ヶ浦の西浦。　22

——役所《やくしよ》　稲敷郡美浦村信太《しだ》の付近とされる。　22

信筑《しづく》の川《かは》　恋瀬川。新治郡の柿岡盆地から出て石岡市街西方の志筑を経て同市高浜で霞ヶ浦に入る。万葉集巻九に「尾花ちる師付の田井に」(1757) とある。　25

静織《しどり》の里《さと》　那珂郡瓜連町静。静神社（名神大）がある。和名抄「久慈郡倭文郷」。　45

椎井《しひゐ》の池《いけ》　不明。夜刀《やと》の神《かみ》の社《やしろ》を見よ。　30

之万《しま》の里《さと》　鹿島郡神栖町息栖（沖洲)。和名抄「鹿島郡中島郷」。　39

白壁《しらかべ》の郡《こほり》　延暦4年，光仁天皇の諱を避けて真壁郡と改称。現在の真壁郡の東南をしめる。和名抄「万加倍」管七郷（神代・真壁・長貫・伴部・大蔵・大村・伊讃)。　18

白鳥《しろとり》の里《さと》　鹿島郡大洋村中居に白鳥山照明院という寺号に古い遺称があり，白鳥郷の親里とする。旧白鳥村は明治の改称。和名抄「鹿島郡白鳥郷」。　41

助川《すけがは》　日立市助川。和名抄「久慈郡助川郷」。　48

た行

高来《たかく》の里《さと》　稲敷郡阿見町竹来《たかく》が遺称地。　23

多珂《たか》の郡《こほり》　現在の多賀郡と日立市にあたる地域。和名抄「多珂郡」管八郷（梁津・伴部・高野・多珂・藻島・新居・賀美・道口)。　49

高浜《たかはま》　石岡市高浜。国庁から約5kmの地にあった。　25

——の海《うみ》　霞ヶ浦の高浜寄りの水辺。　25

高松《たかまつ》の浜《はま》　鹿島市東南部の平井・粟生《あおう》浜（旧高松村）の海浜。　39

当麻《たぎま》の郷《さと》　鹿島郡鉾田町当間。和名抄「行方郡当鹿（麻）郷」。　33

高市《たけち》　日立市久慈町・坂本付近。和名抄「久慈郡高市郷」。　48

谷会山《たにあひやま》　久慈郡水府村棚谷か。　45

田《た》の里《さと》　不明。行方郡北浦村山田か。和名抄「行方郡道田郷」。　34

玉川《たまがは》　那珂郡山方町北部の山中から出て東南流して玉川を経て久慈川にそそぐ。いまもめのう・火打石などが出るという。　46

玉《たま》の清水《しみづ》　槻野《つきの》の清水《しみゔ》（別項）の別名。

田余《たまり》の里《さと》　新治郡玉里村上玉里・

東南方にわたる。和名抄「鹿島郡軽野郷」。なお万葉集巻九に「鹿島郡苅野の橋に大伴卿に別るる歌」(1780，高橋虫麻呂之歌集) がある。 35，39

芸都《きつ》の里《さと》　不明。行方郡北浦村化《け》蘇沼《そぬま》付近をいうか。和名抄「行方郡芸都郷」。 34

清《きよ》い河《かは》　山田川をいう。久慈郡高崎山中に出て南流し久慈川に入る。 46

久慈《くじ》の郡《こほり》　現久慈郡と那珂郡東部久慈川流域の地および多賀郡南部・日立市の海岸にまで及ぶ地域。和名抄「久慈郡」。 45

——の丘《をか》　金砂郷町中野の南方。「遠山とよばれる丘墳あり，古人これを久慈理丘という」(地名辞書)。 45

——役所《やくしよ》　久慈郡金砂郷町大里付近。 45

鯨岡《くぢらをか》　麻生町小高の鯨塚。 31

桑原《くははら》の丘《をか》　不明。新治郡玉里村の丘か。「今玉里鎮守大宮の後に玉の井と称する古井あり。霊泉なりとてみだりに人のうかがうを許さず」(地名辞書)。 26

苦麻《くま》の村《むら》　福島県双葉郡大熊町熊。 49

栗家《くりや》の池《いけ》　男高《をたか》の郷《さと》（別項）にある三つの池のうち小さい方の池をいうとされる。 31

晡時臥《くれふし》　東茨城郡内原町牛伏にあてる。 43

——の社《やしろ》　式内社藤内社だろうという。 44

——の山《やま》　笠間市北部の朝房山とされる。 43

黒前《くろさき》の山《やま》　角枯山《つのかれやま》（別項）に同じ。

毛野河《けぬがは》　いま鬼怒川。毛の国（群馬・栃木）から流れるので毛の川という。下流は利根川に注ぐ。 18

さ行

佐我《さが》　新治郡出島村坂。和名抄「茨城郡佐賀郷」。 24

——の流海《ながれうみ》　霞ヶ浦の佐賀よりの部分をいう。 24

坂戸《さかと》の社《やしろ》　鹿島市沼尾の鹿島社摂社。 35

薩都《さつ》の里《さと》　常陸太田市北部の里野宮町（旧佐都村）。「白土は今町屋の辺から出る」(郡郷考)。和名抄「久慈郡佐野都郷」(野は衍字)。 47

寒田《さむた》　鹿島郡神栖町にある神の池の古名。 39

曝井《さらしゐ》　水戸市愛宕町の滝坂の泉をあてる。万葉集巻九に那珂郡の曝井の歌一首「三栗の中に向へる曝井の絶えずかよはむそこに妻もが」(1745)。 44

大伴《おほとも》の村《むら》　不詳。那珂郡瓜連町静から久慈郡金砂郷町，常陸太田市までのあいだに大平・大里・大門などの類似地名があるが遺称地か。　46

大生《おほふ》の里《さと》　行方郡潮来町大生。和名抄「行方郡大生郷」。　35

大益河《おほやかは》　不明。行方郡玉造町を流れる小川にあてられる。　28

大井《おほゐ》（久慈郡）　日立市森山町水木の活水洞をあてる。「常陸国出水川（泉川）の東方で活水穴である。人馬の声をきけば湧沸すること湯の如し」（俗説弁）。　48

大井《おほゐ》（行方郡）　行方郡麻生町行方の東に小祠があり，その近所の水田のほとりにオモイという遺称地がある（郡郷考）。　29

か行

笠間《かさま》の村《むら》　笠間市笠間が遺称地。　18

香島《かしま》の郡《こほり》　現在の鹿島市と鹿島郡のほぼ全域。東は太平洋（鹿島灘）。和名抄「加之末」管十八郷（白鳥・下鳥・鹿島・高家・三宅・宮前・宮田・中村・松浦・中島・軽野・徳宿・幡麻・大屋・諸尾・新居・伊島・上島）。郡役所は不明。　35

香澄《かすみ》の里《さと》　行方郡麻生町東南の地，富田。和名抄「行方郡香澄郷」。　31

片岡《かたをか》の村《むら》　笠間市大橋。朝房山の西である。「大橋に岡の宿という所がある。片岡の名残りだろうか。飯田村に神代の甕と称するものが二つある」（郡郷考）。　44

無梶河《かちなしかは》　大益河《おほやかは》（別項）に同じ。　28

賀毗礼《かびれ》の高峰《たかみね》　日立市北部，多賀郡境にある神峰山（594 m）。いま里野宮にある薩都神社（延喜式）は古くは神峰山頂にあったという（郡郷考）。　47

河内《かふち》の郡《こほり》　筑波郡南部から稲敷郡西部にわたる地域。和名抄「河内（甲知）」とあり七郷を管した。　19

河内《かふち》の里《さと》　久慈郡金砂郷町下宮河内《しもみやかわうち》付近。和名抄「久慈郡河内郷」。那珂郡山方町照山の「生居沢村に石面平滑にして光沢のある月鏡石というのがある」（郡郷考）。　45

——の駅《うまや》　水戸市渡里町と那珂川を挟んだ対岸の中河内町にあたる。　44

鴨野《かもの》　行方郡玉造町加茂が遺称地。　28

軽野《かるの》の里《さと》　鹿島郡神栖町神池《こうのいけ》から

和名抄「行方郡逢鹿郷」。 35

——丘前《をかざき》の宮《みや》　麻生町岡をあてる。 35

現原《あらはら》　不明。行方郡玉造町の北部，捻木一帯の原にある丘陵。28

板来《いたく》（伊多久）の村《むら》　行方郡南端の潮来町潮来。和名抄「行方郡板来郷」。 32

——の駅《うまや》　同上。 32

印南《いには》の鳥見《とみ》の丘《をか》　千葉県印旛郡本埜村の丘陵地。 31

石城《いはき》の郡《こほり》　苦麻《くま》の村《むら》（別項）を見よ。養老2年に石城国となった。 49

石門《いはと》　久慈郡金砂郷《かなさごう》町岩手《いわて》が遺称地。 46

飯名《いひな》の社《やしろ》（信太郡）　竜ヶ崎市八代稲塚か。 23

浮島《うきしま》の村《むら》　霞ヶ浦西南部にある島。新治郡桜川村浮島。 24

——の帳《とばり》の宮《みや》　同上。 23

碓井《うすゐ》　不明。稲敷郡美浦村大山の岡平の地に長者屋敷跡があって泉が出ている。ここかともいわれる。 22

童子女《うなゐ》の松原《まつばら》　軽野郷（軽野《かるの》の里《さと》を見よ）の南方海辺だが不明。鹿島郡波崎町波崎の手子崎神社と関係あるものと考えられている。 40

茨城《うばらき》の郡《こほり》　現在の東茨城・西茨城両郡の南部と新治郡の大半と，水戸市・石岡市にわたる地域。国庁の所在地。和名抄「牟波良岐」，管十八郷（夷針・山前・城上・島田・佐賀・大幡・生国・茨城・田舎・小見・拝師・石間・安餝・白川・安侯・大津・立花・田龍）。 24

茨城《うばらき》の里《さと》　西茨城郡友部町小原。 43

宇流波斯《うるはし》の小野《をの》　小抜野《をぬきの》の別名。 34

吉前《えさき》の邑《むら》　行方郡潮来町江崎。33

榎浦《えのうら》之津《つ》　不明。稲敷郡東村市崎（地名辞書），竜ヶ崎市大徳（新編国誌）をあてる説がある。 23

榎《え》の浦《うら》の流海《ながれうみ》　現称はない。稲敷郡の平須沼・大沼から竜ヶ崎市のあいだの湿地にあてるが，江戸時代に干拓された。 22

大櫛《おほぐし》　水戸市大串町。 43

——の岡《をか》　「大串の坂を下りた塩崎村の下居《しもい》明神のそばの地から今も蠣殻が出る。近くの村の老人たちは，上古大串に大《だい》多房《たぼう》があり，この岡にしりうたげして足を東海の水で洗ったといっている」（新志）。縄文式前期の生活遺址である。 43

太田《おほた》の郷《さと》　常陸太田市太田。 46

——長幡部社《ながはたべのやしろ》　常陸太田市幡町の長幡部神社（名神大）。 47

風土記地名対照表

（1） ここには逸文をのぞく常陸以下五ヵ国風土記に出ている地名を，本文に付された平仮名（歴史的仮名遣い）の五十音順に配列して，現在の地名（1999年12月現在）と対照させた。検索が不便でも現代仮名遣いとしなかったのは，凡例の5項に示したと同じ理由による。また，本文のページ数を付して索引をも兼ねるようにした。

（2） いうまでもなく，この地名表は多くの先人たちの業績に負うところの多いものである。ことに播磨については井上通泰氏の『播磨風土記新考』，常陸については栗田寛氏の諸著，出雲については岸崎時照氏の『風土記抄』，以下後藤蔵四郎氏・加藤義成氏らの著書に主としてたより，全体としては吉田東伍氏『大日本地名辞書』，秋本吉郎氏日本古典文学大系『風土記』を参酌している。

なお，郡郷名については参考までに『和名抄』の郡郷部との異同を記した。それは平安朝中期ごろまでの郡郷の存在証明ともなろう。

常陸国〔茨城県〕

あ行

県《あがた》の祇《かみ**》　行方《なめかた》の郡《こほり》にあった土着神を祀る社。　28

飽田《あきた》の村《むら》　日立市田尻の小字相田にあてる。　49

麻生《あさふ》の里《さと》　行方郡麻布町麻生。和名抄「行方郡麻生郷」。　31

葦穂山《あしほやま》　真壁郡と新治郡の堺にある足尾山（628m）。万葉集巻十四に「筑波嶺にそがひに見ゆる葦穂山あしかるとがもさね見えなくに」(3391)　18

安是《あぜ》の湖《みなと》　利根川の河口。銚子湊をいうか。　35

阿多可奈《あたかな》の湖《みなと》　那珂川の河口付近にあった。　35

粟河《あはかは》　東茨城郡桂村阿波山の地を流れる河。すなわち那珂川。　44

安婆《あば》の島《しま》　稲敷郡桜川村浮島の別名か。またはその東方対岸にある阿波崎（桜川村須田付近）か。　32

遇鹿《あふか》　日立市助川の東方の会瀬《おうせ》をあてる（旧相賀村）。　48

相鹿《あふか》の里《さと》　行方郡麻生町南部の北浦沿いの宇崎・岡・白浜の地。

平凡社ライブラリー 328

風《ふ》土《ど》記《き》

発行日………… 2000年2月15日 初版第1刷
2014年5月29日 初版第6刷
訳者 ………… 吉野 裕
発行者 ……… 石川順一
発行所 ……… 株式会社平凡社
〒101-0051 東京都千代田区神田神保町3-29
電話 東京(03)3230-6579[編集]
東京(03)3230-6572[営業]
振替 00180-0-29639
印刷・製本 …… 株式会社東京印書館
装幀 ………… 中垣信夫

ISBN978-4-582-76328-7
NDC分類番号291
B6変型判(16.0cm) 総ページ528

平凡社ホームページ http: //www. heibonsha. co. jp/
落丁・乱丁本のお取り替えは小社読者サービス係まで
直接お送りください(送料,小社負担).

平凡社ライブラリー　既刊より

【日本史・文化史】

網野善彦……異形の王権
網野善彦……増補　無縁・公界・楽——日本中世の自由と平和
網野善彦……海の国の中世
網野善彦＋阿部謹也……対談　中世の再発見——市・贈与・宴会
笠松宏至……法と言葉の中世史
佐藤進一＋網野善彦＋笠松宏至……日本中世史を見直す
佐藤進一……足利義満——中世王権への挑戦
塚本　学……生類をめぐる政治——元禄のフォークロア
西郷信綱……古代人と夢
西郷信綱……古典の影——学問の危機について
岩崎武夫……さんせう太夫考——中世の説経語り
廣末　保……芭蕉——俳諧の精神と方法
服部幸雄……大いなる小屋——江戸歌舞伎の祝祭空間
前田　愛……樋口一葉の世界
高取正男……神道の成立

高取正男……日本的思考の原型——民俗学の視角

堀　一郎……聖と俗の葛藤

倉塚曄子……巫女の文化

飯倉照平 編……柳田国男・南方熊楠　往復書簡集　上・下

宮田　登……白のフォークロア——原初的思考

鶴見俊輔……柳宗悦

鶴見俊輔……アメノウズメ伝——神話からのびてくる道

氏家幹人……江戸の少年

横井　清……東山文化——その背景と基層

横井　清……的と胞衣——中世人の生と死

中沢新一……悪党的思考

林屋辰三郎……佐々木道誉——南北朝の内乱と〈ばさら〉の美

長谷川　昇……博徒と自由民権——名古屋事件始末記

村井康彦……利休とその一族

井出孫六……峠の廃道——秩父困民党紀行

宮本常一・山本周五郎　ほか監修……日本残酷物語1　貧しき人々のむれ

宮本常一・山本周五郎　ほか監修……日本残酷物語2　忘れられた土地

竹内照夫……四書五経入門――中国思想の形成と展開
アンリ・マスペロ……道教
マルコ・ポーロ……完訳 東方見聞録1・2
姜在彦……増補新訂 朝鮮近代史
安宇植 編訳……増補 アリラン峠の旅人たち――聞き書 朝鮮民衆の世界
川北 稔……洒落者たちのイギリス史――騎士の国から紳士の国へ
清水廣一郎……中世イタリア商人の世界――ルネサンス前夜の年代記
良知 力……青きドナウの乱痴気――ウィーン1848年
ナタリー・Z・デーヴィス……帰ってきたマルタン・ゲール――16世紀フランスのにせ亭主騒動
ドニ・ド・ルージュモン……愛について――エロスとアガペ 上・下
小泉文夫……音楽の根源にあるもの
小泉文夫……日本の音――世界のなかの日本音楽
小泉文夫……歌謡曲の構造
藤縄謙三……ギリシア文化と日本文化――神話・歴史・風土
北嶋美雪 編訳……ギリシア詩文抄
河島英昭……イタリアをめぐる旅想
饗庭孝男……石と光の思想――ヨーロッパで考えたこと